Victoria Holt

Die siebente Jungfrau

Roman

D1730951

Wolfgang Krüger Verlag

Aus dem Englischen übertragen von Nora H. Wohlmuth

2. Auflage
© Victoria Holt 1964
Titel der englischen Originalausgabe:
›The Legend of the Seventh Virgin‹
Erschienen bei Collins, London
Deutsche Ausgabe:
© Wolfgang Krüger Verlag, Hamburg 1966
Deutsche Neuausgabe:
Wolfgang Krüger Verlag GmbH, Frankfurt am Main 1979
Satz und Druck: Hanseatische Druckanstalt GmbH, Hamburg
Einband: Karl Müller & Sohn, Stuttgart
Printed in Germany 1979
ISBN 3-8105-0812-8

Erschienen bei FISCHER Digital
© 2018 S. Fischer Verlag GmbH,
Hedderichstr. 114, D-60596 Frankfurt am Main

Printed in Germany
ISBN 978-3-596-32063-9

Fischer

Weitere Informationen finden Sie auf
www.fischerverlage.de.

1. Kapitel

Zwei Tage, nachdem man die Gebeine der eingemauerten Nonne in St. Larnston Abbas gefunden hatte, trafen wir fünf zusammen: Justin und Johnny St. Larnston, Mellyora Martin, Dick Kimber und ich, Kerensa Carlee. Ich trug wohl einen ebenso großartigen Namen wie sie; aber ich wohnte in einer Lehmkate, und sie waren die vornehmen Herrschaften.

Abbas gehörte seit Jahrhunderten den St. Larnstons. Ehe sie es erwarben, war es ein Kloster gewesen. Eindrucksvoll, natürlich aus cornischem Gestein erbaut, zeigten seine Wachttürme einen rein normannischen Stil. Da und dort war es restauriert worden, und der eine Flügel war ganz offensichtlich Tudor. Bisher war ich noch nie in dem Haus gewesen, aber die nähere Umgebung kannte ich sehr gut. Einzigartig war das Haus nicht, so interessant es auch schien, gab es doch eine Menge ähnlicher Herrenhäuser in England – und besonders in Cornwall –, die ebenso anziehend und altertümlich aussahen. Es waren »Die Sechs Jungfrauen«, die St. Larnston Abbas von den anderen unterschieden.

»Die Sechs Jungfrauen« war der Name, unter dem die Steine bekannt waren. Wenn man der Legende Glauben schenken durfte, so war der Name insofern falsch, als es sich um sechs Frauen handelte, die, eben weil sie keine Jungfrauen mehr waren, in Steine verwandelt wurden. Mellyoras Vater, der Reverend Charles Martin, der sich viel mit der Vergangenheit befaßte, nannte sie Menhire. »Men« ist das cornische Wort für Stein, und »hir« heißt lang.

Auch die Sage, daß es eigentlich sieben Jungfrauen gewesen seien, stammte von Reverend Charles. Sein

Urgroßvater hatte die gleiche Leidenschaft für alte Dinge gehabt wie er, und eines Tages stieß Reverend Charles auf einige Notizen, die in einem alten Schrank vergraben waren. Sie enthielten unter anderem die Geschichte der sieben Jungfrauen. Er hatte die Sache in die Lokalzeitung gebracht, es gab einen rechten Aufruhr in St. Larnston. Selbst Leute, die sonst nie nach den Steinen blickten, besahen sie sich jetzt genauer.

Die Sage erzählt, einst hätten sechs Novizinnen und eine Nonne ihre Unschuld verloren, und die Novizinnen seien daraufhin aus dem Kloster gejagt worden. Als sie gegangen waren, tanzten sie auf der nahen Wiese, um ihren Trotz zu beweisen, und wurden alsbald in Steine verwandelt. Zu jener Zeit glaubte man daran, daß es einer Stätte Glück bringe, wenn man einen lebenden Menschen einmauerte, so daß er starb. Und also verurteilten sie die Nonne, deren Sünde noch schwerer wog, zum Eingemauertwerden.

Reverend Charles behauptete, die Geschichte sei Unsinn, die Steine müßten schon Jahre, bevor das Kloster erbaut wurde, auf der Wiese gestanden haben. Seiner Meinung nach waren sie älter als das Christentum. Er erklärte, es gäbe ähnliche in ganz Cornwall und in Stonehenge; aber die Menschen von St. Larnston liebten die Sage von den Jungfrauen und glaubten daran.

Sie glaubten schon eine ganze Weile daran, als eine Mauer in dem ältesten Teil von Abbas einstürzte und Sir Justin St. Larnston anordnete, den Schaden sofort zu beheben.

Reuben Pengaster arbeitete genau an der Stelle, wo man auf die ausgehöhlte Mauer stieß, und schwor darauf, daß er eine Frau dort habe stehen sehen.

»Eine Sekunde lang stand sie dort«, behauptete er. »Wie ein Gespenst. Dann war sie fort, und nichts als Staub und diese alten Gebeine blieben übrig.«

6

Von Stund an, so heißt es, war Reuben wunderlich. Er war nicht verrückt, aber er war auch nicht wie andere Leute, nicht wie wir. Es war, als wäre er in dunkler Nacht Erlkönigs Töchtern begegnet.

»Er hat etwas gesehen, was nicht für Menschenaugen bestimmt ist«, sagten die Leute. »Und das hat ihm den Sinn verwirrt.«

Aber es fanden sich tatsächlich Knochen in jener Wand, und die Experten waren sich darüber einig, daß sie von einer jungen Frau stammten. Das gab dem Interesse an Abbas wieder neuen Auftrieb, gerade wie damals, als Reverend Charles seinen Artikel über die Drudensteine in die Zeitung gebracht hatte. Die Leute wollten den Fundort der Gebeine sehen. Und auch ich gehörte dazu.

Es war ein heißer Tag, und ich verließ unsere Kate kurz nach dem Mittagessen. Jeder hatte eine Schüssel mit Quillet bekommen – Joe, Grandma Bee und ich. Diese Art Erbsenbrei wurde in Cornwall oft in Hungerszeiten gegessen, weil es billig ist und satt macht.

Sicherlich würde man auf Abbas kein Quillet essen, überlegte ich auf dem Weg. Dort gab es bestimmt gebratenen Fasan auf goldenen Tellern, und dazu tranken sie Wein aus silbernen Krügen.

Ich hatte keine Ahnung, wie sie dort aßen; aber ich hatte eine lebhafte Phantasie; das Bild der St. Larnstons bei Tisch stieg klar vor meinen Augen auf. Damals verglich ich fortwährend mein Leben mit dem ihrigen, und der Vergleich ärgerte mich.

Ich war zwölf Jahre alt, mit schwarzen Haaren und schwarzen Augen, und obwohl ich sehr dünn war, hatte ich doch schon etwas, was die Männer zweimal nach mir schauen ließ. Und wenn ich mich auch damals, von aller Selbstbeobachtung noch weit entfernt, nicht sehr gut kannte, so war ich mir doch eines Zuges in mir wohl bewußt: ich war stolz, hatte jenen Stolz, der zu den sieben Todsünden gehörte. Mein Gang war keck und hochmütig, als wäre ich kein Kind aus dem Dorf, sondern gehörte zu einer Familie wie der der St. Larnstons.

Unsere Kate stand abseits von den anderen in einem kleinen Dickicht, und das zeichnete sie in meinen Augen besonders aus, obgleich sie den anderen Katen glich. Sie bestand nur aus vier getünchten Lehmwänden und einem Strohdach – primitiver konnte eine Wohnung nicht sein. Dennoch redete ich mir ein, daß unsere Kate anders sei, eben weil wir anders als die übrigen Leute waren. Jedermann mußte zugeben: Grandma Bee war etwas Besonderes, ebenso ich mit meinem Stolz, und auch Joe, ob er wollte oder nicht, würde niemals so werden wie die anderen. Dafür würde ich schon sorgen.

Ich rannte von unserem Häuschen aus an der Kirche vorbei, vorbei am Doktorhaus, durch das Pendelgatter und quer über das Feld in einer Abkürzung zu der Abbas-Auffahrt. Diese Auffahrt war eine Dreiviertelmeile lang, und am Ende standen kleine Pförtnerhäuschen. Ich aber verließ meinen Weg, krabbelte durch die Hecke und traf auf die Auffahrt, dort, wo sie unweit vom Haus in Rasen überging.

Atemlos hielt ich inne, schaute mich um und lauschte auf das Rascheln der Insekten im hohen Gras. In einiger Entfernung erkannte ich das Dach vom Dower-House, wo Dick Kimber wohnte. Erst kürzlich hatte ich ihn um diese feine Wohnung beneidet. Mein Herz schlug rasch. Gleich würde ich mich auf verbotenem Grund befinden – ein unbefugter Eindringling –, und Sir Justin war hart solchen Leuten gegenüber, besonders in seinen Wäldern. Aber ich bin ja erst zwölf, sagte ich mir. Einem Kind konnte er doch nicht viel anhaben!

Konnte er nicht? – Jack Toms war mit einem Fasan in

der Tasche erwischt und des Landes verwiesen worden. Für sieben Jahre hatte man ihn nach Botany Bay verbannt, und er war noch dort. Damals war er elf, als man ihn erwischte.

Aber mein Interesse galt nicht den Fasanen. Ich tat nichts Böses, und man behauptete, daß Sir Justin den Mädchen gegenüber nachsichtiger sei als den Knaben gegenüber.

Nun konnte ich durch die Bäume das Haus sehen. Ich stand still, gebannt von einer unerwarteten inneren Bewegung. Das Haus bot einen großartigen Anblick mit seinen normannischen Türmen und den längsgeteilten Fenstern. Die Steinfiguren waren noch eindrucksvoller, wie mir schien; nach Hunderten von Jahren waren die Nasen der Greife und Drachen abgewetzt.

Der Rasen neigte sich leicht zu dem Kiesweg hinunter, der rund um das Haus führte. Das war eine aufregende Aussicht; war doch der Rasen auf der einen Seite nur durch eine Buchsbaumhecke von der Wiese getrennt, auf der die sechs Jungfrauen standen. Von hier aus sahen sie wirklich wie junge Frauen aus. Ich konnte mir gut vorstellen, wie sie in der Nacht gewirkt hatten – im Sternenglanz oder vielleicht bei Halbmond. Ich mußte unbedingt einmal nachts herkommen und sie mir dann ansehen. Ziemlich unpassend befand sich dicht neben den Jungfrauen die alte Zinnmine. Vielleicht war es die Mine, die diesen erschreckenden Eindruck hervorrief; der alte Hebebaum und die Dampfwinde standen noch dort, und man konnte bis an den Schacht herangehen und in die dunkle Tiefe sehen.

Man fragte sich oft, warum die St. Larnstons diese Erinnerungen an die Mine nicht entfernt hatten. Welchem Zweck dienten sie noch? Es war häßlich und fast eine Entweihung, diese Requisiten neben den legendären Steinen stehenzulassen. Aber einen Grund gab es: einer der St. Larnstons hatte so hoch gespielt, daß er fast bankrott war und Abbas hätte verkaufen müssen, wenn man nicht auf seinem Grund Zinn gefunden hätte. So arbeitete das Bergwerk, mochte es den St. Larnstons auch noch so zuwider sein, daß es vor ihren Augen geschah. Tief in der Erde gruben die Bergleute, arbeiteten mit Hacken und Schaufeln, um das Zinn zu gewinnen, das Abbas der Familie erhalten sollte.

Sobald aber das Haus gerettet war, schlossen die St. Larnstons die Mine. Sie haßten sie. Es gab viel Not in dem Distrikt, wie Grandma Bee mir erzählte, als die Mine schloß; aber Sir Justin kümmerte sich nicht darum. Er kümmerte sich überhaupt wenig um andere. Er lebte ganz für sich. Grandma Bee meinte, daß die St. Larnstons die Mine so gelassen hätten, um die Familie immer an die reichen Zinnvorkommen zu erinnern, an die sie sich in Notzeiten halten konnten.

Die cornischen Menschen sind eine abergläubische Rasse – die Reichen nicht weniger als die Armen –, und ich glaube, daß die St. Larnstons die Mine als ein Symbol der Wohlhabenheit ansahen. Solange sich noch Zinn auf ihrem Grund und Boden fand, waren sie vor finanzieller Not sicher. Ein Gerücht ging um, das Bergwerk sei eine taube Nuß, und einige alte Männer behaupteten, sich der Worte ihrer Väter erinnernd, daß eine Ader ausliefe, wenn sie geschlossen würde. Das Gerücht behauptete weiter, daß die St. Larnstons davon wüßten und die Mine aus Mangel an weiteren Schätzen schlössen; aber sie liebten es, für reicher gehalten zu werden als sie waren; denn in Cornwall bedeutet Zinn Geld.

Was auch immer der Grund sein mochte, Sir Justin wollte kein arbeitendes Bergwerk, und damit Schluß.

Er war gehaßt und gefürchtet im Umkreis. Wenn ich ihn gelegentlich auf seinem großen weißen Pferd daherreiten oder mit einem Gewehr über der Schulter davongehen sah, stellte ich ihn mir als eine Art Menschenfresser vor. Grandma Bee erzählte von ihm, daß er alles in St. Larnston als sein Eigentum betrachtete, und in gewissem Sinne stimmte das auch. Aber er glaubte, auch die Menschen in St. Larnston gehörten ihm – und das war etwas ganz anderes, und wenn er es auch nicht wagte, sich die alten Herrenrechte anzumaßen, so hatte er doch eine Reihe junger Mädchen verführt. Grandma Bee ermahnte mich stets, ihm aus dem Weg zu gehen.

Ich wandte mich der Wiese zu und ging ganz dicht an die sechs Jungfrauen heran; dann hielt ich inne und lehnte mich an eine von ihnen. Sie bildeten einen Kreis und sahen wirklich so aus, als wären sie mitten im wirbelnden Tanz verhext worden. Zwei waren lang aufgeschossen, die anderen hatten die Gestalt voll ausgewachsener Frauen. Hier, in der Stille eines heißen Nachmittages, kam es mir vor, als wäre ich selbst eines dieser armen Wesen. Ich konnte mir gut vorstellen, daß ich eine dieser Sünderinnen gewesen sei, die, als man sie ertappte, aus Trotz hier auf der Wiese getanzt hatte. Liebevoll strich ich über den kalten Stein, und fast war mir, als neigte sich eine ganz leicht vor, als spürte sie meine Sympathie, fühlte das Band zwischen uns.

Verrückte Phantasien hatte ich manchmal. Das kam daher, daß ich Grandma Bees Enkelin war.

Nun kam der gefährliche Teil. Ich mußte quer über den Rasen laufen, wo man mich womöglich von einem der Fenster aus sehen konnte. Ich flog schier durch die Luft, bis ich ganz dicht an der grauen Hausmauer war. Ich wußte, wo ich die Mauer finden konnte. Ich wußte auch, daß die Arbeiter in der Nähe auf einem Feld saßen und ihre Brotkanten verzehrten, aus braunem, knusperigem Brot, heute morgen auf offenem Herd gebacken. Vielleicht hatten sie noch etwas Käse oder einige Sardinen dazu, oder wenn es ihnen gutging, hatten sie sogar eine Pastete von Hause mitbekommen, eingewickelt in ihre roten Taschentücher.

Vorsichtig setzte ich meinen Weg rund um das Haus fort und kam zu einem kleinen Gatter, das in einen ummauerten Garten führte. An diesen Mauern wuchsen Pfirsiche und Rosen, und der Duft war wunderbar. Was ich hier tat, war unbefugtes Eindringen; daran war nicht zu deuteln, aber ich mußte sehen, wo man die Gebeine gefunden hatte.

Auf der gegenüberliegenden Seite war eine Schubkarre gegen die Mauer gelehnt, auf dem Boden lagen Ziegelsteine und Handwerkszeug der Arbeiter. Jetzt wußte ich, daß ich an der richtigen Stelle war.

Rasch lief ich hinüber und spähte in das Loch in der Mauer. Innen war eine kleine Höhle, so groß wie eine kleine Kammer, etwa sieben Fuß hoch und sechs Fuß breit. Man sah es deutlich, daß die dicke alte Mauer absichtlich hohl gelassen worden war, und wie ich sie betrachtete, glaubte ich fest daran, daß die Legende von der siebenten Jungfrau auf Wahrheit beruhte.

Es trieb mich, an demselben Fleck zu stehen, wo das Mädchen damals gestanden hatte, zu fühlen, wie es ist, eingeschlossen zu sein. Ich kletterte also in das Loch, wobei ich mir die Knie abschürfte, denn es war ziemlich hoch. Drinnen in der Mauer stellte ich mich mit dem Rücken zum Licht und versuchte mir vorzustellen, wie ihr wohl zumute gewesen sein mußte, als man sie zwang, sich hier, wo ich jetzt stand, hinzustellen und zu wissen, daß man sie jetzt einmauerte und sie für den Rest ihres kurzen Lebens in tiefster Finsternis allein ließ. Wie gut konnte ich ihr Grauen, ihre Verzweiflung nachempfinden!

Ein Hauch von Moder lag in der Luft, ein Hauch von Tod, redete ich mir ein, und meine Phantasie war in diesen Sekunden so lebhaft, daß ich mir wirklich einbildete, ja, die siebente Jungfrau, das sei ich. Ich hätte leichtsinnig meine Unschuld weggeworfen und sei zur Strafe zu diesem schrecklichen Tod verurteilt. Und leise sagte ich zu mir selbst: »Ich würde es wieder tun.« Ich, an ihrer Stelle, wäre zu stolz gewesen, meine Furcht zu zeigen, und ich hoffte nur, sie wäre es ebenfalls gewesen – obgleich Stolz wiederum eine Sünde war; aber es gab doch einen gewissen Trost und half einem, sich nicht zu demütigen.

Menschenstimmen riefen mich wieder in mein Jahrhundert zurück.

»Und ich will es sehen!« Diese Stimme kannte ich. Sie gehörte Mellyora Martin, der Pfarrerstochter. Ich verachtete sie wegen ihrer stets sauberen gestreiften Baumwollkleider, die sie nie schmutzig machte, wegen ihrer langen weißen Strümpfe und ihrer schwarzen, glänzenden Schnürstiefelchen. Eigentlich hätte ich auch gern solche Schuhe gehabt. Aber da es nicht ging, machte ich mir weis, daß ich sie verachte. Sie war zwölf Jahre alt, genau wie ich. Ich sah sie manchmal im Pfarrhaus am Fenster sitzen, über ein Buch gebeugt, oder im Garten unter dem Ahornbaum, zusammen mit ihrer Gouvernante, laut lesend oder nähend. Arme Gefangene! sagte ich mir dann und war gleichzeitig ärgerlich, weil ich mir nichts sehnlicher auf der Welt wünschte, als lesen und schreiben zu können. Eine innere Stimme sagte mir, daß diese Fähigkeit, lesen und schreiben zu können, mich eher den anderen ebenbürtig mache als schöne Kleider und gute Manieren. Ihr Haar war, wie manche sagen würden, golden. Ich aber nannte es gelb. Ihre Augen waren groß und blau, ihre Haut weiß und zart getönt. Ganz im stillen nannte ich sie Melly, um ihr wenigstens ein bißchen von ihrer Würde zu rauben. Mellyora! Wie hübsch das klang, wenn die Leute es aussprachen. Aber mein Name konnte sich auch hören lassen. »Kerensa« ist cornisch und bedeutet Frieden und Liebe. Grandma Bee hat es mir erzählt; aber daß Mellyora etwas bedeutete, davon hatte ich noch nie gehört.

»Du wirst dich schmutzig machen.« Das war Johnny St. Larnston.

Nun erwischen sie mich, überlegte ich, und ausgerechnet ein St. Larnston. Aber es war bloß Johnny, der, wie es hieß, in einer Hinsicht, aber eben nur was Frauen betraf, seinem Vater nachschlug. Johnny war vierzehn. Ich hatte ihn manchmal mit seinem Vater gesehen, ein Gewehr über der Schulter; denn alle St. Larnstons übten sich von Jugend an im Jagen und Schießen. Johnny war viel größer als ich, und ich war schon groß für mein Alter. Er war blond, wenn auch nicht so wie Mellyora, und er sah nicht wie ein St. Larnston aus. Ich war froh, daß es nur Johnny und Mellyora waren.

»Das macht mir nichts aus. Johnny, glaubst du wirklich an diese Geschichte?«

»Natürlich.«

»Die arme Frau! Eingemauert werden... lebendig!«

»Hallo!« Diesmal war es eine andere Stimme. »Ihr Kinder, geht weg von der Mauer!«

»Wir wollen sehen, wo man die Nonne gefunden hat«, antwortete Johnny.

»Unsinn. Wer sagt denn, daß es eine Nonne war? Alles nur Ammenmärchen.«

Ich kroch so weit wie möglich von der Öffnung weg, während ich überlegte, ob ich nicht lieber rasch herausklettern und davonlaufen sollte. Doch dann fiel mir ein, daß es sicher nicht einfach sein würde, aus dem Loch zu klettern, und daß sie mich todsicher fangen würden – zumal jetzt noch die anderen dazugekommen waren.

Mellyora lugte durch die Öffnung. Sie brauchte einige Sekunden, um ihre Augen an das Dunkel zu gewöhnen, und schon hielt sie erschreckt den Atem an. Bestimmt hielt sie mich in diesen kurzen Sekunden für den Geist der siebenten Jungfrau.

»Aber ... « stotterte sie. »Sie ... «

Johnnys Kopf erschien. Für eine kurze Zeit schwieg er, dann murmelte er: »Es ist nur eins von den Häuslerkindern.«

»Sei doch vorsichtig! Wer weiß, ob die hält!« Nun erkannte ich die Stimme. Sie gehörte Justin St. Larnston, dem Schloßerben, keinem Jungen mehr, sondern einem Mann, der nur während der Semesterferien zu Hause war.

»Aber ich sage dir doch, da sitzt jemand drinnen«, erwiderte Johnny.

»Erzähl mir bloß nicht, daß die Dame immer noch da ist!« Wieder eine andere Stimme: sie gehörte Dick Kimber, der im Dower-House wohnte und mit dem jungen Justin in Oxford studierte.

»Komm und sieh selbst!« rief Johnny.

Ich drückte mich noch enger in meine Ecke. Mir war nicht klar, was mich mehr störte – die Tatsache, gefangen zu sein, oder die Art, wie die mich anschauten.

»Eines von den Häuslerkindern.« Was bildete der sich eigentlich ein!

Ein anderes Gesicht starrte mich an. Es war braun und von dunklem, wirrem Haar umrahmt. Die braunen Augen lachten.

»Das ist nicht die Jungfrau«, kommentierte Dick Kimber.

»Woher weißt du das denn, Kim?« fragte Johnny.

Und schon schob Justin sie beiseite, um auch hereinzuschauen. Er war sehr groß und dünn; seine Augen blickten ernst, und seine Stimme war ganz ruhig.

»Wer ist das?« fragte er.

»Ich bin kein *das*«, antwortete ich. »Ich bin Miss Kerensa Carlee.«

»Du bist ein Häuslerkind«, verwies er mich. »Wieso treibst du dich hier herum? Also los, komm sofort 'raus da!«

Ich zögerte, weil ich nicht wußte, was er im Sinne hatte. Ich sah schon, wie er mich mit nach Hause nahm und mich zur Rede stellte, weil ich hier eingedrungen war. Auch schämte ich mich, in meinem dürftigen Kittel vor ihnen zu stehen, der schon zu klein für mich war. Meine Füße waren zwar braun, aber wohlgeformt, doch hatte ich keine Schuhe an, und sicher waren sie schmutzig. Jeden Abend wusch ich sie im Bach, ganz versessen darauf, mich so sauberzuhalten wie die feinen Leute. Aber da ich keine Schuhe hatte, waren sie am Ende des Tages immer schmutzig.

»Was ist los?« fragte Dick Kimber, den sie Kim nannten, und auch ich nannte ihn später immer nur Kim. »Warum kommst du nicht 'raus?«

»Geht erst fort, dann komm' ich«, erwiderte ich.

Er wollte schon in die Höhle kriechen, als Justin ihn warnte: »Vorsicht, Kim. Du bringst die ganze Mauer zum Einsturz.«

Kim blieb, wo er war. »Wie war gleich dein Name?«

»Kerensa Carlee.«

»Großartig. Aber jetzt kommst du wohl besser heraus.«

»Geht erst fort.«

»Ding-ding Tand«, sang Johnny, »Kerensa ist in der Wand.«

»Was bracht' sie 'rein«, fuhr Kim fort, »wird's Sünde sein?«

Sie lachten über mich, und als ich aus dem Loch herauskrabbelte und fortlaufen wollte, schlossen sie einen Kreis um mich. Eine Sekunde lang kam mir der

Kreis der Steine in den Sinn, und es war fast das gleiche unheimliche Gefühl wie da drinnen in der Mauer.

Und sicherlich merkten auch sie gleich den Unterschied. Mein Haar war so schwarz, daß es einen blauen Schimmer hatte; meine Augen waren groß und wirkten in meinem schmalen Gesicht riesig, meine Haut war glatt und olivfarben. Sie dagegen sahen so sauber und gesittet aus, alle. Sogar Kim mit seinem Wuschelkopf und den lachenden Augen.

Mellyoras blaue Augen schauten verlegen weg, und in diesem Moment erkannte ich plötzlich, daß ich sie unterschätzt hatte. Sie war zwar sanft, aber nicht einfältig, und sie wußte viel besser als die anderen, wie mir zumute war.

»Du brauchst keine Angst zu haben, Kerensa«, sagte sie.

»So, braucht sie nicht?« widersprach Johnny. »Miss Kerensa Carlee wird des unbefugten Eindringens für schuldig befunden. Sie ist in flagranti ertappt worden. Wir müssen uns eine Strafe für sie ausdenken.«

Natürlich neckte er mich. Er wollte mir nichts Böses tun; er sah meine langen schwarzen Haare, und ich sah seine Augen auf der nackten Haut meiner Schulter ruhen, die durch den zerrissenen Kittel sah.

Kim sagte: »Es sind also nicht nur die Katzen, die an Neugier sterben.«

»Sei vorsichtig«, befahl Justin. Dann wandte er sich mir zu. »So was Dummes! Du hast wohl keine Ahnung, was, wie gefährlich es ist, über eine eben zusammengefallene Mauer zu klettern? Überhaupt, was machst du hier?« Er wartete keine Antwort ab. »Nun hau ab ... je schneller, desto besser.«

Ich haßte sie alle – Justin wegen seiner Kühle und weil er zu mir sprach, als wenn kein Unterschied wäre zwischen mir und den Häuslern, die auf seines Vaters Grund lebten, Johnny und Kim wegen ihrer Neckereien und Mellyora, weil sie wußte, wie mir ums Herz war, und weil sie Mitleid mit mir hatte.

Ich lief; doch als ich zu dem Gatter des ummauerten Gärtchens kam, in sicherer Entfernung von ihnen, hielt ich an und blickte zurück.

Noch immer standen sie im Halbkreis und sahen mir nach. Mellyora war die einzige, die ich genauer ansah, und sie blickte ganz betroffen zurück – sie fühlte mit mir.

Ich streckte ihnen die Zunge heraus, hörte Johnny und Kim lachen; doch dann drehte ich ihnen den Rücken zu und entfloh.

Grandma Bee saß vor der Kate, als ich zu Hause ankam. Sie saß oft so in der Sonne. Den Stuhl gegen die Wand gelehnt, die Pfeife im Mund und die Augen halb geschlossen, lächelte sie vor sich hin.

Ich warf mich an ihrer Seite nieder und berichtete, was geschehen war. Sie legte ihre Hand auf meinen Kopf, während ich sprach. Sie streichelte mir gern übers Haar, das ihrem so ähnlich war; denn, obgleich sie schon eine alte Frau war, war ihr Haar noch dicht und schwarz. Sie pflegte es aber auch ganz besonders. Manchmal trug sie es in zwei dicken Zöpfen, und dann wieder türmte sie es zu einer Rolle auf dem Kopf auf. Die Leute sagten zwar, es sei nicht natürlich für eine Frau ihres Alters, solche Haare zu haben, und Grandma Bee hörte das gern. Sie war stolz darauf, ja, es war mehr als das. Es war eine Art Symbol. Wie Samson, pflegte ich zu sagen, und dann lachte sie. Ich wußte wohl, daß sie sich ihr eigenes Mittel braute, das sie sich jeden Abend ins Haar bürstete, und dann massierte sie fünf Minuten lang ihre Kopfhaut. Keiner, außer Joe und mir, wußte davon; aber Joe achtete nicht darauf. Er war dauernd mit irgendeinem Vogel oder Tier beschäftigt. Aber ich saß dabei und sah ihr aufmerksam zu. Dann sagte sie wohl: »Ich werde es dich lehren, das Haar zu pflegen, Kerensa; dann wirst du solche Haare haben wie ich, bis du stirbst.« Doch bis jetzt hatte sie es mir noch nicht beigebracht. »Alles zu seiner Zeit«, fügte sie dann hinzu. »Und wenn ich plötzlich sterben sollte, wirst du das Rezept in dem Eckschrank finden.«

Grandma Bee liebte Joe und mich, und es war herrlich, von ihr geliebt zu werden; aber noch schöner war es zu wissen, daß ich den ersten Platz bei ihr einnahm. Joe war so etwas wie ein kleiner Schoßhund. Wir liebten ihn auf eine mütterliche Weise, doch Grandma und mich verknüpfte ein ganz besonderes Band, und das wußten wir auch und waren glücklich darüber.

Sie war eine weise Frau. Das heißt, sie war nicht nur eine kluge Frau, sondern sie war meilenweit im Umkreis bekannt für ihre besonderen Kräfte, und alle möglichen Leute kamen zu ihr. Sie heilte ihre Leiden, und sie vertrauten ihr mehr als dem Arzt. Unsere Kate war angefüllt von Gerüchen, die von Tag zu Tag wechselten, je nachdem welche Heilmittel gebraut wurden. Ich lernte dabei, welche Kräuter man in Wald und Feld sammelt und gegen was sie gut sind. Und außerdem, so munkelte man, besäße sie geheime Kräfte, die sie befähigten, in die Zukunft zu sehen. Ich bettelte, sie möge es mich lehren, aber sie meinte, das müsse man selbst lernen, indem man Augen und Ohren offen hielte und sich seine Mitmenschen besähe; denn die menschliche Natur sei in der ganzen Welt die gleiche. Es gäbe so viel Böses in den Guten und so viel Gutes in den Bösen, daß es nur darauf ankomme zu prüfen, ob das Gute oder das Böse in dem einzelnen überwiege. Wer die Menschen kenne, wisse meistens im voraus, wie sie handeln würden – und das nenne man dann »in die Zukunft sehen«. Wenn man gut damit umzugehen wüßte, schenkten die

Menschen einem Glauben und täten oft genau das, was man ihnen vorausgesagt hätte – gerade als ob sie einem helfen wollten.

Wir lebten von Grandmas Weisheit, und das nicht einmal schlecht. Wenn einer ein Schwein schlachtete, fiel immer etwas für uns ab. Oft legte ein dankbarer Patient einen Sack Kartoffeln oder Erbsen auf unsere Schwelle, und oft fanden wir dort noch heißes, frisch gebackenes Brot. Doch ich konnte auch schon gut helfen: ich konnte kochen, buk unser Brot und die Pasteten; auch wußte ich ein leckeres Gericht aus jungen Tauben zu machen.

Seit Joe und ich zur Grandma gekommen waren, war ich glücklicher, als ich je in meinem Leben gewesen war.

Aber das allerbeste war die innige Verbindung zwischen uns, und jetzt spürte ich sie besonders, wie ich so neben ihr vor der Katentür saß.

»Sie haben mich ausgelacht«, murmelte ich. »Die St. Larnstons und Kim. Nur Mellyora nicht. Der tat ich leid.«

Grandma entgegnete: »Wenn du dir jetzt etwas wünschen könntest, was wäre das wohl?«

Ich zupfte einen Grashalm aus und antwortete nicht, denn meine Sehnsüchte hatte ich noch nie in Worte gekleidet, nicht einmal ihr gegenüber.

Sie antwortete für mich: »Du möchtest eine Dame sein, Kerensa, im Wagen fahren, in Samt und Seide gekleidet sein, und am liebsten hättest du ein Kleid in leuchtend-grüner Farbe und silberne Schnallen an den Schuhen.«

»Lesen und schreiben möchte ich können«, ergänzte ich und wandte mich ihr zu. »Grandma, wird es wahr werden?«

Sie gab keine Antwort, und ich fragte mich traurig, warum. Wenn sie anderen die Zukunft voraussagen konnte, warum dann nicht mir? Flehend schaute ich zu ihr auf, doch sie bemerkte mich nicht. Die Sonne schien auf ihr weiches blauschwarzes Haar, das ihren Kopf umkränzte. Das Haar konnte einer Lady St. Larnston gehören. Es gab ihr ein stolzes Aussehen. Ihre dunklen Augen blickten noch jugendlich, obwohl sie nicht mehr so jung waren wie ihr Haar, Falten lagen darum.

»An was denkst du?« fragte ich sie.

»An den Tag, als du kamst. Erinnerst du dich?«

Ich lehnte meinen Kopf gegen ihr Knie. Die Erinnerung stieg wieder in mir auf.

Unsere ersten Jahre verbrachten Joe und ich am Meer. Unser Vater hatte eine kleine Kate am Kai, ähnlich wie wir sie jetzt mit Grandma bewohnten; nur hatte unsere noch einen großen Keller, wo wir nach einem reichen Fang die Sardinen salzten und lagerten. Wenn mir diese Kate wieder in den Sinn kommt, rieche ich zuerst den Fischgeruch – einen guten Geruch –, bedeutete er doch, daß der Keller voll war und wir für Wochen genug zu essen hatten.

Ich mußte mich immer um Joe kümmern. Unsere Mutter starb, als er vier Jahre alt war und ich sechs. Sie hatte es mir ans Herz gelegt, mich um meinen kleinen Bruder zu kümmern. Manchmal, wenn unser Vater auf See war und die Stürme tobten, daß wir glaubten, unsere Hütte würde ins Meer gefegt, dann wiegte ich Joe und sang ihm etwas vor, bis er ruhig war. Natürlich gab ich immer vor, mich nicht zu fürchten, und das, fand ich, war der beste Weg, auch wirklich keine Angst zu haben. Dieses Mir-ständig-etwas-Vormachen half mir überhaupt viel, und es gab wenig, wovor ich richtige Angst hatte.

Die beste Zeit war, wenn das Meer ruhig war, und die schwerste, wenn die Sardinenschwärme an unsere Küste kamen. Wächter, die in dieser Zeit die Küste beobachteten, meldeten die Schwärme. Wie gut erinnerte ich mich noch daran, wie aufgeregt jedermann war, wenn der Ruf Hevva-Fischzug ertönte. Dann fuhren die Boote aus, und der Fang wurde eingebracht; unser Keller war dann voll. In der Kirche lagen Sardinen zwischen Weizengarben und Früchten aus Garten und Feld, um Gott zu beweisen, daß die Fischer ebenso dankbar waren wie die Bauern.

Joe und ich arbeiteten zusammen im Keller und legten immer eine Lage Salz auf eine Lage Fisch, bis ich dachte, meine Hände würden nie wieder warm werden und nie wieder den Fischgeruch verlieren.

Aber das waren die guten Zeiten gewesen. Dann kam jener Winter, wo kein einziger Fisch mehr in unserem Keller war und die Stürme so entsetzlich rasten, wie sie es seit achtzig Jahren nicht mehr getan hatten. Joe und ich gingen mit den anderen Kindern nachts an den Strand hinunter, um Seeaale mit unseren kleinen Eisenhaken aus dem Sand zu graben. Wir brachten sie nach Hause und kochten sie. Auch sammelten wir Schnecken und Muscheln, aus denen wir eine Art Suppe kochten. Nesseln wurden gedünstet, und seit der Zeit wußte ich, was Hunger ist.

Oft träumten wir, den Ruf Hevva-Hevva zu hören. Es war ein herrlicher Traum; aber die Enttäuschung beim Erwachen war um so größer.

Auch in Vaters Augen sah ich die Verzweiflung. Ich beobachtete, wie er Joe und mich nachdenklich ansah, als wenn er zu einem Entschluß kommen müßte.

Einmal sagte er zu mir: »Eure Mutter hat euch sicher viel von eurer Grandma erzählt.«

Ich nickte. Schon von jeher liebte ich die Geschichten von Grandma Bee – und ich hatte Grandma auch nie vergessen – und wußte, daß sie in einem Ort, der St. Larnston hieß, wohnte.

»Ich glaube, sie hätte euch gern bei sich, dich und Klein-Joe!«

Ich ahnte nicht, was seine Worte bedeuteten, bis er sein Boot klarmachte. Er, der sein Leben auf dem Meer zugebracht hatte, wußte wohl, was er riskierte. Ich erinnere mich gut, wie er in die Kate kam und nach mir rief. »Sie sind zurück!« sagte er. »Es gibt Sardinen zum Frühstück. Paß auf Joe auf, bis ich wiederkomme.« Ich sah ihm nach, wie er ging, und sah auch die anderen am Ufer. Sie redeten auf ihn ein, und ich wußte, was sie ihm sagten; aber er hörte nicht.

Ich hasse den Südwind. So oft er weht, höre ich ihn wieder wehen wie in jener Nacht. Damals brachte ich Joe zu Bett, ich selber aber blieb auf, blieb still sitzen, wo ich saß, und sagte immer wieder vor mich hin: »Sardinen zum Frühstück« und lauschte auf den Wind. Er kam nie wieder. Wir waren allein. Ich hatte keine Ahnung, was wir machen sollten, und durfte es doch Joe nicht zeigen. Immer, wenn ich nachdachte, hörte ich die Stimme meiner Mutter, die mir den kleinen Bruder ans Herz legte – und dann meines Vaters letzten Satz: »Paß auf Joe auf, bis ich wiederkomme.«

Eine Weile halfen uns die Nachbarn; aber es waren schlechte Zeiten, und sie sprachen davon, uns ins Armenhaus zu stecken. Und dann fiel mir ein, was Vater von unserer Grandma gesagt hatte, und ich erklärte Joe, daß wir sie suchen gehen wollten. So machten Joe und ich uns auf den Weg nach St. Larnston, und nach langer Zeit und vielen Mühsalen kamen wir zu Grandma Bee. Und nie vergesse ich die erste Nacht in Grandma Bees Kate. Joe wurde in eine Decke gewickelt und bekam heiße Milch zu trinken. Ich mußte mich hinlegen, und dann wusch Grandma Bee mir die Füße und strich Salbe auf die wunden Stellen. Am anderen Morgen waren sie geheilt, was mir wie ein Wunder vorkam. Ich fühle noch heute die tiefe Zufriedenheit und Ruhe, die mich damals überkam. Ich wußte, ich war heimgekehrt, und Grandma Bee war mir so lieb und teuer, wie niemand sonst in meinem Leben. Ich liebte Joe, natürlich, aber noch nie war mir jemand begegnet, so wunderbar wie Grandma Bee. Ich weiß noch, wie ich auf dem Bett lag und zusah, wie sie ihr herrliches schwarzes Haar löste, wie sie es kämmte und massierte – denn nicht einmal die unerwartete Ankunft von zwei Enkelkindern vermochte dieses Ritual zu unterbrechen.

Grandma Bee heilte mich, gab mir zu essen, kleidete mich, und sie gab mir meine Würde und meinen Stolz. Das Mädchen, das in der hohlen Mauer stand, war nicht zu vergleichen mit dem, das damals erschöpft vor ihrer Türe gestanden hatte.

Sie wußte das, wie sie alles wußte.

Schnell, wie es eben Kinder tun, gewöhnten wir uns an unser neues Leben. Statt in einem Fischerdorf wohnten wir nun unter Bergleuten; obwohl die St.-Larnston-Mine geschlossen war, gab die Fedder-Mine doch noch vielen Menschen aus St. Larnston Arbeit. Jeden Tag wanderten sie die zwei Meilen hin und zurück zu ihrer Arbeitsstätte. Ich merkte bald, daß die Bergleute ebenso abergläubisch sind wie die Fischer; aber schließlich waren beides gefährliche Berufe. Wer auf See oder unter Tag arbeitete, dem lag natürlich daran, sich die Götter freundlich zu stimmen. Ich saß oft stundenlang bei Grandma Bee und lauschte ihren Geschichten aus dem Bergwerk. Auch mein Grandpa war Bergmann gewesen. Sie erzählte mir, daß sie stets einen Imbiß übriglassen mußten, um die bösen Geister zu versöhnen, und das hieß ein Gutteil vom Mahl eines hungrigen Mannes. Sie sprach recht ärgerlich über das Akkordsystem; denn hatte ein Mann einen schlechten Tag und war seine Ausbeute gering, dann war seine Bezahlung entsprechend. Auch war sie auf die Bergwerksgesellschaft ärgerlich, die ihre eigenen Läden unterhielt, wo die Bergleute alles kaufen mußten, manchmal zu überhöhten Preisen. Wenn ich Grandma so zuhörte, stellte ich mir vor, wie ich selbst in eine Bergwerksgrube hinunterstieg. Ich spürte es, wie es war, in das Dunkel des Schachtes zu fallen, spürte die heiße Luft und das Zittern des Felsens, wenn die Männer arbeiteten. Ich konnte das Entsetzen nachempfinden, wenn man plötzlich Aug in Aug einem Geist gegenüberstand, der einen schwarzen Hund bei sich hatte und einen weißen Hasen, was immer drohende Gefahr für die Grube bedeutete.

Leise sagte ich zu ihr: »Ich erinnere mich.«

»Und was brachte dich zu mir?« fragte sie.

»Der Zufall?«

Sie schüttelte den Kopf. »Es war ein langer Weg für kleine Kinder; aber du hattest keine Sekunde lang Zweifel, du würdest die Grandma finden, nicht wahr? Du wußtest, wenn du nur weiter und weiter gingest, würdest du bei ihr ankommen. So war es doch?«

Ich nickte.

Sie lächelte, als wenn sie so meine Frage beantwortet hätte.

»Ich hab' Durst, Liebchen«, sagte sie. »Geh und hol mir einen Fingerhut voll von meinem Schlehdornschnaps.«

Ich ging in die Kate. Sie bestand aus einem einzigen Raum; doch war ein kleiner Nebenraum angebaut, wo sie ihre Tränke braute und oft auch ihre Kunden empfing. Der eine Raum war unser Schlaf- und Wohnzimmer zugleich. Pedro Balencia, Grandma Bees Mann, den man einfach nur Pedro Bee rief, weil die Leute seinen Namen nicht aussprechen konnten und es auch gar nicht erst versuchten, hatte, wie Grandma erzählte, die Kate in einer Nacht erbaut. Wer das nämlich in einer

Nacht schaffte, dem gehörte, nach einem alten Brauch hier, der Grund und Boden, auf dem sie stand. Und also hatte sich Pedro Bee einen Platz gesucht, eine kleine Lichtung im Gehölz, hatte im Wald das Stroh und die Pfähle versteckt und den Lehm für die Wände, und dann, in einer hellen Mondnacht, hatte er sich mit Hilfe seiner Freunde die Kate gebaut. Er hatte in dieser Nacht zwar nur die vier Wände und das Dach fertigbekommen; die Fenster, die Tür und der Kamin sollten später folgen; aber immerhin, was dort stand, konnte Pedro mit Fug und Recht eine in einer Nacht gebaute Kate nennen, und damit hatte er diesem Brauch Genüge getan.

Pedro kam aus Spanien. Vielleicht hatte er einmal davon gehört, daß die cornischen Menschen einen Schuß spanisches Blut in sich hätten, seit den Tagen, da spanische Segler die Küste überfallen und die Frauen vergewaltigt hatten, oder aber ihre Schiffe an den Küstenfelsen zerschellt waren und sie sich mit den cornischen Einwohnern angefreundet hatten und dort geblieben waren. Jedenfalls gab es zwischen den vielen, die so blonde Haare wie Mellyora Martin hatten, auch eine Reihe mit kohlschwarzen Haaren und blitzenden dunklen Augen – und mit dem hitzigen Temperament, das im Gegensatz zu der umgänglicheren Natur der anderen stand, die viel besser in das schläfrige Klima paßte.

Pedro liebte Grandma, die wie ich Kerensa hieß. Er liebte ihr schwarzes Haar und ihre Augen, die ihn an Spanien erinnerten. Sie heirateten und lebten zusammen in der Kate, die er binnen einer Nacht gebaut hatte, und sie hatten eine Tochter – meine Mutter.

In diese Kate trat ich nun, um den Schlehenschnaps zu holen.

Obgleich wir nur einen Raum hatten, gab es noch den

Talfat, ein großes Brett in halber Höhe an der Wand, das weit in den Raum hineinragte. Dieser Talfat, auf den wir über eine Leiter, die immer in der Ecke stand, hinaufkletterten, diente Joe und mir als Schlafstätte.

Joe lag gerade dort oben.

»Was machst du da?« rief ich.

Er gab mir keine Antwort, und ich wiederholte meine Frage, worauf er eine Taube hochhielt.

»Sie hat sich das Bein gebrochen«, erklärte er. »Aber paß auf, in ein, zwei Tagen ist es wieder heil.«

Die Taube hielt still in seiner Hand, und ich sah, daß er eine Schiene konstruiert hatte, an die er das Bein gebunden hatte. Was mich bei Joe vor allem erstaunte, war nicht, daß er für Vögel und andere Tiere so etwas machen konnte, sondern daß die Tiere sich während seiner Behandlung ruhig verhielten. Ich hatte beobachtet, wie eine wilde Katze zu ihm kam und ihren Kopf an seinem Bein rieb, noch ehe sie merkte, daß er sie füttern wollte. Nie aß er seinen Teller leer; immer bewahrte er sich etwas auf und nahm es mit, wenn er seine Streifzüge machte, weil er sicher war, irgendein Lebewesen zu finden, das es nötiger brauchte als er. Wie oft überraschte ich ihn, wie er bäuchlings im Grase lag und Insekten beobachtete. Außer seinen schlanken, geschickten Fingern, die so gut die gebrochenen Glieder von Vogel und anderem Getier heilen konnten, hatte er auch einen sicheren Instinkt dafür, was ihnen fehlte. Er heilte die Krankheiten mit Grandmas Kräutern; wenn einer seiner Schützlinge etwas Besonderes brauchte, ließ er sich von Grandma helfen, als wenn die Nöte der Tiere das Wichtigste auf Gottes Erde wären.

Seine Heilkunst war auch ein Teil meiner Träume. Ich sah ihn schon in einem feinen Haus, wie dem von Dr. Hilliard; denn der Doktor war von jeher ein angesehener Mann in St. Larnston, und obgleich die Leute die

Heilmittel von Grandma höher schätzten, würden sie doch keinen Knicks und keine Verbeugung vor ihr machen. Trotz ihrer Weisheit lebte sie in einer einräumigen Kate; Dr. Hilliard hingegen gehörte zu den feinen Leuten. Für mich war es beschlossene Sache, Joe mit mir aufsteigen zu lassen. Für ihn wünschte ich mir einen Doktorgrad fast ebenso sehnsüchtig, wie ich für mich das Leben einer Lady wünschte.

»Und wenn sie dann geheilt ist?« fragte ich.

»Nun, dann fliegt sie fort und ernährt sich selbst.«

»Und was kriegst du für deine Mühe?«

Aber er hörte mir gar nicht mehr zu, er sprach murmelnd mit seiner Taube. Und hätte er meine Frage gehört, dann hätte er höchstens die Brauen gerunzelt und sich gewundert, was er außer der Freude, einem verletzten Tier geholfen zu haben, noch bekommen sollte.

Ich fand unsere Vorratskammer immer wieder geradezu aufregend. Ähnliches hatte ich noch nie gesehen. Zu beiden Seiten standen Arbeitstische voller Töpfe und Flaschen. Quer über der Decke war ein Balken, an dem alle möglichen Kräuter zum Trocknen hingen. Ich stand eine Sekunde still und atmete den Duft ein, den es nur hier für mich gab. Über der Feuerstelle hing ein riesiger schwarzgeräucherter Kessel, und unter den Tischen standen die Krüge mit Grandmas selbstgebrauten Säften. Ich wußte, in welchem der Schlehenschnaps war, und goß ein wenig in ein Glas und brachte es ihr.

Während sie nippte, kauerte ich mich wieder neben sie.

»Grandma«, bat ich, »sag mir, ob ich jemals erreichen werde, was ich mir wünsche.«

Lächelnd wandte sie sich mir zu und meinte: »Nanu, Liebling, du redest ja wie eines dieser Mädchen, die zu mir kommen und wissen wollen, ob ihr Liebster ihnen treu sei. Das hätte ich nicht von dir gedacht, Kerensa.«

»Aber ich möchte es doch so gern wissen.«
»Dann hör mir zu. Die Antwort ist einfach. Kluge Menschen lassen sich nie die Zukunft voraussagen. Sie machen sie selbst.«

Den ganzen Tag über konnten wir die Schüsse hören. Das bedeutete, es war eine Gesellschaft in Abbas. Wir hatten die Wagen anfahren sehen und wußten Bescheid; war es doch in jedem Jahr um diese Zeit das gleiche. Sie schossen Fasanen in den Wäldern.
Joe lag auf dem Talfat mit einem Hund, den er vor einer Woche vor dem Verhungern gerettet hatte. Er war gerade wieder kräftig genug, um herumzuspringen, aber er wich nicht von Joes Seite. Joe teilte sein Essen mit ihm und war glücklich, ihn gefunden zu haben. Aber jetzt war er unruhig. Ich kannte das noch vom Vorjahr her und wußte, daß er an die armen Vögel dachte, die erschreckt aufflatterten, ehe sie tot auf die Erde fielen. Er hieb mit der Faust auf den Tisch, als wir davon sprachen, und schimpfte: »Ich denke ja nur an die verwundeten. Wenn sie einmal tot sind, kann man sowieso nichts mehr machen, aber die armen verletzten Tiere. Nicht immer werden sie gefunden und . . . «
Ich meinte nur: »Joe, du mußt vernünftig sein. Es hat doch keinen Sinn, sich darüber aufzuregen, was man nicht ändern kann.«
Er stimmte mir zu, aber er ging nicht hinaus. Er blieb auf dem Schlafbrett mit seinem Hund, den er Squab* genannt hatte, weil er ihn an jenem Tag gefunden hatte, als die geheilte Taube davongeflogen war – und der Hund ihren Platz eingenommen hatte.
Ich machte mir Sorgen um Joe, weil er so finster blickte und ich in ihm so manchen Zug von mir selber erkannte;

* Täubchen

ich wußte daher nie genau, was er im Sinne hatte. Oft hielt ich ihm vor, daß er sich glücklich preisen dürfe, so ungebunden umherzustreifen, während die meisten Knaben seines Alters in der Fedder-Grube arbeiten mußten. Die Leute wunderten sich, daß er nicht zur Arbeit geschickt wurde; aber ich wußte, Grandma teilte meine Ansichten über ihn – über uns beide –, und da genug zu essen für uns drei vorhanden war, hatten wir unsere Freiheit. Das war ihre Art, den anderen zu beweisen, daß wir etwas Besonderes waren.

Grandma ahnte, daß ich mir Sorgen machte, und schlug vor, mit ihr in den Wald Kräuter sammeln zu gehen.

Ich war recht froh, von der Kate wegzukommen.

Grandma gab mir den Rat: »Du mußt dich nicht aufregen, Mädchen. Es ist nun einmal seine Art, und es wird ihm immer Kummer machen, wenn Tiere leiden.«

»Grandma, ich wünsche... ich wünsche, er könnte Arzt werden und nach den Menschen sehen. Ob sie wohl eine Menge kosten würde, so eine Ausbildung?«

»Weißt du denn überhaupt, ob er will, mein Kind?«

»Er will doch immer alles heilen. Warum nicht auch Menschen? Da kriegte er wenigstens Geld dafür, und die Leute hätten Respekt vor ihm.«

»Vielleicht kümmert er sich nicht so um die Meinung anderer wie du, Kerensa?«

»Er soll sich aber darum kümmern«, gab ich zurück.

»Wenn es ihm bestimmt ist, wird er es tun.«

»Du hast doch gesagt, nichts wäre vorherbestimmt. Die Menschen sollten sich ihre eigene Zukunft bauen.«

»Jeder richtet sich sein Leben selbst ein, Liebling. Er macht es so, wie er will, genauso wie du tust, was dir gefällt.«

»Da liegt er nun den größten Teil des Tages auf dem Bett... mit seinen Tieren.«

»Laß ihn so, wie er ist, Kerensa«, schloß Grandma die

Unterhaltung. »Er wird sein Leben leben, wie es ihm paßt.«

Aber ich wollte ihn nicht lassen! Ich wollte ihm schon beibringen, aus dem Leben auszubrechen, in das wir hineingeboren waren. Wir waren zu gut dafür – wir alle: Grandma, Joe und ich. Mich wunderte nur, daß Grandma das nicht erkannt hatte und daß sie zufrieden war mit dem Leben, das sie führte.

Kräuter sammeln beruhigte mich immer. Grandma sagte mir, wo wir die einzelnen Kräuter finden konnten, und dann erklärte sie mir ihre heilenden Eigenschaften. Aber als wir an jenem Tag beim Pflücken waren, hörte ich immer wieder in der Ferne die Schüsse.

Als wir müde wurden, setzten wir uns unter einen Baum, und ich überredete sie, mir von früher zu erzählen.

Wenn Grandma erzählte, kam es wie ein Zauber über mich, als wäre ich es selber, die all das erlebte. Ja, mir war auch zumute, als wäre ich Grandma selbst, umworben von Pedro, dem jungen Bergmann, der so anders war als die übrigen Männer und der ihr immer so hübsche Lieder vorsang, spanische Lieder, die sie nicht verstand.

»Aber man muß nicht immer die Worte kennen, um zu verstehen«, meinte sie. »Oh, er war hier gar nicht gern gesehen; er war ein Fremder und außerdem... Es gäbe nicht genug Arbeit für die Einheimischen, sagten einige – da brauchten nicht auch noch die Fremden zu kommen, um ihnen das Brot vom Munde wegzuschnappen. Aber mein Pedro lachte nur darüber. Er sagte, nachdem er mich einmal gesehen hatte, sei es um ihn geschehen gewesen, und wo ich sei, dort würde auch er sein, nur dorthin gehöre er.«

»Grandma, du hast ihn geliebt, du hast ihn wirklich geliebt.«

»Es war der mir bestimmte Mann, und ich wollte keinen anderen haben.«

»Du hattest also nie einen anderen Liebsten?«

Über Grandmas Gesicht ging ein Ausdruck, den ich noch nie gesehen hatte. Sie wandte den Kopf in Richtung Abbas, als wenn sie auf das Schießen lauschte.

»Dein Grandpa war kein duldsamer Mensch«, gab sie zur Antwort. »Er hätte jeden, der ihn beleidigte, ohne viel Federlesens umgebracht. So einer war er.«

»Hat er denn jemals jemanden getötet, Grandma?«

»Nein, aber er hätte es getan... er würde es getan haben... wenn er gewußt hätte...«

»Was gewußt, Grandma?«

Grandma gab keine Antwort, und ihr Gesicht war eine Maske, hinter die keiner schauen konnte.

Ich lehnte an ihrer Seite und sah in die Bäume. Die Tannen würden den ganzen Winter über grün bleiben; aber die Blätter der anderen Bäume waren bereits rostbraun. Bald würde es wieder kalt werden.

Nach langem Schweigen sagte Grandma: »Aber es ist schon so lange her...«

»Daß du einen anderen Mann geliebt hast?«

»Es war keine Liebe. Ich werde es dir erzählen – als Warnung. Es ist ganz gut, wenn man weiß, wie es in der Welt aussieht, vielleicht geht es dir auch einmal so. Dieser andere war Justin St. Larnston... nicht dieser Sir Justin. Sein Vater.«

Ich setzte mich kerzengerade auf, mit weit geöffneten Augen.

»Du, Grandma, und Sir Justin St. Larnston?«

»Sein Vater. Aber es war kein großer Unterschied zwischen ihnen. Er war böse.«

»Aber warum...«

»Um Pedros willen.«

»Aber...«

»Das sieht dir ähnlich, gleich zu urteilen, ohne die Tatsachen gehört zu haben, Kind. Nachdem ich nun einmal angefangen habe, muß ich dir auch alles erzählen. Er sah mich und stellte mir nach. Ich gehörte zu den Häuslerkindern der St. Larnstons und war versprochen. Er mußte wohl Erkundigungen über mich eingezogen und erfahren haben, daß ich Pedro heiraten wollte. Ich weiß es noch wie heute, wie er mich in die Enge trieb, dort in dem ummauerten Gärtchen dicht beim Haus.« Ich nickte.

»Wie dumm ich war. Ich war auf dem Weg zur Küche, wo ich eines der Mädchen besuchen wollte. Und dort in dem Garten lauerte er mir auf und stellte mich; er versprach mir eine Stellung für Pedro, eine sicherere und besser bezahlte als die im Bergwerk – wenn ich vernünftig wäre. Pedro brauchte es ja nie zu erfahren. Ich aber widerstand ihm, sagte, ich liebte Pedro, wollte ihn heiraten und daß es für mich nie einen anderen gäbe als Pedro.«

»Und dann . . . «

»Und dann wurde Pedro übel mitgespielt. Die St.-Larnston-Mine arbeitete damals noch, und er war in seiner Hand. Ich dachte, er hätte mich vergessen, aber nein! Je mehr ich mich sträubte, um so größer wurde sein Verlangen. Pedro erfuhr nichts davon. Das war das Wunder. Und dann eines Nachts . . . ehe wir heirateten, ging ich zu dem anderen; denn ich sagte mir, wenn es ein' Geheimnis bliebe und er Pedro in Frieden ließe . . . dann wäre es wohl besser so.«

»Grandma!«

»Du bist entsetzt, mein Liebling. Darüber bin ich froh. Aber ich will dir erklären, warum ich es tun mußte. Ich habe oft darüber nachgedacht und weiß, daß es richtig war. Es war wie, ich sagte es ja schon, sich die eigene Zukunft bauen. Die meine gehörte Pedro. Ich wollte, daß wir für immer zusammen in dieser Kate blieben und unsere Kinder um uns... die Knaben Pedro ähnelnd und die Mädchen mir. Und ich überlegte: Was bedeutet schon das eine Mal, wenn ich dafür die Zukunft für uns erkaufe? Und ich tat recht daran; hätte ich es nicht getan, es wäre das Ende gewesen für Pedro. Du hast keine Ahnung, wozu der alte Sir Justin fähig war. Er hatte kein Gefühl für unsereinen. Wir waren für ihn wie Fasane, die sie heute schießen... eigens zu diesem Zweck aufgezogen. Er hätte Pedro mit der Zeit getötet; er hätte ihm eine gefährliche Arbeit gegeben, und ich hatte es in der Hand, daß er uns in Ruhe ließ, weil ich erkannte, daß es für ihn eine Art Sport war. Und deshalb ging ich hin.«

»Oh, ich hasse die St. Larnstons«, stöhnte ich.

»Die Zeiten ändern sich, Kerensa, und die Menschen mit ihnen. Die Zeiten sind schwer, aber nicht so schwer wie damals, als ich in deinem Alter war. Und wenn deine Kinder heranwachsen, dann werden sie es wiederum etwas leichter haben. Das ist der Lauf der Welt.«

»Grandma, und was passierte dann?«

»Es war nicht zu Ende. Einmal war nicht genug. Er mochte mich zu gut leiden. Mein schwarzes Haar, Pedros ganzer Stolz... auch er liebte es. Es lag ein Eishauch über meinem ersten Ehejahr, Kerensa. Es hätte so schön sein können, aber ich mußte zu ihm gehen, verstehst du... und wenn Pedro davon erfahren hätte – er hätte ihn umgebracht, leidenschaftlich und stolz wie er war.

»Hattest du Angst, Grandma?«

Sie runzelte die Stirn, als wollte sie sich erinnern. »Es war ein verwegenes Spiel, fast ein Jahr lang, bis ich fühlte, ich bekäme ein Kind... und ich wußte nicht, von wem. Kerensa, ich wollte dieses Kind nicht, ich wollte es nicht. Ich sah es vor mir, stellte mir vor, wie es heranwuchs, dem anderen ähnlich sah... ein Spott für Pedro, wie ein Flecken, der sich nie und nimmer auswaschen ließ. Nein, ich konnte es ihm nicht antun. Nun... ich bekam das Kind nicht, Kerensa. Ich wurde sehr krank und war dem Tode nahe. Aber ich verlor das Kind – und er verlor das Interesse an mir, vergaß mich. Und ich tat, was ich konnte, um alles an Pedro wiedergutzumachen. Er behauptete immer, ich sei die sanfteste Frau auf der Welt, obwohl ich anderen gegenüber manchmal recht heftig werden konnte. Es gefiel ihm aber, Kerensa, und ich machte ihn glücklich. Und manchmal glaube ich, daß ich, eben weil ich mich an ihm versündigt hatte, so sanft zu ihm war, ihm jeden Wunsch von den Augen ablas. Und das fand ich seltsam, so als ob Gutes aus Bösem käme. Aber es half mir, viel vom Leben zu verstehen, und damals war es auch, daß sich diese Fähigkeit in mir entwickelte, anderen zu helfen. Deshalb, Kerensa, sollte man nie eine Erfahrung verwünschen, sei sie gut oder böse; es liegt etwas Gutes in jedem Bösen, genauso wie Böses in Gutem steckt... das ist so sicher, wie ich hier neben dir sitze. Zwei Jahre darauf wurde deine Mutter geboren – unsere Tochter, Pedros und meine. Ihre Geburt kostete mich fast das Leben, und ich konnte keine Kinder mehr haben. Was ich zuvor erlebt hatte, war wohl schuld daran. Aber es war ein schönes Leben. Die Jahre vergingen, und das Böse wurde vergessen. Wie oft hab' ich zurückgeschaut in die Vergangenheit und zu mir selbst gesagt, du konntest gar nicht anders handeln; es war der einzige Weg.«

»Aber warum sollen die da unser Leben zerstören dürfen?« fragte ich leidenschaftlich.

»Es gibt Schwache und Starke auf der Welt, und wenn man zu den Schwachen gehört, muß man sich seine Stärke suchen. Und wer die Augen offenhält, der findet sie auch.«

»Nun, ich werde sie finden, Grandma.«

»Ja, mein Kind, das wirst du, wenn du willst. Es liegt nur an dir.«

»O Grandma, wie ich die St. Larnstons hasse!« wiederholte ich noch einmal.

»Aber nein, er ist schon lange tot. Hasse nie die Kinder für die Sünden ihrer Eltern und rechte nicht mit mir über das, was ich getan habe. Ah, es war ein glückliches Leben! Dann jedoch kam der Tag der Trauer. Pedro war zur ersten Tagesschicht weggegangen. Ich wußte, daß sie Sprengungen unter der Erde durchführten und daß Pedro einer der Hauer war, die als erste die losgesprengte Kohle in die Loren schaufeln mußten. Ich hatte keine Ahnung, was dort unten passiert war – das weiß man nie genau, aber ich wartete den ganzen Tag am Schachtausgang, daß sie ihn mir brächten. Zwölf Stunden lang wartete ich, und dann brachten sie ihn mir – es war nicht mehr mein geliebter, fröhlicher Pedro. Er lebte zwar noch... einige Minuten lang – gerade lange genug, um Lebewohl zu sagen. ›Gott segne dich‹, sagte er zu mir. ›Ich danke dir für mein Leben.‹ Und was hätte er mir Besseres sagen können? Ich sage mir oft, selbst wenn es keinen Sir Justin gegeben hätte und ich ihm gesunde Söhne hätte schenken können, er hätte nichts Schöneres sagen können.«

Sie stand abrupt auf, und wir gingen zur Kate zurück. Joe war mit Squab fortgegangen, und sie nahm mich in die Vorratskammer mit. Da stand ein alter Holzkasten, der immer verschlossen war. Heute öffnete sie ihn und ließ mich hineinsehen. Da lagen zwei spanische Kämme und Mantillen. Einen der Kämme steckte sie sich ins Haar und legte die Mantille darüber.

»So«, sagte sie, »sah er mich gern. Wie oft sagte er nicht, wenn er sein Glück gemacht hätte, nähme er mich mit nach Spanien; dann würde ich auf dem Balkon sitzen und mich mit dem Fächer fächeln, während die große Welt vorbeiflaniere.«

»Du siehst wunderschön aus, Grandma.«

»Einen davon bekommst du, wenn du etwas älter bist«, erklärte sie mir. »Und wenn ich eines Tages sterbe, gehören beide dir.«

Dann steckte sie mir den zweiten Kamm ins Haar und legte mir die andere Mantille um, und als wir so nebeneinander standen, war es überraschend zu sehen, wie ähnlich wir uns waren.

Ich war sehr stolz, daß sie mir etwas anvertraut hatte, wovon sie, wie ich wußte, noch zu keinem Menschen gesprochen hatte.

Nie werde ich den Augenblick vergessen, wo wir Seite an Seite standen mit den Kämmen und den Mantillen und uns so seltsam ausnahmen zwischen all den Töpfen und Kräutern. Und von draußen klang das Knallen der Gewehre.

Ich wurde wach durch den Mondschein, obwohl wirklich nicht viel davon in unsere Kate fiel. Die Stille war ungewöhnlich. Ich richtete mich auf und überlegte, was nicht stimmte. Es war kein Laut zu hören. Weder Grandmas noch Joes Atem. Grandma war gegangen, um bei einer Geburt zu helfen, erinnerte ich mich. Sie tat das öfters, und wir wußten dann nie, wann sie heimkam. Deshalb wunderte es mich auch nicht, daß sie noch nicht da war. Aber wo war Joe?

»Joe!« rief ich. »Joe, wo bist du?«

Ich spähte hinüber zu seinem Platz auf dem Talfat, aber er war leer.

»Squab!« rief ich. Aber es kam kein Laut.

Ich stieg die Leiter hinunter; es genügten ein oder zwei Sekunden, um mich in der Kate umzusehen. Ich ging in den Vorratsraum; aber auch dort war Joe nicht. Und plötzlich fiel mir wieder ein, wie Grandma mich hier vor kurzem erst mit dem spanischen Kamm und der Mantille geschmückt hatte, und ich hörte wieder im Geist das Knallen der Flinten.

War es möglich, daß Joe ein solcher Narr war und in den Wäldern nach verwundeten Vögeln suchte? War er verrückt? Wenn er dahin ginge, betrat er verbotenes Gelände, und wenn man ihn erwischte... Gerade in dieser Jahreszeit wurde das unbefugte Eindringen besonders hart bestraft.

Ich überlegte, wie lange er schon weg sein könnte, öffnete die Haustür und sah hinaus. Es mußte kurz nach Mitternacht sein.

Dann ging ich wieder in die Kate zurück, setzte mich hin und wußte nicht, was tun. Ich hoffte, Grandma würde bald kommen. Wir müßten mit Joe reden und ihm die Gefahr vor Augen halten, wenn er so leichtsinnige Sachen machte.

Ich wartete und wartete – doch weder Grandma noch Joe kamen. Ungefähr eine Stunde mußte ich so gesessen haben, als ich es nicht mehr länger aushielt. Ich zog mich an und verließ die Kate in Richtung der Abbas-Wälder.

Es war eine stille, schöne Nacht. Alles erschien unheimlich, aber zauberhaft, so in Mondlicht getaucht. Einen Moment dachte ich an die sieben Jungfrauen und hätte meinen Ausflug lieber dorthin gemacht, anstatt nach Joe Ausschau zu halten.

Die Luft war kalt, aber das störte mich nicht; ich rannte den ganzen Weg bis zum Wald. Dann stand ich am Waldrand und überlegte, was nun. Nach Joe zu rufen, wagte ich nicht; falls ein Wildhüter in der Nähe wäre, zöge das nur seine Aufmerksamkeit auf mich. Wenn Joe tatsächlich in den Wald gegangen war, würde es nicht leicht sein, ihn zu finden.

Joe, dachte ich, du Dummkopf! Warum hast du ausgerechnet Leidenschaften, die dich in solche Unannehmlichkeiten bringen... in so große!

Ich stand an dem Schild, von dem ich wußte, daß es ein Verbotsschild war, das die Leute vor dem Betreten der Wälder warnte. Sie waren über das ganze Waldgebiet verteilt.

»Joe!« flüsterte ich und fragte mich, ob ich nicht schon zu laut gerufen hätte. Ich ging ein Stück in den Wald hinein und überlegte, wie dumm ich doch war. Es wäre besser, wieder nach Hause zu gehen. Vielleicht war er schon wieder zurück.

Gräßliche Bilder zogen vor meinem inneren Auge vorbei. Gesetzt, er fand einen Vogel? Gesetzt, er wurde zusammen mit dem Vogel gefangen? Aber wenn er auch so töricht war, mußte ich es ihm nicht unbedingt gleichtun. Ich sollte lieber zurück zur Kate gehen, auf den Talfat klettern und weiterschlafen. Hier konnte ich nichts ausrichten.

Aber es fiel mir schwer umzukehren; schließlich war Joe mir anvertraut, und ich mußte mich um ihn kümmern. Ich würde es mir niemals verzeihen, wenn ich ihn im Stich ließe.

Ich betete, hier im Wald in der Nacht, daß meinem Bruder nichts geschehen sein möge. Nur wenn ich etwas wünschte, begann ich zu beten. Ich betete aus ganzem Herzen, verzweifelt und ernsthaft, und wartete auf Gottes Antwort.

Es geschah nichts; doch immer noch stand ich still – und hoffte. Ich zögerte die Rückkehr hinaus, weil etwas mir sagte, daß Joe bestimmt nicht in der Kate wäre, wenn ich ginge – und dann hörte ich ein Geräusch. Angespannt lauschte ich; es war das Winseln eines Hundes.

»Squab!« flüsterte ich; aber mir kam es sehr laut vor, denn meine Stimme klang mir als Echo aus dem Wald zurück. Ein Rascheln im Gehölz, und dann, da war er! Schmiegte sich an mich, winselte leise und sah mich an, als wollte er mir etwas sagen.

Ich kniete nieder. »Squab, wo ist er? Squab! Wo ist Joe?«

Er lief ein kleines Stück voraus, hielt inne und sah zu mir zurück, und ich merkte, daß er mir sagen wollte, Joe sei irgendwo im Walde und er wolle mich zu ihm bringen. Ich folgte ihm.

Als ich Joe sah, blieb mir fast das Herz stehen. Ich starrte fassungslos auf ihn und auf die versteckte Falle, in die er hineingeraten war. Joe – auf verbotenem Grund gefangen – gefangen in einer Menschenfalle!

Vergeblich rüttelte ich an dem grausamen Eisen, es gab meinen schwachen Kräften nicht nach.

»Joe!« flüsterte ich. Squab jaulte, rieb sich an mir und sah mich flehentlich an. Aber Joe gab keine Antwort.

In ohnmächtiger Wut zerrte ich an den versteckten Zähnen, aber ich konnte sie nicht auseinanderbringen.

Eine panische Angst kam über mich: ich mußte meinen Bruder befreien, ehe er in der Falle gefunden wurde. Wenn er noch lebte, würde er vor Gericht gestellt werden. Und Sir Justin würde keine Gnade kennen! *Wenn* er noch lebte! Er *mußte*! Ich würde es einfach nicht ertragen, wenn er tot wäre. Alles andere als das. Solange er lebte, konnte ich noch irgend etwas zu seiner Rettung tun. Ich mußte handeln.

Was man will, das kann man auch ... man muß sich nur die nötige Mühe geben: das war einer von Grandmas Grundsätzen – und alles, was sie sagte, glaubte ich fest. Doch jetzt, wo ich es mit etwas Schwierigem zu tun hatte ... mit der wichtigsten Aufgabe, die sich mir je gestellt hatte ... konnte ich nichts tun.

Meine Hände bluteten. Ich wußte nicht, wie man dieses schreckliche Ding auseinanderbrachte. Ich versuchte es mit meiner ganzen Kraft, aber ich schaffte es nicht. Es mußte einen anderen Weg geben. Ein Mensch allein konnte eine Menschenfalle nicht öffnen. Ich mußte Hilfe holen. Grandma mußte mitkommen. Aber Grandma, bei all ihrer Weisheit, war eine alte Frau. Ob sie wohl die Falle aufbringen würde? Sie kann alles, versicherte ich mir selbst. Ja, ich durfte keine Zeit mehr verlieren, ich mußte Grandma holen.

Squab sah mich erwartungsvoll an. Ich streichelte ihn und sagte zu ihm: »Bleib hier bei ihm.« Dann sauste ich davon.

Ich rannte so schnell wie noch nie, und doch kam es mir ewig vor, bis ich die Straße erreichte! Die ganze Zeit lauschte ich auf Stimmen. Wenn Sir Justins Wildhüter Joe womöglich fänden, bevor ich ihn befreien konnte? Es wäre entsetzlich! Im Geiste sah ich meinen Bruder schon grausam mißhandelt, ausgepeitscht und gefesselt. Mein Atem flog, als ob ich schluchzte, während ich über die Straße rannte; vielleicht hörte ich deshalb nicht die Schritte hinter mir, bis sie mich fast eingeholt hatten.

»Hallo!« rief eine Stimme. »Wo brennt's denn?«

Ich kannte diese Stimme; sie gehörte einem Feind – dem –, den sie Kim nannten.

Er durfte mich nicht fangen; er durfte nichts wissen, sagte ich mir, aber er hatte längere Beine als ich.

Er packte mich am Arm und zog mich mit einem Ruck zu sich herum.

Er pfiff. »Kerensa aus der Wand!«

»Laß mich los!«

»Wieso fliegst du hier um Mitternacht durch die Lande? Bist du eine Hexe? Natürlich bist du eine. Als du mich hörtest, hast du deinen Besenstiel weggeworfen.«

Ich versuchte meinen Arm freizubekommen, aber er hielt mich fest. Ganz dicht brachte er sein Gesicht an das meine.

»Hast du Angst?« fragte er. »Vor mir?«

Ich wollte ihn mit dem Fuß stoßen. »Ich habe keine Angst vor Ihnen.«

Dann mußte ich an Joe denken, der in der Falle lag, und fühlte mich so elend und hilflos, daß mir die Tränen in die Augen stiegen.

Sofort war er wie umgewandelt. »Schau«, sagte er, »ich will dir nichts tun.« Und ich fühlte, daß etwas Freundliches in dem Menschen stecken mußte, der mit solcher Stimme sprechen konnte.

Er war jung, stark und größer als ich, und in diesem Augenblick durchzuckte mich ein Gedanke: vielleicht wußte er, wie man eine Falle aufmacht.

Ich zögerte. Aber ich wußte, daß ich schnell handeln mußte. Joe mußte leben bleiben, nur darum ging es mir; aber wenn er leben bleiben sollte, dann mußte er rasch befreit werden.

Ich ließ es darauf ankommen, doch im selben Moment bereute ich es schon wieder; doch nun war es geschehen, gab es kein Umkehren mehr.

»Es handelt sich um meinen kleinen Bruder«, stieß ich hervor.

»Wo?«

Ich blickte hinüber zum Wald. »Dort... in der Falle.«

»Großer Gott!« rief er aus. Dann: »Zeig mir den Weg.«

Als ich ihn zu der Stelle führte, kam uns Squab schon entgegen. Kim war jetzt sehr ernst geworden. Aber er wußte, wie man es anstellen mußte, eine Falle zu öffnen.

»Ich weiß allerdings nicht, ob wir zwei es schaffen.«

»Wir müssen es.« Ich sagte es voller Inbrunst, und seine Mundwinkel verzogen sich leicht.

»Und wir wollen es«, versicherte er mir, und da wußte ich, daß wir es konnten.

Er zeigte mir, was ich zu tun hatte, und wir arbeiteten zusammen; aber die grausame Folter wollte ihren Gefangenen nicht freigeben. Ich war froh – so froh –, daß ich ihn um Hilfe gebeten hatte; Grandma und ich hätten nichts ausrichten können.

»Drück mit aller Macht«, kommandierte er. Ich legte mein ganzes Gewicht auf das Eisen, und langsam öffnete Kim die Feder. Er stieß einen tiefen Seufzer der Erleichterung aus. Wir hatten Joe befreit.

»Joey!« flüsterte ich ... so hatte ich ihn immer als Baby genannt ... »sei bitte nicht tot. Bitte, sei nicht tot.«

Ein toter Fasan war zu Boden gefallen, als wir meinen Bruder aus der Falle zogen, und ich sah, wie Kim einen kurzen Blick darauf warf. Aber er sagte nichts.

»Ich glaube, sein Bein ist gebrochen«, meinte er. »Wir müssen vorsichtig sein. Es ist vielleicht besser, wenn ich ihn trage.« Sanft hob er Joe auf seine Arme, und in dem Augenblick liebte ich Kim, weil er so ruhig und freundlich war und voller Fürsorge.

Squab und ich liefen neben ihm her, während er Joe trug. Ich hätte am liebsten laut gejubelt. Doch als wir auf die Straße kamen, fiel mir wieder ein, daß Kim nicht nur zu denen da oben gehörte, sondern daß er auch ein Freund der St. Larnstons war.

Angstvoll fragte ich ihn: »Wohin gehen Sie?«

»Zu Dr. Hilliard. Er braucht sofort einen Arzt.«

»Nein!« rief ich entsetzt.

»Warum nicht?«

»Verstehen Sie nicht? Er wird fragen, wo wir ihn gefunden haben. Und die anderen werden auch bald sehen, daß da jemand in der Falle war, bestimmt merken sie das. Sehen Sie das nicht ein?«

»Wozu stiehlt er auch Fasane?« brummte er.

»Nein ... nein. Er hat noch nie gestohlen. Er wollte den Vögeln helfen. Er sorgt sich immer um die Vögel und um andere Tiere. Bitte, bringt ihn nicht zum Arzt. Bitte ... bitte!«

Ich zog ihn am Rockzipfel und blickte zu ihm auf.

»Wohin denn sonst?« fragte er.

»In unsere Kate. Grandma kann genausoviel wie ein Doktor. Und dann erfährt niemand etwas davon...«

Er hielt inne, und ich dachte schon, er würde meinem Flehen nicht nachgeben. Doch dann sagte er: »Ist gut. Aber ich finde doch, er braucht einen Doktor.«

»Was er braucht, ist daheim zu sein bei mir und Grandma.«

»Du sollst deinen Willen haben, aber es ist verkehrt.«

»Er ist mein Bruder. Sie wissen selber, was sonst mit ihm passiert.«

»Zeig mir den Weg«, antwortete er, und ich führte ihn zu unserer Kate.

Grandma stand schon in der Tür, voller Angst, wo wir bloß steckten. Während ich noch atemlos hervorstieß, was passiert sei, sprach Kim kein Wort; er trug Joe ins Haus hinein und legte ihn auf den Fußboden, auf den Grandma schnell eine Decke ausgebreitet hatte. Joe sah ganz schmächtig aus.

»Ich glaube, sein Bein ist gebrochen«, sagte Kim.

Grandma nickte.

Zusammen banden sie das Bein an einem Stock fest, und es kam mir wie ein Traum vor, Kim in unserer Kate zu sehen und von Grandma Befehle entgegenzunehmen. Er blieb auch noch, während sie Joes Wunden auswusch und sie mit Salbe behandelte.

Als sie damit fertig war, sagte Kim: »Und trotzdem meine ich, Ihr solltet den Doktor rufen.«

»Es ist besser so«, antwortete Grandma fest, die von mir wußte, wo wir ihn gefunden hatten.

Kim zuckte nur mit den Schultern und ging fort.

Die ganze Nacht wachten wir bei Joe, Grandma und ich, und am nächsten Morgen wußten wir, daß er am Leben bleiben würde.

Wir hatten Angst. Joe lag auf seiner Matte, zu krank, um sich um irgend etwas zu kümmern; aber wir hatten Angst. Jedesmal, wenn wir Schritte hörten, schraken wir auf, lauschten voller Angst, ob sie kämen, um Joe abzuholen.

Und nur leise flüsternd unterhielten wir uns darüber.

»Grandma«, bettelte ich, »sag, habe ich es falsch gemacht? Er war doch gerade da, und er war groß und stark, und ich dachte, er weiß vielleicht, wie man eine Falle öffnet. Ich hatte solche Angst, Grandma, Angst davor, daß wir beide ihn nicht herausbekämen.«

»Es war schon recht so«, besänftigte mich Grandma. »Eine Nacht in der Falle hätte unseren Joe umgebracht.«

Dann fielen wir wieder in Schweigen, hielten Wache bei Joe und lauschten auf Schritte.

»Grandma?« fragte ich, »meinst du, er wird ... «

»Ich weiß es nicht.«

»Er war doch so freundlich, Grandma, ganz anders als die meisten dort.«

»Ja, das war er«, stimmte Grandma zu.

»Aber er ist mit den St. Larnstons befreundet, Grandma. An dem Tag, als ich in die Mauer geklettert war, war er auch dabei. Er lachte über mich, genau wie die anderen.«

Grandma nickte.

Schritte vor der Tür. Ein Klopfen an der Tür.

Grandma und ich waren gleichzeitig dort.

Mellyora Martin stand draußen und lächelte uns an. Sie sah reizend aus in ihrem lilaweißen Leinenkleid, ihren weißen Strümpfen und ihren schwarzen Schnallenschuhen. Sie trug einen Weidenkorb am Arm, der mit einem Tuch bedeckt war, und hielt ihn uns entgegen.

»Guten Tag«, sagte sie mit ihrer süßen, hellen Stimme.

Weder Grandma noch ich gaben eine Antwort; wir

waren beide zu erleichtert, um etwas anderes zu zeigen als eben unsere Erleichterung.

»Ich habe davon erfahren, und nun bringe ich das hier für den kleinen Patienten«, fuhr Mellyora fort.

Grandma nahm den Korb ab und fragte: »Für Joe...?«

Mellyora nickte. »Ich traf Mr. Kimber heute früh, und er erzählte mir, daß der Junge beim Klettern von einem Baum gefallen sei. Und ich dachte, daß ihm dies vielleicht Freude machen würde...«

Mit einer Stimme, so demütig, wie ich sie noch nie von meiner Grandma gehört hatte, sagte Grandma: »Ich danke Ihnen vielmals, Miss.«

Mellyora lächelte. »Ich hoffe nur, daß er bald wieder gesund wird. Auf Wiedersehn.«

Wir blieben in der Tür stehen und sahen ihr nach; dann brachten wir ohne ein Wort den Korb nach drinnen. Unter dem Tuch lagen Eier, Butter, ein halbes gebackenes Huhn und ein Laib hausgemachtes Brot.

Grandma und ich sahen uns an. Kim hatte also nichts verraten. Wir brauchten uns nicht weiter zu fürchten.

Im stillen dachte ich an mein Gebet im Walde; wie mir schien, hatte die göttliche Vorsehung beschlossen, mir zu helfen. Ich hatte die mir gebotene Gelegenheit ergriffen, obwohl ich ein großes Risiko dabei einging, und hatte gewonnen.

Wohl selten war ich so glücklich wie in diesem Augenblick, und später, als mir bewußt wurde, was ich Kim alles schuldete, versprach ich mir, es nie zu vergessen.

Joe brauchte lange, ehe er gesund wurde. Er lag auf seiner Matte, Squab neben sich, und tat und sprach stundenlang nichts. Lange Zeit konnte er nicht laufen, und als er es endlich versuchte, stellten wir fest, daß er zum Krüppel geworden war.

Er konnte sich nicht mehr recht an die Falle erinnern. Nur der schreckliche Augenblick, als er hineinlief und er sie zuschnappen, seinen Knochen zersplittern hörte, war ihm im Gedächtnis geblieben. Zum Glück war er vor Schmerzen ohnmächtig geworden; es hatte keinen Zweck, ihn zu schelten, daß er selber schuld sei; er hätte es sicher wieder getan, wenn er gekonnt hätte.

Aber wochenlang blieb er in sich gekehrt, und erst als ich ihm ein Kaninchen mit verletztem Fuß brachte, taute er allmählich auf. Die Sorge um das Kaninchen weckte seine Lebensgeister, so daß er wieder der »alte« Joe zu sein schien.

Der Winter kam ins Land, und er wurde sehr kalt und hart. Die Winter waren im Binnenland sowieso kälter als an der Küste, und trotzdem waren die Winter in Cornwall noch einigermaßen mild. Nur dieses Jahr kamen die Winde anstatt aus Südwest von Norden nach Osten und brachten sogar Schneestürme mit. Die Fedder-Mine, wo viele Dorfbewohner arbeiteten, warf nicht so viel Erz ab wie bisher, und es ging das Gerücht um, daß sie in einigen Jahren taub sein würde.

Weihnachten kam, und getreu eines jahrhundertealten Brauches kamen Körbe voll Eßwaren aus Abbas, und wir durften in einigen Waldstücken Reisig sammeln. Es war nicht so wie das Weihnachten im Jahr zuvor, weil Joe nicht herumlaufen konnte und wir uns damit abfinden mußten, daß sein Bein wohl nie mehr richtig in Ordnung käme. Dennoch waren uns die Ereignisse jener Nacht noch zu gegenwärtig, als daß wir mit dem Schicksal gehadert hätten. Wir wußten nur zu gut, daß Joe mit Müh und Not davongekommen war, und das wollten wir nicht vergessen.

Aber ein Unglück kommt selten allein. Es muß im Februar gewesen sein, als sich Grandma eine Erkältung zuzog; sie war fast niemals krank, und wir nahmen deshalb in den ersten Tagen wenig Notiz davon; dann erwachte ich eines Nachts von ihrem Husten. Ich kletterte von dem Talfat herunter, um ihr etwas von ihrem eigenen Sirup zu bringen. Er brachte ihr zwar vorläufig Linderung, heilte aber den Husten nicht ganz. Einige Nächte später hörte ich sie reden, und zu meinem Entsetzen stellte ich fest, daß sie mich nicht erkannte, als ich an ihr Bett kam. Immer wieder nannte sie mich Pedro.

Ich hatte schreckliche Angst, sie würde sterben, und saß die ganze Nacht an ihrem Bett. Gegen Morgen hörten die Fieberphantasien auf. Als sie so weit war, mir zu erklären, welche Kräuter ich aufzubrühen hätte, fühlte ich mich besser. Drei Wochen lang pflegte ich sie nach ihren eigenen Anweisungen, und allmählich begann sie sich zu erholen. Sie konnte nun schon in der Kate herumlaufen, doch wenn sie hinausging, begann sie sofort wieder zu husten, und so sorgte ich dafür, daß sie im Haus blieb. Ich sammelte Kräuter für sie und machte Saft davon; aber viele hätte nur sie selbst finden können. Jedenfalls kamen auch nicht mehr so viele Leute, um ihren Rat einzuholen. Und das nicht nur, weil die Armut bei ihnen anklopfte und damit auch bei uns, sondern auch, weil einige an den Heilkräften von Grandma Bee zu zweifeln begannen. Sie konnte sich nicht einmal selbst helfen, oder?! Der Junge war ein Krüppel, und nur weil er vom Baum gefallen war! Es konnte also nicht allzuviel auf sich haben mit Grandma Bees Wunderkräften.

Und aus war es mit den saftigen Schweinebraten; kein dankbarer Patient ließ mehr einen Sack voll Erbsen oder Kartoffeln auf unserer Schwelle. Wir mußten bescheiden essen, wenn wir zweimal pro Tag eine Mahlzeit haben wollten.

Noch hatten wir Mehl, und ich buk daraus eine Art Fladen in dem alten Lehmofen; sie schmeckten ganz gut. Wir hatten auch eine Ziege, die uns Milch gab; doch wir konnten sie nicht ordentlich füttern und bekamen deshalb auch weniger Milch.

Eines Morgens beim Frühstück erzählte ich Grandma von einer Idee, die mir in der Nacht gekommen war.

Wir saßen alle drei am Tisch, unsere Näpfe mit »Himmelsblau über tiefem Grau« vor uns, ein Gericht, das viel in diesem Winter gegessen wurde. Man bereitete es aus Wasser mit einem Schuß Magermilch – die wir billig von einem Bauern bekamen, der verkaufte, was er nicht für seine Schweine brauchte –, und da hinein brockten wir Brotstücke. Die Flüssigkeit sah etwas bläulich aus, und das graue Brot sank immer auf den Grund der Schüssel hinunter – daher der Name.

»Grandma«, sagte ich, »ich finde, ich sollte etwas verdienen.«

Sie schüttelte den Kopf, aber ich sah den Ausdruck ihrer Augen. Ich war jetzt fast 13. Hatte man je von einem Mädchen in meinem Alter gehört, das nicht Grandma Bees Enkelin war und wie eine Dame nichts tat? Grandma wußte, daß etwas geschehen mußte. Joe konnte nicht helfen, aber ich war kräftig und gesund.

»Wir wollen es uns überlegen«, meinte sie.

»Das hab' ich schon.«

»Und was willst du tun?«

»Was gibt es denn?«

Das war die Frage. Ich konnte zum Bauern Pengaster gehen und fragen, ob er eine Hilfe im Stall oder in der Küche brauche. Es gab aber viele, die nur darauf lauerten, ihre Hilfe anzubieten, wenn er Bedarf hätte! Wo noch? In einem der Herrschaftshäuser? Dieser Gedanke war mir verhaßt. Mein ganzer Stolz sträubte sich dagegen; aber ich war mir darüber klar, daß es sein mußte.

»Es soll nur eine Zeitlang sein«, sagte Grandma. »Im Sommer bin ich wieder auf dem Damm.«

Ich konnte Grandma gar nicht ansehen, sonst hätte ich ihr gestanden, daß ich lieber verhungern würde als eine solche Arbeit anzunehmen. Aber ich durfte nicht nur an mich denken. Ich mußte auch an Joe denken und an Grandma. Wenn ich fort war auf Arbeit, konnten sie sich meinen Teil von »Himmelblau über tiefem Grau« teilen, meinen Teil von Kartoffeln und Schinken.

»Ich werde nächste Woche auf den Trelinketer Markt gehen«, erklärte ich fest. Der Trelinketer Markt wurde zweimal im Jahr in Trelinket abgehalten – einem Dorf, gut zwei Meilen von St. Larnston entfernt. Wir gingen immer hin, Grandma, Joe und ich, und das wurde bei uns rot im Kalender vermerkt. Grandma Bee kämmte dann ihr Haar mit besonderer Sorgfalt, und wir wanderten stolz durch die Menschenmenge; gewöhnlich nahm sie ein paar ihrer Heilmittel mit und verkaufte sie an einen Standinhaber. Und dann kaufte sie uns Ingwerbrot oder ein Jahrmarktsgeschenk. Aber diesmal hatten wir nichts zu verkaufen, und da Joe die zwei Meilen zu dem Jahrmarkt nicht mehr laufen konnte, hatte sich alles verändert.

Ich machte mich allein auf den Weg, mit einem Herzen so schwer wie Blei und verwundetem Stolz. Wie oft hatte ich nicht, wenn ich mit Grandma und Joe über den Markt geschlendert war, hingeschielt zu den Männern und Frauen auf dem Heuerpodest, und wie glücklich war ich immer gewesen, nicht unter ihnen zu sein. Daß ein Mensch sich so feilbieten mußte wie auf einem Sklavenmarkt, war eine Erniedrigung, wie ich sie mir schlimmer nicht vorzustellen vermochte. Aber wer Arbeit suchte, dem blieb nichts anderes übrig. Die Arbeitgeber kamen eigens auf den Markt, um Dienstboten, die ihnen gefielen, anzuheuern. Heute war ich eine von ihnen.

Es war ein strahlender Frühlingstag, und irgendwie

machte der Sonnenschein es noch schlimmer; ich beneidete die Vögel, die vor Freude närrisch zu sein schienen nach dem ungewöhnlich harten Winter; ja, ich war an diesem Morgen bereit, jeden zu beneiden... Früher war der Jahrmarkt ein Freudenfest gewesen, das ich in vollen Zügen genoß, das Durcheinander, den Lärm, alles, was den Trelinketer Markt ausmachte. An den Erfrischungsständen gab es heißes Rindfleisch und gebratene Gans; man konnte zugucken, wie sie über dem Feuer neben den Ständen brutzelten. Es gab Stände mit Pasteten aus hellgelbem Teig mit köstlicher Füllung, einen Tag zuvor in einer Bauernküche oder in einem Steinofen gebacken. Die Verkäufer riefen die verlokkendsten Angebote der vorbeiströmenden Menge zu.

»Wie wär's mit einem Stück von diesem Muggety, mein Lieber. So was Leckeres hast du dein Lebtag noch nicht gegessen.«

Und der Verkäufer schnitt eine Muggety an, um das Innere aus Hammel- oder Kalbfleisch zu zeigen, oder eine Nattlin, die mit Schweinefleisch gefüllt wurde oder gar mit einer Spanferkelfüllung, das Köstlichste vom Köstlichen. Natürlich fehlten auch nicht die gewöhnlichen Sorten mit gegrillten Tauben.

Die Leute drängten sich vor den Ständen, probierten und kauften die Pasteten, um sie mit nach Hause zu nehmen. Dann gab es noch den Viehmarkt mit den billigen Jakobs, die alles, was man sich nur vorstellen konnte, verkauften – alte Stiefel und Kleider, Lederwaren, Töpfe, Pfannen und sogar alte Öfen – und die Wahrsager und Heilpraktiker, die die Vorzüge ihrer Medizinen ausriefen, die sie von Grandma Bee gekauft hatten.

Und dicht daneben, wo eine Gans am Spieß gebraten wurde, befand sich das Heuerpodest. Voller Scham blinzelte ich dorthin. Einige standen schon darauf, wie ein Häuflein Elend. Kein Wunder. Wem macht es schon Freude, sich so zur Arbeit feilzubieten! Und der Gedanke, daß ich, Kerensa Carlee, mich ihnen anschließen mußte! Ich dachte, ich würde mein Lebtag lang den Geruch von gebratener Gans hassen. Alle um mich her schienen sich zu freuen; die Sonne brannte noch heißer herab, und ich haßte die ganze Welt.

Aber ich hatte Grandma versprochen, mir eine Arbeit zu suchen. Ich konnte nicht gut umkehren und ihr berichten, daß mich der Mut im allerletzten Augenblick verlassen hätte. Ich konnte nicht zurück und ihnen wieder zur Last fallen, ich, die gesund war und stark.

Entschlossen näherte ich mich der Plattform, stieg die knarrende Holzstiege hinauf, und dann stand ich zwischen den anderen.

Arbeitgeber, die Leute suchten, musterten uns interessiert und schätzten unsere Fähigkeiten ab. Ich erkannte Bauer Pengaster darunter. Wenn er mich nähme, wäre es nicht das schlechteste. Es hieß, daß er gut zu seinen Leuten sei, und ich konnte vielleicht kleine Leckerbissen zu unserer Kate mit heimnehmen. Es würde mein bitteres Los beträchtlich erleichtern, wenn ich hin und wieder nach Hause gehen und die großzügige Dame spielen könnte.

Dann sah ich zwei näherkommen, vor denen ich unwillkürlich und entsetzt zurückwich. Es waren der Butler und die Haushälterin von Abbas. Nur ein Grund konnte sie auf den Markt geführt haben, und richtig: sie hielten geradewegs auf die Heuerplattform zu. Auf einmal packte mich die Angst. Immer hatte ich davon geträumt, eines Tages auf St. Larnston Abbas zu leben. Ich hatte diesen Traum gehegt, weil Grandma Bee immer sagte, daß, wenn man einen Traum nährt und alles, was man nur kann, tut, damit er sich erfüllt, dann sei es so gut wie sicher, daß er eines Tages wahr würde.

Nun merkte ich, wie leicht mein Traum Wirklichkeit werden konnte: ich würde auf Abbas leben – aber als Dienstmagd!

Hundert Bilder zogen vor meinem inneren Auge vorbei. Ich dachte an den jungen Justin St. Larnston, der mir herablassend Befehle erteilte; an Johnny, der höhnend darauf hinwies, daß ich eine Dienstmagd sei; an Mellyora, die zum Tee kam, und ich, in Häubchen und Schürze, mußte ihr aufwarten. Kim fiel mir ein. Und noch ein anderer Gedanke kam mir. Seitdem mir Grandma damals im Wald ihr Geheimnis anvertraut hatte, hatte ich viel über Sir Justin nachgedacht, den Vater des heutigen Sir. Sie waren sich sehr ähnlich, und ich sah aus wie Grandma. Wenn mir nun das gleiche zustieße wie Grandma? Mir brannten die Wangen vor Zorn und Scham bei dieser Vorstellung.

Sie kamen näher, sprachen ernsthaft miteinander, dann sahen sie sich eines der Mädchen an, das ungefähr in meinem Alter war. Was würde passieren, wenn sie die Reihe abschritten? Was, wenn sie mich wählten?

Ich kämpfte mit mir. Sollte ich nicht doch von dem Podest herunterspringen und nach Hause laufen? Ich hörte mich Grandma alles erklären. Sie würde Verständnis dafür haben. War es nicht meine Idee gewesen – nicht ihre – hierherzugehen?

Dann erblickte ich Mellyora, zart und frisch in einem mauvefarbenen Leinenkleid, den Rock mit Falbeln geschmückt, das Mieder eng anliegend, Halsausschnitt und Ärmel mit Spitze besetzt, in weißen Strümpfen und schwarzen Schnürschuhen. Ihr blondes Haar sah unter ihrem Strohhut hervor.

Und im selben Augenblick sah sie auch mich, und aus war es mit meiner Fassung. Sie kam rasch auf mich zu, als traute sie ihren Augen nicht, und blieb genau vor mir stehen.

»Kerensa, du?« rief sie leise.

Ich ärgerte mich, weil sie mich in meiner demütigenden Situation sah; wie konnte ich anders, als sie hassen, wie sie dastand, hübsch, sauber, adrett und so fein – und frei.

»Du verdingst dich?«

»Es scheint so«, antwortete ich grob.

»Aber . . . bisher brauchtest du das doch nicht?«

»Die Zeiten sind schlecht«, murmelte ich.

Das Paar von Abbas kam näher. Der Butler hatte schon die Augen auf mich gerichtet, und sie blickten mich lebhaft und nachdenklich an. Mellyora glühte vor Erregung; sie schluckte, und die Worte überschlugen sich fast, als sie sagte: »Kerensa, wir suchen jemanden. Willst du ins Pfarrhaus kommen?«

Es war die Rettung. Mein Traum kehrte sich nicht gegen mich. Ich kam nicht durch die Hintertür nach St. Larnston Abbas. Nähme ich den Weg, würde mein Traum nie in Erfüllung gehen; das spürte ich.

»Ins Pfarrhaus!« stammelte ich. »So wollen Sie jemanden einstellen?«

Sie nickte zustimmend. »Ja, wir brauchen . . . jemanden. Wann kannst du anfangen?«

Haggety, der Butler, war jetzt ganz dicht herangekommen; er sagte: »Guten Morgen, Miss Martin.«

»Guten Morgen.«

»Ich freue mich, Sie zu sehen, Miss, hier auf dem Jahrmarkt. Mrs. Rolt und ich wollen ein paar Mädchen für die Küche aussuchen.« Er sah zu mir, und seine kleinen Augen glänzten.

»Die würde passen«, sagte er. »Wie heißt du?«

Ich hob meinen Kopf hoheitsvoll. »Sie kommen zu spät«, erwiderte ich. »Ich bin schon in festen Händen.«

Dieser Tag besaß einen Hauch von Unwirklichkeit. Ich hatte das Gefühl, daß dies alles mir nicht wirklich passierte, daß ich bald aufwachen und mich auf meiner Schlafstelle auf dem Talfat wiederfinden würde, träumend wie immer oder mit Grandma Bee lachend.

In Wirklichkeit aber ging ich neben Mellyora Martin, und sie hatte mich eingestellt, damit ich im Pfarrhaus arbeitete – sie, ein Mädchen nicht älter als ich.

Mr. Haggety und Mrs. Rolt waren so verblüfft, daß sie nur noch mit offenem Mund zuschauen konnten, als Mellyora ihnen höflich Lebewohl sagte. Sie starrten uns nach, als wir fortgingen, und ich hörte Mrs. Rolt murmeln: »Na, hat man so etwas je gesehen!«

Ich blickte Mellyora an, mir war nicht wohl in meiner Haut, womöglich bereute sie ihre vorschnelle Tat. Sie war bestimmt nicht auf den Jahrmarkt gekommen, um jemanden einzustellen, und hatte nur so impulsiv gehandelt, um mich vor einer Anstellung auf Abbas zu bewahren. Genauso wie sie mich vor dem Spott zu retten versucht hatte, als sie mich in der Mauer fanden.

Ich fragte: »Geht das in Ordnung?«

»Was?«

»Daß Sie mich mitgenommen haben?«

»Es wird schon in Ordnung gehen.«

»Aber...«

»Wir werden es schon deichseln«, sagte sie. Sie war sehr hübsch. Sie lächelte, und das Funkeln und der Trotz in ihren Augen machten sie noch hübscher.

Die Leute drehten sich nach uns um, als wir durch die Menge schritten. Wir bildeten einen scharfen Kontrast: sie so blond, ich so dunkel; sie hübsch angezogen und ich, obgleich sauber – mein Zeug und Haar hatte ich am Tage zuvor gewaschen –, im Kittel; sie in schwarzen glänzenden Schuhen, ich barfuß. Und es wäre keinem Menschen eingefallen, daß sie mich engagiert hatte.

Sie führte mich an den Rand des Feldes, auf dem der Jahrmarkt stattfand; dort stand ein Wagen mit einem

Pony, der, wie ich wußte, zum Pfarrhaus gehörte; auf dem Bock saß die ältliche Gouvernante, die ich oft in Mellyoras Begleitung gesehen hatte.

Als wir näherkamen, wandte sie sich zu uns um und sagte: »Guter Gott, Mellyora! Was soll das denn bedeuten?«

Das »das« bezog sich natürlich auf mich, und ich hob ruckartig den Kopf und sah die Gouvernante von oben herab an.

»Oh, Miss Kellow, ich muß Ihnen erklären...« begann Mellyora hastig und verlegen.

»Und ob du das mußt«, lautete die Antwort. »Also bitte.«

»Das ist Kerensa Carlee. Ich habe sie eingestellt.«

»Du hast... Was?«

Vorwurfsvoll wandte ich mich Mellyora zu. Wenn sie meine Zeit vergeudete... Wenn sie nur ein Spiel mit mir trieb... Wenn das ein amüsantes Spiel sein sollte...

Sie schüttelte den Kopf. Abermals zeigte sie die verblüffende Eigenschaft, in meinen Gedanken lesen zu können.

»Schon gut, Kerensa«, sagte sie. »Überlaß das nur mir.«

Sie sprach zu mir wie zu einer Freundin, nicht wie zu einer Angestellten; ich hätte Mellyora in diesem Augenblick lieben können, wenn ich von meiner bitteren Eifersucht frei gewesen wäre. Ich hatte sie mir albern, zimperlich und ein bißchen dumm vorgestellt. Aber das stimmte nicht. In ihr steckte eine ganze Menge Mut, wie ich bald merken sollte.

Nun war es an ihr, eine hoheitsvolle Miene aufzusetzen, und sie konnte das sehr gut. »Steig ein, Kerensa. Miss Kellow, fahren Sie uns bitte nach Hause.«

»Aber Mellyora...«

Sie war ein Drachen, diese Miss Kellow. Ich schätzte sie auf Anfang vierzig. Sie hatte schmale Lippen und wachsame Augen. Ich fühlte eine ungewöhnliche Sympathie für sie, denn in gewisser Weise war auch sie nur eine Angestellte.

»Das«, bemerkte Mellyora, noch immer ganz junge Dame, »ist eine Sache, die nur mich und meinen Vater etwas angeht.«

Wir rollten die Straße zurück nach St. Larnston, und keiner sprach, während wir an den Katen vorbeifuhren, an dem Haus des Schmieds, und so kamen wir zu der grauen Kirche mit ihrem hohen Turm und dem Friedhof mit den umgefallenen Grabsteinen. Dahinter lag das Pfarrhaus.

Miss Kellow fuhr an der Haustür vor, und Mellyora sagte: »Komm mit, Kerensa.«

Ich stieg mit ihr aus, und Miss Kellow fuhr den Wagen zu der Remise. Ich sagte: »Sie hätten mich nicht einstellen sollen, nicht wahr?«

»Aber sicher«, gab sie zurück. »Wenn ich es nicht getan hätte, wärst du nach Abbas gekommen und dagegen sträubte sich doch alles in dir.«

»Woher wissen Sie das?«

Sie lächelte. »Ich habe es erraten.«

»Und woher wissen Sie, ob es mir hier gefällt?«

»Natürlich gefällt es dir hier. Mein Vater ist der beste Mensch von der Welt. In seinem Haus muß sich jeder glücklich fühlen. Trotzdem werde ich es ihm erklären müssen.«

Sie zögerte und wußte nicht recht, wohin mit mir. Dann sagte sie: »Komm mit.«

Sie stieß die Tür auf, und wir gelangten in eine große Diele, wo auf einer Eichentruhe eine Schüssel voll Märzenbecher und Anemonen stand. Eine Uhr aus Großvaters Zeiten tickte in einer Ecke, und gegenüber der Tür war eine breite Treppe.

Mellyora bedeutete mir, ihr zu folgen, und wir stiegen

die Treppe hinauf. Auf dem Treppenabsatz öffnete sie eine Tür.

»Warte in meinem Schlafzimmer«, sagte sie, »bis ich dich rufe.«

Die Tür schloß sich hinter mir, und ich war allein. Noch nie war ich in so einem Zimmer gewesen. Zartblaue Vorhänge hingen an dem großen Fenster, und eine blaue Überdecke lag auf dem Bett. An den Wänden hingen Bilder, und die rosa Tapete hatte ein Muster aus himmelblauen, ineinanderverschlungenen Kränzchen. Was mich am meisten anzog, war jedoch das kleine Bücherregal beim Bett. Bücher, die Mellyora las! Das zeigte mir von neuem die Kluft zwischen uns. Und deshalb drehte ich ihnen wieder den Rücken zu und sah zum Fenster hinaus. Unter mir war der Pfarrgarten. Ungefähr ein halber Morgen groß, mit Rasen und Blumenbeeten, und in dem Garten arbeitete Reverend Charles Martin, Mellyoras Vater. Während ich ihn beobachtete, sah ich Mellyora auftauchen. Sie lief geradewegs auf ihn zu und begann, ernsthaft auf ihn einzureden. Aufmerksam blickte ich hinunter, wußte ich doch, daß hier über mein Schicksal entschieden wurde.

Reverend Charles schien überrascht, Mellyora wurde sehr nachdrücklich. Sie diskutierten heftig; Mellyora nahm seine Hand und sprach energisch auf ihn ein. Sie setzte sich für mich ein, und ich wunderte mich, warum ihr wohl so viel daran liege? – Wie ich sehen konnte, gewann sie; er konnte seinem Liebling nichts abschlagen. – Ergeben nickte er, und gemeinsam gingen sie ins Haus. Ein paar Minuten darauf öffnete sich die Tür, und Mellyora lächelte mir triumphierend zu.

Reverend Charles kam auf mich zu, und in dem Tonfall, den ich von der Kanzel kannte, sagte er: »Du willst uns also zur Hand gehen, Kerensa; ich hoffe, du wirst dich bei uns wohlfühlen.«

2. Kapitel

Bald wurde mir klar, welch große Chance Mellyora mir gegeben hatte, und obgleich ich später so manches Seltsame hier erleben sollte, erschien mir das erste Jahr im Pfarrhaus als die schönste Zeit meines Lebens, und das lag wohl vor allem daran, weil ich merkte, daß ich in eine neue Welt aufsteigen konnte.

Mellyora war meine Chance. Ich begriff, daß sie von mir in gleichem Maße angezogen wurde wie ich von ihr. Sie hatte in mir diese ungeheure Lust entdeckt, einer mir verhaßten Umgebung zu entfliehen, und sie war davon fasziniert.

Natürlich hatte ich auch meine Feinde im Hause. An erster Stelle stand Miss Kellow. Selber eine Pfarrerstochter, kehrte sie dauernd ihre Würde hervor, eifrig darauf bedacht zu beweisen, daß nur ein Unglück daran schuld war, daß sie sich ihren Lebensunterhalt verdienen mußte. Sie liebte Mellyora, aber sie war eine ehrgeizige Frau, und da ich diese Eigenschaft ebenfalls in hohem Maße besaß, entdeckte ich sie schnell auch bei anderen. Wie ich, war sie mit ihrem Los unzufrieden und nur darauf erpicht, es zu verbessern. Mrs. Yeo war Köchin und Haushälterin, die sich als Oberhaupt des Personals betrachtete, einschließlich von Miss Kellow. Zwischen den beiden schwelte eine Fehde, die mir zum Vorteil gereichte; denn obgleich Mrs. Yeo, wie sie es nannte, beileibe nicht einsehen konnte, was ich in diesem Haus zu suchen hätte, war sie mir nicht so übel gesonnen wie Miss Kellow, sondern nahm sogar hin und wieder meine Partei, allerdings nur, um Miss Kellow zu widersprechen. Außerdem gab es noch den Stallknecht, Tom Belter, und den Pferdejungen, Billy Toms, die mich eigentlich ganz gern sahen; aber mir lag nichts an ihren Vertraulichkeiten, mit denen sie Kit und Bess, die zwei Hausmädchen, bedachten, was ich ihnen schnell klarmachte. Sie trugen mir das nicht einmal nach, sondern respektierten meinen Wunsch. Kit und Bess betrachteten mich mit Ehrfurcht, weil ich Grandma Bees Enkelin war. Manchmal fragten sie mich über Grandma aus; sie wollten einen Rat in ihren Liebeshändeln oder auch ein Kräutlein, um ihren Teint zu verbessern. Ich konnte ihnen helfen, und das machte mir das Leben angenehmer, denn als Ausgleich übernahmen sie einige Pflichten, die eigentlich mir oblagen.

In den ersten Tagen in der Pfarrei sah ich wenig von Mellyora; ich dachte schon, sie hätte ihre gute Tat getan und ließe es dabei bewenden. Ich wurde Mrs. Yeo übergeben, die mir, nachdem sie sich genug über meine unnötige Anwesenheit ausgelassen hatte, meine Arbeit zuwies, die ich auch ohne zu murren tat.

Damals, als Mellyora mit dem Pfarrer in ihr Schlafzimmer gekommen war, hatte ich um die Erlaubnis gebeten, zu Grandma hinüberzulaufen, um ihr zu berichten, wo ich sei, und es war mir sofort gestattet worden. Mellyora war mit in die Küche gekommen und hatte eigenhändig einen Korb voll feinster Eßwaren gepackt, die ich für meinen armen Bruder, der vom Baum gestürzt war, mitnehmen sollte. Ich war ziemlich aufgeregt, als ich an unserer Kate ankam und vom Erfolg meines Ausflugs nach dem Trelinketer Markt erzählte.

Grandma hielt mich in ihren Armen, den Tränen so nahe, wie ich es noch nie erlebt hatte. »Der Pfarrer ist ein guter Mensch«, erklärte sie. »Es gibt keinen besseren in ganz St. Larnston. Und sein Mädchen ist ein gutes Kind. Es wird dir dort gutgehen, mein Liebling.«

Ich erzählte ihr auch von Haggety und Mrs. Rolt und wie sie beide mich fast eingestellt hätten. Sie lachte mit mir, als ich berichtete, wie verblüfft sie ausgesehen hatten, als sie mich mit Mellyora hatten fortgehen sehen.

Wir packten den Korb aus, aber ich wollte nichts davon anrühren. Es sei für sie, sagte ich. Ich würde gut im Pfarrhaus zu essen bekommen.

Das allein schon bedeutete einen Traum, der in Erfüllung gegangen war. Hatte ich mir nicht immer gewünscht, die Dame Gnadenreich zu spielen?

Meine gehobene Stimmung legte sich nach den ersten Tagen, nachdem ich Mellyora nicht zu sehen bekam und Töpfe und Pfannen scheuern mußte oder den Bratspieß drehen oder Gemüse putzen und die Fußböden aufwischen. Aber als Gegenleistung bekam ich gut zu essen. Kein »Himmelblau und tiefes Grau« mehr! Aber während dieser Tage kam mir etwas zu Ohren, was mich erstaunte. Ich wischte gerade den Steinboden des Kühlhauses, wo Butter, Käse und Milch aufbewahrt wurden, als Belter in die Küche kam und mit Mrs. Yeo plauderte. Ich hörte, wie er ihr einen lauten Kuß gab, und spitzte die Ohren.

»Hör auf, junger Mann«, kicherte Mrs. Yeo. Er aber tat das keineswegs, sondern man hörte, wie sie sich balgten und heftig atmeten. Dann sagte sie: »So setz dich schon hin und hör auf. Sonst sehen die Mädchen dich noch, und es wäre nicht gut für sie zu erfahren, was für eine Sorte Mann du bist, Master Belter.«

»Nein, das ist unser Geheimnis, he, Mrs. Yeo?«

»Hör auf. Hör auf!«

Dann: »Wir haben das Mädchen von Grandma Bee hier, weißt du das schon?«

»Ja, ich hab' sie gesehen. Scharf wie eine Herde Affen, schätz ich.«

»Oh, du selbst bist auch nicht ohne. Was ich wissen will ... Warum ist sie überhaupt hier? Der Pfarrer hat es schon schwer genug, das weiß der Himmel, uns alle zu füttern. Und dann kommt noch diese daher – und die hält sich ganz hübsch 'ran, wenn's zu Tisch geht, besser als an ihre Arbeit, das kann ich dir sagen.«

»Steht es denn so schlecht?«

»Ach, du weißt doch, wenn der Pfarrer einen Pfennig hat, gibt er zwei aus.«

Doch schnell fanden sie ein interessanteres Thema als des Pfarrers Angelegenheiten oder meine Ankunft; aber ich blieb mit meinen Gedanken noch dabei. Alles hier im Pfarrhaus schien mir von Wohlstand zu zeugen, und es war sehr überraschend für mich zu hören, daß in diesem Hause Schmalhans Küchenmeister sein sollte. Eigentlich konnte ich es nicht glauben. Sicherlich war es nur Dienstbotengeschwätz.

Ich war bereits eine Woche im Pfarrhaus, als mir mein großes Glück bewußt wurde. Man hatte mich zum Saubermachen in Mellyoras Zimmer geschickt, während sie in der Bibliothek von Miss Kellow unterrichtet wurde. Sobald ich allein war, ging ich zu dem Bücherregal und schlug eines der Bücher auf. Es waren Bilder darin mit Unterschriften. Ich starrte darauf und versuchte zu begreifen. Ich war ärgerlich und enttäuscht wie jemand, der in einem Gefängnis sitzt, während draußen in der Welt die aufregendsten Dinge passieren.

Ich fragte mich, ob ich mir nicht selbst das Lesen beibringen könnte, ob ich so ein Buch nähme, mir die Form der Buchstaben einprägte, sie nachmalte und sie auswendig lernte. Darüber vergaß ich ganz, das Zimmer sauberzumachen. Ich saß auf dem Fußboden, zog ein Buch nach dem anderen heraus und versuchte, die Buchstaben miteinander zu vergleichen, um herauszufinden, was sie bedeuteten. Ich saß noch da, als Mellyora hereinkam.

»Was machst du denn da?« fragte sie.

Hastig schlug ich das Buch zu und antwortete: »Ich mache Ihr Zimmer sauber.«

Sie lachte. »Unsinn. Du sitzt auf dem Fußboden und liest. Was liest du denn, Kerensa? Ich wußte gar nicht, daß du das kannst.«

»Sie lachen mich aus!« rief ich. »Hören Sie auf damit! Bilden Sie sich bloß nicht ein, nur weil Sie mich auf dem Markt angestellt haben, Sie hätten mich gekauft!«

»Kerensa!« sagte sie hoheitsvoll, wie sie zu Miss Kellow zu sprechen pflegte.

Ich fühlte, wie meine Lippen zu zittern begannen, und sofort änderte sich ihre Miene.

»Warum siehst du denn in die Bücher hinein?« fragte sie freundlich. »Bitte, sag es mir; ich möchte es wissen.«

Es war das »bitte«, was mich mit der Wahrheit herausplatzen ließ. »Es ist nicht fair«, sagte ich. »Ich könnte auch lesen, wenn es mir jemand beibringen würde.«

»Du möchtest also lesen können!«

»Natürlich will ich gern lesen und schreiben können, mehr als alles andere auf der Welt.«

Sie saß auf dem Bettrand, kreuzte ihre hübschen Füße und betrachtete ihre Lackschuhe. »Na, das ist doch ganz einfach«, sagte sie. »Du mußt eben Unterricht haben.«

»Wer soll ihn mir geben?«

»Ich natürlich.«

Das war der Anfang. Sie lehrte es mich, obgleich sie mir hinterher gestand, sie hätte gedacht, daß ich dessen bald müde würde. Müde? Ich war unermüdlich. In der Dachstube, die ich mit Bess und Kit teilte, stand ich beim ersten Morgenschimmer auf und schrieb Buchstaben, ahmte jeden Strich für Strich nach, so wie Mellyora sie mir vorgeschrieben hatte. Ja, ich stahl mir sogar Kerzen aus Mrs. Yeos Vorratsschrank und ließ sie die halbe Nacht brennen. Ich bedrohte Bess und Kit mit schrecklichen Verwünschungen, wenn sie mich verrieten, und weil ich die Enkelin von Grandma Bee war, versprachen sie mir schließlich, mein Geheimnis zu bewahren.

Mellyora war über meine Fortschritte erstaunt. An dem Tag, an dem ich ohne Hilfe meinen Namen schreiben konnte, war sie ganz gerührt.

»Es ist ein Jammer«, meinte sie, »daß du auch noch die andere Arbeit machen mußt. Du solltest mit mir im Schulzimmer sitzen.«

Einige Tage später rief mich Reverend Charles in sein Studierzimmer. Er war sehr mager, hatte freundliche Augen und eine Haut, die mir von Tag zu Tag gelber zu werden schien. Das Zeug schlotterte ihm am Leib. Sein lichtes, braunes Haar war immer zerzaust und unordentlich. Er gab nicht viel auf sein Aussehen. Er sorgte sich mehr um die Armen und um die Seelen der Leute, und was ihm am meisten am Herzen lag, das war Mellyora. Man merkte es ihm an, daß er sie für einen der Engel hielt, von denen er immer predigte. Sie konnte ihn um den kleinen Finger wickeln, und es war mein Glück, daß sie die Eigenschaft, sich um andere zu sorgen, von ihm geerbt hatte. Er sah stets ziemlich ratlos aus, und zunächst glaubte ich, das käme daher, weil er mit seinen Gedanken immer bei all den Leuten war, die zur Hölle fahren müßten; aber nachdem ich die Unterhaltung zwischen Mrs. Yeo und Belter mitangehört hatte, sagte ich mir, daß er sich womöglich sorge, wie er all die Münder in seinem Haus satt kriegen könnte und wie er das Geld dazu herschaffen sollte.

»Meine Tochter sagte mir, daß sie dir das Schreiben beigebracht hat. Das ist sehr schön. Sehr gut. Du möchtest lesen und schreiben lernen, Kerensa?«

»Ja, sehr gern.«

»Warum?«

Ich wußte, ich durfte ihm nicht den wahren Grund

nennen, und so wich ich geschickt aus: »Weil ich Bücher lesen möchte. Bücher wie die Bibel.«

Das gefiel ihm. »Dann, mein Kind«, sagte er, »da du die Anlage dazu hast, müssen wir alles tun, um dir zu helfen. Meine Tochter will, daß du ab morgen mit ihr zusammen bei Miss Kellow Unterricht nimmst. Ich werde Mrs. Yeo sagen, daß sie dir für diese Stunden deine sonstigen Pflichten erläßt.«

Ich versuchte gar nicht erst, meine Freude zu verbergen. Er klopfte mir auf die Schulter.

»Aber wenn du lieber wieder deiner Arbeit bei Mrs. Yeo nachgehen willst, als bei Miss Kellow zu sitzen, mußt du es sagen.«

»Niemals!« antwortete ich mit Nachdruck.

»Nun lauf«, sagte er, »und bitte den Herrgott, daß er dich bei all deinem Tun begleite.«

Nirgends sonst hätte so etwas passieren können, und selbst in diesem Hause stiftete diese Maßnahme einige Verwirrung.

»Noch nie habe ich etwas Ähnliches gehört!« brummte Mrs. Yeo. »Erst so ein Ding aufnehmen und dann noch zur Schülerin machen. Denkt an meine Worte, es dauert nicht mehr lange, dann kommt hier einer ins Bodmin-Asyl, einer, der nicht weit von diesem Raum, wo ich stehe, entfernt sitzt. Ich sage euch, der Pfarrer schnappt noch über.«

Und Bess und Kit flüsterten miteinander, das komme nur von einem Zauber, den Grandma Bee über den Pfarrer verhängt habe. Ihre Enkelin solle lesen und schreiben können wie eine Dame. Da sähe man wieder mal, daß Grandma Bee alles vermöge, wenn sie wolle. Und ich dachte in meinem Sinn, nun, sicherlich wird das auch Grandma zugute kommen.

Miss Kellow empfing mich mit steinerner Miene, und

ich sah es ihr an, gleich würde sie mir erzählen, daß sie, wenn auch verarmt, so doch eine Lady sei, die bestimmt nicht so tief sinke, so eine wie mich kampf- und widerspruchslos zu unterrichten.

»Das ist heller Wahnsinn«, sagte sie, als ich mich vorstellte.

»Warum?« frage Mellyora.

»Wie können wir mit dem Unterricht fortfahren, wenn ich ihr erst das Abc beibringen muß?«

»Sie kann es schon. Sie kann auch schon lesen und schreiben.«

»Ich verwahre mich dagegen ... ganz energisch.«

»Was wollen Sie denn tun?« fragte Mellyora. »Kündigen zum nächsten Ersten?«

»Warum nicht. Ich darf Sie auch höflich daran erinnern, daß ich lange Zeit im Hause eines Baronets unterrichtet habe.«

»Sie haben es mehr als einmal erwähnt«, erwiderte Mellyora kühl. »Und da es Ihnen so leid tut, dort fortgegangen zu sein, sollten Sie doch lieber versuchen, wieder in so einem Haus unterzukommen.«

Sie konnte spitz sein, wenn sie einen Grund zu kämpfen hatte. Und wie konnte sie mich verteidigen.

»Setz dich, Kind«, sagte Miss Kellow. Ich gehorchte bescheiden, war ich doch darauf aus, alles, was sie mir beibrachte, zu lernen.

Natürlich versuchte sie, mir alles schwerzumachen; aber mein Wunsch, zu lernen und ihr Unrecht zu geben, war so groß, daß ich nicht nur Mellyora und Miss Kellow in Erstaunen setzte, sondern mich ebenfalls. Nachdem ich die Kunst des Lesens und Schreibens beherrschte, konnte ich mir leicht selbst weiterhelfen. Mellyora gab mir Buch um Buch, und ich verschlang alles gierig. Ich erfuhr die aufregendsten Dinge über andere Länder und was in der Vergangenheit geschehen war. Bald konnte ich soviel wie Mellyora, und mein geheimer Plan war, sie noch zu überflügeln.

Aber immer noch mußte ich mich gegen Miss Kellow zur Wehr setzen. Sie haßte mich und versuchte dauernd zu beweisen, wie unsinnig es sei, die Zeit mit mir zu verschwenden, bis ich endlich einen Weg fand, sie zum Schweigen zu bringen.

Ich hatte sie genau beobachtet, weil ich bereits wußte, wenn man einen Feind hat, muß man ihn so gründlich wie nur möglich kennenlernen. Und wenn man zum Angriff übergeht, muß man auf die schwachen Stellen des Gegners zielen. Miss Kellow hatte ein Geheimnis. Ihr bangte vor einer unsicheren Zukunft; sie wollte nicht unverheiratet bleiben, das empfand sie als einen Makel auf ihrer Weiblichkeit. Ich hatte sie zusammenzucken sehen, wenn einer nur das Wort »alte Jungfer« erwähnte, und allmählich wurde es mir klar, daß sie sich Hoffnungen machte auf Reverend Charles.

Sooft ich mit ihr im Unterrichtsraum allein war, behandelte sie mich von oben herab; niemals spendete sie mir ein Lob, und wenn sie mir etwas erklären mußte, seufzte sie vor Ungeduld. Ich mochte sie nicht. Ich hätte sie hassen können, wenn ich nicht so viel von ihr gewußt und längst gemerkt hätte, daß sie ebenso unsicher war wie ich.

Eines Tages, als Mellyora das Zimmer bereits verlassen hatte und ich noch die Bücher aufräumte, fiel mir ein Stoß herunter. Sie lachte hämisch.

»So geht man nicht mit Büchern um.«

»Ich konnte nicht dafür, daß sie herunterfielen, oder?«

»Bitte sei respektvoller, wenn du mit mir sprichst.«

»Warum?«

»Weil ich hier eine gewisse Stellung einnehme, weil ich eine Dame bin – etwas, was du nie sein wirst.«

Nachdenklich legte ich die Bücher wieder auf den Tisch

und sah sie genauso verächtlich an, wie sie mich gemustert hatte.

»Nun, wenigstens«, sagte ich, indem ich wieder in den Dialekt zurückfiel, den ich mir fast schon abgewöhnt hatte, »würd' ich bestimmt nicht Jagd machen auf einen alten Pfarrer, nur damit er mich heiratet.«

Sie wurde ganz blaß. »Wie... kannst du es wagen!« schrie sie; aber meine Worte saßen so genau, wie ich es beabsichtigt hatte.

»Oh, ich wage es wohl.« Jetzt kam meine Vergeltung. »Ich kann Sie ebensogut verspotten wie Sie mich. Hören Sie zu, Miss Kellow, wenn Sie mich anständig behandeln, bin ich auch zu Ihnen höflich. Ich sage kein Wort mehr... und Sie geben mir Unterricht, als ob ich Mellyoras Schwester wäre. Einverstanden?«

Sie gab keine Antwort; sie konnte es nicht, dazu zitterten ihre Lippen zu sehr. Deshalb ging ich hinaus, meines Sieges bewußt. Und ich hatte recht. In Zukunft tat sie ihr Bestes, mir beim Lernen zu helfen, und mokierte sich nicht mehr über mich, und wenn ich etwas gut machte, lobte sie mich. Ich fühlte mich mächtig wie Julius Cäsar, dessen Heldentaten mich gerade faszinierten.

Kein Mensch konnte sich mehr über meine Fortschritte freuen als Mellyora. Wenn ich sie übertrumpfte, war sie ehrlich entzückt. Sie betrachtete mich als eine Art Pflanze, die sie großzog, und wenn ich einmal nicht so gut war, blickte sie mich vorwurfsvoll an. Ich stellte fest, daß sie ein eigenartiges Mädchen war – gar nicht so einfach, wie ich mir eingebildet hatte. Sie konnte einen ebenso unbeugsamen Willen haben wie ich – oder fast so unbeugsam –, und ihr Leben wurde von dem bestimmt, was sie für falsch oder richtig hielt, und was falsch und richtig war, hatte ihr wohl ihr Vater beigebracht. Sie war zu allem fähig – sei es auch noch so kühn oder verwegen –, wenn sie nur überzeugt war, daß sie richtig handelte. Sie regierte den Haushalt, da sie keine Mutter mehr hatte und ihr Vater in sie vernarrt war. Und als sie meinte, sie brauchte eine Freundin, eine persönliche Gesellschafterin, wurde ich das, mochte auch Mrs. Yeo ständig jammern, daß sie so etwas noch nie gehört habe; und sie frage sich nur, was als nächstes passiere.

Ich bekam ein Zimmer neben Mellyora und verbrachte die meiste Zeit in ihrer Gesellschaft. Ich wusch und flickte ihre Kleider, nahm an ihrem Unterricht teil und ging mit ihr spazieren. Sie fand Freude daran, mir allerhand beizubringen, und so lehrte sie mich auch reiten und führte mich Runde um Runde auf ihrem Pony über die Wiese.

Mir kam das alles gar nicht so ungewöhnlich vor. Ich verfolgte einen Traum, der jetzt langsam Gestalt annahm, genau wie Grandma es vorausgesehen hatte.

Mellyora und ich waren ungefähr gleich groß, doch ich war viel schlanker als sie, und wenn ich Kleider von ihr erbte, die sie nicht mehr tragen mochte, brauchte ich sie nur enger zu machen. Ich kann mich noch gut erinnern, wie ich das erstemal nach Hause ging in einem blauweißen Leinenkleid, mit weißen Strümpfen und schwarzen Lackschuhen – lauter Geschenken von Mellyora. Am Arm trug ich einen Korb, denn jedesmal, wenn ich heimging, nahm ich etwas mit.

Einzig und allein eine Bemerkung von Mrs. Yeo trübte diesen wunderbaren Tag. Als ich den Korb vollpackte, bemerkte sie: »Miss Mellyora ist wie der Pfarrer – gibt weg, was sie sich eigentlich nicht leisten kann.«

Ich versuchte, es zu vergessen, sicher war es nur eine der Nörgeleien von Mrs. Yeo; dennoch hing der Satz über mir wie eine winzig kleine, dunkle Wolke am Sommerhimmel.

Als ich durch das Dorf lief, traf ich Hetty Pengaster, die

Tochter des Landwirts. Bis zu dem Tag, wo ich mein Glück auf dem Trelinketer Markt machte, hatte ich Hetty immer beneidet. Sie war die einzige Tochter von Bauer Pengaster, er hatte außer ihr nur noch zwei Söhne: Thomas, der ihm auf dem Hof half, und Reuben, der bei Baumeister Pengrant arbeitete. Das war der junge Mann, der behauptet hatte, die siebente Jungfrau gesehen zu haben, als die Mauer auf Abbas einstürzte, und der seitdem wunderlich war. Hetty war der Liebling im Hause, drall und hübsch, in einer frühreifen Art und Weise, welche die alten Frauen prophetisch den Kopf schütteln und sagen ließ, die Pengasters sollten nur aufpassen, damit Hetty nicht ein Baby in der Wiege habe, ehe sie einen Ring am Finger trage. Ich wußte, was sie meinten; ihre Art zu gehen, die Blicke, die sie den Männern zuwarf, und ihre vollen sinnlichen Lippen. Immer trug sie ein Band im Haar, und ihre Kleider waren stets eng und ziemlich kurz.

Übrigens war sie so gut wie verlobt mit Saul Cundy, der in der Fedder-Mine arbeitete; eine seltsame Verbindung – Saul war ein ernster Mensch und mindestens zehn Jahre älter als Hetty. Sicherlich lag ihrer Familie an dieser Heirat; Saul war nämlich kein gewöhnlicher Bergmann. Man nannte ihn Cap'n Saul, und er durfte sogar Leute einstellen; er war offensichtlich eine Herrschernatur, und man konnte sich kaum vorstellen, daß er so einer war, der Hetty schön täte und ihr den Hof machte. Vielleicht empfand Hetty das auch und wollte vor ihrer nüchternen Heirat noch ein bißchen Spaß haben.

Spottend rief sie zu mir: »Nanu, ist das nicht Kerensa Carlee – und so aufgezäumt, wohl auf dem Kriegspfad, was?«

Ich antwortete in einem Ton, den ich Mellyora abgelauscht hatte: »Ich besuche meine Grandma.«

»Oh! So ist das, meine Gnädigste. Na, dann mach dir man nicht die Hände schmutzig an unsereinem!«

Ich hörte sie hinter mir herlachen; aber es machte mir nicht das geringste aus, ja ich fühlte mich sogar geschmeichelt. Warum nur hatte ich immer Hetty Pengaster beneidet? Was bedeuteten schon ein Band im Haar und Schuhe an den Füßen neben der Fähigkeit, zu schreiben und zu lesen und wie eine Dame zu reden?

Kaum jemals hatte ich mich so glücklich gefühlt wie damals, als ich zu unserer Kate weiterging.

Ich traf Grandma allein an, und ihre Augen strahlten vor Stolz, als sie mich umarmte. Was ich auch immer noch lernen mochte, nie wollte ich aufhören, Grandma zu lieben und für ihr Auskommen zu sorgen.

»Wo ist Joe?« fragte ich.

Grandma übersprudelte sich förmlich.

»Du kennst Mr. Pollent, den Tierarzt. Er hat eine gute Praxis, draußen am Molenter Weg. Nun, er hat bei uns hereingeschaut. Er hatte gehört, daß unser Joe ein Herz für Tiere hat... und so einen suchte er gerade. Er will ihn anlernen und eines Tages einen Tierarzt aus ihm machen.«

»Heißt das, Joe ist zu Mr. Pollent gezogen?«

»Natürlich, was denkst du denn? So eine Chance bekommt man nur einmal in seinem Leben geboten.«

»Ein Tierarzt. Mir wäre es lieber, er würde ein richtiger Arzt.«

»Tierarzt ist ein sehr schöner Beruf, Liebling.«

»Es ist aber nicht dasselbe«, meinte ich nachdenklich.

»Immerhin ist es ein Anfang. Für ein Jahr ist er dort versorgt, dann bekommt er Gehalt. Und Joe war so glücklich wie ein König. Er hatte ja doch nichts weiter im Kopf als seine Tiere.«

Ich wiederholte Grandmas Worte: »Es ist ein Anfang.«

»Und außerdem ist mir eine Last von der Seele gefallen«, gestand Grandma. »Jetzt, wo ich euch beide so gut aufgehoben weiß, bin ich glücklich und zufrieden.«

»Grandma«, sagte ich, »ich glaube fast, alles, was du willst, geht in Erfüllung. Wer hätte je gedacht, daß ich einmal in Schnallenschuhen und Leinenkleid mit Spitzenkragen hier sitzen würde?«

»Ja ja, wer hätte das gedacht«, gab sie zu.

»Ich träumte immer davon, und ich wünschte es mir so sehr, daß es kam... Grandma, es liegt vor einem, nicht wahr? Die ganze Welt... liegt vor einem, man muß nur wissen, wie man es anstellt!«

Grandma legte ihre Hand auf meine. »Vergiß bitte nicht, mein Kind, das Leben ist nicht immer so leicht. Was geschieht, wenn jemand anders den gleichen Traum hat? Was, wenn er dasselbe Stück von der Welt haben will wie du? Du hast Glück gehabt. Und du mußt der Pfarrerstochter dankbar sein. Aber vergiß nicht, daß es Glück war, und im Leben gibt es Glück und Unglück.«

Ich hörte nicht richtig hin, dazu war ich viel zu zufrieden mit mir selber. Gewiß, ein bißchen ärgerte ich mich, weil es nur der Tierarzt war, der Joe aufgenommen hatte. Wenn es Dr. Hilliard gewesen wäre, wäre ich mir wie eine Zauberin vorgekommen, die den Schlüssel zum irdischen Königreich gefunden hat.

Aber es war ein Start für Joe, und es gab jetzt in unserer Kate mehr zu essen. Die Leute kamen wieder zu Grandma. Sie glaubten wieder an sie. Seht doch die Enkelin an, die sich in das Pfarrhaus eingeschlichen hat! Seht doch den Enkel! Mr. Pollent höchstpersönlich kommt zur Kate gefahren und fragt: »Darf ich ihn ausbilden?« Wenn das keine Hexerei ist, Zauberkraft! Nenn es, wie du willst. Eine alte Frau, die das kann, vermag auch deine Warzen zu besprechen, gibt dir das richtige Pulver gegen dieses oder jenes, kann in die Zukunft sehen und dir sagen, was du tun sollst.

So stieg auch Grandma wieder im Ansehen der Leute. Ja, wir alle waren vom Glück begünstigt. Noch nie hatte es solche Zeiten für uns gegeben.
Ich sang vor mich hin, als ich zurück zum Pfarrhaus lief.

Mellyora und ich waren bald unzertrennlich. In vielen Dingen ahmte ich sie nach: ich ging wie sie, ich sprach wie sie, ich hielt die Hände ruhig, wenn ich redete, erhob nicht die Stimme, zügelte mein Temperament, blieb kühl und wurde nicht hitzig. Es war ein faszinierendes Studium. Mrs. Yeo hatte aufgehört zu brummen, und Bess und Kit wunderten sich nicht mehr über mich; Belter und Billy Toms riefen mir nichts mehr nach, wenn ich vorüberging, und sie nannten mich sogar »Miss«. Selbst Miss Kellow behandelte mich höflich. In der Küche hatte ich keine Pflichten mehr; ich war nur noch für Mellyora da, sorgte für ihr Zeug, bürstete ihr die Haare, ging mit ihr spazieren, las mit ihr und plauderte mit ihr. Wahrlich, ich führte das Leben einer Dame! Dabei war es erst ein Jahr her, seit jenem Markttag in Trelinket.
Aber ich mußte noch viel erreichen. Ich war immer etwas niedergeschlagen, wenn Mellyora Einladungen erhielt und Besuche machte. Manchmal begleitete sie Miss Kellow, manchmal ihr Vater, aber niemals ich. Keine der Einladungen wurde natürlich auf Mellyoras Gefährtin ausgedehnt, oder wie man mich auch nennen mochte.
Oft machte sie mit ihrem Vater einen Besuch im Doktorhaus; seltener ging sie nach Abbas; dagegen besuchte sie nie Dower-House, weil, wie sie mir erklärte, Kims Vater, ein Kapitän zur See, fast nie zu Hause war und Kim in seinen Ferien eigentlich nie jemanden einlud; aber wenn sie nach Abbas ging, traf sie ihn öfters dort, er war ja ein Freund von Justin.

Nach einem Besuch auf Abbas war Mellyora immer sehr angeregt, sicherlich weil auch für sie dieser Ort eine besondere Anziehung besaß... der Ort oder auch die Leute. Wie gut ich sie verstand. Es mußte wunderbar sein, einfach als Gast nach Abbas zu kommen. Eines Tages würde ich das auch erleben, davon war ich überzeugt.

An einem Ostersonntag erfuhr ich etwas über Mellyora, was mir bisher verborgen geblieben war. Sonntags ging es gewöhnlich im Pfarrhaus hoch her wegen der verschiedenen Gottesdienste. Die Glocken läuteten fast den ganzen Tag, und da wir so nahe waren, schienen sie im Haus selbst zu läuten.

Ich ging immer zur Morgenandacht, und ich freute mich schon jedesmal darauf, vor allem deswegen, ich muß es zugeben, weil ich dann einen von Mellyoras Strohhüten aufhatte und eines ihrer Kleider trug, und wenn ich so im Chorgestühl saß, fühlte ich mich groß und bedeutend. Ich liebte auch die Musik, die mich immer in höhere Sphären versetzte, und ich gefiel mir darin, Gott zu loben und zu danken, der Träume wahrmachte. Die Predigten dagegen fand ich langweilig, zumal Reverend Charles kein mitreißender Redner war. Ich studierte derweil die Gemeinde, und meine Augen blieben stets an den Kirchenstühlen von Abbas hängen, an der Seite des Kirchenschiffs, getrennt von den übrigen Bänken. Gewöhnlich besuchten nur einige Dienstboten des Hauses die Kirche. Die erste Reihe, die für die Familie reserviert war, blieb meistens leer.

Unmittelbar hinter dem Abbas-Kirchengestühl befanden sich die kostbaren, herrlichen Glasfenster, die ein St. Larnston vor Hunderten von Jahren gestiftet hatte, und die zu den besten in Cornwall gehören sollten: blau, rot, grün und hell-lila strahlten sie in der Sonne. An den Wänden beiderseits des Gestühls waren Gedenktafeln an die Ahnen und Urahnen der St. Larnstons. Sogar in der Kirche wurde man das Gefühl nicht los, daß auch diese den St. Larnstons gehörte, so wie alles andere auch.

An diesem Tag, wohl weil Ostern war, wohnte die ganze Familie dem Gottesdienst bei. Da saß Sir Justin, dessen Gesicht immer röter wurde – genau wie das vom Pfarrer immer gelber –, sooft ich ihn sah; neben ihm saß seine Frau, Lady St. Larnston; groß, mit einer langen, leicht gebogenen Nase, machte sie einen herrischen und arroganten Eindruck. Ferner die zwei Söhne, Justin und Johnny, die sich nicht viel verändert hatten, seitdem ich sie in dem ummauerten Garten getroffen hatte. Justin blickte kühl und ruhig; er schlug mehr seiner Mutter nach als Johnny. Johnny war seinem Bruder wenig ähnlich, ihm fehlte vor allem dessen Würde; seine Augen schweiften durch die Kirche, als wen sie jemanden suchten.

Ich liebte den österlichen Gottesdienst mit seinem Blumenschmuck am Altar; ich liebte das fröhliche Hosianna-Singen, und ich hatte das Gefühl, ich begriffe, was es bedeutete, vom Tode aufzuerstehen. Während der Predigt musterte ich wieder die St. Larnstons in ihrem Chorgestühl, und ich mußte an Sir Justins Vater denken, der meiner Grandma nachgestellt hatte, und wie sie heimlich um Pedros willen zu ihm gegangen war. Ich hätte gern gewußt, was ich an Grandmas Stelle gemacht hätte.

Dann wurde ich gewahr, daß auch Mellyora neben mir unverwandt dorthin blickte; hingerissen und vollkommen versunken – sah sie unentwegt auf Justin St. Larnston. Ein Schimmer von innerem Glück lag auf ihrem Gesicht, und sie sah noch hübscher aus als sonst. Sie ist fünfzehn, sagte ich mir, alt genug also, um sich zu verlieben, und sie liebt den jungen Justin St. Larnston. Meine Entdeckungen über Mellyora schienen kein

Ende zu nehmen. Ich mußte mehr darüber erfahren, ich mußte sie zum Sprechen bringen.

Wieder heftete ich meine Augen auf die St. Larnstons, und ehe der Gottesdienst vorüber war, wußte ich, nach wem Johnny Ausschau hielt. Nach Hetty Pengaster! Mellyora und Justin – das war begreiflich. Aber Johnny und Hetty Pengaster!

Die Nachmittagssonne schien warm für diese Jahreszeit, und Mellyora bekam Lust spazierenzugehen. Wir setzten die großen Sonnenhüte auf, weil Mellyora meinte, wir dürften unseren Teint nicht durch die Sonne verderben lassen. Ihre helle Haut war sehr empfindlich gegen Sonne, und sie bekam leicht Sommersprossen. Meinem olivfarbenen Teint machte das nichts aus; trotzdem setzte ich gern einen Sonnenhut auf, weil es sich für eine Dame gehörte.

Mellyora war in feierlicher Stimmung, und ich fragte mich, ob das vielleicht damit zusammenhinge, daß sie heute morgen in der Kirche Justin gesehen hatte. Er mußte zweiundzwanzig sein, rechnete ich aus, also sieben Jahre älter als sie. Ihm mochte sie noch als Kind erscheinen. Ich war mittlerweile schon ein bißchen weltklug geworden und überlegte, ob es geraten sei, daß ein Sir Justin St. Larnston später eine Pfarrerstochter heiratete.

Ich dachte schon, sie wolle sich mir anvertrauen, als sie sagte: »Ich möchte dir heute nachmittag etwas erzählen, Kerensa.«

Sie gab die Richtung an, wie sie es oft bei unseren Spaziergängen tat; es war ihre Art, einen daran zu erinnern, daß sie die Herrin war, und ich vergaß nicht, daß ich mein augenblickliches Glück ihr verdankte.

Ich war überrascht, als sie quer über die zur Pfarrei gehörende Wiese zu der Hecke ging, die den Garten vom Kirchhof trennte. In der Hecke befand sich ein Loch, durch das wir schlüpften.

Sie wandte sich lächelnd nach mir um. »O Kerensa«, sagte sie, »es ist herrlich, mit dir auszugehen, viel besser als mit Miss Kellow. Sie ist so schrecklich steif, findest du nicht auch?«

»Sie hat schließlich ihre Pflicht zu erfüllen.« Es war seltsam, wie ich für diese Frau einsprang, wenn sie nicht dabei war.

»O ja, ich weiß. Arme alte Kelly! Also, Kerensa, jetzt bist du meine Anstandsdame. Findest du das nicht lustig?«

Ich sagte ja.

»Wenn du meine Schwester wärest, würden wir beide von einer Gouvernante geplagt werden.«

Wir schlenderten zwischen den Grabsteinen hindurch auf die Kirche zu.

»Was wollten Sie mir erzählen?« fragte ich.

»Zuerst will ich dir etwas zeigen. Wie lange lebst du schon in St. Larnston, Kerensa?«

»Mit acht Jahren kam ich hierher.«

»Jetzt bist du fünfzehn, also müssen es sieben Jahre her sein. Dann kannst du davon nichts wissen. Es sind seitdem zehn Jahre vergangen.«

Sie führte mich um die Kirche herum auf die Seite, wo ein oder zwei jüngere Grabsteine standen, und blieb vor einem stehen. Sie winkte mich zu sich. »Bitte, lies«, sagte sie.

»Mary Anna Martin«, las ich, »38 Jahre. Mitten im Leben sind wir vom Tod umfangen.«

»Das war meine Mutter. Sie wurde hier vor zehn Jahren begraben. Nun lies noch den Namen, der darunter steht.«

»Kerensa Martin. Kerensa!«

Sie nickte mir lächelnd zu, mit zufriedener Miene.

»Kerensa! Ich liebe deinen Namen. Ich mochte ihn vom ersten Augenblick an, wie er mir zu Ohren kam. Erinnerst du dich noch. Du standest in dem Loch in der Mauer und sagtest: Ich bin nicht ein ›das‹. Ich bin Miss Kerensa Carlee. Seltsam, wie man Tage um Tage zurückrufen kann in einer winzigen Minute. Ich kann mich noch gut entsinnen, wie du das gesagt hast. Und diese Kerensa Martin war meine Schwester. Sie wurde nur drei Wochen und zwei Tage alt, und der Todestag ist derselbe wie jener darüber. Einige der Grabinschriften können kleine Geschichten erzählen, nicht wahr, wenn man sich die Mühe macht und sie studiert.«

»Also starb Ihre Mutter kurz nach der Geburt Ihrer Schwester. Und Ihre Schwester auch?«

Mellyora nickte. »Ich wünschte mir eine Schwester. Ich war damals fünf Jahre alt, und es schien mir, als hätte ich jahrelang auf eine kleine Schwester gewartet. Als sie zur Welt kam, war ich außer mir vor Freude; ich dachte, wir könnten gleich zusammen spielen. Dann sagten sie mir, ich müsse warten, bis sie größer würde. Ich kann mich noch erinnern, wie ich zu meinem Vater lief und rief: ›Ich habe jetzt gewartet. Ist sie jetzt groß genug, um mit mir zu spielen?‹ Ich machte Pläne für Kerensa. Ich wußte, daß es eine Kerensa würde, noch ehe sie geboren war. Mein Vater wollte einen cornischen Namen für sie, und er sagte, Kerensa sei ein schöner Name, er bedeute Frieden und Liebe, die, wie er meinte, die besten Dinge auf der Welt wären. Auch Mutter sprach von ihr und war überzeugt, daß es ein Mädchen würde. Und so plauderten wir über Kerensa. Doch es kam anders, wie du siehst. Sie starb und meine Mutter auch, und seitdem war alles verändert. Kinderschwestern, Gouvernanten, Wirtschafterinnen ... was ich wollte, war eine Schwester. Ich wünschte mir das mehr als irgend etwas anderes auf der Welt ... «

»Ich verstehe.«

»Siehst du, und als ich dich da oben stehen sah, da...
und auch dein Name war Kerensa. Begreifst du nun?«

»Und ich dachte, du hättest Mitleid mit mir.«

»Alle Menschen auf dem Heuerpodest tun mir leid; aber
ich kann sie nicht alle mit nach Hause nehmen, oder?
Papa regt sich sowieso schon dauernd über die Rechnungen auf.« Sie lachte. »Ich bin so froh, daß du da
bist.«

Ich betrachtete den Grabstein und dachte an die
Chance, die mir alles verhieß, was ich mir wünschte. Es
hätte anders ausgehen können. Wenn diese kleine Kerensa noch gelebt hätte... wenn ihr Name nicht Kerensa gelautet hätte... wo wäre ich wohl jetzt? Mir kamen
Haggetys kleine Schweinsäuglein in den Sinn, Mrs.
Rolts schmaler Mund, Sir Justins rotes Gesicht, und mir
wurde ganz unheimlich zumute ob dieser Kette von
Zufällen, die man Schicksal nennt.

Wir schlossen uns noch enger zusammen nach diesem
Gespräch auf dem Friedhof. Mellyora wollte mir das
Gefühl geben, ich sei ihre Schwester. Und mir war das
durchaus nicht unangenehm. Als ich ihr Haar für die
Nacht bürstete, begann ich von Justin St. Larnston zu
sprechen.

»Wie findest du ihn?« fragte ich sie und sah, wie Röte
ihre Wangen überflog.

»Er ist nett, finde ich.«

»Netter als Johnny?«

»Oh... Johnny!« es klang geringschätzig.

»Spricht er viel mit dir?«

»Wer... Justin? Er ist immer freundlich zu mir, wenn
ich hinkomme, aber er hat viel zu tun. Er arbeitet doch.
Noch in diesem Jahr will er seinen Abschluß machen,
und dann wird er für immer daheim sein.«

Der Gedanke, daß Justin bald für immer zu Hause sein würde, ließ sie in sich hineinlächeln. Wenn er über Land ritt, würden sie sich begegnen, und wenn sie mit ihrem Vater einen Besuch abstattete, würde er da sein.

»Du magst ihn?« fragte ich.

Sie nickte und lächelte dabei.

»Mehr als ... Kim?« fuhr ich fort.

»Kim? Oh, das ist ein Wilder!« Sie krauste ihre Nase.

»Ich mag Kim auch. Aber Justin ist so ... ritterlich. Wie Sir Galahad oder Sir Lancelot. Kim ist nicht so.«

Ich dachte an Kim, wie er Joe durch den nächtlichen Wald zu unserer Kate getragen hatte. Ich glaubte nicht, daß Justin das für mich getan hätte. Ich dachte auch an Kims Lüge gegenüber Mellyora, daß Joe vom Baum gefallen sei.

Mellyora und ich waren wie Schwestern; wir teilten Geheimnisse, Abenteuer, unser ganzes Leben. Sie sollte Justin St. Larnston nur den Vorzug geben. Aber Kim war mein Ritter.

Miss Kellow hatte wieder einmal einen ihrer Migräneanfälle, und Mellyora, die immer mit den Kranken fühlte, bestand darauf, daß sie sich hinlegte. Sie selbst zog die Vorhänge zu, gab Mrs. Yeo den Befehl, daß Miss Kellow nicht vor vier Uhr, wenn sie ihr den Tee brächte, gestört werden solle.

Nachdem sie Miss Kellow versorgt hatte, ließ Mellyora mich rufen und sagte, sie hätte wohl Lust auszureiten. Meine Augen glänzten; natürlich konnte sie das nicht ohne Begleitung tun, und sicher würde sie meine Gesellschaft der von Belter vorziehen.

Mellyora bestieg ihr Pony, während ich Cherry nahm, der sonst die Kutsche zog. Ich hoffte im stillen, daß jemand von den St.-Larnstons-Leuten mich sähe, wie ich durch den Ort ritt, besonders Hetty Pengaster, die ich jetzt mehr beobachtete, seitdem ich von Johnny St. Larnstons Interesse für sie wußte.

Aber wir begegneten nur ein paar Kindern, die am Wege standen; die Buben machten eine Verbeugung, und die Mädchen knicksten – was mir großen Spaß machte.

In kurzer Zeit waren wir auf dem Moor, und die Schönheit der Landschaft nahm mir schier den Atem. Es war ehrfurchtgebietend. Nirgends eine Spur einer menschlichen Behausung, nichts als Moor und Himmel und spitze Felsen, die hier und da aus der Moorlandschaft herausragten. Dieses Bild konnte, wie ich wußte, sehr düster wirken, wenn die Sonne nicht schien; doch heute war strahlendes Wetter, und wenn die Sonne sich in den kleinen Bächen, die hier und dort über die Findlingsblöcke plätscherten, spiegelte, erschienen diese wie silbern, und die Tautropfen auf den Gräsern schimmerten wie Diamanten.

Mellyora berührte leicht die Flanken ihres Ponys und setzte zum Galopp an; ich folgte ihr. Wir verließen den Weg und ritten durch das Gras, bis Mellyora vor einem eigenartig geformten Stein innehielt. Als ich sie einholte, denn ihr Pferd war schneller als meines, sah ich, daß es Steinplatten waren, die aufrecht im Erdreich standen, und eine Steinplatte lag obendrauf.

»Unheimlich!« bemerkte Mellyora. »Schau dich um. Kein Zeichen von Leben. Und du und ich, Kerensa, sind ganz allein hier mit diesem da. Weißt du, was das ist? Es ist eine Begräbnisstätte. Vor Jahren und aber Jahren... drei- bis viertausend Jahre vor Christi Geburt, bauten die Menschen, die hier lebten, dieses Grab. Man kann die Steine nicht bewegen, und wenn man es bis zu seinem Lebensende versuchen wollte. Gibt dir das nicht auch ein... eigenartiges Gefühl, Kerensa... hier zu stehen, hier daneben und an jene Menschen zu denken?«

Ich sah sie an. Der Wind zauste ihre blonden Locken, die unter dem Reithut hervorsahen, und sie war sehr hübsch. Aber sie blieb ernst. »Was spürst du dabei, Kerensa?«

»Daß einem nicht viel Zeit bleibt.«

»Viel Zeit für was?«

»Zum Leben ... zu tun, was man will ... sich zu nehmen, was man will.«

»Du sagst seltsame Dinge, Kerensa. Doch ich bin froh darüber. Ich kann es nicht leiden, wenn man im voraus weiß, was die Leute sagen wollen. So geht es mir mit Miss Kellow und manchmal sogar mit Papa. Bei dir bin ich mir nie sicher.«

»Und bei Justin St. Larnston?«

Sie wandte sich ab. »Er bemerkt mich kaum, geschweige denn, daß er mit mir spricht«, sagte sie traurig. »Du sagst, es bleibt einem wenig Zeit; aber wie lange braucht man allein schon, um erwachsen zu werden!«

»Du denkst jetzt so, weil du erst fünfzehn bist, und jedes Jahr kommt dir lange vor, weil du es mit den vergangenen fünfzehn Jahren vergleichen kannst. Wenn du einmal 40 oder 50 bist, erscheint dir ein Jahr viel kürzer, weil du es mit den 40 oder 50 Jahren vergleichst, die du bereits hinter dir hast.«

»Wer hat dir das erzählt?«

»Meine Grandma. Sie ist eine kluge Frau.«

»Ich habe schon von ihr gehört. Bess und Kit sprachen von ihr. Sie behaupteten, sie besitze Zauberkräfte und könne den Menschen helfen ... « Sie wurde nachdenklich. Dann lenkte sie ab: »Solche Grabsteine nennt man hier ›quoit‹. Papa erzählt, die Kelten hätten sie erbaut, die viel länger hier gelebt hätten als die Engländer.«

Wir banden unsere Pferde fest und setzten uns mit dem Rücken gegen die Steine, während die Pferde Gras rupften und Mellyora mir wiedergab, was ihr Vater ihr über diese Altertümer in Cornwall erzählt hatte. Ich lauschte gespannt und war stolz, einem Volk anzugehören, das diese Insel länger bewohnte als die Engländer und das diese seltsamen Denkmäler seinen Toten gesetzt hatte.

»Wir können nicht mehr weit von den Ländereien der Familie Derrise sein«, sagte Mellyora nach längerer Pause und stand auf, um zu zeigen, daß sie weiterreiten wollte. »Sag nur nicht, du hättest noch nie von den Derrises gehört. Sie sind die reichsten Leute in der Gegend. Sie besitzen eine Menge Land.«

»Mehr als die St. Larnstons?«

»Viel mehr. Auf geht's. Wir wollen den Weg verlassen. Es ist immer so aufregend, wenn man nicht mehr weiß, wo man ist, und schließlich doch noch einen Weg findet.«

Sie stieg auf, und wir ritten weiter, sie voran.

»Es ist ziemlich gefährlich«, rief sie mir über die Schulter zu, was mehr auf mich gemünzt war, weil ich mich nicht so gut auskannte wie sie, und hielt ihr Pony an. Ich ritt neben sie, und Seite an Seite trabten unsere Pferde über das Gras.

»Man kann sich ganz leicht im Moor verirren, weil alles so gleichförmig aussieht. Man muß sich eine Wegmarke suchen... Zum Beispiel diesen spitzen Felsen dort. Wahrscheinlich ist es der Derrise-Stein. Und wenn er es ist, weiß ich auch, wo wir sind.«

»Wie kannst du wissen, wo wir sind, wenn du nicht einmal weißt, ob es bestimmt der Derrise-Stein ist?«

Sie lachte mich aus und sagte: »Komm nur.«

Der Weg stieg an, als wir auf den Stein zuritten. Die Gegend wurde steinig, der Findling lag auf einer kleinen Anhöhe; es war ein grauer Stein von seltsam gezeichneter Form, den man von fern leicht für einen Mann von riesenhaften Ausmaßen halten konnte.

Wir stiegen wieder von unseren Pferden, banden sie an einen Strauch und kletterten den Hügel zu dem Stein hinauf. Es war steiler, als wir gedacht hatten, und als wir die Spitze erreicht hatten, rief Mellyora, sich an den Stein lehnend – es sah aus, als stünde ein Zwerg vor einem Riesen –, aufgeregt: »Schau!« Als ich ihrem Blick folgte, sah ich das große Gutshaus. Mit seinen Mauern und Wachttürmen sah es aus wie eine Festung, wie eine Oase in der Wüste; denn das Haus wurde von Gärten umringt. Wir standen auf Derrises Grund. Ich sah Bäume in voller Blüte und grünen Rasen. »Derrise Manor« gab sie mir Auskunft.

»Es ist wie ein Schloß.«

»Gewiß, und obwohl die Derrises die wohlhabendsten Leute in Ost-Cornwall sein sollen, liegt auf ihnen doch ein Fluch.«

»Ein Fluch, bei so einem Haus und all den Reichtümern?«

»Ach, Kerensa! Du denkst auch immer nur im Maßstab von weltlichen Gütern. Hörst du nie Papas Predigten zu?«

»Nein. Du?«

»Nein. Aber ich weiß auch, ohne zuzuhören, von den Schätzen dieser Erde. Auf jeden Fall sind die Derrises trotz ihres Geldes verflucht.«

»Und welcher Art ist der Fluch?«

»Irrsinn. Die Familie ist vom Wahn heimgesucht. Immer wieder bricht er durch. Die Leute behaupten, es sei gut, daß keine Söhne da seien, die Linie weiterzuführen, und daß mit dieser Generation die Derrises samt ihrem Schicksal ausstürben.«

»Nun, dann ist es ja gut.«

»Sie selber denken nicht so. Sie wollen, daß ihr Name weitergeführt wird. Die Leute wollen das immer, und ich frage mich nur, warum.«

»Aus einem gewissen Stolz heraus«, antwortete ich. »Es ist wie das ewige Leben, denn es lebt ja immer ein Teil von dir weiter in deinen Kindern.«

»Aber wieso denn nur durch Söhne und nicht auch durch Töchter?«

»Weil sie nicht mehr denselben Namen tragen. Wenn sie heiraten, gehören sie zu einer anderen Familie, und ihre Linie stirbt aus.«

Mellyora dachte nach. Dann meinte sie: »Sieh mal an, dann sterben die Martins mit mir auch aus. Die Carlees haben wenigstens noch deinen Bruder – der sich sein Bein verletzt hat, als er vom Baum fiel.«

Und da wir uns inzwischen so nahestanden und ich ihr vertrauen konnte, erzählte ich ihr die Wahrheit über den Unfall. Sie hörte mir gespannt zu und sagte dann: »Ich bin so froh, daß du ihn gerettet hast, und daß Kim dir dabei geholfen hat.«

»Aber du erzählst es keinem?«

»Natürlich nicht. Aber man kann ja heute sowieso nichts mehr daran ändern. Ist es nicht eigenartig, Kerensa? Wir leben hier in diesem ruhigen Landstrich, und um uns herum passieren die schrecklichsten Dinge, geradeso als ob wir in einer Großstadt leben... vielleicht noch mehr. Denk doch nur an die Derrises.«

»Ich hab' bis heute noch nie von ihnen gehört.«

»Was? Noch nie? Du kennst die Geschichte gar nicht? Dann will ich sie dir erzählen. Vor 200 Jahren gebar eine Derrise ein Ungeheuer – es war schrecklich. Sie schlossen es in ein geheimes Zimmer ein und nahmen sich einen starken Mann, der es bewachen sollte. Den Leuten gegenüber behaupteten sie, das Baby sei totgeboren worden. Sie schmuggelten ein totes Baby ins Haus, das dann in der Gruft der Derrises beigesetzt wurde. Inzwischen lebte das Ungeheuer weiter. Sie hatten alle Angst vor ihm, denn es war nicht nur mißgebildet, sondern auch böse. Manche sagten, der Teufel sei der Liebhaber der Mutter gewesen. Sie hatten aber auch noch Söhne, und einer von ihnen heiratete nach etlicher Zeit und brachte seine Frau ins Haus. In der Hochzeitsnacht wurde Versteck gespielt, und die Braut lief davon, sich zu verstecken. Es war in der Weihnachtszeit, und der Kerkermeister wollte dem Festmahl nicht fernbleiben. Er trank zuviel Bier und fiel betrunken in Schlaf. Aber er hatte den Schlüssel in der Tür des Ungeheuers steckenlassen. Die junge Braut, die das Haus noch nicht kannte und noch nie in diesen Flügel gekommen war, weil dort ein Spuk umgehen sollte – gab das Ungeheuer doch während der Nacht seltsame Laute von sich –, sah den Schlüssel im Schloß, drehte ihn um, und das Ungeheuer sprang sie an. Es hat sie nicht verletzt, weil sie blond und lieblich war; aber sie war mit ihm zusammen eingeschlossen und schrie verzweifelt um Hilfe, so daß alle, die nach ihr suchten, wußten, wo sie war. Ihr Mann erriet, was passiert war, schnappte sich eine Flinte, brach in das Zimmer ein und schoß das Ungeheuer nieder. Die junge Frau jedoch wurde wahnsinnig, und das Ungeheuer verfluchte im Sterben alle Derrises und prophezeite, daß das, was der jungen Frau zugestoßen sei, immer wieder in der Familie auftreten sollte.«

Sprachlos lauschte ich dieser Erzählung.

»Die jetzige Lady Derrise ist ein bißchen verrückt, wie man sagt. Bei Vollmond geht sie hinaus aufs Moor und tanzt rund um den Felsen. Sie hat eine Gesellschafterin, die gleichzeitig eine Art Wärterin ist. Das ist die traurige Wahrheit. Aber der Fluch besteht weiter. Ich erzähle dir das alles, damit du sie nicht um ihr schönes Haus und um ihre Reichtümer beneidest. Aber der Fluch stirbt jetzt aus, weil das Ende der Linie gekommen ist. Es gibt nur noch Judith.«

»Die Tochter der Lady, die bei Vollmond um den Stein tanzt?«

Mellyora nickte.

»Glaubst du eigentlich an die Geschichte von den Jungfrauen?« fragte ich.

Mellyora zögerte. »Na«, erwiderte sie endlich, »wenn ich zwischen den Steinen stehe, scheinen sie mir lebendig.«

»Mir auch.«

»Irgendwann, Kerensa, bei Vollmond, wollen wir hinuntergehen und sie uns ansehen. Das wollte ich schon immer.«

»Du denkst, bei Mondschein ist es etwas Besonderes?«

»Natürlich. Die alten Briten beteten die Sonne an und sicherlich auch den Mond. Sie brachten Opfer dar und hielten Gericht. An jenem Tag, als ich dich in der Mauer stehen sah, hielt ich dich wirklich für die siebente Jungfrau.«

»Das hab' ich mir fast gedacht. Du hattest einen so seltsamen Blick... Gerade als ob du einen Geist sähest.«

»Und in der Nacht darauf«, fuhr Mellyora fort, »träumte ich, du würdest auf Abbas eingemauert, und ich riß die Steine weg, bis meine Hände bluteten. Ich verhalf dir zur Flucht, Kerensa, wurde dabei aber schrecklich verletzt.«

Sie kehrte der vor uns liegenden Szenerie den Rücken und sagte: »Es ist Zeit heimzugehen.«

Auf dem Heimritt waren wir zuerst sehr ernst. Doch bald trieb es uns beide, die düstere Stimmung abzuschütteln. Mellyora sagte, daß es nirgends auf der Welt so viele Legenden gäbe wie in Cornwall.

»Warum ist das so?« wollte ich wissen.

»Weil wir der Menschenschlag sind, dem so etwas passiert, nehme ich an.«

Dann wurden wir sehr ausgelassen und dachten uns die wildesten Geschichten aus über Hügel und Steine, an denen wir vorbeikamen, wobei die eine immer die andere übertrumpfen wollte und wir aus dem Lachen nicht herauskamen.

Aber keine von uns beiden war wirklich mit dem Herzen bei dem, was sie sagte. Mellyora dachte gewiß über ihren Traum nach, genau wie ich.

Die Zeit verrann schnell, weil ein Tag wie der andere war. Ich hatte mich an mein bequemes Leben gewöhnt, und immer, wenn ich zu Grandma in die Kate kam, erzählte ich ihr, daß das Leben einer Dame genauso herrlich wäre, wie ich es mir immer vorgestellt hätte. Sie meinte darauf, das liege daran, weil ich ständig nach einem Ziel strebe, und ich täte gut daran, wenn nur das Ziel auch gut wäre. Ihr ging es auch gut – besser als je zuvor; sie konnte von dem, was ich aus der Küche des Pfarrhauses brachte und Joe aus dem Hause des Tierarztes, gut leben; gestern hatten Pengasters ein Schwein geschlachtet, und Hetty hatte dafür gesorgt, daß ein ordentliches Stück Schinken zu ihr kam. Sie hatte es eingepökelt, und es reichte als Mahlzeit nun eine Reihe von Tagen. Grandmas Ruf war noch nie so gut gewesen. Joe fühlte sich glücklich bei seiner Arbeit; der Tierarzt hielt große Stücke auf ihn und gab ihm hin und wieder ein oder zwei Pence, wenn er seine Sache besonders gut gemacht hatte. Joe sagte, daß man ihn wie ein Kind des Hauses behandele; aber es hätte ihm auch nichts ausgemacht, wenn es anders gewesen wäre, solange er sich nur um seine Tiere kümmern dürfte.

»Es ist doch seltsam, daß sich alles so zum Guten gewendet hat«, sagte ich.

»Wie ein Sommer nach einem harten Winter«, stimmte Grandma mir zu. »Doch denke daran, mein Kind, daß die Winterzeit wiederkommen kann und wird. Ewig Sommer zu haben, wäre unnatürlich.«

Aber ich glaubte an den ewigen Sommer. Nur einige nichtige Dinge trübten mein angenehmes Leben. Das eine war, wenn ich Joe zusammen mit dem Tierarzt durch den Ort fahren sah, auf dem Weg zu den Stallungen von Abbas. Er stand dann hinten auf der Kutsche, und ich fand es meines Bruders unwürdig, wie ein Diener zu fahren. Es hätte mir gefallen, wenn er wie ein Freund oder wie ein Assistent behandelt worden wäre, und noch lieber wäre es mir gewesen, wenn er in dem Einspänner vom Doktor gefahren käme.

Und immer noch haßte ich die Lage, wenn Mellyora in ihrem besten Kleid und mit langen, weißen Handschuhen Besuche machte. Ich wollte dabeisein, wollte lernen, wie man einen Salon betritt und wie man leichte Konversation macht. Aber natürlich: mich lud niemand ein. Dann ließ mich wieder Mrs. Yeo spüren, daß ich trotz Mellyoras großer Freundlichkeit doch nur ein Dienstbote in diesem Hause sei, fast auf einer Stufe mit ihrer Feindin Miss Kellow, und noch nicht einmal das. Das waren kleine Sticheleien in meinem idyllischen Dasein.

Und als Mellyora und ich an unseren Stickmustern arbeiteten – Namen und Daten in winzigsten Kreuzstichen, was für mich eine Strafe war –, erlaubte uns Miss Kellow, uns selbst einen Spruch auszusuchen. Ich wählte: »Jeder ist seines Glückes Schmied.« Und da das mein Credo war, machte mir jeder einzelne Stich Freude. Mellyora suchte sich aus: »Was du nicht willst, das man dir tu, das füg auch keinem andern zu«, und meinte dazu, wenn man diesen Rat befolge, dann sei einem jeder der Nächste, weil man sich selbst der Nächste wäre.

Oft noch erinnerte ich mich an diesen Sommer: wie wir

am offenen Fenster saßen und unsere Schularbeiten machten, oder unter der Kastanie, über unsere Handarbeit gebeugt; wie wir miteinander plauderten beim Summen der Bienen im süß duftenden Flieder. Aus dem Garten wehte der Duft der Blumen, der Kiefern und der warme Geruch der Erde, darin sich der Dunst aus der Küche mischte. Weiße Schmetterlinge – in jenem Sommer eine wahre Plage – tanzten närrisch um die roten Dolden der Löwenmäulchen. Manchmal versuchte ich, einen Moment festzuhalten und flüsterte mir zu: »Jetzt! Das ist jetzt!« als wollte ich den Augenblick für immer bewahren. Aber die Zeit war stärker als ich: sie schritt weiter, unerbittlich, und sogar als ich dieses »jetzt« sagte, war es schon vorbei. Hinter der Hecke war der Friedhof mit seinen Grabmälern, ein ewiger Mahner, daß die Zeit für keinen von uns stillesteht; aber ich wollte dem allen den Rücken zudrehen, ich wollte, daß der Sommer blieb! Vielleicht wußte ich insgeheim, daß mit diesem Sommer ein Leben zu Ende ging, in dem ich so ein windstilles Eckchen gefunden hatte.

Ein Jahr zuvor hatte Justin St. Larnston die Universität verlassen, und wir sahen ihn jetzt häufig. Oft begegnete ich ihm, wenn er durchs Dorf fuhr. Ihm oblag schon jetzt ein gut Teil der Verwaltung, damit er, wenn es an der Zeit war, das Gut als Herr übernehmen konnte. Wenn Mellyora bei mir war, verneigte er sich höflich und lächelte sogar, aber es war ein melancholisches Lächeln. Wenn wir ihn trafen, war es ein Glückstag für Mellyora; sie wurde dann noch hübscher und stiller, als wäre sie versunken in lieblichen Träumen.

Kim, der etwas jünger war als Justin, besuchte noch die Universität; mit Freuden sah ich dem Tag entgegen, da auch er fertig sein würde; vielleicht würden wir ihn dann ebenfalls öfters im Dorf treffen.

Eines Nachmittags saßen wir im Garten auf dem Rasen

und stickten an unserem Motiv. Ich hatte meines gerade fertig und war zu dem Punkt hinter »Schmied« gekommen, als Bess quer über den Rasen geradenwegs auf uns zugelaufen kam und rief: »Miss, schreckliche Nachrichten von Abbas!«

Mellyora wurde um einen Hauch blasser und ließ ihre Handarbeit ins Gras fallen. »Was für welche?« drängte sie, und ich wußte, sie hatte Angst, Justin sei etwas Schreckliches zugestoßen.

»Sir Justin. Der Schlag hat ihn getroffen in seinem Arbeitszimmer, sagen die Leute. Der Doktor ist schon da, steht schlimm mit ihm, sehr schlimm. Er lebt bestimmt nicht mehr lange, sagen sie.«

Sichtlich erleichtert atmete Mellyora auf. »Wer sagt das?«

»Na, Mr. Belter, der weiß es vom Stallburschen dort. Er sagt, sie seien alle furchtbar aufgeregt.«

Als Bess wieder ins Haus ging, blieben wir auf dem Rasen sitzen, aber weiterarbeiten mochten wir nicht. Ich wußte, daß Mellyora mit ihren Gedanken bei Justin war. Wenn sein Vater stürbe, würde er Sir Justin sein und Abbas würde ihm gehören. Ich hätte gern gewußt, ob sie traurig war; denn sie hörte nicht gern von Krankheitsfällen, und auch Justin schien jetzt unerreichbarer denn je.

Die nächsten Nachrichten kamen von Miss Kellow. Sie las jeden Morgen die Anzeigen der Zeitung, weil sie, wie sie zu verstehen gab, an den Geburten, Todesfällen und Heiraten in den berühmten Familien, bei denen sie angestellt gewesen war, sehr interessiert war.

Sie kam in unseren Unterrichtsraum, die Zeitung in der Hand. Mellyora sah zu mir herüber und schnitt eine Grimasse, die Miss Kellow nicht sehen konnte. Das sollte heißen: Nun hören wir wieder, daß Sir Irgendwer geheiratet hat oder gestorben ist ... und daß sie dort wie zur Familie gehört hätte – und was für ein Leben sie dort gehabt hätte, ehe sie so weit gesunken war, Gouvernante in einem verarmten Landpfarrhaushalt zu werden.

»Interessante Neuigkeiten stehen in der Zeitung«, begann sie.

»Oh?« Mellyora mimte immer Interesse. »Arme Kelly!« sagte sie oft zu mir. »Sie hat nicht viel Freude am Leben. Lassen wir ihr die noblen und feinen Leute.«

»Es gibt eine Hochzeit auf Abbas.«

Mellyora schwieg.

»Ja«, fuhr Miss Kellow fort in ihrer langsamen, kribbelig machenden Art, die uns so lange wie möglich in Spannung halten sollte. »Justin St. Larnston hat sich verlobt.«

Ich hatte nicht geahnt, daß ich jemals den Schmerz eines anderen Menschen so heftig empfinden könnte. Mir konnte es ja gleich sein, wen Justin St. Larnston heiratete. Aber arme Mellyora, mit ihren Träumen! Doch selbst daraus konnte ich eine Lehre ziehen. Es war töricht, einem Traum nachzuhängen, wenn man nichts tat, um ihn zu verwirklichen. Und was hatte Mellyora schon getan? Ihn reizend angelächelt, wenn er vorbeiging; sich mit besonderer Sorgfalt angezogen, wenn sie nach Abbas eingeladen war! Während er sie die ganze Zeit nur als Kind ansah.

»Wen wird er denn heiraten?« fragte Mellyora.

»Ja, es ist eigenartig, daß sie es gerade jetzt bekanntgeben«, sagte Miss Kellow, eifrigst bemüht, die Antwort noch weiter hinauszuziehen, »wo Sir Justin doch so krank ist und jeden Augenblick sterben kann. Aber vielleicht ist das der Grund.«

»Wer?« wiederholte Mellyora.

Miss Kellow konnte es nun nicht länger zurückhalten.

»Miss Judith Derrise«, sagte sie.

Sir Justin starb nicht, aber er blieb gelähmt. Wir sahen ihn niemals mehr zur Jagd fahren oder durch die Wälder streifen, das Gewehr über der Schulter. Dr. Hilliard kam zweimal am Tag zu ihm, und die Frage, die am meisten in St. Larnston gestellt wurde, war: Habt ihr gehört, wie es ihm heute geht?

Nachdem sie die Neuigkeit gehört hatte, lief Mellyora in ihr Zimmer und wollte niemanden sehen – nicht einmal mich. Sie sagte, sie habe Kopfschmerzen und wolle allein sein.

Und als ich doch zu ihr hineinging, war sie sehr gefaßt, wenn auch blaß.

Alles, was sie sagte, war: »Also Judith Derrise, auf der dieser Fluch liegt. Sie wird Unglück über St. Larnston bringen. Und davor habe ich Angst.«

Vielleicht hat sie sich doch nicht so viel aus ihm gemacht, dachte ich. Er war wohl nur der Mittelpunkt eines kindlichen Traums gewesen. Ich hatte geglaubt, daß ihre Gefühle für ihn ebenso stark seien wie mein Wunsch, mich über meinen, mir durch Geburt zugefallenen Stand zu erheben.

Doch es konnte nicht so sein, sonst hätte sie sich mehr über seine Heirat gegrämt. Das waren meine Gedanken, und sie schienen mir sehr einleuchtend.

Es bestand kein Grund, die Hochzeit hinauszuschieben, und sechs Wochen nach dem Aufgebot fand sie statt. Ein paar Schaulustige aus St. Larnston gingen hinüber zur Kirche von Derrise, wo das Paar getraut wurde. Mellyora war nervös und fragte sich, ob sie und ihr Vater wohl eine Einladung bekämen. Doch sie hätte sich nicht zu fürchten brauchen, es kam keine.

Am Tage der Hochzeit saßen wir zusammen im Garten und waren sehr ernst. Es war, als warteten wir auf eine Hinrichtung.

Wir erfuhren jede Einzelheit durch die Dienstboten, und mir wurde klar, was für ein gutes Spionagesystem wir hatten. Die Dienstboten des Pfarrhauses, von Abbas und von Derrise Manor bildeten einen Ring, und die Nachrichten gingen von einem zum anderen.

Die Braut trug ein zauberhaftes Kleid aus Spitzen und Satin. Und ihr Schleier und die Orangenblüten waren schon von vielen Derrise-Bräuten getragen worden. Ich fragte mich, ob die eine, die dem Ungeheuer begegnet war und darauf wahnsinnig wurde, auch diesen Schleier getragen hatte, und fragte Mellyora.

»Sie war keine Derrise«, erklärte Mellyora. »Sie war eine Fremde. Darum wußte sie auch nicht, wo sich das Ungeheuer befand.«

»Hast du Judith schon mal getroffen?« fragte ich sie.

»Nur einmal, auf Abbas, bei einem von Lady St. Larnstons Empfängen. Sie ist sehr groß, schlank und schön; mit schwarzen Haaren und großen, dunklen Augen.«

»Also ist sie wenigstens schön, und die St. Larnstons werden nun noch reicher werden, nicht wahr? Sie bringt doch eine Mitgift mit?«

Mellyora brauste auf, was selten vorkam. Sie packte mich bei den Schultern und schüttelte mich.

»Hör auf, über Geld zu reden. Hör endlich auf, daran zu denken. Gibt es denn nichts anderes auf der Welt? Ich sage dir, sie wird Unglück über Abbas bringen. Sie ist verflucht. Sie sind es alle!«

»Nun, das geht uns ja nichts an.«

Ihre Augen wurden dunkel vor Zorn.

»Sie sind unsere Nachbarn. Natürlich geht es uns etwas an.«

»Ich kann nicht einsehen, wieso. Sie kümmern sich doch auch nicht um uns. Warum sollten wir uns dann um sie kümmern?«

»Sie sind meine Freunde.«

»Freunde! Darum scheren die sich wenig. Sie haben dich nicht einmal zur Hochzeit eingeladen.«

»Ich wäre auch gar nicht hingegangen.«

»Das ändert nichts daran, daß sie dich nicht eingeladen haben.«

»Ach, hör doch auf, Kerensa. Es wird nie mehr, wie es war, das kann ich dir versichern. Nie mehr. Alles ist anders, spürst du das nicht?«

Ja, ich spürte es. Weniger, daß alles anders geworden war, aber daß ein Wandel vor sich ging; denn wir waren keine Kinder mehr. Mellyora wurde bald 17, und ich war nur ein paar Monate jünger. Bald würden wir die Haare aufstecken und junge Damen sein. Wir wurden erwachsen, und schon dachten wir mit Wehmut an die langen, sonnigen Tage unserer Kindheit.

Sir Justins Leben war nicht länger in Gefahr, und sein Sohn hatte eine junge Frau nach Abbas gebracht. Die St. Larnstons hatten also guten Grund zum Feiern und beschlossen, einen Ball zu geben. Er sollte stattfinden, noch ehe der Sommer vorüber wäre, und sie hofften auf eine warme Nacht, so daß die Gäste sich nicht nur an der Pracht des Hauses, sondern auch an der Schönheit des Gartens ergötzen könnten.

Die Einladungen wurden verschickt, und Mellyora und ihr Vater erhielten eine. Das junge Paar war für die Flitterwochen nach Italien gefahren, und mit diesem Ball wollte man ihre Heimkehr feiern. Es sollte ein Maskenball werden, eine große Angelegenheit. Wie wir hörten, war das der Wunsch von Sir Justin, der nicht selbst teilnehmen konnte.

Ich war mir über Mellyoras Gefühle nicht ganz im klaren. Sie schien zwischen Aufregung und Niederge-schlagenheit zu schwanken. Sie hatte sich verändert, seit sie erwachsen wurde. Sie war einst so fröhlich gewesen. Ich hingegen war neidisch und konnte es nicht verbergen.

»Ich wünschte so, du könntest mitkommen«, sagte sie.

»Ja, wie gern sähe ich dich dort. Das alte Haus bedeutet dir doch so viel, nicht wahr?«

»Ja«, erwiderte ich, »es ist eine Art Symbol.«

Sie nickte. Es passierte oft, daß wir stillschweigend übereinstimmten, und ich brauchte ihr nichts zu erklären. Tagelang ging sie umher mit gekrauster Stirn, und sooft ich den Ball erwähnte, schob sie das Thema ungeduldig beiseite.

Etwa vier Tage, nachdem sie die Einladung erhalten hatte, kam sie mit ernster Miene aus ihres Vaters Arbeitszimmer.

»Papa geht es nicht gut«, sagte sie. »Übrigens merk' ich das schon seit einiger Zeit.«

Auch mir war es aufgefallen; seine Hautfarbe wurde mit jedem Tag gelber.

»Er meint«, fuhr sie fort, »er wird nicht zu dem Ball gehen können.«

Ich hatte mich heimlich schon gefragt, was für ein Kostüm er tragen würde; es war schwierig, sich ihn anders vorzustellen denn als Pfarrer.

»Soll das heißen, du gehst auch nicht?«

»Ich kann nicht gut allein gehen.«

»Ach ... Mellyora.«

Sie zuckte ungeduldig die Achseln, und am selben Nachmittag fuhr sie mit Miss Kellow in der Ponykutsche fort. Ich hörte es von meinem Fenster aus, und als ich hinaussah, und sie erblickte, war ich gekränkt, weil sie mich nicht gebeten hatte, mitzukommen.

Als sie zurückkam, stürzte sie in mein Zimmer, mit leuchtenden Augen und geröteten Wangen.

Sie setzte sich auf mein Bett und wippte auf und nieder.

Dann hielt sie inne, legte den Kopf zur Seite und sagte: »Aschenputtel, wie würde es dir gefallen, mit auf den Ball zu gehen?«

»Mellyora!« entfuhr es mir. »Du meinst...«

Sie nickte.

»Du bist eingeladen. Das heißt, nicht eigentlich du, sie hat nicht die leiseste Ahnung... Aber ich habe eine Einladung für dich, und wir werden einen Riesenspaß haben, Kerensa. Viel mehr, als wenn Papa oder eine andere Anstandsdame, die er vielleicht für mich gefunden hätte, mitgegangen wäre.«

»Wie hast du das fertiggebracht?«

»Heute nachmittag sprach ich bei Lady St. Larnston vor, es war sowieso Empfangstag. Bei der Gelegenheit berichtete ich ihr, daß Papa sich nicht wohl fühle und nicht in der Lage sei, mich zum Ball zu begleiten, und dann sagte ich, ich hätte eine Freundin hier – ob seine Einladung nicht auf sie übertragen werden könnte? Sie war sehr gnädig.«

»Mellyora... Aber wenn sie erfährt!«

»Sie wird nicht. Ich habe deinen Namen geändert, falls sie dich kennen sollte. Sie hatte den Eindruck, du seist meine Tante, obwohl ich nichts dergleichen gesagt habe. Es ist ja ein Maskenball. Sie wird uns an der Treppe empfangen, und du mußt versuchen, würdig zu wirken... Eben alt genug, um eine junge Dame zum Ball zu begleiten. Ich bin so aufgeregt, Kerensa. Wir müssen uns jetzt klarwerden, was wir anziehen wollen. Maskenkostüme! Stell dir nur vor! Jeder wird fabelhaft aussehen. Übrigens, du bist Miss Carlyon. Den Namen mußt du dir merken.«

»Miss Carlyon«, murmelte ich. Dann: »Wie komme ich zu einem Kostüm?«

Wieder legte sie den Kopf schief. »Du hättest in der Handarbeitsstube fleißiger sein sollen. Du weißt doch,

Papa hat Geldsorgen. Er kann mir also nicht viel für ein Kleid geben.«

»Aber wie kann ich ohne Kleid gehen?«

»Wirf doch nicht die Flinte so schnell ins Korn. Jeder ist seines Glückes Schmied. Was ist damit? Und hier stehst du nun und sagst: Ich kann nicht, ich kann nicht – gleich beim ersten Hindernis.«

Sie schlang plötzlich ihre Arme um mich und drückte mich. »Es ist so schön, eine Schwester zu haben«, sagte sie. »Was sagt doch immer deine Grandma vom Teilen?«

»Geteilte Freude ist doppelte Freude, geteiltes Leid ist halbes Leid.«

»Das ist wahr. Jetzt, da du mitkommst, bin ich ganz närrisch vor Freude.« Sie schob mich fort und setzte sich wieder auf das Bett. »Als erstes müssen wir uns entscheiden, was für ein Kostüm wir anziehen wollen, und dann müssen wir beratschlagen, wie wir am besten an sie herankommen. Stell dir vor, du würdest wie eine Dame aus der Gemäldegalerie auf Abbas aussehen. Oh, du hast sie ja noch nie gesehen. Samt, würde ich meinen. Du gäbst eine feine Spanierin ab, mit deinem hochgesteckten, dunklen Haar und einem Kamm und einer Mantille.«

Nun wurde auch ich aufgeregt. »Ich habe spanisches Blut; mein Großvater war Spanier, und den Kamm und die Mantille könnte ich kriegen.«

»Na, siehst du, roter Samt, meine ich, für dich. Meine Mama hatte ein rotsamtenes Abendkleid. Ihre Sachen wurden nie angerührt.«

Sie sprang wieder auf, faßte mich bei den Händen und wirbelte mich herum. »Die Masken sind einfach. Man schneidet sie aus schwarzem Samt aus. Und wir sticken aus Perlen Muster drauf. Drei Wochen haben wir Zeit.«

Ich war noch viel aufgeregter als sie. Es war ja wahr: mit

meiner Einladung war es nicht ganz korrekt zugegangen, und Lady St. Larnston hätte sie niemals erteilt, wenn sie gewußt hätte, wen sie betraf. Aber immerhin, ich kam mit. Ich würde ein rotes Samtkleid tragen, ich hatte es schon anprobiert. Es mußte nur noch für mich geändert werden. Miss Kellow half mir dabei, zwar ungnädig, aber sie verstand sich meisterhaft darauf.

Es freute sie besonders, daß mein Kostüm nichts kostete und daß das Geld – nicht sehr viel –, das Reverend Charles Mellyora gestiftet hatte, nur für sie ausgegeben zu werden brauchte. Wir entschieden uns für sie zu einem griechischen Kostüm und kauften weißen Samt und goldfarbene Seide und bestickten alles mit Goldplättchen. In diesem weichfließenden Gewand, mit goldenen Borten eingefaßt und dem über die Schulter fallenden Haar, sah Mellyora ganz bezaubernd aus.

Die Tage gingen dahin, und wir sprachen von nichts anderem als von dem Ball und Sir Justins Gesundheit. Wir hatten solche Angst, er könne sterben, und der Ball würde abgesagt...

Und natürlich erzählte ich auch Grandma Bee davon.

»Ich gehe als Spanierin«, erklärte ich ihr. »Es ist das Allerschönste, was ich je erlebt habe.«

Sie sah mich ein bißchen traurig an und meinte: »Erwarte nicht zuviel, mein Liebling.«

»Ich erwarte überhaupt nichts«, antwortete ich. »Ich sage mir ja selbst, daß ich nach Abbas... als Gast gehe. Ich werde ein rotes Samtkleid tragen. Grandma, du solltest das Kleid sehen!«

»Die Pfarrerstochter ist gut zu dir, mein Liebling. Bleibe nur stets ihre Freundin.«

»Natürlich bleibe ich das. Sie ist glücklich, weil ich mit ihr gehe, und ich bin glücklich, weil ich mit darf. Miss Kellow meint allerdings, ich sollte nicht hingehen.«

»Hoffentlich findet sie keine Gelegenheit, Lady St. Larnston zu erzählen, wer du bist.«

Triumphierend schüttelte ich den Kopf. »Das getraut sie sich nicht.«

Grandma ging in ihren Vorratsraum, und ich folgte ihr und beobachtete, wie sie die Schachtel öffnete und die zwei Kämme und die beiden Mantillen herausholte.

»Ich lege das nachts manchmal an«, sagte sie. »Immer, wenn ich hier allein bin. Dann stelle ich mir vor, Pedro wäre bei mir. So hat er mich immer gern gesehen. Komm, wir wollen es anprobieren.«

Sie hob mein Haar ein bißchen hoch und steckte den Kamm hinein. Es war ein großer Kamm, mit Brillanten besetzt. »Du siehst genauso aus wie ich in deinem Alter, Liebling. Nun die Mantille.«

Sie legte sie mir über den Kopf und trat zurück. »Wenn es so gemacht wird, wie es sich gehört, dann wagt keiner, dich anzurühren«, erklärte sie. »Ich würde gern selbst dein Haar richten, Enkelin.«

Es war das erste Mal, daß sie mich so anredete, und ich fühlte ihren Stolz auf mich daraus.

»Komm an dem Abend ins Pfarrhaus, Grandma«, sagte ich. »Dann kannst du auch gleich mein Zimmer sehen und mir das Haar richten.«

»Ob das erlaubt ist?«

Ich kniff die Augen zusammen. »Ich bin nicht als Dienstmädchen dort. Nur du kannst mein Haar machen. Also mußt du.«

Sie legte ihre Hand auf meinen Arm und lächelte mich an. »Nimm dich in acht, Kerensa«, sagte sie. »Nimm dich immer in acht!«

Die Einladung für mich war gekommen. Da stand, daß Sir Justin und Lady St. Larnston sich die Freude machten, Miss Carlyon auf ihrem Kostümfest zu begrüßen

Mellyora und ich starben fast vor Lachen, als wir das lasen, und Mellyora rief ein um das andere Mal: »Miss Carlyon«, indem sie Lady St. Larnstons Stimme nachmachte.

Als unsere Kleider fertig waren, probierten wir sie jeden Tag an, und ich übte mich, den Kamm und die Mantille zu tragen. Dann setzten wir uns zusammen und nähten lauter Pailletten auf die schwarzen Samtmasken, damit sie glitzerten. Jene Tage gehören mit zu den glücklichsten in meinem Leben.

Unermüdlich übten wir uns im Tanzen. Es sei sehr einfach, wenn man jung sei, behauptete Mellyora. Man brauchte bloß seinem Partner zu folgen; ich entdeckte, daß ich gut tanzen konnte, und tat es gern.

Und während der ganzen Zeit merkten wir nicht einmal, daß Reverend Charles von Tag zu Tag bleicher wurde. Er verbrachte den größten Teil seiner Zeit in seinem Arbeitszimmer. Er wußte, wie aufgeregt wir waren, und ich glaube – obwohl mir das erst später klarwurde –, daß er nicht den leisesten Schatten auf unser Vergnügen werfen wollte.

Schließlich kam der Tag des Balles. Mellyora und ich zogen unsere Kostüme an, und Grandma kam ins Pfarrhaus, um mir die Haare aufzustecken.

Sie bürstete es und tat einige von ihren Tropfen darauf, daß es glänzte und schimmerte. Dann kamen der Kamm und die Mantille an die Reihe. Mellyora klatschte in die Hände vor Bewunderung, als sie das Ergebnis sah.

»Jeder wird auf Miss Carlyon schauen!« sagte sie.

»Ja, hier in diesem Schlafzimmer sieht es gut aus«, gab ich zu. »Aber denk an all die herrlichen Kostüme, die die reichen Leute anhaben werden, Diamanten und Rubine...«

»Dafür habt ihr zwei eure Jugend«, warf Grandma ein.

Sie lachte. »Bestimmt würden einige von denen gern ihre Diamanten und Rubine dafür eintauschen.«

»Kerensa sieht anders aus«, sagte Mellyora nachdrücklich. »Und wenn auch alle aufs vorteilhafteste aussehen, ihr wird niemand gleichen.«

Wir setzten die Masken auf und standen kichernd vor dem Spiegel.

»Nun«, meinte Mellyora, »wir sehen sehr geheimnisvoll aus.«

Grandma ging heim, und Miss Kellow fuhr uns nach Abbas. Unsere Kutsche paßte nicht ganz zwischen all die anderen feinen Wagen; aber das machte uns nur Spaß, und mich brachte sie zu dem Höhepunkt eines Traumes.

Ich war überwältigt, als ich in die Halle trat; ich versuchte, alles auf einmal zu sehen, und bekam doch nicht mehr als einen undeutlichen Eindruck. Ein Lüster mit, wie mir schien, Hunderten von Kerzen; Wandteppiche an den Wänden, Töpfe mit Blumen, deren Duft die Luft erfüllte; Menschen überall. Es war, als hätte ich mich auf eines jener fremden Schlösser verirrt, von denen ich im Geschichtsunterricht gelesen hatte. Viele der Damengarderoben waren aus dem italienischen 14. Jahrhundert, wie ich später erfuhr, und einige Damen trugen ihr Haar mit juwelenbesetzten Stirnbändern eingefaßt. Brokat, Samt, Seide, Satin – es war eine glänzende Gesellschaft; und was alles noch viel aufregender machte, das waren die Masken, die jedermann trug. Ich war dankbar dafür; denn solange keine Gefahr bestand, daß man mich entdeckte, fühlte ich mich ihnen mehr zugehörig.

Um Mitternacht sollte die Demaskierung stattfinden; aber bis dahin war der Ball vorbei, und ich brauchte mir wegen meiner Aschenputtelrolle keine Sorge mehr zu machen.

Am anderen Ende der Halle befand sich ein breiter und wunderschöner Treppenaufgang, und wir folgten der Menge dorthin, wo Lady St. Larnston, ihre Maske in der Hand, die Gäste empfing.

Wir standen in einem langen und hohen Raum, wo an beiden Seiten die Portraits derer von St. Larnston aufgehängt waren. Prachtvoll in Seide und Samt, hätten sie gut und gern ebenfalls an dem Ball teilnehmen können. Über den ganzen Raum waren immergrüne Pflanzen verteilt und vergoldete Stühle, wie ich sie noch nie gesehen hatte. Ich wollte mir alles ganz genau merken.

Mellyora an meiner Seite, in ihrem schlichten Kostüm, mit ihrem goldenen Haar und dem Gold um die schmale Taille, kam mir lieblicher vor als alle anderen.

Ein Mann im grünen Samtwams und in langen grünen Hosen kam auf uns zu.

»Sagt, wenn ich mich irre«, sprach er uns an, »aber ich glaube, ich habe es erraten. Es sind die goldenen Locken.«

Ich erkannte Kims Stimme, obgleich ich ihn in diesem Kostüm nicht erkannt hätte.

»Sie sehen zauberhaft aus«, fuhr er fort. »Und die spanische Dame nicht minder.«

»Kim, Sie hätten es nicht so bald erraten sollen«, schmollte Mellyora.

»Nein, ich hätte so tun sollen, als hätt' ich keine Ahnung. Ich hätte eine Menge Fragen stellen sollen und es erst kurz vor Mitternacht erraten sollen.«

»Zumindest aber«, meinte Mellyora, »haben Sie nur mich erkannt.«

Er hatte sich mir zugewandt, und ich sah seine Augen durch die Maske. Ich wußte, wie sie aussahen: lachend, mit kleinen Fältchen in den Winkeln; sie verschwanden fast, wenn er lachte.

»Ich muß gestehen, ich bin verwirrt.«

Mellyora seufzte vor Erleichterung auf.

»Ich dachte, Sie kämen mit Ihrem Herrn Vater?« fuhr er fort.

»Er konnte nicht mitkommen. Es geht ihm nicht gut.«

»Das tut mir leid. Aber ich bin froh, daß Sie kommen konnten.«

»Der Dank gebührt meiner... Anstandsdame.«

»Oh, also ist diese Spanierin Ihre Anstandsdame?« Er versuchte, meine Maske zu durchschauen. »Sie scheint mir etwas jung für diese Rolle.«

»Sprechen Sie nicht so, als wäre sie nicht vorhanden. Sie hat so etwas nicht gern.«

»Dabei bin ich doch so darauf aus, Ihre Zustimmung zu gewinnen. Spricht sie nur spanisch?«

»Nein, sie spricht englisch.«

»Aber sie hat bis jetzt noch nichts gesagt.«

»Vielleicht redet sie nur, wenn sie etwas zu sagen hat.«

»O Mellyora, machen Sie mir einen Vorwurf? Spanische Dame«, fuhr er fort, indem er sich an mich wandte, »ich hoffe, meine Gegenwart stört Sie nicht.«

»Nein, sie stört mich nicht.«

»Jetzt atme ich wieder frei! Darf ich die beiden jungen Damen zum Büfett führen?«

»Das wäre sehr nett«, sagte ich. Obwohl ich langsam und betont sprach, hatte ich doch Angst, nachdem ich endlich hier unter den Menschen war, mit denen ich schon immer hatte verkehren wollen, daß eine Modulation der Stimme oder eine Spur von Akzent oder Tonfall meine Herkunft verraten könnten.

»Nun wohlan, kommen Sie mit.« Kim trat zwischen uns, nahm uns bei den Ellbogen und schob uns durch die Menge.

Wir saßen an einem kleinen Tisch in der Nähe des Podiums, wo lange Tafeln mit Speisen aufgebaut waren.

Noch nie in meinem Leben hatte ich eine so reichliche Tafel gesehen. Und da an Pasteten und Aufläufen sich hierzulande arm und reich gütlich tun, gab es davon mehr als von allem anderen. Aber was für Pasteten und Aufläufe waren das! Der Teig war goldbraun, und einige Pasteten hatten phantastische Formen. In der Mitte der Tafel stand eine Pastete, die Abbas darstellte, mitsamt Wachttürmen und Torbogen. Staunend blieben die Gäste vor diesem Kunstwerk stehen. Tierfiguren auf den Pasteten zeigten an, woraus die Fülle bestand: Schafe deuteten auf Lammpasteten hin, Ferkel auf eine Fülle aus Spanferkelfleisch und Vögel auf Geflügelpasteten. Dazwischen standen große Schüsseln mit Mayonnaise; wer es sich leisten konnte, nahm immer Mayonnaise zu den Pasteten.

Und was es nicht alles zu trinken gab! Liköre, Bier, Gin und ausländische Weine.

Es war amüsant, Haggety zu beobachten, wie er sich um das Büfett kümmerte, sich unterwürfig verbeugte und ganz anders wirkte als der selbstbewußte Butler, der mich auf dem Trelinketer Markt einstellen wollte. Wenn ich mir vorstellte, was er wohl sagen würde, wenn er wüßte, er müßte das Mädchen bedienen, das er fast in Dienst genommen hätte, hätte ich laut auflachen mögen. Wenn man jung ist und den Hunger kennt, kann man immer mit Genuß essen, ganz gleich, wie aufgeregt man ist, und so sprach ich all den Köstlichkeiten, die Kim uns brachte, tüchtig zu, während ich von dem Bier nippte, das Haggety mir einschenkte.

Noch nie zuvor hatte ich davon getrunken, und ich fand diesen Honiggeschmack angenehm, aber ich wußte, daß man einen Schwips davon bekam, und ich hatte nicht die Absicht, meine Sinne an diesem aufregendsten Abend meines Lebens umnebeln zu lassen.

Kim sah uns mit Vergnügen beim Essen zu, und ich

wußte, daß er über mich nachdachte. Ich spürte, wie er überlegte, ob er mich nicht schon einmal getroffen hätte, und ich freute mich, daß er sich den Kopf zerbrach.

»Sehen Sie«, sagte er, während wir an unserem Bier nippten, »da kommt der junge Borgia.«

Ich blickte hoch und sah ihn. Er war in schwarzen Samt gekleidet; eine kleine Kappe thronte auf seinem Kopf, und er hatte sich einen Bart angeklebt. Er sah erst Mellyora und dann mich an. Sein Blick blieb an mir haften.

Er verneigte sich und sagte theatralisch: »Ich glaube, ich habe die blonde Griechin schon einmal auf unseren St. Larnstoner Pfaden wandeln sehen.«

Ich wußte sofort, daß es Johnny St. Larnston war; ich erkannte ihn an seiner Stimme, genauso wie vorhin Kim.

»Aber ich bin sicher, daß ich diese spanische Dame noch nie zu Gesicht bekommen habe.«

»Ich wäre meiner nicht immer so sicher«, antwortete Mellyora.

»Wenn ich sie schon einmal gesehen hätte, wäre sie mir unvergeßlich geblieben; fortan wird ihr Bildnis alle Zeit in meinem Herzen ruhen.«

»Es ist doch eigenartig«, meinte Mellyora, »daß man durch das bloße Tragen einer Maske seine Identität nicht verbergen kann.«

»Die Stimme, die Gesten verraten einen«, erklärte Kim.

»Und da wir drei uns also kennen«, fuhr Johnny fort, »bin ich mächtig gespannt, wer die Fremde in unserer Mitte ist.«

Er zog seinen Stuhl dicht an den meinen, und ich fühlte mich unbehaglich.

»Sie sind eine Freundin von Mellyora«, fügte er hinzu. »Ich weiß Ihren Namen. Sie sind Miss Carlyon.«

»Es ist nicht fein, Gäste in Verlegenheit zu bringen«, wies ihn Mellyora kurz zurecht.

»Meine liebe Mellyora, der ganze Witz eines Maskenballs besteht darin, die Personen der Gesellschaft noch vor der Demaskierung zu erraten. Wußten Sie das nicht? Miss Carlyon, meine Mutter erzählte mir, daß Mellyora eine Freundin mitbringen würde, weil ihr Vater nicht mitkommen kann. Eine Anstandsdame... eine Tante, sagte meine Mutter. Aber Sie sind bestimmt nicht Mellyoras Tante.«

»Nein, ich verrate nichts«, antwortete ich. »Sie müssen schon bis zur Demaskierung warten.«

»Wenn ich bis zu diesem aufregenden Moment an Ihrer Seite bleiben darf, kann ich warten.«

Die Musik setzte ein, und ein schönes, stattliches Paar eröffnete den Ball. Der Mann in dem Regencykostüm mußte Justin sein und die große schlanke, dunkelhaarige Dame seine junge Frau.

Ich konnte meine Augen nicht von Judith St. Larnston wenden, die noch vor kurzem Judith Derrise gewesen war. Sie trug ein karmesinrotes Samtkleid, dem meinen in der Farbe ähnlich, aber viel kostbarer. Um ihren Hals glänzten die Diamanten; auch an ihren Ohren und an ihren langen schmalen Fingern funkelten sie. Ihr dunkles Haar war in der Art der Pompadour frisiert, was sie etwas größer als Justin erscheinen ließ, der ja auch sehr groß war. Sie sah äußerst attraktiv aus, aber was mir vor allem auffiel, war die nervöse Spannung, die sich in den ruckartigen Bewegungen ihres Kopfes und ihrer Hände verriet. Ich sah, wie sie Justins Hand umklammerte, und selbst während des Tanzes machte sie den Eindruck, als wollte sie ihn nie mehr loslassen.

»Eine reizvolle Frau«, sagte ich.

»Meine neue Schwägerin«, murmelte Johnny, während er ihr mit den Augen folgte.

»Ein schönes Paar«, stimmte ich zu.

»Mein Bruder ist das ansehnlichste Mitglied der Familie, finden Sie nicht auch?«

»Das ist schwierig zu sagen, bevor die Demaskierung stattgefunden hat.«

»Oh, diese Demaskierung! Dann werde ich Sie um Ihr Urteil bitten. Aber bis dahin hoffe ich, Sie davon zu überzeugen, daß Justins Bruder andere Qualitäten besitzt, die den Mangel an persönlicher Schönheit wettmachen. Wollen wir tanzen?«

Ich bekam es mit der Angst, womöglich merkte man, wenn ich mit Johnny St. Larnston tanzte, daß ich noch nie mit einem Mann getanzt hatte.

Hätte Kim mich aufgefordert, wäre ich nicht so ängstlich gewesen; ich wußte ja, daß man im Notfall auf ihn zählen konnte; bei Johnny war ich mir nicht sicher. Aber Kim führte bereits Mellyora fort.

Johnny nahm meine Hand und drückte sie warm.

»Spanische Dame«, sagte er, »Sie haben doch keine Angst vor mir?«

Ich lachte auf, wie ich vor Jahren hätte auflachen mögen. Dann erwiderte ich in meiner langsamen, sorgfältigen Sprechweise: »Ich sehe keinen Grund dazu.«

»Das ist ein guter Anfang.«

Die Kapelle, die an dem anderen Ende des Ballsaales ihren Platz hatte, spielte einen Walzer. Ich dachte noch an mein Herumwalzen mit Mellyora im Schlafzimmer und hoffte nur, mein Tanz möge nicht meine geringe Erfahrung verraten. Doch es war einfacher, als ich dachte; ich war geschickt genug, keinen Verdacht zu erregen.

»Wie gut unsere Schritte zusammenpassen«, lobte Johnny.

Mellyora verlor ich während des Tanzes aus den Augen, und ich fragte mich, ob Johnny das nicht vielleicht beabsichtigt hatte. Als wir wieder miteinander auf den vergoldeten Stühlen saßen und ich von jemand anderem zum Tanz aufgefordert wurde, war ich ziemlich erleichtert, Johnny zu entkommen.

Wir plauderten – oder vielmehr mein Partner tat es – von anderen Bällen, von der Jagd, von dem Leben heutzutage auf dem Lande, während ich zuhörte, eifrigst bemüht, mich nicht zu verraten. Ich machte in dieser Nacht die Erfahrung, daß ein Mädchen, welches zuhören und zustimmen kann, bald beliebt ist. Aber das war nicht die Rolle, die ich dauernd spielen wollte. Dann wurde ich wieder zu meinem Platz zurückgeführt, wo Johnny schon ungeduldig auf mich wartete. Mellyora und Kim kamen auch wieder dazu, und ich tanzte dann mit Kim. Das gefiel mir sehr gut, obgleich es nicht so einfach war wie mit Johnny; ich nahm an, daß Johnny der bessere Tänzer war. Und während der ganzen Zeit beherrschte mich ein Gedanke: Du bist tatsächlich auf Abbas. Du, Kerensa Carlee – Carlyon für eine Nacht.

Wir bekamen noch mehr zu essen und Wein zu trinken, und ich wünschte, der Abend möge nie enden. Ich wußte, daß es mir schrecklich sein würde, das rote Samtkleid auszuziehen und meine Haare wieder herunterzulassen. In meinem Gedächtnis speicherte ich jede kleine Begebenheit, damit ich Mellyora am nächsten Tag alles erzählen konnte.

Ich machte beim Kotillon mit. Von meinen Partnern gaben sich die einen väterlich, andere wieder flirteten mit mir. Ich wurde mit allen fertig und hielt mich für sehr geschickt und fragte mich, warum ich je nervös gewesen war.

Von dem Likör, den Johnny und Kim mit den Speisen

an unseren Tisch brachten, trank ich wenig. Mellyora war ein bißchen geknickt; vermutlich hoffte sie, einmal mit Justin zu tanzen.

Ich tanzte gerade mit Johnny, als er sagte: »Hier ist es so überfüllt. Wir wollen nach draußen gehen.«

Ich folgte ihm die Treppe hinunter, hinaus auf den Rasen, wo ein paar Gäste tanzten. Es war ein reizender Anblick. Die Musik konnte man deutlich durch die offenen Fenster hören, und die Kleider der Männer und Frauen sahen im Mondschein phantastisch aus.

Wir tanzten quer über den Rasen und kamen zu der Hecke, die die Wiesen auf Abbas von dem Feld trennte, wo sich die sechs Jungfrauen und die alte Mine befanden.

»Wohin führen Sie mich?« fragte ich.

»Die Jungfrauen ansehen.«

»Ich wollte sie schon immer mal bei Mondlicht sehen«, sagte ich.

Ich wurde mir sofort klar, ich hatte ihm einen Anhaltspunkt gegeben, daß ich keine Fremde war, wenn ich von den Jungfrauen wußte.

»Nun gut«, flüsterte er. »Sie werden es.«

Er nahm mich bei der Hand, und wir liefen zusammen über das Gras. Ich lehnte mich gegen einen der Steine, und er kam dicht an mich heran und drängte mich zurück. Er versuchte mich zu küssen, doch ich wehrte ihn ab.

»Warum reizen Sie mich?« fragte er.

»Ich möchte nicht geküßt werden.«

»Sie sind ein seltsames Wesen, Miss Carlyon. Zuerst fordern Sie mich heraus, und dann zeigen Sie sich spröde. Ist das fair?«

»Ich kam, um die Jungfrauen im Mondschein zu sehen.«

Er hatte seine Hände auf meine Schultern gelegt und

drückte mich gegen den Stein. »Sechs Jungfrauen. Es könnten sieben heute sein heute nacht.«

»Sie haben die Geschichte vergessen«, erwiderte ich.

»Es geschah, weil sie keine Jungfrauen mehr waren....«

»Genau. Miss Carlyon, werden Sie sich heute nacht in Stein verwandeln?«

»Wie meinen Sie das?«

»Kennen Sie die Legende nicht? Jeder, der im Mondschein steht und einen der Steine berührt, ist in Gefahr.«

»Wovor? Sie sind ungezogen, junger Mann!«

Er brachte sein Gesicht dicht an das meine. Er sah teuflisch aus mit dem falschen Bart und den glitzernden Augen hinter der Maske. »Sie haben die Legende noch nicht gehört? Oh, aber Sie kommen nicht aus dieser Gegend, nicht wahr, Miss Carlyon? Ich werde sie Ihnen erzählen. Wenn die Frage gestellt wird: Bist du eine Jungfrau? und Sie können nicht antworten Ja, werden Sie in Stein verwandelt. Ich frage Sie jetzt.«

Ich versuchte, mich freizumachen. »Ich möchte ins Haus.«

»Sie haben noch nicht auf meine Frage geantwortet.«

»Ich glaube, Sie benehmen sich nicht wie ein Herr.«

»Kennen Sie denn die Herren so gut?«

»Lassen Sie mich los!«

»Erst wenn Sie meine Frage beantworten. Die erste Frage habe ich schon gestellt, nun möchte ich eine Antwort auf die zweite.«

»Ich beantworte überhaupt keine Fragen.«

»Dann«, sagte er, »bin ich gezwungen, meine Neugier und Ungeduld mit Gewalt zu stillen.« Mit einer raschen Bewegung griff er nach meiner Maske, und als er sie in Händen hielt, hörte ich einen überraschten Ausruf.

»So... Miss Carlyon!« rief er. Dann begann er zu singen:

»Ding dong Tand,
eine steht in der Wand.
Wer stellte sie hinein?
Kann doch nicht aus Sünde sein?«

Er lachte. »Habe ich recht oder nicht? Ich erinnere mich gut an dich. Du bist kein Mädchen, das man leicht vergißt, Miss Carlyon. Und was machst du auf unserem Ball?«

Ich entriß ihm die Maske.

»Ich war eingeladen.«

»Hm! Und hast uns alle ganz hübsch getäuscht. Meine Mutter pflegt im allgemeinen nicht die Dorfbewohner zu einem Ball in St. Larnston einzuladen.«

»Ich bin eine Freundin von Mellyora!«

»Ja... Mellyora! Wer hätte das von ihr gedacht! Ich möchte wissen, was meine Mutter sagt, wenn ich ihr das erzähle?«

»Das werden Sie nicht tun«, sagte ich und ärgerte mich zugleich über mich, denn es lag ein bittender Unterton in meiner Stimme.

»Aber glaubst du nicht, daß das meine Pflicht ist?« Er machte sich lustig über mich. »Natürlich, für eine Gegenleistung könnte ich mich mit dem Schwindel einverstanden erklären.«

»Halt«, warnte ich. »Von Gegenleistung ist hier nicht die Rede.«

Er legte seinen Kopf zur Seite und betrachtete mich mit leichtem Erstaunen. »Du machst dich ganz schön wichtig, kleine Dorfschönheit.«

»Ich wohne im Pfarrhaus«, erwiderte ich. »Und ich werde dort erzogen.«

»Tralala«, spöttelte er. »Tralalala!«

»Und nun möchte ich wieder zum Ball zurückkehren.«

»Ohne Maske? Zweifellos erkennen Sie einige Dienstboten! Oh, Miss Carlyon!«

Ich wandte mich ab und begann zu laufen. Auf das Fest zurückzugehen, war sinnlos; der Abend war mir verdorben. Ich würde zum Pfarrhaus zurückkehren und so wenigstens meine Würde wahren.

Er lief mir nach und ergriff meinen Arm. »Wohin läufst du?«

»Solange ich nicht im Ballsaal bin, geht Sie das nichts an.«

»Du willst uns doch nicht verlassen? Nein, bitte tu das nicht. Ich habe dich doch nur geneckt. Das mußt du noch lernen. Ich will nicht, daß du uns verläßt, ich will dir helfen. Kannst du die Maske wieder reparieren?«

»Ja, mit Nadel und Faden.«

»Gut, ich besorge sie dir, wenn du mit mir kommst.«

Ich zögerte, traute ihm noch nicht; aber die Versuchung war zu groß.

Er führte mich zu einer Mauer, die mit Efeu bewachsen war. Als er ihn beiseite schob, kam eine Tür zum Vorschein. Wir gingen hindurch und standen in dem ummauerten Garten, genau gegenüber der Stelle, wo man die Gebeine entdeckt hatte. Er führte mich also zum ältesten Teil auf Abbas.

Er öffnete die mit Eisen beschlagene Tür, und wir befanden uns in einem feuchten, dumpfen Durchgang. Eine Laterne hing an der Wand und verbreitete ein schwaches Licht. Johnny nahm sie herunter, hielt sie hoch über seinen Kopf und wandte sich grinsend zu mir. Er sah teuflisch aus, und ich wollte fortlaufen; aber ich wußte, wenn ich das tat, konnte ich nicht mehr zum Ball zurückkehren. Als er also: »Komm mit!« sagte, folgte ich ihm eine Wendeltreppe hinauf. Die Stufen waren hoch und abgetreten von den vielen Füßen, die während Hunderten von Jahren darübergegangen waren.

Er sah sich nach mir um und sagte mit hohler Stimme:

»Wir sind jetzt in dem Teil des Hauses, der früher das alte Kloster war. Hier lebten einstmals unsere Jungfrauen. Unheimlich, nicht wahr?«

Ich stimmte ihm zu.

Am oberen Ende der Treppe hielt er inne. Ich sah einen Korridor, von dem, wie mir schien, eine Reihe Zellen abgingen, und als ich Johnny in eine folgte, erkannte ich das in die Wand eingelassene steinerne Lager, das als Bett für eine Nonne gedient haben mochte; dann sah ich einen schmalen Spalt, ohne Glasschutz, vielleicht das Fenster.

Johnny setzte die Laterne nieder und grinste mich an.

»Nun holen wir Nadel und Faden«, sagte er. »Das war's doch?«

Ich war plötzlich hellwach. »Sicher werden wir das hier nicht finden.«

»Macht nichts. Es gibt wichtigere Dinge im Leben, das kann ich dir versichern. Gib mir die Maske.«

Ich weigerte mich und wandte mich zum Gehen; aber er war sofort neben mir. Sicherlich hätte ich Angst vor ihm gehabt, wenn ich mir nicht gesagt hätte, daß es nur Johnny St. Larnston war, den ich für einen Knaben ansah und der nicht viel älter war als ich. Mit einer Bewegung, die ihn überaschte und zu der ich all meine Kräfte aufbot, schob ich ihn fort. Er stolperte nach hinten und fiel über die Laterne.

Das war mein Glück. Ich floh den Korridor entlang, die Maske krampfhaft in der Hand, und suchte nach der Wendeltreppe.

Ich konnte sie nicht finden, aber ich stieß auf eine andere, die aufwärts führte, und obwohl mir klar war, daß ich nicht weiter in das Haus eindringen durfte, wenn ich es noch verlassen wollte, wagte ich nicht umzukehren, aus Angst, wieder Johnny zu begegnen. Ein Seil hing an der Wand, das als Treppengeländer diente; denn die Stufen waren steil, und es konnte gefährlich sein, es nicht zu benutzen. Ich befand mich in dem Teil des Hauses, der kaum benutzt wurde; aber in dieser Nacht hatte man hier ein paar Laternen aufgehängt, vermutlich für den Fall, daß sich einige Gäste in diesen Flügeln verirren sollten. Das Licht war kärglich und gerade hell genug, um den Weg zu zeigen.

Ich entdeckte noch mehrere Alkoven gleich dem, den mir Johnny gezeigt hatte. Ab und zu blieb ich stehen und lauschte und überlegte, ob es nicht klüger wäre, denselben Weg wieder zurückzugehen. Mein Herz raste, und immer wieder mußte ich mich heimlich umsehen. Jeden Moment erwartete ich, den Geist einer der Nonnen auf mich zukommen zu sehen. So stark wirkte dieser älteste Teil des Hauses auf mich, die ich hier ganz allein war. Die Fröhlichkeit des Balles war weit weggerückt – nicht nur räumlich, sondern auch zeitlich.

Ich mußte hier fort, so schnell wie möglich.

Vorsichtig versuchte ich, mich zurechtzufinden; aber als ich an einen Gang kam, durch den ich nicht gelaufen war, wurde ich fast verrückt vor Angst. Ich dachte: wie, wenn sie mich nie wiederfinden? Was, wenn ich für immer in diesem Teil des Hauses eingesperrt bleibe? Es wäre auch eine Art von Einmauern. Sie würden nach den Laternen sehen. Aber warum sollten sie? Die würden allmählich eine nach der anderen verlöschen, und keiner käme auf die Idee, sie wieder anzuzünden, es sei denn, es fände wieder ein Ball auf Abbas statt.

Panische Furcht ergriff mich. Wahrscheinlich entdeckten sie mich hier, wenn ich herumlief. Sie würden mich verdächtigen und des versuchten Diebstahls beschuldigen. Leute wie mich hatten sie immer im Verdacht.

Ich versuchte, ruhig nachzudenken, was ich von dem Haus wußte. Der alte Flügel war der Teil des Hauses, der in den ummauerten Garten sah. Da mußte ich sein... vielleicht ganz dicht bei dem Fleck, wo die Gebeine der Nonne gefunden worden waren. Dieser Gedanke ließ mich schaudern. Es war so düster in den Gängen und der Fußboden nackt und kahl; er bestand aus kaltem Stein wie die Wendeltreppen. Ich fragte mich, ob es wahr sei, daß der Geist von Menschen, die gewaltsam umkommen, an dem Ort spuke, wo sie ihre letzten Stunden zubrachten. Ich dachte an die Nonne, die von einer der Nischen aus, die vielleicht ihre Zelle gewesen war, durch diese Gänge geführt worden war. Welche Verzweiflung mußte ihr Herz befallen haben! Welche Ängste mußte sie ausgestanden haben.

Ich nahm meinen Mut zusammen. Verglichen mit der ihren, war meine Lage komisch. Ich redete mir ein, keine Angst zu haben. Wenn nötig, konnte ich genau erklären, wie ich in diese Situation geraten war. Lady St. Larnston würde dann über Johnny ärgerlicher sein als über mich.

Am Ende des steinernen Ganges befand sich eine schwere Tür, die ich vorsichtig öffnete. Es war wie ein Schritt in eine andere Welt. Der Gang war mit Teppichen ausgelegt, und Lampen hingen an den Wänden; ich konnte den Klang der Musik hören – gedämpft zwar –, den ich zuvor ganz verloren hatte.

Erleichtert atmete ich auf. Nun mußte ich nur noch den Weg zu den Ankleideräumen finden. Da würden Stecknadeln sein. Ich glaubte sogar, einige in einer kleinen Alabasterschale gesehen zu haben, und fragte mich, warum ich noch nicht eher daran gedacht hatte. Ich hatte das unheimliche Gefühl, daß der Gedanke an die siebente Jungfrau mich beruhigt hatte, nachdem ich durch das Nacheinander von ungewohntem Wein und seltsamen Erlebnissen ziemlich durchgedreht war.

Das Haus war weitläufig. Ich hatte schon vernommen,

daß es ungefähr 100 Zimmer besaß. An einer Tür hielt ich inne, und in der Hoffnung, sie würde mich in den Flügel des Hauses führen, wo der Ball stattfand, drückte ich sacht die Klinke nieder und öffnete sie. Mir blieb vor Schreck der Atem weg; denn in dem matten Licht der abgedeckten Lampe neben dem Bett war mir in den ersten Sekunden, als blickte ich auf einen Leichnam. Dort lag ein Mann, von Kissen gestützt, dessen Mund und ein Auge auf der linken Seite heruntergezogen waren. Ein grotesker Anblick, und das so unmittelbar nach meinen schreckensvollen Phantasien in den Gängen – ich glaubte, einen Geist vor mir zu haben; denn das war das Gesicht eines Toten... beinahe. Dann wurde mir klar, daß man mich gesehen hatte; denn ein seltsamer Laut kam von dem Wesen in dem Bett. Rasch schloß ich die Tür wieder, mein Herz schlug mir bis zum Halse.

Der Mann, den ich da im Bett hatte liegen sehen, war der klägliche Rest von Sir Justin; mich entsetzte der Gedanke, daß jemand, der ehemals so robust, so hochmütig gewesen war, sich so verändern konnte.

Irgendwie mußte ich in den Flügel gekommen sein, in dem sich die Schlafzimmer der Familie befanden. Sollte ich nun jemandem begegnen, würde ich sagen, ich hätte die Umkleidezimmer gesucht und mich dabei verirrt. Ich packte die zerrissene Maske fester und blieb zögernd an einer halbgeöffneten Tür stehen. Beim Hineinsehen erkannte ich ein Schlafzimmer; zwei Lampen an der Wand warfen ein spärliches Licht. Plötzlich kam mir ein Gedanke: vielleicht sind auf dem Toilettentisch Stecknadeln. Ich spähte nochmals den Gang hinunter; es war keine Menschenseele zu sehen, und so schlüpfte ich in das Zimmer. Und siehe da! An dem Spiegel, der mit Satinbändern umschlungen war, hing ein Nadelkissen mit Stecknadeln. Ich nahm einige heraus und wollte gerade wieder zur Tür gehen, als ich Stimmen auf dem Gang vernahm.

Tödlicher Schrecken erfaßte mich. Ich mußte so rasch wie möglich den Raum verlassen. Alle Ängste stiegen wieder in mir auf, wie damals, als ich in der Nacht Joe vermißte. Wenn man Mellyora in einem dieser Räume erwischt hätte und sie behauptete, ihren Weg verloren zu haben, würde ihr jeder glauben; aber ich – und sie wußten ja, wer ich war –, ich wäre einem demütigenden Verdacht ausgesetzt. Man durfte mich hier nicht finden. Ich sah mich um und erblickte zwei Türen. Ohne weiter nachzudenken, öffnete ich eine und schlüpfte hinein. Da stand ich in einem mit Kleidern vollgehängten Schrank. Doch es galt, keine Zeit zu verlieren, ich schloß die Tür und hielt den Atem an.

Nach einigen angstvollen Sekunden wußte ich, daß jemand das Zimmer betreten hatte. Ich hörte, wie sich die Tür schloß, und wartete – jeden Nerv zum Zerreißen gespannt – nur noch darauf, entdeckt zu werden. Ich müßte alles von Johnny erzählen, daß er mir zu nahegetreten, und wer ich wäre. Sie mußten mir Glauben schenken. Ich konnte die Tür sofort öffnen und alles erklären. Wartete ich, bis man mich entdeckte, so würde das einen schlechten Eindruck machen; käme ich heraus und erklärte alles richtig, was Mellyora bestimmt getan hätte, würde man mir eher glauben. Aber was dann, wenn sie mir nicht glaubten?

Ich zögerte zu lange.

Eine Stimme sagte: »Aber was ist denn, Judith?« Es war eine müde Stimme, die, wie ich wußte, Justin St. Larnston gehörte.

»Ich mußte dich sehen, Liebling. Nur ein paar Minuten allein mit dir sein. Ich mußte mich wieder beruhigen, versteh mich bitte.«

Judith, seine Frau! Ihre Stimme klang so, wie ich es

erwartet hatte. Sie sprach in kurzen Sätzen, als wäre sie atemlos.

»Judith, du mußt dich nicht so aufregen.«

»Aufregen? Aber wie kann ich denn, wenn ... ich sah dich und das Mädchen ... zusammen tanzen.«

»Hör zu, Judith.« Seine Stimme klang fast ein wenig geziert; aber vielleicht war das nur der Gegensatz zu der ihren. »Sie ist nur die Pfarrerstochter.«

»Sie ist schön. Du findest das auch, nicht wahr? Und jung ... so furchtbar jung ... und die Art, wie sie dich ansah ... als ihr zusammen tanztet.«

»Judith, das ist alles absurd. Ich kenne sie von Kindesbeinen an. Natürlich mußte ich mit ihr tanzen. Du kennst auch die gesellschaftlichen Pflichten.«

»Aber du schienst ... du schienst ... «

»Hast du denn nicht getanzt? Oder hast du die ganze Zeit nur mich beobachtet?«

»Du kennst meine Gefühle. Ich wußte das, Justin. Von dir und dem Mädchen. Und wenn du auch lachst; es war etwas zwischen euch, und ich mußte mich erst wieder fassen.«

»Aber wirklich, Judith, da gibt es nichts. Du bist meine Frau, nicht wahr? Ist das nicht genug?«

»Alles, eben alles! Ich könnte es nicht ertragen ... «

»Wir wollen es vergessen. Und wir sollten nicht hierbleiben, wir können unmöglich so verschwinden.«

»Es ist gut, aber küß mich zuvor, Justin.«

Schweigen, und ich meinte, sie müßten mein Herz schlagen hören. – Sobald sie fort sind, krabbele ich heraus, repariere meine Maske mit den Stecknadeln, und alles ist wieder gut. –

»Komm, Judith, wir wollen gehen.«

»Noch einmal, Liebster. O Liebster, ich wünschte, wir müßten nicht mehr zu diesen langweiligen Leuten zurück.«

»Bald ist es vorbei.«

»Liebster...«

Schweigen. Das Schließen einer Tür. Ich wollte hinaus-
stürzen, zwang mich aber, zu bleiben und bis zehn zu
zählen. Dann öffnete ich vorsichtig die Tür, blickte mich
in dem leeren Raum um, floh zur Zimmertür und erreichte
mit einem Aufseufzen der Dankbarkeit den Flur.

Ich rannte fast den Flur hinunter und versuchte, von der
Vorstellung loszukommen, jemand hätte mich beim
Öffnen der Schranktür entdecken können. Es war nicht
passiert; aber, o ja, es war eine Warnung, solche Dumm-
heiten nicht zum zweitenmal zu machen.

Die Musik wurde lauter, und ich erreichte den Treppenaufgang, wo uns Lady St. Larnston empfangen hatte.
Nun wußte ich Bescheid. In meiner Angst hatte ich
vergessen, die Maske aufzusetzen, als ich Mellyora und
Kim sah.

»Deine Maske!« rief Mellyora.

Ich hielt sie hoch. »Sie ist kaputt, aber ich habe schon
Stecknadeln gefunden.«

Kim sagte: »Na, na, ich glaube beinahe, das ist Kerensa.«

Schamerfüllt sah ich ihn an, und Mellyora wandte sich
ihm zu.

»Warum nicht?« fragte sie fast zornig. »Kerensa wollte
auch den Ball besuchen. Warum sollte sie nicht? Ich
sagte, sie sei meine Freundin, und das ist auch wahr.«

»Ja, warum auch nicht?« stimmte Kim zu.

»Wie ging sie kaputt?« fragte Mellyora.

»Meine Stiche waren nicht fest genug, nehme ich an.«

»Eigenartig. Zeig mal her.« Sie nahm meine Maske.
»Oh, das ist es. Gib mir die Nadeln. So, jetzt hält sie.
Weißt du eigentlich, daß es nur noch eine halbe Stunde
bis Mitternacht ist?«

»Ich weiß überhaupt nicht mehr, wie spät es ist.«

Mellyora setzte mir wieder die Maske auf, und ich war erleichtert, als ich mich wieder hinter ihr verstecken konnte.

»Wir waren gerade draußen im Garten«, meinte Mellyora. »Der Mond scheint wundervoll.«

»Ja. Ich war auch draußen.«

»Wir wollen wieder in den Ballsaal gehen«, sagte Mellyora. »Es bleibt uns nicht mehr viel Zeit.«

Wir gingen in Kims Begleitung zurück. Ein Herr kam und bat mich zum Tanz; ich fühlte mich selig, maskiert zu sein und wieder tanzen zu können, und insgeheim gratulierte ich mir zu meiner Flucht. Dann erinnerte ich mich, daß Johnny St. Larnston wußte, wer ich war. Doch es kam mir nicht mehr so wichtig vor. Wenn er es wirklich seiner Mutter verraten sollte, würde ich es ihr stecken, wie schlecht er sich benommen hatte, und ich konnte mir vorstellen, daß sie mit ihm dann weit ungnädiger sein würde als mit mir.

Später tanzte ich noch mal mit Kim und war froh darüber, wollte ich doch herausbringen, was er dazu sagte. Er war offensichtlich belustigt.

»Carlyon«, sagte er. »Das hat mich verwirrt. Ich dachte, du wärst Miss Carlee.«

»Mellyora gab mir diesen Namen.«

»Oh . . . Mellyora!«

Ich berichtete ihm alles, was passiert war, während er auf der Universität gewesen war. Wie Mellyora mich auf dem Markt gesehen und mich mit nach Hause genommen hatte. Er hörte aufmerksam zu.

»Ich bin froh, daß es so gekommen ist«, erklärte er mir. »Das ist für euch beide gut.«

Ich wurde rot vor Freude. Er war so ganz anders als Johnny St. Larnston.

»Und dein Bruder?« fragte er. »Wie gefällt es ihm bei unserem Tierarzt?«

»Woher wissen Sie das denn?«

Er lachte. »Nun, es interessiert mich, was er für Fortschritte macht, schließlich habe ich ihn Pollent empfohlen.«

»Sie ... «

»Ja, ich bat ihn, dem Jungen eine Chance zu geben.«

»So war das also. Ich sollte Ihnen danken.«

»Tu's nicht, wenn du nicht willst.«

»Aber Grandma ist so froh. Er macht sich dort gut. Der Tierarzt ist mit ihm zufrieden und« – ich hörte den Stolz in meiner Stimme – »ihm gefällt es dort.«

»Das sind gute Nachrichten. Ich dachte mir doch, wenn ein Junge so viel für einen Vogel riskiert, so muß er eine besondere Begabung haben. Na ja, dann ist ja alles gut.«

»Ja«, wiederholte ich, »dann ist ja alles gut.«

»Darf ich sagen, daß du dich so entwickelt hast, wie ich es erwartet habe?«

»So?«

»Ja, du bist eine außerordentlich anziehende junge Dame geworden.«

Viele Gefühle bewegten mich in dieser Nacht, aber wenn ich mit Kim tanzte, fühlte ich mich wirklich glücklich. Ich wünschte, es wäre ewig so weitergegangen. Aber ein Tanz ist schnell zu Ende, wenn man den Partner seiner Wahl hat, und viel zu bald schlugen die Uhren, die man in den Saal gebracht hatte, um Mitternacht anzuzeigen, alle auf einmal. Die Musik hörte auf zu spielen. Es war Zeit, die Masken abzunehmen.

Johnny St. Larnston ging dicht an uns vorbei, er lachte mich an.

»Es ist keine Überraschung«, meinte er, »aber immer noch ein Vergnügen.«

Und in seinem ironischen Lächeln lag eine gewisse Anzüglichkeit.

Kim führte mich hinaus, damit niemand wissen sollte,

daß Miss Carlyon in Wirklichkeit die arme Kerensa Carlee war.

Als Belter uns zum Pfarrhaus heimfuhr, sprachen weder Mellyora noch ich sehr viel. Beide hatten wir noch die Musik in den Ohren und in uns den Rhythmus des Tanzes. Es war eine Nacht, die wir nie mehr vergessen würden; später würden wir darüber reden, aber noch waren wir beschwingt und verzaubert.

Ruhig gingen wir in unsere Zimmer. Physisch war ich müde und hatte doch noch kein Bedürfnis zu schlafen. Solange ich das rote Samtkleid anhatte, war ich eine junge Dame, die auf Bälle ging, doch wenn ich es auszog, war das Leben längst nicht mehr so aufregend, wurde aus Miss Carlyon wieder Kerensa Carlee.

Aber ich konnte doch nicht die ganze Nacht vor dem Spiegel stehen und traumverloren mein Spiegelbild anstarren. Also nahm ich im Schein von zwei Kerzen widerwillig den Kamm aus meinem Haar, ließ es über die bloßen Schultern fallen, hängte das rote Samtkleid auf und wiederholte laut: »Du bist eine außerordentlich anziehende junge Dame geworden.«

Und schon träumte ich davon, was für ein herrliches Leben mir bevorstand; es war eben doch Wahrheit, daß man aus seinem Leben machen konnte, was man wollte.

Ich konnte nicht einschlafen. Ich dachte noch immer daran, wie ich mit Kim tanzte, mit Johnny kämpfte, mich im Kleiderschrank versteckt hielt und an den gräßlichen Augenblick, als ich die Tür zu Sir Justins Zimmer öffnete und ihn dort liegen sah.

Kein Wunder also, daß ich, als ich endlich schlief, von Alpträumen geplagt wurde. Mir träumte, Johnny mauerte mich ein, und ich erstickte, während Mellyora versuchte, mit bloßen Händen die Ziegelsteine beiseite zu reißen, und ich wußte genau, sie konnte mich nicht rechtzeitig retten.

Schreiend wachte ich auf und sah Mellyora neben meinem Bett. Ihr goldenes Haar lag um ihre Schultern, und sie hatte einen Morgenmantel über ihr Flanellnachthemd gezogen.

»Wach auf, Kerensa!« rief sie. »Du träumst schlecht.«

Ich setzte mich auf und starrte auf ihre Hände.

»Was um Himmels willen ist denn los?«

»Mir träumte, ich würde eingemauert, und du versuchtest, mich zu retten. Ich erstickte.«

»Das ist kein Wunder; du warst schier unter deiner Decke begraben. Und denk nur an all den Wein, den du getrunken hast.«

Sie setzte sich auf mein Bett und lachte über mich; aber ich konnte meinen Traum nicht so schnell abschütteln.

»Was für ein Abend«, sagte sie, faltete die Hände um ihre Knie und starrte vor sich hin. Als meine Schlaftrunkenheit wich, fiel mir ein, was ich in dem Wandschrank mitangehört hatte. Mellyoras Tanz mit Justin hatte Judiths Eifersucht geweckt. Ich setzte mich aufrecht.

»Du hast mit Justin getanzt, nicht wahr?« fragte ich.

»Natürlich.«

»Seine Frau hat das nicht gern gesehen.«

»Woher weißt du denn das?«

Und ich erzählte ihr, was mir zugestoßen war. Ihre Augen wurden ganz weit, und sie sprang auf, packte mich an den Schultern und schüttelte mich. »Kerensa, ich hätt' es mir ja denken können, daß irgend etwas passieren würde. Komm, sag mir jedes Wort, was du in dem Schrank da gehört hast.«

»Ich hab' dir alles gesagt... so gut ich mich erinnern kann. Ich war vor Angst fast tot.«

»Das kann ich mir denken. Was hast du bloß gemacht?«

»Ich weiß nicht mehr. Ich dachte mir nur, daß es das einzige war, was ich machen konnte. Hatte sie recht, Mellyora?«

»Recht?«

»Eifersüchtig zu sein?«

Mellyora lachte. »Sie ist mit ihm verheiratet«, erwiderte sie, und ich war mir nicht sicher, ob die kecke Antwort nicht vielleicht eine gewisse Bitterkeit verbergen sollte. Eine Weile schwiegen wir, jede mit ihren eigenen Gedanken beschäftigt. Dann brach ich das Schweigen und sagte: »Ich glaube, du hast Justin immer gern gehabt.«

Es war die Zeit, Vertrauen und innerste Geheimnisse auszutauschen. Der Zauber des Festes hing noch über uns, und Mellyora und ich fühlten uns in dieser Nacht inniger verbunden denn je.

»Er ist ganz anders als Johnny«, überlegte sie.

»Zum Wohle seiner Frau hoffe ich, daß er es ist.«

»Kein Mensch fühlt sich sicher, wenn Johnny in der Nähe ist. Justin scheint die Leute gar nicht zu bemerken.«

»Du denkst an Griechinnen mit goldenen Haaren?«

»Ich meine alle. Er macht einen so abwesenden Eindruck.«

»Vielleicht hätte er besser ein Mönch werden sollen statt Ehemann.«

»Was für Sachen du sagst.« Und dann erzählte sie von Justin. Wie sie und ihr Vater das erste Mal bei den St. Larnstons zum Tee eingeladen waren, wie sie zu diesem Anlaß ein gemustertes Musselinkleid trug, wie höflich Justin gewesen war. Daraus konnte ich erkennen, daß sie eine Art kindliche Bewunderung für ihn hegte, und ich hoffte nur, daß das alles war; denn ich wollte nicht, daß sie verletzt würde.

»Übrigens«, sagte sie, »Kim hat mir heute erzählt, er ginge fort.«

»Oh?«

»Nach Australien, glaube ich.«

»So, wann denn, bald?« Meine Stimme klang bestürzt, obwohl ich mich anstrengte, sie zu beherrschen.

»Über kurz oder lang. Er segelt mit seinem Vater. Aber wie er sagt, will er eine Zeitlang in Australien bleiben, er hat da nämlich einen Onkel.«

Die Hochstimmung vom Ball war wie weggeblasen.

»Bist du müde?« fragte Mellyora.

»Ja, es muß schon sehr spät sein.«

»Fast schon früher Morgen.«

»Wir sollten noch ein bißchen schlafen.«

Sie nickte und ging in ihr Zimmer. Seltsam, wie wir beide plötzlich unsere Heiterkeit verloren hatten. Kam es daher, daß sie an Justin dachte und an seine ihn leidenschaftlich liebende Frau? Kam es daher, daß ich an Kim dachte, der fortging und ihr das gesagt hatte und nicht mir?

Ungefähr eine Woche nach dem Fest war es, als Dr. Hilliard dem Pfarrhaus einen Besuch abstattete. Ich war gerade auf dem Rasen vor dem Haus, als sein Einspänner vorfuhr und er mir guten Morgen zurief. Ich wußte, daß Reverend Charles ihn kürzlich konsultiert hatte, und nahm an, daß er nach ihm schauen wollte.

»Reverend Martin ist nicht zu Hause«, erklärte ich ihm.

»Gut. Ich möchte auch mit Miss Martin sprechen. Ist sie da?«

»O ja.«

»Dann seien Sie bitte so freundlich und sagen ihr, daß ich hier sei.«

»Gewiß«, antwortete ich. »Bitte, kommen Sie herein . . .«

Ich führte ihn in den Salon und suchte Mellyora. Sie nähte in ihrem Zimmer und schien überrascht, als ich ihr berichtete, daß Dr. Hilliard mit ihr sprechen wollte. Sofort lief sie hinunter, und ich ging solange in mein

Zimmer, darüber nachdenkend, ob Mellyora vielleicht krank und heimlich zum Arzt gegangen sei.

Eine halbe Stunde später fuhr die Kutsche wieder davon, die Tür zu meinem Zimmer flog auf, und Mellyora stürzte herein. Ihr Gesicht war schneeweiß, und ihre Augen wirkten fast schwarz. So hatte ich sie noch nie gesehen.

»O Kerensa!« rief sie, »es ist schrecklich.«

»Erzähl doch! Was ist denn?«

»Es handelt sich um Papa. Dr. Hilliard sagt, er sei ernstlich krank.«

»Oh ... Mellyora.«

»Er sagt, Papa habe ein Gewächs. Ein Kollege, den Papa auf seinen Rat hin aufgesucht hat, habe es bestätigt. Papa hat mir nichts davon erzählt. Ich wußte nicht, daß er bei diesen Ärzten war. Kerensa, ich kann es nicht ertragen. Sie sagen, er muß sterben.«

»Aber das können sie gar nicht wissen.«

»Sie sind sich dessen aber fast sicher. Drei Monate noch, glaubt Dr. Hilliard.«

»O nein!«

»Außerdem sagt er, Papa dürfe nicht mehr arbeiten; er stehe dicht vor dem Zusammenbruch. Er gehöre ins Bett ...« Sie vergrub das Gesicht in den Händen; ich ging zu ihr hin und legte die Arme um sie. So klammerten wir uns aneinander.

»Sie können es nicht genau wissen«, versicherte ich. Aber ich glaubte selber nicht daran. Ich hatte den Tod in Reverend Charles' Gesicht gesehen.

Alles hatte sich verändert. Jeden Tag ging es Reverend Charles schlechter. Mellyora und ich pflegten ihn. Sie bestand darauf, ihm jede Aufmerksamkeit zukommen zu lassen, und ich bestand darauf, ihr zu helfen. David Killigrew kam ins Pfarrhaus als Hilfsgeistlicher, der die Pfarrerspflichten übernehmen sollte, bis – wie sie sagten – es sich anders arrangieren würde. In Wirklichkeit meinten sie, bis Reverend Charles stürbe.

Der Herbst kam ins Land, und Mellyora und ich gingen kaum noch aus dem Haus. Wir hatten wenig Unterricht, obwohl Miss Kellow immer noch bei uns war; aber die meiste Zeit verbrachten wir im oder in der Nähe des Krankenzimmers. Unser Haushalt war völlig umgekrempelt, und meiner Meinung nach mußten wir alle David Killigrew dankbar sein, der, ungefähr Ende zwanzig, einer der nettesten Menschen war, denen ich je begegnet war. Ruhig ging er durchs Haus und machte wenig Aufhebens. Er konnte gut predigen und widmete sich den Gemeindeangelegenheiten mit einer Hingabe, die erstaunlich war.

Oft saß er bei Reverend Charles und plauderte mit ihm über die Gemeinde. Auch mit uns unterhielt er sich, und in kurzer Zeit vergaßen wir fast, was seine Anwesenheit in unserem Haus bedeutete, war es, als gehörte er schon immer zur Familie. Er heiterte uns auf und gab uns das Gefühl, daß er für unsere Gesellschaft dankbar war. Was die Dienstboten anbelangt, gewannen sie ihn ebenso lieb wie die Gemeinde, und lange Zeit war es, als sollte dieser Zustand ewig anhalten.

Weihnachten kam – ein trauriges Weihnachten für uns. Mrs. Yeo traf einige Vorkehrungen in der Küche, weil, wie sie sagte, die anderen es erwarteten, und es auch im Sinne des Reverend Charles sei. David stimmte ihr zu, und so buk sie ihre Kuchen und bereitete ihre Puddings, wie sie es jedes Jahr tat.

Ich ging mit David Stechpalmen holen, und als er sie abschnitt, fragte ich ihn: »Warum tun wir das eigentlich? Keiner ist fröhlich.«

Traurig blickte er mich an und antwortete: »Es ist besser, die Hoffnung nicht aufzugeben.«

»So? Selbst wenn wir wissen, daß das Ende nahe ist –
und wie das Ende sein wird?«

»Durch die Hoffnung leben wir.«

Ich gab zu, das sei wahr, und sah ihn dann scharf an.

»Auf was hoffen Sie?« fragte ich.

Eine Weile schwieg er. Dann sagte er: »Ich nehme an,
worauf jeder Mann hofft – auf eigenen Herd, auf eine
eigene Familie.«

»Und Sie wissen, daß Ihre Hoffnungen erfüllt werden?«

Er trat auf mich zu und antwortete: »Wenn ich eine
Pfarrstelle bekomme.«

»Eher nicht?«

»Ich muß für meine Mutter sorgen. Meine erste Pflicht
gilt ihr.«

»Wo wohnt sie denn?«

»Eine Nichte sorgt für sie, die in unserem Hause lebt,
bis ich wieder zurückkomme.«

Er hatte sich an den Stechpalmen einen Finger verletzt
und saugte nun ein bißchen beschämt daran herum, und
ich bemerkte, daß ihm eine leichte Röte in die Wangen
stieg.

Er war verwirrt, glaubte er doch, nach Reverend Charles' Tod mit einem bißchen Glück die Pfarrstelle angeboten zu bekommen.

Am Heiligen Abend kamen die Weihnachtssänger ins
Pfarrhaus und sangen innig unter Reverend Charles'
Fenster.

Am Küchentisch arbeitete Mrs. Yeo am Weihnachts-
kranz und band dazu zwei hölzerne Reifen zusammen
und dekorierte sie mit Stechpalme und Immergrün. Sie
wollte ihn dann zum Fenster vom Krankenzimmer
hängen, gerade um den Leuten zu beweisen, daß wir
nicht zu niedergeschlagen waren, um Weihnachten zu
feiern.

David hielt die Gottesdienste in einer Art, die jedermann zufriedenstellte, und ich hörte Mrs. Yeo zu Belter sagen, wenn es einmal sein müßte, sei es in dieser Weise das beste.

Am Dreikönigstag kam Kim. Seit jeher haßte ich diesen Tag, weil dann, wie ich mir weismachte, es vorbei sei mit der Weihnachtszeit bis zum nächsten Jahr.

Ich sah Kim auf seiner braunen Stute ankommen und dachte, wie hübsch und männlich er aussähe. Er war weder schlecht wie Johnny noch fromm wie Justin: er war genau so, wie ein Mann sein sollte.

Ich wußte, was ihn herführte. Er selber hatte uns gesagt, daß er zum Abschied noch mal vorbeikäme. Je näher der Termin der Abreise rückte, um so in sich gekehrter wurde er.

Ich ging ihm entgegen, weil ich mir einbildete, daß ich ihm den Abschied schwermache.

»Nanu«, rief er, »das ist ja Miss Kerensa.«

»Ich sah Sie kommen.«

Belter kam und nahm ihm das Pferd ab, und Kim ging auf das Haus zu. Ich wollte ihn aufhalten, um ihn noch ein bißchen für mich zu haben, ehe Mellyora und Miss Kellow dazukamen.

»Wann fahren Sie?« fragte ich und versuchte, dabei meinen Kummer nicht offen zu zeigen.

»Morgen.«

»Ich glaube, Sie haben nicht ein bißchen Lust dazu.«

»Ein bißchen schon«, erwiderte er. »Im übrigen aber fahr' ich nur widerwillig von zu Hause fort.«

»Warum fahren Sie denn dann?«

»Meine liebe Kerensa, alle Abmachungen sind getroffen.«

»Man kann doch einfach alles wieder absagen.«

»Leider«, antwortete er, »muß ich.«

»Kim«, rief ich leidenschaftlich. »Wenn Sie aber doch nicht fort wollen...!«

»Aber ich will übers Meer fahren und dort mein Glück machen.«

»Warum?«

»Um reich und berühmt wieder nach Hause zu kommen.«

»Und dann?«

»Will ich mich niederlassen, heiraten und eine Familie gründen.«

Das waren fast die gleichen Worte, die David Killigrew gebraucht hatte. Vielleicht wünschten sie es alle.

»Dann fahren Sie, Kim«, sagte ich fest.

Er lachte, neigte sich vor und küßte mich leicht auf die Stirn. Eine Woge des Glücks überflutete mich, und doch war ich gleichzeitig verzweifelt.

»Du siehst wie eine Prophetin aus«, erklärte er, als wollte er seinen Kuß entschuldigen. Dann fuhr er leichthin fort: »Ich glaube doch, daß du eine kleine Hexe bist... eine von der reizendsten Sorte natürlich.«

Einen Augenblick lang standen wir da und lächelten uns an, ehe er weitersprach: »Dieser schneidende Wind kann nicht gut sein ... nicht mal für Hexen.«

Er schob seinen Arm unter meinen, und wir gingen zusammen ins Haus.

Im Salon warteten Mellyora und Miss Kellow, und sobald wir eintraten, läutete Miss Kellow nach dem Tee.

Kim erzählte hauptsächlich von Australien, von dem er viel zu wissen schien. Er glühte vor Begeisterung; ich hörte ihm gern zu und sah das Land, das er beschrieb, bildhaft vor mir: die Häfen mit ihren Buchten und die Sandstrände, eingesäumt von Wäldern; fremdartige Vögel mit leuchtendem Gefieder; die feuchte Hitze, die einem das Gefühl gab, im Dampfbad zu sein. Wie er erklärte, war dort jetzt Sommer. Er erzählte auch von dem Ort, wohin er gehen würde, und wie billig dort das Land sei und die Arbeitskräfte auch. Mit Wehmut dachte ich an die Nacht zurück, in der mein Bruder gefangen in der Falle lag und dieser Mann ihn in Sicherheit brachte. Aber für Kim war mein Bruder Joe vielleicht eine billige Arbeitskraft auf der anderen Seite der Weltkugel.

O Kim, dachte ich, wie gern würde ich mit dir gehen! Aber ich war mir nicht sicher, ob das ehrlich gemeint war. Ich wollte doch wie eine Dame auf St. Larnston Abbas leben. Wollte ich wirklich auf einer einsamen Station in einem fremden und unkultivierten Land leben, selbst mit Kim?

»Kerensa ist gedankenvoll.« Kim musterte mich belustigt – oder war es zärtlich?

»Ich habe mir das alles gerade vorgestellt. Sie erzählen so packend.«

»Wart ab, bis ich erst wiederkomme.«

»Und dann?«

»Dann habe ich noch mehr zu erzählen.«

Er gab jedem die Hand zum Abschied, und dann küßte er Mellyora und mich.

»Ich komme wieder«, sagte er. »Ihr werdet es sehen.«

Noch lange klangen mir diese Worte im Ohr.

Es lag nicht daran, daß ich eine bestimmte Unterhaltung mitangehört hätte, vielmehr fing ich hier und dort einen kleinen Hinweis auf, aus dem ich erfuhr, was die Leute dachten.

Keiner zweifelte daran, daß Reverend Charles sterben würde. Manchmal ging es ihm ein wenig besser, aber er erholte sich niemals wirklich, und seine Kräfte schwanden von Woche zu Woche.

Ständig fragte ich mich, was wohl aus uns würde, wenn er tot wäre; schließlich war dieser augenblickliche Zustand nur eine Zwischenlösung.

Mrs. Yeo gab mir den ersten Anhaltspunkt, als sie von

David Killigrew sprach. Sie sah in ihm den neuen Herrn des Hauses; sie glaubte – und wie mir schien, glaubten es viele andere ebenfalls –, daß nach Reverend Charles' Tod David Killigrew hier die Pfarrei übernehmen würde. Und Mellyora? Nun, Mellyora war eine Pfarrerstochter, und es lag nahe, daß sie auch eine gute Pfarrfrau abgeben würde.

Und da es ihnen richtig und vernünftig vorkam, hielten sie es auch für unvermeidlich. Mellyora und David. Sie waren gute Freunde. Sie war ihm dankbar, und er bewunderte sie. Angenommen, die Leute hätten recht, was würde aus mir?

Ich würde Mellyora nicht verlassen, und auch David war zu mir sehr freundlich. Sollte ich im Pfarrhaus bleiben und mich dort nützlich machen? In welcher Eigenschaft? Als Mellyoras Zofe? Sie hatte mich niemals als Zofe behandelt. Ich war die Schwester, die sie sich immer gewünscht hatte und die den gleichen Namen trug wie die, welche sie verloren hatte.

Einige Wochen nach Kims Abreise traf ich Johnny St. Larnston in der Nähe der Pengasterfarm. Ich hatte Grandma besucht und ihr einen Korb mit Eßwaren gebracht. Ich war noch ganz in Gedanken; denn obwohl sie angeregt von dem Tag erzählt hatte, den sie im Hause des Tierarztes verbracht hatte, wo sie zum Weihnachtsfest eingeladen gewesen war, sah sie schmal aus, und ihre Augen blickten müde. Auch hatte ich bemerkt, daß sie immer noch zu stark hustete.

Meine Sorge war wohl der Tatsache zuzuschreiben, daß ich aus einem Hause kam, in dem ein Kranker gepflegt wurde. Weil Reverend Charles krank war, erwartete ich, daß jeder seines Alters auch ein Leiden hätte. Grandma hatte berichtet, wie gut sich Joe beim Tierarzt eingelebt hatte und daß sie ihn wie ein Kind der Familie behandelten. Das traf sich ganz ausgezeichnet; denn der Tierarzt hatte vier Töchter, jedoch keinen Sohn, und er war glücklich, einen Jungen wie Joe zur Unterstützung um sich zu haben.

Ein bißchen trübsinnig war mir schon zumute, als ich die Kate verließ; denn viele Schatten lagen über meinem Dasein: die Krankheit in dem Hause, das ich als meine Heimat ansah; die Sorge um Großmutters Gesundheit; in einer Art auch Joe, der beim Tierarzt anstatt bei Dr. Hilliard am Tisch saß.

»Hallo!« Johnny saß auf dem Zaun, der Pengasters Felder umgrenzte. Er sprang herunter und paßte seine Schritte den meinen an.

»Ich hoffte, wir würden uns treffen.«

»So.«

»Darf ich deinen Korb tragen?«

»Nicht nötig; er ist leer.«

»Und wohin gehst du, mein schönes Kind?«

»Sie scheinen eine Vorliebe für Kinderreime zu haben. Sind Sie vielleicht noch nicht ganz erwachsen?«

»Ganz recht, Miss ... Hm ... Carlyon. Aber hüte deine scharfe Zunge. Doch um bei der Sache zu bleiben. Wieso Carlyon? Warum nicht St. Ives, Marazion. Carlyon! Aber es paßt zu dir, bestimmt.«

Ich beschleunigte meine Schritte. »Ich habe es wirklich eilig.«

»Wie schade. Ich hoffte, wir könnten unsere Bekanntschaft erneuern. Ich hätte dich, glaub' mir, gern schon früher getroffen. Aber ich war fort und bin gerade erst wiedergekommen.«

»Sie werden bald wieder umkehren, würde ich meinen.«

»Heißt das, du hoffst es? O Kerensa, warum können wir nicht Freunde werden? Ich möchte es gern, weißt du.«

»Vielleicht schlagen Sie den falschen Weg ein, Freunde zu gewinnen.«

»Dann mußt du mir den richtigen zeigen.«

Er ergriff meinen Arm und zog mich herum, so daß ich ihn anblicken mußte. Ein Glitzern lag in seinen Augen, das mich erschreckte. Mir kam in den Sinn, wie er damals in der Kirche nach Hetty Pengaster gesehen hatte, und daß ich ihn auf dem Zaun zu ihrer Farm getroffen hatte. Womöglich kam er von einem Rendezvous mit ihr. Ich machte meinen Arm frei. »Lassen Sie mich in Ruhe«, sagte ich. »Und nicht nur für jetzt . . . sondern für immer. Ich bin keine Hetty Pengaster.«

Er war so verblüfft, daß ich ihm mit Leichtigkeit entkommen konnte. Ich lief, und als ich über die Schulter zurücksah, stand er immer noch da und starrte mir nach.

Ende Januar wurde Reverend Charles so krank, daß der Doktor ihm Beruhigungsmittel geben mußte, nach denen er stundenlang schlief. Mellyora und ich saßen still dabei. Wir nähten oder lasen vielleicht und unterhielten uns, und hin und wieder stand eine von uns auf und sah ins Krankenzimmer. David Killigrew leistete uns jeden freien Augenblick Gesellschaft, und seine Gegenwart tat uns wohl. Manchmal brachte Mrs. Yeo uns etwas zu essen, und stets warf sie dann einen freundlichen Blick auf den jungen Mann. Ich hörte sie zu Belter sagen, wenn dieses Unglück vorbei wäre, wollte sie als erstes den jungen Pfarrer aufpäppeln. Bess oder Kit kamen, um Feuer zu machen, und die Blicke, die sie auf ihn und Mellyora warfen, sagten mir viel, mochten sie auch Mellyora oder ihm nicht auffallen. Mellyoras Gedanken weilten immer bei ihrem Vater. Melancholischer Friede durchzog das Haus. Der Tod schwebte über uns; aber das würde vorbeigehen. Und wenn es vorbei war, würden wir uns langsam davon distanzieren, und nichts würde sich ändern, lediglich das eine, daß die, die jetzt dem einen dienten, dann einem anderen dienen würden.

Mellyora und David. Es war so gut wie sicher. Mellyora würde sich mit der Zeit daran gewöhnen; sie würde den Traum von ihrem Ritter aufgeben, der seine Neigung einer anderen Dame geschenkt hatte.

Ich sah auf und bemerkte, daß Davids Augen auf mir ruhten. Er lächelte, als er merkte, daß ich seinen Blick auffing. Dieser Blick verriet mir etwas. Hatte ich mich geirrt?

Ich war verwirrt. So war die Sache keineswegs gedacht. Und ein paar Tage später wurde mein Verdacht zur Gewißheit.

Ich war mir sicher nach jener Unterhaltung. Es war kein richtiger Heiratsantrag; David war nicht der Mann, der sich einer Frau erklärte, ehe er sie nicht unterhalten konnte. Und als Hilfsgeistlicher mit einer alten Mutter, die er zu versorgen hatte, war er dazu nicht in der Lage. Aber wenn er die St.-Larnston-Pfarrei bekäme – er glaubte daran, wie jeder andere auch –, dann wäre das etwas anderes.

Wir saßen allein am Kamin – Mellyora war bei ihrem Vater –, als er zu mir sagte: »Sie betrachten das hier als Ihr Heim, Miss Carlee?«

Ich stimmte ihm zu.

»Ich habe davon gehört, wie Sie hierherkamen.«

Ich wußte, das war unausbleiblich. Das Gerede darüber war wohl aus Mangel an Interesse verstummt, außer natürlich, wenn jemand neu hinzukam, der noch nichts davon gehört hatte.

»Ich bewundere, was Sie geleistet haben«, fuhr er fort. »Ich meine, Sie sind ganz … ganz wundervoll. Ich kann mir vorstellen, daß Sie hoffen, das Pfarrhaus nie verlassen zu müssen.«

»Dessen bin ich mir nicht so sicher«, erwiderte ich. Auf seine Frage hin begann ich mir tatsächlich zu überlegen, was ich mir denn nun erhoffte. Ein Leben im Pfarrhaus war nie mein Traum gewesen. Der Abend, als ich, in rotem Samt und maskiert, den breiten Treppenaufgang hinaufging, um von Lady St. Larnston empfangen zu werden, war eher die Verwirklichung meiner Kindheitsträume als das Leben in einem Pfarrhaus.

»Natürlich sind Sie nicht sicher. Es gibt Umstände im Leben, die viel Nachdenken erfordern. Ich habe selbst über mein eigenes Leben nachgedacht. Sehen Sie, Miss Carlee, ein Mann in meiner gegenwärtigen Position kann sich eine Heirat nicht leisten; aber wenn sich die Position ändern sollte ... «

Er hielt inne, und ich überlegte: er wird mich um meine Hand bitten, wenn Reverend Charles tot ist und er dessen Nachfolge antritt. Er schämt sich, daß seine Zukunft vom Tod eines anderen abhängt.

»Ich glaube«, fuhr er fort, »Sie würden eine hervorragende Pfarrfrau abgeben, Miss Carlee.«

Ich lachte. »Ich? Das glaube ich nicht.«

»Aber warum nicht?«

»Alles stimmt nicht. Meine Herkunft zum Beispiel.«

Er schnippte mit den Fingern. »Sie sind Sie selbst. Das ist alles, was zählt.«

»Mein Charakter.«

»Was stimmt mit dem nicht?«

»Ich bin weder ernst noch fromm.«

»Meine liebe Miss Carlee, Sie unterschätzen sich selbst.«

»Sie kennen mich wenig.« Ich lachte abermals. Wann hatte ich mich je selbst unterschätzt? Hatte ich nicht immer eine Kraft in mir gefühlt, die mich, wie ich glaubte, überall dorthin trüge, wohin ich wollte? Ich war in gewisser Weise ebenso arrogant wie Lady St. Larnston. Wirklich, dachte ich, Liebe macht blind;

denn es wurde mir immer deutlicher, daß David Killigrew in mich verliebt war.

»Das eine steht fest für mich«, fuhr er fort, »was Sie
wollen, das gelingt Ihnen auch, und außerdem...«

Er sprach nicht zu Ende, denn Mellyora kam hinzu. Ihr
Gesicht war vor Angst verzerrt.

»Ich glaube, es geht ihm schlechter«, sagte sie.

Es war Ostern, und die Kirche war mit Narzissen
geschmückt, als Reverend Charles starb. In unserem
Haus herrschte Trauer, und Mellyora war untröstlich.
Wenngleich wir es auch so lange gewußt hatten, daß der
Tod kommen würde, bedeutete er dennoch einen
schweren Schlag für uns. Mellyora verbrachte den Tag
in ihrem Zimmer und wollte niemanden sehen. Dann
rief sie nach mir. Ich saß bei ihr, und sie sprach von ihm,
wie gut er zu ihr gewesen war, wie verloren sie sich ohne
ihn nun fühlte. Wieder und wieder erinnerte sie sich,
wie gütig, wie lieb und fürsorglich er gewesen war.
Dann weinte sie still vor sich hin, und ich weinte mit ihr;
denn auch ich hatte ihn liebgehabt. Es machte mich
krank, Mellyora so verzweifelt zu sehen.

Der Tag der Beerdigung kam, und das Glockengeläut
schien das ganze Haus auszufüllen. Mellyora sah wunderschön aus in ihrem schwarzen Kleid und mit dem
Schleier vor dem Gesicht. Schwarz stand mir weniger
wegen meines dunklen Teints, und das Kleid, welches
ich unter dem schwarzen Mantel trug, war mir viel zu
weit.

Die sich bäumenden Pferde, die wehenden, schwarzen
Federn, die Leidtragenden, die Feierlichkeit des Trauer-
gottesdienstes, das Stehen um das Grab, wo ich einstmals mit Mellyora gestanden hatte, als sie mir von ihrer
Schwester Kerensa erzählte: dies alles war düster und
voller Melancholie.

Aber fast noch schlimmer war es, wieder ins Pfarrhaus zu kommen, das einem leer schien, nur weil ein ruhiger Mensch, von dem wir sehr wenig gesehen hatten, davongegangen war.

Die Trauergesellschaft kam ins Pfarrhaus, Lady St. Larnston und Justin unter ihnen; sie kamen in unseren Salon, wo Schinkenbrote und Wein gereicht wurden. Und das Zimmer kam mir klein und einfach vor – und dabei hatte ich es doch so großartig gefunden, als ich es zum erstenmal gesehen hatte. Justin widmete sich die meiste Zeit Mellyora. Er war freundlich, zuvorkommend und schien ernstlich um sie besorgt zu sein. David war an meiner Seite. Ich glaubte, daß er mich sehr bald fragen würde, ob ich seine Frau werden wolle. Ich grübelte, was ich ihm antworten sollte, wußte ich doch, die anderen erwarteten von ihm, er würde Mellyora heiraten. Während die anderen Gäste ihre Brote aßen und den Wein tranken, den Belter servierte, sah ich mich selbst als Herrin dieses Hauses und Mrs. Yeo und Belter meine Anweisungen entgegennehmen. Man kann wohl sagen, es war ein weiter Weg von dem Mädchen, das sich selbst auf dem Trelinketer Markt zur Arbeit angeboten hatte, bis hierher. Ein langer Weg, ohne Zweifel. In dem Dorf würden sie sich immer daran erinnern. »Die Pfarrfrau, die kommt aus der untersten Schicht.« Sie würden mich beneiden und niemals ganz für voll nehmen. Aber sollte ich mich darum kümmern?

Und doch... ich träumte von einem Traum, und das war nicht die Erfüllung. Ich empfand für David Killigrew nichts von dem, was ich für Kim empfand. Und ich wußte noch nicht einmal genau, ob ich mit Kim zusammen leben wollte, der so weit von Abbas entfernt war. Als die Trauergemeinde sich verabschiedet hatte, ging Mellyora auf ihr Zimmer. Dr. Hilliard, der mich für eine vernünftige, junge Frau hielt, rief nach mir.

»Miss Martin ist sehr erregt«, sagte er. »Ich gebe Ihnen ein mildes Beruhigungsmittel für sie; aber ich möchte nicht, daß sie es nimmt, bevor sie es unbedingt braucht. Sie sieht erschöpft aus, aber wenn sie keinen Schlaf findet, geben Sie es ihr.«

Er lächelte mir in einer sehr knappen Weise zu. Er respektierte mich. Und ich begann zu träumen, daß ich vielleicht mit ihm über Joe reden könnte. Es war mir verhaßt, wenn meine Träume, selbst die für andere, nicht wahr würden.

In jener Nacht ging ich in Mellyoras Zimmer und fand sie am Fenster sitzen, wie sie über den Rasen zum Kirchhof hinblickte.

»Du wirst dich erkälten«, sagte ich. »Komm ins Bett.«

Sie schüttelte den Kopf, und so legte ich einen Schal um ihre Schultern und zog einen Stuhl neben den ihren und setzte mich.

»O Kerensa, nun wird alles anders. Fühlst du es nicht?«

»Es muß wohl so sein.«

»Ich habe ein Gefühl, als ob ich in einer Art Purgatorium lebte ... der Grenzscheide zwischen zwei Leben. Das alte ist vergangen, und das neue beginnt bald.«

»Für uns beide«, sagte ich.

Sie ergriff meine Hand. »Ja, eine Änderung für mich bedeutet auch eine Änderung für dich. Es scheint, Kerensa, daß dein Leben mit meinem verknüpft ist.«

Ich fragte mich, was sie nun wohl tun wollte. Ich könnte im Pfarrhaus bleiben, wenn ich wollte. Aber Mellyora? Was wurde aus den Töchtern von Pfarrern? Wenn sie kein Geld hatten, wurden sie Gouvernanten oder Gesellschafterinnen für ältere Damen. Was würde Mellyoras Schicksal sein? Und meines?

Sie schien sich nicht mit ihrer eigenen Zukunft zu befassen; ihre Gedanken weilten noch immer bei ihrem Vater.

»Er liegt da draußen«, sagte sie. »Bei Mutter und dem Baby... der kleinen Kerensa. Ich möchte wissen, ob sein Geist schon zum Himmel geflogen ist.«

»Ich würde nicht hier sitzen und brüten. Nichts bringt ihn wieder zurück und denk daran: er hätte nicht gewollt, daß du unglücklich bist. Seine einzige Sorge war, dich immer glücklich zu machen.«

»Er war der beste Vater auf der Welt, Kerensa; doch ich wünschte heute, daß er manchmal hart und grausam gewesen wäre, so daß ich nicht so viel um ihn trauern müßte.«

Und von neuem begann sie zu weinen. Ich legte den Arm um sie, führte sie zu Bett und gab ihr das Beruhigungsmittel.

Dann blieb ich neben ihrem Bett, bis sie eingeschlafen war, und versuchte dabei, einen Blick in die Zukunft zu werfen.

Die Zukunft gestaltete sich nicht so, wie wir sie uns vorgestellt hatten. Es war, als wenn uns ein mißgünstiges Schicksal daran erinnern wollte, daß der Mensch denkt und Gott lenkt.

David Killigrew bekam die Pfarrstelle nicht. Statt dessen zog Reverend James Hemphill mit seiner Frau und drei Töchtern ins Pfarrhaus.

David blieb Hilfsgeistlicher und mußte den Traum von der Heirat beiseiteschieben und sein Leben wieder mit seiner verwitweten Mutter teilen. Er meinte, wir müßten uns gegenseitig schreiben – und hoffen.

Mrs. Yeo interessierte nur eins – ebenso wie Bess und Kit –: ob die Hemphills sie behielten.

Mellyora war in diesen Wochen sichtlich gereift, und von mir nahm ich das gleiche an; denn wir fanden uns plötzlich jeglicher Sicherheit beraubt.

Mellyora nahm mich in ihr Zimmer, wo wir in Ruhe

miteinander sprechen konnten. Sie sah ernst aus; aber die Furcht vor der Zukunft hatte den Kummer über den Verlust ihres Vaters verdrängt.

»Setz dich, Kerensa. Wie ich höre, hat mein Vater so wenig hinterlassen, daß ich mir meinen Lebensunterhalt selbst verdienen muß.«

Ich sah sie an; sie hatte an Gewicht verloren und sah in ihren schwarzen Kleidern sehr zerbrechlich aus. Sie hatte ihr Haar aufgesteckt, was ihr etwas Hilfloses gab. Ich stellte sie mir in einem vornehmen Haus vor: als Gouvernante, nicht zu den Dienstboten gehörend und auch von der Familie nicht für voll genommen. Mir schauderte.

Und was war mein Schicksal? Von einem war ich allerdings fest überzeugt: ich würde besser in der Lage sein, für mich zu sorgen, als sie es war.

»Was hast du nun vor?« fragte ich.

»Darüber möchte ich mit dir sprechen. Weil es dich ja schließlich auch mit betrifft. Auch du mußt von hier fort.«

»Wir werden schon Mittel und Wege finden, unseren Lebensunterhalt zu verdienen. Ich werde darüber mit Grandma sprechen.«

»Kerensa, ich will nicht, daß wir getrennt werden.«

»Ich auch nicht.«

Sie lächelte mich zaghaft an. »Wenn wir irgendwo zusammen sein könnten... Vielleicht könnten wir eine Schule gründen... oder etwas anderes.«

»Wo?«

»Irgendwo hier in St. Larnston.«

Es war eine völlig verrückte Idee, und ich sah deutlich, daß sie selbst nicht daran glaubte.

»Wann müssen wir hier fort?« fragte ich.

»Die Hemphills kommen gegen Ende des Monats. Da haben wir also noch drei Wochen Zeit. Mrs. Hemphill ist sehr freundlich. Sie sagte, es mache nichts, wenn ich noch etwas länger bleiben wollte.«

»Mich erwartet sie aber nicht hier zu finden. Ich könnte vielleicht zu Grandma gehen.«

Sie verzog ihr Gesicht und wandte sich ab.

Ich hätte mit ihr weinen mögen. Ich merkte, daß alles, was ich erworben hatte, mir wieder genommen wurde. Nein, nicht alles. Als unwissendes Mädchen war ich ins Pfarrhaus gekommen; nun war ich eine junge Frau, fast so gut erzogen wie Mellyora. Ich könnte ebensogut wie sie als Gouvernante gehen.

Dieser Gedanke gab mir Mut und Vertrauen. Ich würde mit Grandma darüber reden. Ich wollte noch nicht verzweifeln.

Einige Tage später schickte Lady St. Larnston zu Mellyora. Ich kann nur sagen »schickte«; denn das war keine Einladung, wie Mellyora sie vormals erhalten hatte, das war ein Befehl.

Mellyora zog ihren schwarzen Mantel an und setzte den schwarzen Strohhut auf, und Miss Kellow, die uns Ende der Woche verließ, fuhr sie nach Abbas.

Nach ungefähr einer Stunde kamen sie zurück. Mellyora ging in ihr Zimmer und rief mich zu sich.

»Ich hab's geschafft«, rief sie.

Ich verstand sie nicht, und sie fuhr rasch fort: »Lady St. Larnston hat mir eine Stelle angeboten, und ich habe sie angenommen. Ich soll ihre Gesellschafterin werden. Nun müssen wir doch nicht von hier fort.«

»Wir?«

»Du glaubst doch nicht, daß ich dich im Stich lasse?« Sie lächelte mich an und war wie in früheren Zeiten. »Oh, ich weiß, daß wir das beide nicht so gern mögen . . . aber schließlich ist es etwas Handfestes. Ich werde Gesellschafterin sein, und für dich wäre auch eine Stelle da.«

»Und das wäre?«

»Zofe von Mrs. Justin St. Larnston.«

»Zofe?«

»Ja, Kerensa. Das kannst du gut machen. Du mußt dich um ihre Kleider kümmern, ihr Haar bürsten... und dich allgemein nützlich machen. Mir scheint das nicht sehr schwierig zu sein... und du magst Kleider doch gern. Erinnere dich nur, wie geschickt du mit dem roten Samtkleid gewesen bist.«

Ich war zu verblüfft, um zu reden.

Mellyora sprach rasch weiter. »Als sie mich fragte, sagte sie, das sei das beste, was sie für mich tun könne. Sie meinte, gewissermaßen sei sie uns verpflichtet, und sie könnte mich nicht so mittellos dasitzen lassen. Dann berichtete ich ihr, daß du schon lange bei uns lebtest und ich dich gleichsam als meine Schwester betrachtete und dich nicht gern allein ließe. Sie dachte eine Weile nach und sagte dann, daß Mrs. Larnston eine Zofe benötige und daß auch du kommen könntest. Ich sagte ihr, du wärst sicher sehr dankbar...«

Sie war ganz atemlos, und ein unmißverständliches Leuchten glomm in ihren Augen. Sie wollte auf Abbas leben, und wenn es als Gesellschafterin von Lady St. Larnston war. Und ich wußte auch warum. Sie konnte den Gedanken nicht ertragen, von St. Larnston fortzu-müssen, während Justin hier lebte.

Sofort lief ich zu Grandma und berichtete ihr, was vorgefallen war.

»Nun ja, du wolltest doch schon immer in diesem Haus leben«, sagte sie.

»Als Dienstmädchen!«

»Es gibt sonst nur noch einen Weg, um das zu erreichen, fuhr sie fort.

»Und der wäre?«

»Wenn du Johnny St. Larnston heiratest.«

»Aber...«

Grandma legte ihre Hand auf meinen Kopf; wie stets saß ich auf einem Schemel neben ihrem Stuhl. »Du bist hübsch, mein Kind.«

»Solche wie er wollen nicht jemanden wie mich heiraten, wie hübsch sie auch sind.«

»In der Regel nicht, das ist wahr. Aber es war auch nicht die Regel, daß jemand wie du aufgenommen und erzogen wurde, nicht wahr?«

Ich schüttelte den Kopf.

»Na, ist das nicht ein Zeichen? Du nimmst doch nicht an, du wirst das gleiche Schicksal haben wie die gewöhnlichen Leute, oder?«

»Nein, aber ich mag Johnny nicht. Darüber hinaus würde er mich niemals heiraten, Grandma. Er hat so etwas, ich spüre das, daß er es nicht tun würde. Er ist zu mir ganz anders als zu Mellyora, obwohl sich das vielleicht jetzt ändert. Er begehrt mich. Das weiß ich, aber an mir als Mensch liegt ihm nicht so viel.«

Grandma nickte. »Im Augenblick ja, aber das ändert sich. Sei auf deiner Hut, wenn du in diesem Haus bist, Liebling. Und hüte dich besonders vor Johnny.« Sie seufzte. »Ich hoffte immer, du würdest so etwas wie einen Pastor oder Doktor heiraten. Das hätte ich gern gesehen.«

»Wenn alles so gegangen wäre, wie wir es uns dachten, Grandma, wer weiß, ob ich dann nicht David Killigrew geheiratet hätte.«

Sie strich mir übers Haar. »Ich weiß. Dein Auge hängt nun einmal an diesem Haus. Es hat es dir angetan, Kerensa. Es hat dich verhext.«

»Oh, Grandma, wenn nur der Pfarrer nicht gestorben wäre.«

»Einmal kommt die Zeit, wo wir alle sterben müssen. Er

war kein junger Mann mehr, und seine Zeit war gekommen.«

»Und Sir Justin auch.« Mich schauderte es, als ich daran dachte, was ich beim Öffnen der Tür erblickt hatte. »Sir Justin und Reverend Charles. Das sind zwei, Grandma.«

»Das ist natürlich. Du weißt doch, wie es den Blättern an den Bäumen im Herbst geht. Sie welken und fallen, eines nach dem anderen, weil der Herbst gekommen ist. Und so kommt auch für uns der Herbst.«

Voller Schrecken wandte ich mich ihr zu. »Aber nicht du, Grandma. Du darfst nicht sterben.«

Sie lachte. »Noch bin ich da. Es scheint nicht so, als wäre meine Zeit gekommen, oder?«

Ich hatte Angst – Angst vor der Zukunft auf Abbas, Angst vor einer Welt, in welcher es Grandma Bee nicht mehr gab.

3. Kapitel

Ich stand am Fenster meines Zimmers und sagte vor mich hin: »Jetzt bist du hier. Du lebst hier!« – und trotz der Umstände war ich glücklich.

Das Zimmer war klein und lag dicht neben den Räumen, die Justin und Judith St. Larnston bewohnten. Eine Klingel war oben an der Wand angebracht, und wenn sie erklang, war es meine Pflicht, zu meiner Herrin zu eilen. Das Zimmer war spärlich möbliert, eben für ein Mädchen. Da standen ein schmales Bett, ein Schrank, eine Kommode, zwei Stühle und ein Frisiertisch mit beweglichem Spiegel. Das war alles. Aber ein Teppich lag auf dem Fußboden, und an den Fenstern hingen die gleichen dicken Velourgardinen, wie sie in den reicher ausgestatteten Räumen auch hingen. Vom Fenster aus konnte ich über den Rasen bis zur Hecke sehen, die ihn von den Feldern trennte; ich konnte auch gerade noch die sechs Jungfrauen und das stillgelegte Bergwerk erkennen.

Lady Justin hatte mich bis jetzt noch nicht gesehen, und ich war neugierig, ob sie mit mir einverstanden war. Seit Sir Justin gelähmt war, lagen die meisten Entscheidungen in diesem Haus bei Lady St. Larnston, und wenn sie beschlossen hatte, daß ich ihrer Schwiegertochter Zofe werden sollte, blieb es dabei.

Wir waren frostig empfangen worden. Sehr zum Unterschied von damals, als wir in unseren Masken begrüßt wurden. Belter, nun angestellt bei den Hemphills, fuhr uns hinüber.

»Viel Glück«, sagte er nur und nickte zuerst Mellyora und dann mir zu, und sein Blick gab uns zu verstehen, daß wir das gut brauchen könnten.

Mrs. Rolt empfing uns ein bißchen herablassend, als

wenn es ihr ganz gut gefiele, daß wir jetzt in dieser Position wären, besonders ich.

»Ich werde eines der Mädchen hinaufschicken, ob die gnädige Frau Sie empfangen möchte«, sagte sie. Sie führte uns zu einer der Hintertüren und betonte maliziös lächelnd, daß wir wohl aus Versehen bei dem großen steinernen Portal, das in die Haupthalle führte, vorgefahren seien. In Zukunft hätten wir diesen Eingang nicht mehr zu benutzen.

Mrs. Rolt nahm uns mit in die Küche, einen riesigen Raum mit gewölbter Decke und Steinfußboden; trotzdem war es warm vom Ofen her, der so aussah – und sicher nicht nur so aussah –, als wenn man einen Ochsen auf ihm braten könnte. Zwei Mädchen saßen am Tisch und putzten Silber.

»Geh hinauf zu Ihrer Ladyship und sag ihr, die neue Gesellschafterin und die Zofe seien gekommen. Sie wollte sie persönlich sehen.«

Ein Mädchen stand auf und ging zur Tür.

»Nicht du, Daisy«, rief Mrs. Rolt hastig. »Du meine Güte! So zu Ihrer Ladyship hinaufzugehen! Dein Haar sieht aus, als wenn man dich rückwärts durch eine Hecke gezerrt hätte. Geh du, Doll.«

Ich sah mir die mit Daisy Angeredete an. Es war ein Mädchen mit einem runden, nichtssagenden Gesicht, schwarzen Korinthenaugen und dickem, borstigem Haar, das ihr fast bis zu den buschigen Augenbrauen herabfiel. Doll war kleiner, zierlicher und hatte im Gegensatz zu ihrer Kameradin einen aufgeweckten Gesichtsausdruck, der fast schlau zu nennen war. Sie ging durch die Küche in einen angrenzenden Raum, und ich hörte das Wasser laufen. Als sie wieder erschien, trug sie eine saubere Schürze. Mrs. Rolt nickte ihr wohlwollend zu, und als Doll verschwunden war, wandte sie sich wieder uns zu.

»Ihre Ladyship hat bestimmt, daß Sie mit uns im Gesinderaum essen.« Das galt mir. »Mr. Haggety wird Ihnen Ihren Platz zeigen.« Dann zu Mellyora: »Sie dürfen Ihre Mahlzeiten auf Ihrem Zimmer einnehmen, Miss.«

Ich fühlte, wie mir die Röte in die Wangen stieg, und ich wußte, daß Mrs. Rolt es bemerken und sich darüber freuen würde. Ich sah die ersten Auseinandersetzungen kommen und mußte mich zurückhalten, nicht herauszuplatzen, daß ich meine Mahlzeiten mit Mellyora einnehmen wollte; man würde es mir bestimmt abschlagen, und das bedeutete nur eine doppelte Demütigung. Ich starrte zu der gewölbten Decke empor. Diese Küchenräume mit ihren Herden und Bratspießen wurden benutzt, seit das Haus stand, und ich entdeckte später, daß sich noch weitere Räume anschlossen: der Butterraum, Abspülraum, Vorratsräume und Kühlräume.

Mrs. Rolt fuhr fort: »Wir fühlen alle mit Ihnen, Miss, und Ihrem schmerzlichen Verlust. Mr. Haggety meinte, daß es jetzt nicht mehr dasselbe sei wie früher, mit dem neuen Reverenden im Pfarrhaus und Sie, Miss, hier auf Abbas.«

»Ich danke Ihnen«, erwiderte Mellyora.

»Ja, wir sagen immer – Mr. Haggety und ich –, wir wollen nur hoffen, daß Sie sich gut eingewöhnen. Ihre Ladyship braucht eine Gesellschafterin, seitdem Sir Justin leidend ist.«

»Ich hoffe es auch«, antwortete Mellyora ruhig.

»Natürlich wissen Sie Bescheid, wie es in einem großen Hause zugeht, Miss.« Sie sah mich kurz an, und das spöttische Lächeln zuckte wieder um ihre Mundwinkel, mit dem sie mir bedeutete, daß zwischen Mellyoras Stellung und meiner ein weltweiter Unterschied bestünde. Mellyora war eine Pfarrerstochter, eine Dame von

Geburt und Erziehung. Ich konnte ihr anmerken, wie sie mich im Geiste vor sich stehen sah, auf dem Podest beim Trelinketer Markt, ein Bild, das sie nie vergessen würde.

Doll kam zurück und meldete, daß Ihre Ladyship uns jetzt zu sehen wünschte, und Mrs. Rolt forderte uns auf, ihr zu folgen. Wir stiegen ungefähr ein Dutzend Steintreppen hinauf; oben befand sich ein grüner, torbogenartiger Durchgang, der zu dem Haupttrakt des Hauses führte. Wir gingen einige Korridore entlang, ehe wir in die Haupthalle kamen. Dann stiegen wir die Haupttreppe empor, an die ich mich noch von der Ballnacht her erinnerte.

»In diesem Flügel hier wohnt die Familie«, erklärte Mrs. Rolt. Sie gab mir einen kleinen Rippenstoß. »Was machst du denn für runde Augen, mein Kind? Du wunderst dich wohl, wie groß hier alles ist, nicht wahr?«

»Nein«, erwiderte ich, »ich überlegte, wie weit es von der Küche zum Speisesaal sein muß. Wird das Essen nicht kalt unterwegs?«

»Unterwegs, he? Und wenn du dich nun irrst? Was kümmert es dich, meine Liebe! Du wirst niemals im Speisesaal essen.« Und sie gackerte vergnügt vor sich hin. Ich fing einen Blick von Mellyora auf und las darin eine Warnung und eine Bitte: Verlier nicht die Fassung, laß es auf einen Versuch ankommen. Es ist die einzige Möglichkeit, zusammenzubleiben.

Ich meinte einige Korridore wiederzuerkennen, durch die ich damals in der Ballnacht in meiner Panik gerannt war. Schließlich langten wir vor einer Tür an, und Mrs. Rolt klopfte.

Als sie hereingebeten wurde, sagte sie in einem Tonfall, der sich sehr von dem unterschied, den sie gegen uns benutzte: »Gnädige Frau, die neue Gesellschafterin und die Zofe sind gekommen.«

»Bringen Sie sie herein, Mrs. Rolt.«

Mrs. Rolt warf den Kopf zurück, und wir betraten das Zimmer. Es war groß und hoch, mit riesigen Fenstern, die auf den Rasen hinausgingen; Feuer brannte in einem sehr großen Kamin; das Zimmer erschien mir luxuriös ausgestattet; doch meine ganze Aufmerksamkeit wurde von der Frau gefesselt, die aufrecht in einem Stuhl neben dem Fenster saß.

»Kommen Sie näher«, sagte sie kurz. Dann: »Es ist gut, Mrs. Rolt. Warten Sie draußen, bis ich Sie rufen lasse.«

Wir traten näher, und Mrs. Rolt zog sich zurück.

»Bitte setzen Sie sich, Miss Martin«, befahl Lady St. Larnston. Mellyora setzte sich, während ich stehen blieb, hatte sie mich doch nicht zum Sitzen aufgefordert. »Wir wollen nicht im einzelnen erörtern, worin Ihre Pflichten bestehen, das werden Sie selber merken mit der Zeit. Ich nehme an, Sie lesen gut. Meine Augen haben sehr nachgelassen, und ich brauche Sie jeden Tag zum Vorlesen. Sie treten Ihren Dienst sofort an. Haben Sie eine gute Handschrift? Sie werden auch einen Teil meiner Korrespondenz erledigen müssen. Das sind alles Angelegenheiten, die gewöhnlich vor der Einstellung geregelt werden; aber da wir Nachbarn waren, habe ich fünf gerade sein lassen. Wir haben Ihnen ein freundliches Zimmer zugedacht. Es liegt neben meinem Schlafzimmer, damit Sie gleich zur Hand sind, wenn ich Sie während der Nacht brauchen sollte. Hat Ihnen Mrs. Rolt gesagt, wo Sie Ihre Mahlzeiten einnehmen werden?«

»Ja, gnädige Frau.«

»Gut, ich glaube, das wäre alles. Lassen Sie sich jetzt Ihr Zimmer zeigen und packen Sie aus.«

Sie wandte sich nun mir zu, hob die Lorgnette und musterte mich kühl von oben bis unten.

»Und das ist Carlee.«

»Kerensa Carlee«, sagte ich stolz wie damals, als ich in der Mauer stand.

»Ich habe schon einiges von dir gehört, und ich habe dich aufgenommen, weil Miss Martin mich darum bat. Ich hoffe, du wirst uns nicht enttäuschen. Mrs. Justin St. Larnston ist, glaube ich, im Augenblick nicht zu Hause. Du bekommst dein Zimmer gezeigt; dort wartest du, bis sie nach dir schickt, was sie sicherlich gleich, wenn sie nach Hause kommt, tun wird. Sie weiß ja, daß du heute kommen solltest. Und jetzt geh und ruf Mrs. Rolt herein.«

Ich öffnete die Tür so ruckartig, daß Mrs. Rolt hastig zurückwich. Sicherlich hatte sie am Schlüsselloch gelauscht.

»Mrs. Rolt«, befahl Lady St. Larnston, »zeigen Sie Miss Martin und Carlee ihre Zimmer!«

»Ja, gnädige Frau.«

Als wir hinausgingen, spürte ich, wie Lady St. Larnston mir nachsah, und ich fühlte mich recht niedergeschlagen. Das war noch demütigender, als ich es mir vorgestellt hatte. Mellyora schien von allen Lebensgeistern verlassen zu sein. Doch mir sollte das nicht passieren; ich wappnete mich mit Trotz und Zorn.

Bald, bestärkte ich mich selbst, werde ich meinen Weg in diesem Haus finden. Jeder Raum und jeder Korridor werden mir bekannt sein. Ich erinnerte mich an die Nacht, in der ich vor Johnny geflohen war, an die Ängste, die ich ausgestanden hatte. Nein, von Johnny ließ ich mich bestimmt nicht noch einmal demütigen, wenn ich auch im Augenblick die Beleidigungen seiner Mutter einstecken mußte.

»Die Familie hat ihre Zimmer alle in diesem Teil des Hauses«, erklärte Mrs. Rolt. »Das ist das der gnädigen Frau, und die nächste Tür führt in Ihr Zimmer, Miss Martin. Den Gang weiter hinunter haben Mr. Justin und seine Frau ihre Zimmer.« Sie nickte mir zu. »Und du auch.«

Und so wurde ich zu meinem Zimmer geführt, einem Mädchenzimmer – aber einem gewöhnlichen Dienstmädchenzimmer, wie ich mir sagte. Ich war Zofe hier, war nicht Doll oder Daisy gleichgestellt. Ich war zu etwas Besonderem berufen, und das wollte ich dem Küchenpersonal so bald wie möglich klarmachen.

Aber vorläufig mußte ich es langsam angehen lassen. Ich besah mir mein Bild im Spiegel. Ich sah mir überhaupt nicht ähnlich. Ich trug einen schwarzen Mantel und einen schwarzen Hut. Schwarz stand mir nicht, und der Trauerhut verbarg mein Haar und war ziemlich häßlich. Dann ging ich zum Fenster und sah auf den Rasen und die sechs Jungfrauen hinaus.

Und das war der Moment, wo ich zu mir sagte: Jetzt bist du da. Du lebst hier. Und unwillkürlich überkam mich ein Triumphgefühl, daß ich da war, wo ich schon immer sein wollte. Meine Traurigkeit verflog. Ich fühlte mich leicht und aufgeregt. Ich lebte in dem Haus als eine Dienerin; doch das allein war schon ein Antrieb.

Ich stand noch am Fenster, als die Tür sich öffnete. Ich wußte sofort, wer es war. Sie war groß und dunkel – nicht so dunkel wie ich –; anmutig stand sie da in ihrem perlgrauen Reitkostüm. Das war also meine Herrin, Judith St. Larnston. Sie war schön und sah nicht unfreundlich aus.

»Du bist Carlee«, sagte sie. »Man sagte mir, du seist gekommen. Das freut mich. Meine Garderobe ist in großer Unordnung. Du wirst sie sicher in Ordnung bringen.«

Diese kurze, abgehackte Sprechweise erinnerte mich augenblicklich an die schreckerfüllten Sekunden in dem Schrank.

»Ja ... Madam.«

Ich stand mit dem Rücken zum Fenster, so daß ich im Schatten war; das Licht fiel voll auf ihr Gesicht. Ich bemerkte die rastlosen, topasfarbenen Augen, das Zittern der Nasenflügel und die vollen, sinnlichen Lippen.

»Hast du deinen Koffer schon ausgepackt?«

»Nein.« Ich wollte sie nicht öfter als unumgänglich notwendig mit »Madam« anreden. Insgeheim gratulierte ich mir schon zu dieser Herrin, die wahrscheinlich milder und nachsichtiger sein würde als die Mellyoras.

»Gut, wenn du fertig bist, kommst du in mein Zimmer. Du weißt doch, wo es ist? Nein, natürlich nicht. Wie solltest du auch? Also komm, ich zeig's dir.«

Sie führte mich von meinem Zimmer ein paar Schritte den Korridor entlang.

»Diese Tür führt in mein Schlafzimmer und den Ankleideraum. Klopfe, wenn du fertig bist.«

Ich nickte und ging zurück in mein Zimmer. In ihrer Gegenwart fühlte ich mich wohler als in Mrs. Rolts. Ich nahm den gräßlichen Hut ab und fühlte mich noch besser; dann ordnete ich mir das Haar, das ich hochgesteckt hatte, und der Anblick der schwarzglänzenden Haarrollen gab mir wieder Selbstvertrauen. Unter dem schwarzen Mantel trug ich ein schwarzes Kleid – eins von Mellyora. Ich sehnte mich danach, etwas Farbiges um den Hals zu tragen, scharlachrot oder smaragdgrün, aber das wagte ich nicht, war ich doch noch in Trauer. Aber sobald wie möglich wollte ich wenigstens einen weißen Kragen umlegen, versprach ich mir.

Wie befohlen ging ich zu dem anderen Zimmer, klopfte leise und wurde hereingebeten. Sie saß vor dem Spiegel und blickte müßig auf ihr Spiegelbild. Sie wandte sich nicht um. Ich betrachtete das große Bett mit den Brokatvorhängen – ein langer, gewirkter Teppich bedeckte den Hocker an seinem Fußende –, den wertvollen Teppich und die dichten Vorhänge, den Frisiertisch, woran sie saß, mit seinen Holzschnitzereien, und den großen Hängelampen zu beiden Seiten des Spiegels, der von vergoldeten Amoretten gehalten wurde. Und natürlich auch den Wandschrank, an den ich mich so gut erinnerte.

Sie sah mich im Spiegel, wandte sich um und starrte mich an. Ihre Blicke blieben auf meinem Haar haften. Ich wußte, daß mich das Absetzen des Hutes zu meinem Vorteil verändert hatte und daß ich ihr so weniger zusagte als vorher.

»Wie alt bist du, Carlee?«

»Fast siebzehn.«

»Du bist noch sehr jung. Glaubst du, du schaffst es?«

»O ja. Ich weiß, wie man Haare frisiert, und kümmere mich gern um Kleider.«

»Ich hatte keine Ahnung...« Sie biß sich auf die Lippen. »Ich meinte, du wärst älter.« Sie kam auf mich zu und blickte mich unverwandt an. »Es wäre mir lieb, wenn du dir meine Garderobe ansehen würdest. Bring sie in Ordnung. Ein Abendkleid hat es besonders nötig: ich bin mit dem Absatz in den Spitzen hängengeblieben. Könntest du die Spitzen reparieren?«

»O ja«, versicherte ich, obgleich ich so etwas noch nie gemacht hatte.

»Das ist aber eine diffizile Arbeit.«

»Ich kann es schon machen.«

»Dann brauche ich dich, um meine Sachen jeden Abend gegen sieben Uhr herauszulegen. Du wirst mir das Wasser für mein Bad bringen und mir beim Ankleiden helfen.«

»Jawohl«, sagte ich. »Welches Kleid möchten Sie heute abend anziehen?«

Sie hatte mich herausgefordert, und ich mußte nun meine Tüchtigkeit beweisen.

»Oh... das graue Satinkleid.«

»Gut.«

Sie setzte sich wieder vor den Spiegel und begann nervös mit den Kämmen und Bürsten zu spielen, während ich zu dem Garderobenschrank ging und die Kleider herausnahm. Ich war starr vor Staunen. Noch nie hatte ich etwas so Prächtiges gesehen. Ich konnte nicht widerstehen und streichelte den Samt und die Seide. Ich fand das graue Satinkleid, sah es genau an und legte es auf das Bett, als sich die Tür öffnete und Justin St. Larnston hereinkam.

»Mein Liebling!« Es war nur ein Flüstern; aber ich hörte die ruhelose Leidenschaft durchklingen. Sie war aufgestanden und auf ihn zugegangen. Trotz meiner Gegenwart hätte sie ihn umarmt, wenn er sie nur ein wenig dazu ermuntert hätte. »Ich wunderte mich schon, wo du bliebst, hatte gehofft, du . . . «

»Judith!« Seine Stimme klang kalt und wie eine Warnung.

Sie lachte und sagte: »Oh, das ist Carlee, die neue Zofe.« Wir blickten uns an. Er sah fast noch genauso aus wie der junge Mann, der mit dabei war, als man mich in der Mauer aufspürte. Doch er erkannte mich nicht wieder. Er hatte den Zwischenfall vergessen, sobald er vorbei war, und das Kind aus dem Dorfe hatte weiter keinen Eindruck hinterlassen.

Er sagte: »Gut, nun hast du ja, was du dir gewünscht hast.«

»Ich wünsche mir nichts weiter auf der Welt, als . . . «

Er brachte sie abermals zum Schweigen und sagte zu mir: »Du kannst gehen, Carlee – so heißt du doch? – Mrs. Larnston wird nach dir klingeln, wenn sie dich braucht.«

Ich neigte leicht den Kopf, und während ich durch das Zimmer schritt, spürte ich, wie sie mich beobachtete und gleichzeitig auch ihn. Ich wußte, was sie dachte, nach dem, was ich damals im Schrank mitangehört hatte, hier in diesem Zimmer. Sie war eine leidenschaftlich eifersüchtige Frau; sie betete ihren Mann an und konnte es nicht ertragen, wenn er andere Frauen ansah – nicht einmal ihre eigene Zofe.

Ich berührte mein Haar und hoffte, daß meine Selbstgefälligkeit nicht gar zu offenbar würde. Als ich in mein Zimmer zurückging, überlegte ich, daß Stand und Geld nicht unbedingt die Menschen glücklich machten. Ein angenehmer Gedanke übrigens, wenn man so stolz war wie ich und sich plötzlich in einer so demütigenden Lage sah.

Diese ersten Tage auf Abbas werden mir wohl für immer im Gedächtnis bleiben. Das Haus selbst fesselte mich fast noch mehr als seine Bewohner. Eine stickige Atmosphäre von Zeitlosigkeit umgab alles. Es war einfach – wenn man allein war –, sich in ein anderes Zeitalter zurückversetzt zu wähnen. Seit ich die Geschichte von den Jungfrauen gehört hatte, war meine Phantasie gefesselt. Wie oft hatte ich mir vorgestellt, daß ich Abbas auf eigene Faust erforsche – und das war eine der seltenen Gelegenheiten, wo Wirklichkeit und Wunschtraum übereinstimmten.

Die hohen Räume mit ihren geschnitzten und geschmückten Decken, teils bemalt, teils mit lateinischen oder cornischen Inschriften versehen, waren eine Freude für mich. Ich liebte es, den dichten Stoff der Vorhänge anzufassen, meine Schuhe auszuziehen und die Teppiche zu fühlen. Ich setzte mich gern auf die Stühle und Polsterbänke und bildete mir ein, Anordnungen zu treffen, und manchmal redete ich mit mir selbst, als wenn ich die Herrin des Hauses wäre. Es wurde ein Spiel für mich, und nie versäumte ich eine Gelegenheit, es zu spielen. Aber obgleich ich die luxuriös eingerichteten, von der Familie benutzten Räume so sehr bewunderte, zog es mich immer wieder zu dem alten Flügel des Hauses, der kaum mehr benutzt wurde und offensichtlich früher ein Teil des alten Klosters gewesen war. Dorthin hatte mich Johnny in jener Ballnacht geführt. Es lag da etwas in der Luft, das gleichermaßen abstoßend und anziehend wirkte: ein dumpfer, düsterer Geruch, der Geruch der Vergangenheit. Die Treppen, die plötzlich wie von ungefähr vor einem lagen, sich einige Stufen hinaufwanden und dann an einer Tür oder in einem Korridor endeten. Die Steinstufen, die von Millionen Tritten abgewetzt waren; jene kleinen, seltsamen Alkoven mit ihren schlitzähnlichen Fenstern, die den Nonnen als Zellen dienten, und tief unten der Kerker. Ich entdeckte die Kapelle – dunkel und kühl – mit alten Triptychen, hölzernen Kirchstühlen, einem Steinplattenfußboden, dem Altar, auf welchem Kerzen standen, als wenn sie nur darauf warteten, daß die Bewohner des Hauses kämen und ihre Andacht verrichteten. Aber ich wußte genau, daß die Kapelle nie benutzt wurde; die St. Larnstons gingen zur St.-Larnstons-Kirche.

In diesem Teil des Hauses hatten die sieben Jungfrauen gelebt; ihre Füße waren über dieselben steinernen Gänge gelaufen; ihre Hände hatten nach dem Seil gegriffen, wenn sie die steilen Treppen hinaufstiegen.

Ich fing an, das Haus zu lieben, und da es uns glücklich macht zu lieben, fühlte ich mich nicht unglücklich, trotz all der kleinen Demütigungen in dieser Zeit. In den Gesinderäumen hatte ich mich durchgesetzt und hatte sogar Spaß gehabt an dem Kampf, zumal ich mich rühmen durfte, daß ich Siegerin geblieben war. Ich war nicht so schön wie Judith Derrise mit ihren feingemeißelten Gesichtszügen oder wie Mellyora mit ihrem zarten, porzellanenen Charme; aber mein schwarzglänzendes Haar und meine großen Augen, die Zorn und

Stolz so gut zum Ausdruck bringen konnten, machten mich attraktiver.

Ich war groß und schlank, fast dünn, und besaß einen undefinierbaren fremdländischen Hauch, den ich, wie ich bald merkte, gut zu meinem Vorteil ausnutzen konnte.

Auch Haggety fiel es auf. Er setzte mich bei Tisch neben sich, was Mrs. Rolt mit scheelen Augen ansah. Sie hatte ihn deswegen zurechtgewiesen; aber er hatte nur erwidert: »Oh, laß man gut sein, meine Liebe, immerhin ist sie eine Zofe, wie du wissen solltest, ein nicht zu übersehender Unterschied zu deinen Mädchen.«

»Und woher stammt sie? Das sollte auch niemand vergessen.«

»Da kann man nichts machen. Das, was sie jetzt ist, damit müssen wir rechnen.«

Was sie jetzt ist! Eben das waren auch meine Gedanken. Ich strich mir mit den Händen über die Hüften. Jeder Tag, jede Stunde söhnte mich mehr mit meinem Leben aus. Kleine Demütigungen, ja; aber auf Abbas würde das Leben immer aufregender sein als irgendwo anders. Und ich wohnte hier.

Bei Tisch, im Eßraum für das Dienstpersonal, konnte ich die Mitglieder des Haushalts, die hinter der Treppe wohnten, genauer studieren. Mr. Haggety am Kopfende der Tafel, mit kleinen Schweinsäuglein, Lippen, die beim Anblick eines saftigen Mahles oder eines weiblichen Wesens lüstern wurden, war der Hahn im Korb, der König der Küche, der Butler auf Abbas. Die Nächstbedeutende war Mrs. Rolt, die Wirtschafterin, die sich selbst als Witwe betitelte und sich nur zu gern als Mrs. anreden ließ, immer darauf hoffend, daß Mr. Haggety doch noch eines Tages um sie anhielte und daß »Mrs.« ihr zu Recht zukäme. Gemein, geizig und verschlagen, hütete sie ihre Stellung – das Haupt des

Gesindes nach Mr. Haggety. Dann kam Mrs. Salt, die Köchin, dick, wie es einer Köchin zukam, dem guten Essen und dem Klatsch zugetan. Eigentlich war sie zu bedauern. Während ihrer Ehe hatte sie viel zu leiden gehabt, und sie hatte ihren Mann deshalb verlassen, von dem sie, wann immer es möglich war, per »ihm« sprach, und sie lebte nun in ständiger Angst, daß er sie eines Tages hier erwischen könnte.

Auch ihre Tochter Jane Salt war mitgekommen, eine Frau so um die dreißig, die als Stubenmädchen beschäftigt war, ruhig, beherrscht und ihrer Mutter ergeben. Dann Doll, die Tochter eines Bergarbeiters, ungefähr zwanzig Jahre alt, mit blondem, krausem Haar und einer Vorliebe für Eisblau, das sie trug, wenn sie frei hatte und zum »Hofieren« ging, wie sie sich ausdrückte. Daisy, die einfacher im Gemüt war und mit ihr in der Küche zusammen arbeitete, folgte ihr auf Schritt und Tritt, ahmte sie nach und sehnte sich danach, auch einmal hofiert zu werden, und ihre Unterhaltung schien sich auf dieses Thema zu beschränken. Alle diese Leute wohnten mit in dem Haus; aber außerdem gab es noch das Personal, das außer Haus wohnte und nur zum Essen kam, zum Beispiel Polore und seine Frau mit ihrem Sohn Willy. Polore und Willy hatten sich um die Stallungen zu kümmern, während Mrs. Polore auf Abbas im Haushalt mithalf. Es gab zwei Dienstbotenbehausungen; in der einen wohnte Mr. und Mrs. Trelance mit Tochter Florrie. Allgemein wurde erwartet, daß Florrie und Willy einmal heiraten würden, und jeder außer dem betroffenen Paar hielt das für eine ausgezeichnete Idee. Nur Willy und Florrie hielten mit ihrer Meinung darüber zurück. Aber wie Mrs. Rolt so passend sagte: »Mit der Zeit werden sie sich damit abfinden.«

Es war also eine große Gesellschaft, die sich um den

langen schmalen Tisch zum Essen versammelte, nachdem die Familie gegessen hatte. Mrs. Rolt und Mrs. Salt sorgten dafür, daß uns nichts fehlte, und so kam es, daß wir besser aßen als die, die sich zum Essen in dem prunkvollen Speisesaal niedersetzten.

Ich hatte jedesmal aufs neue meinen Spaß an all dem Klatsch, gab es doch kaum etwas, was diesen Leuten verborgen blieb, ganz gleich, ob es häusliche oder Affären aus dem Dorf betraf.

Und oft gab Doll abenteuerliche Erlebnisse zum besten, die ihre Leute in den Minen gehabt hatten, worauf Mrs. Rolt jedesmal erklärte, bei diesen Geschichten bekäme sie eine Gänsehaut; sie zitterte dann und nahm rasch die Gelegenheit wahr, näher an Mr. Haggety heranzurükken, wie um Schutz zu suchen. Mr. Haggety war nicht sehr entgegenkommend; gewöhnlich war er fleißig dabei, meinen Fuß unter dem Tisch anzustoßen, wobei er anscheinend glaubte, daß das ein probater Weg wäre, mich wissen zu lassen, wie gut ich ihm gefiel.

Mrs. Salt erzählte haarsträubende Geschichten aus ihrem Leben mit »ihm«. Und Polores und Trelances berichteten uns, wie sich der neue Vikar einlebte, und daß Mrs. Hemphill eine richtige Topfguckerin sei, die immer hier schnüffelte und da schnüffelte. Sie hatte ihre Nase in der Küche, ehe man Zeit hatte, den Stuhl abzuwischen und sie zu bitten, sich zu setzen. An meinem ersten Tag am Gesindetisch übrigens erfuhr ich auch, daß Johnny auf der Universität sei und es noch Wochen dauere, ehe er nach Abbas komme. Das hörte ich gern. Während er fort war, wollte ich mir die Zeit zunutze machen und mir meine Position im Hause schon schaffen.

Ich hatte mich in den Rhythmus der Tage eingelebt. Meine Herrin war in keiner Weise unfreundlich, ja sie war großzügig; gleich in den ersten Tagen schenkte sie mir ein grünes Kleid, das sie nicht mehr leiden mochte, und meine Pflichten waren nicht zu schwierig. Es machte mir Vergnügen, ihr Haar zu bürsten, das viel feiner als meines war, und auch ihre Kleider interessierten mich. Ich hatte viel Freizeit, und dann ging ich in die Bibliothek, entlieh mir ein Buch und verbrachte Stunden mit Lesen in meinem Zimmer, während ich auf ihr Klingeln wartete.

Mellyoras Leben war nicht so einfach. Lady St. Larnston war entschlossen, den größten Nutzen aus ihren Diensten zu ziehen. Mehrere Stunden pro Tag mußte sie ihr vorlesen, mußte ihr mitten in der Nacht Tee kochen; sie mußte ihr den Kopf massieren, wenn sie Kopfschmerzen hatte, was häufig vorkam; sie mußte sich auch um Lady St. Larnstons Korrespondenz kümmern, Botengänge tun, sie begleiten, sooft sie Besuche in ihrer Kutsche unternahm; tagsüber hatte sie kaum eine freie Minute. Ehe noch die erste Woche vorbei war, kam Lady St. Larnston die Idee, daß Mellyora, die ja ihren Vater gepflegt hatte, auch Sir Justin von Nutzen sein könne. So kam es, daß Mellyora, wenn sie nicht bei Lady St. Larnston war, sich im Krankenzimmer aufhielt.

Arme Mellyora! Obwohl sie ihre Mahlzeiten in ihrem Zimmer einnehmen durfte und fast wie eine Dame behandelt wurde, war ihr Los viel härter als meines.

Ich war diejenige, die sie in ihrem Zimmer besuchte. Sobald meine Herrin fortging – sie hatte die Angewohnheit, lange Ritte zu unternehmen, oft auch allein –, lief ich in Mellyoras Zimmer, in der Hoffnung, sie dort zu finden. Selten hatten wir lange Zeit füreinander, denn bald erklang die Klingel, und sie mußte mich allein lassen. Dann las ich, bis sie wiederkam.

»Mellyora«, sagte ich eines Tages zu ihr, »wie hältst du das nur aus?«

»Und wie du?« fragte sie zurück.

»Da ist wohl ein Unterschied. Ich werde nicht so viel gebraucht und muß nicht so viel arbeiten wie du.«

»Es muß aber sein«, erwiderte sie philosophisch. Ich sah sie an; ja, es war Zufriedenheit, was ich in ihrem Gesicht las. Ich staunte, wie sie, die Tochter eines Pfarrers, die nach ihrem eigenen Willen hatte leben können, die verwöhnt und bewundert worden war, so leicht in das Leben einer Dienerin hineinschlüpfen konnte.

Mellyora ist eine Heilige, dachte ich.

Ich lag gern auf ihrem Bett und beobachtete sie, wie sie in einem Stuhl saß, bereit, beim ersten Klingeln der Glocke aufzuspringen.

»Mellyora«, sagte ich eines frühen Abends, »was hältst du von diesem Ort hier?«

»Von Abbas? Na, es ist das schönste alte Haus!«

»Und du wirst immer wieder von ihm angezogen?« bohrte ich weiter.

»Ja. Du nicht?«

»Was denkst du, wenn diese alte Frau dich schikaniert?«

»Ich versuche an gar nichts zu denken und kümmere mich nicht weiter darum.«

»Ich glaube nicht, daß ich meine Gefühle derart verstekken könnte wie du. Ich bin glücklich dran. Judith ist nicht so schlimm.«

»Judith...« meinte Mellyora langsam.

»Also gut: Mrs. Justin St. Larnston. Sie ist eine seltsame Frau. Sie ist immer so aufgeregt, als wenn das Leben schrecklich tragisch wäre... als wenn sie sich fürchtete... Da! Jetzt rede ich auch schon in der abgehackten Sprechweise wie sie.«

»Justin ist nicht so glücklich mit ihr«, überlegte Mellyora.

»Ich glaube, er ist so glücklich, wie er mit irgend jemandem nur sein kann.«

»Was weißt du davon?«

»Ich weiß, daß er kalt ist wie ein... Fisch und sie so heiß wie ein feuriger Ofen.«

»Du redest Unsinn, Kerensa.«

»So? Ich sehe mehr von ihnen als du. Vergiß nicht, daß mein Zimmer gleich neben dem ihren liegt.«

»Zanken sie sich?«

»Er zankt sich nicht. Er ist dazu zu kühl. Er macht sich nichts daraus, sie hingegen... zu viel. Ich mag sie eigentlich gern. Und wenn ihn schon alles nicht berührt, warum hat er sie dann überhaupt geheiratet?«

»Hör auf. Du weißt nicht, was du sagst. Du verstehst es nicht.«

»Natürlich, ich weiß, er ist der leuchtende, strahlende Ritter; du hast schon immer so für ihn geschwärmt.«

»Justin ist ein guter Mensch. Du verstehst ihn eben nicht. Ich kenne Justin schon mein ganzes Leben lang...«

Die Tür von Mellyoras Zimmer wurde plötzlich aufgerissen, und Judith stand auf der Schwelle, mit wilden Augen und bebenden Nasenflügeln. Sie sah mich auf dem Bett liegen und dann Mellyora, die von ihrem Stuhl aufgesprungen war.

»Oh...« sagte sie. »Ich dachte nicht...«

Ich stand von dem Bett auf und fragte: »Suchten Sie mich, Madame?«

Die Wildheit war aus ihrem Gesicht gewichen, und ich konnte eine große Erleichterung darin lesen.

»Haben Sie mich gesucht?« fuhr ich hilfreich fort.

Mit einem Unterton von Dankbarkeit antwortete sie: »O ja, Carlee. Ich... ich hatte mir gedacht, daß du hier seist.«

Ich ging auf die Tür zu. Sie zögerte noch. »Ich wollte... ich wollte nur, daß du heute abend etwas früher kommst. Fünf bis zehn Minuten vor sieben.«

»Jawohl, Madame«, sagte ich.

Sie neigte den Kopf und ging.

Mellyora sah mich voller Erstaunen an. »Was soll das bedeuten?« flüsterte sie.

»Ich denke, du weißt es«, antwortete ich. »Sie war überrascht, nicht wahr? Weißt du auch warum? Weil sie mich hier fand und nicht wie erwartet...«

»Wen?«

»Justin.«

»Sie muß verrückt sein.«

»Sie ist eine Derrise, wie du weißt. Erinnerst du dich noch an den Tag, wo wir auf dem Moor waren und du mir die Geschichte erzählt hast?«

»Ja, daran erinnere ich mich.«

»Du sagtest, daß in der Familie das Verrücktsein umginge. Nun, Judith ist verrückt... verrückt nach ihrem Mann. Sie glaubte, er wäre hier bei dir. Deshalb ist sie so hereingeplatzt. Hast du nicht gesehen, wie erleichtert sie war, als sie mich fand statt ihn?«

»Das ist doch Irrsinn?«

»In einer Art ja.«

»Und du meinst, sie ist eifersüchtig auf mich und Justin?«

»Sie ist auf jede hübsche Frau eifersüchtig, die in seinen Gesichtskreis tritt.«

Ich sah Mellyora an. Sie konnte die Wahrheit nicht vor mir verbergen. Sie liebte Justin St. Larnston; sie hatte es schon immer getan.

Und ich fühlte mich sehr unbehaglich.

Nun gab es keine Körbe voll Eßwaren für Grandma mehr. Ich konnte mir gut vorstellen, wie Mrs. Rolt oder Mrs. Salt empört ihre Stimmen erhoben hätten, wenn ich so etwas auch nur angedeutet hätte. Aber immer noch fand ich Zeit, sie hin und wieder zu besuchen. Es war bei einer solchen Gelegenheit, daß sie mich bat, auf meinem Heimweg einige Kräuter für Hetty Pengaster mitzunehmen. Hetty würde darauf warten, und Hetty war, wie ich wußte, eine der besten Kundinnen von Grandma. Deshalb willigte ich gern ein.

So kam es, daß ich mich an einem heißen Nachmittag auf dem Weg nach Larnston Barton, Pengasters Farm, befand.

Ich sah Tom Pengaster auf den Feldern arbeiten, und ich fragte mich, ob es wohl stimmte, daß er Doll den Hof machte, wie sie gegenüber Daisy angedeutet hatte. Er wäre ein guter Fang für Doll. Barton war ein reicher Hof, und Tom – und nicht sein wunderlicher Bruder Reuben, der manchmal seltsame Dinge tat – würde den Hof eines Tages erben.

Ich ging unter den hohen Bäumen entlang, auf denen die Krähen nisteten. Jeden Mai war die Krähenjagd auf Larnston Barton eine Art Feier. Und die Pasteten, die Mrs. Pengallon, Köchin auf Barton, aus den Krähen bereitete, wurden als Delikatesse betrachtet. Eine Pastete wurde immer nach Abbas geschickt und dort gnädig angenommen. Mrs. Salt hatte erst kürzlich erwähnt, wie sie sie einmal mit Mayonnaise angerichtet hätte, und daß Mrs. Rolt soviel davon gegessen hätte, bis ihr ganz übel geworden wäre.

Ich kam zu den Stallungen – es waren Ställe für ungefähr acht Pferde und zwei leere Boxen – und ging auf die Nebengebäude zu. Ich konnte den Taubenschlag sehen und hörte auch das Gurren der Vögel. Es war, als wenn sie monoton einen Satz wiederholten.

Plötzlich sah ich Reuben Pengaster vom Taubenschlag herkommen mit einem Vogel in der Hand. Reuben bewegte sich eigenartig schlingernd vorwärts. Er hatte stets etwas Seltsames an sich. In Cornwall sagt man, in einem Wurf sei oft ein »winnick«, was so viel heißt wie:

das eine Junge ist ein bißchen zu kurz gekommen; Reuben war der »winnick« von Pengasters. Seit jeher hatte mich Abnormes abgestoßen, und obgleich es heller Tag war und die Sonne vom Himmel schien, konnte ich einen kleinen Schauder nicht unterdrücken, als Reuben in seiner sonderbaren Gangart auf mich zukam. Sein Gesicht war faltenlos wie das eines sehr jungen Menschen; seine Augen waren porzellanblau, sein Haar war flachsblond, und die Art, wie er seinen Kiefer vorschob und die schlaffen Lippen geöffnet hielt, verriet, daß er nicht ganz richtig im Kopfe war.

»Hallo, du«, rief er. »Wohin willst du?«

Während er sprach, streichelte er den Vogelkopf, und ich konnte merken, daß er mit seinen Gedanken viel mehr bei dem Tier war als bei mir.

»Ich bringe ein paar Kräuter für Hetty«, erklärte ich ihm.

»Kräuter für Hetty?« Er lachte. Er hatte ein hohes, unschuldiges Lachen. »Was will sie denn damit? Soll'n die sie schönmachen?« Sein Ausdruck wurde kriegerisch. »Ich meine, unsere Hetty ist auch so schön genug.« Er ruckte das Kinn noch weiter vor, als wollte er sich auf mich stürzen, falls ich widerspräche.

»Das kann dir Hetty sagen, wozu sie die Kräuter will«, erwiderte ich scharf.

Wieder schlug er sein harmloses Gelächter an. »Das denke ich auch«, sagte er. »Auch Saul Cundy denkt, sie ist ein feines, seltenes Mädchen.«

»Das würde ich auch sagen.«

»Die beiden sind so gut wie versprochen«, fuhr er fort, fast stolz, und man konnte gut seine Liebe und seinen Stolz auf seine Schwester heraushören.

»Ich hoffe, sie werden glücklich.«

»Bestimmt. Saul ist ein großer und feiner Mann. Cap'n Saul . . . die Bergleute müssen sich nach ihm richten . . .

nach Saul. Wenn Saul sagt, geht, dann gehen sie, und wenn Saul sagt, kommt, dann kommen sie. Mr. Fedder hat meiner Meinung nach nichts mehr zu sagen, nur noch Cap'n Saul Cundy.«

Ich war gern bereit, das zuzugeben, denn ich wollte endlich Hetty meine Kräuter in die Hand drücken und dann gehen.

»Wo ist Hetty jetzt?« fragte ich.

»Sicher ist sie in der Küche, mit der alten Mutter Pengallon!«

Ich zögerte und überlegte, ob ich das Paket nicht ihm geben und ihn bitten sollte, es an Hetty weiterzuleiten; doch entschloß ich mich anders.

»Ich will sie suchen«, sagte ich.

»Ich bringe dich hin«, versprach er und ging neben mir her. »Puuuut-puut, puuuuuuuuut, puut-puut«, murmelte er der Taube zu, und ich wurde im Augenblick an Joe erinnert, als er auf seinem Bett lag und der Taube das Bein verband. Ich bemerkte, was für plumpe Hände er hatte und wie zart diese den Vogel hielten.

Er führte mich zu dem Hauptgebäude zurück und lenkte meinen Blick auf den Schmuck, der den Dachfirst krönte. Eine Leiter lehnte an der Mauer; er hatte anscheinend am Haus etwas gerichtet.

»Einige Ziegel waren lose«, bestätigte er mir. »Und was geschieht, wenn die Heinzelmännchen um Mitternacht umgehen?«

Wieder ertönte das hohe Gelächter, was mich langsam so nervös machte, daß ich wünschte, Reuben würde weggehen.

Ich wußte wohl, worauf er anspielte: Wenn die Heinzelmännchen auf so einem schadhaften Dach tanzten, ärgerten sie sich, und das konnte Unglück über das Haus bringen. Und es war nur natürlich, daß jemand wie er, der sowieso schon wunderlich war, fest an solche Ammenmärchen glaubte.

»Aber jetzt sind sie wieder fest«, fuhr Reuben fort. »Das hab' ich gemacht, und nun muß ich mich noch um meine kleinen Vögel kümmern.«

Er führte mich durch ein gekacheltes Waschhaus in einen mit Fliesen ausgelegten Gang. Dann riß er eine Tür auf und deutete in die riesige Küche mit zwei großen Fenstern, einer offenen Feuerstelle, einem Backofen, roten Kacheln und einem gewaltigen Tisch. An den Deckenbalken hingen ein Schinken, Speckseiten und Kräuterbündel.

An dem Tisch saß Mrs. Pengallon und schälte Kartoffeln. Sie war seit dem Tode von Mrs. Pengaster die Wirtschafterin auf dem Hof, eine große, gutmütig dreinblickende Frau, die im Augenblick ungewöhnlich melancholisch aussah. Hetty war auch in der Küche und bügelte eine Bluse.

»Nanu«, rief Hetty, als wir eintraten, »wenn mich nicht alles täuscht, ist das Kerensa Carlee. Wir fühlen uns sehr geehrt, meine Liebe. Komm herein, falls du nicht zu vornehm für unsereins bist.«

»Hör doch mit dem Unsinn auf«, warf Mrs. Pengallon ein. Es ist doch nur Kerensa Carlee. Komm herein, mein Kind, und sag, hast du nicht irgendwo meinen Tabs gesehen?«

»Vermissen Sie Ihren Kater, Mrs. Pengallon?« fragte ich, ohne weiter auf Hetty zu achten.

»Seit zwei Tagen, mein Kind. Es paßt so gar nicht zu ihm. Er war zwar immer draußen, kam aber immer zur Essenszeit ... schnurrte immer nach seiner Milch.«

»Das tut mit leid. Ich habe ihn aber nicht gesehen.«

»Ich bin so unruhig und frage mich bloß, was ihm zugestoßen sein könnte. Vielleicht hat er sich in einer Falle gefangen. Es ist schrecklich, mein Kind, und ich muß immerzu daran denken. Ich habe mir schon überlegt, ob ich nicht zu deiner Großmutter gehen und sie um Rat fragen sollte. Vielleicht kann sie mir etwas sagen. Sie hat ja auch für Mrs. Toms geradezu Wunder getan. Mrs. Toms' Atem geht schon viel besser, und nur, weil sie tat, was deine Großmutter sagte: nimm Spinnweben, roll sie zu einer Kugel und schluck diese hinunter. Das kann meiner Meinung nach nur Zauberei sein; deine Großmutter ist eine wunderbare Frau.«

»Ja«, stimmte ich zu, »das ist sie.«

»Und sag ihr, wenn du sie siehst, daß mein Gerstenkorn weg ist, seitdem ich, wie sie mir riet, Tabs' Schwanz dagegenrieb. Oh, mein armer kleiner Tabs! Wo mag er bloß stecken, ich hab' keine Ruhe, bis er wieder da ist.«

»Vielleicht wird er woanders gut gefüttert, Mrs. Pengallon.«

»Das glaube ich nicht, mein Kind. Er weiß, wo er daheim ist. Noch nie ist er so lange fortgeblieben. Ein richtiger Nestsitzer, das ist mein Tabs. Oh, lieber Gott, wenn er nur endlich zu mir zurückkäme.«

»Ich will meine Augen offenhalten«, versicherte ich ihr.

»Und frage deine Großmutter, ob sie mir nicht vielleicht helfen kann.«

»Gern, aber im Augenblick gehe ich nicht zu ihr, Mrs. Pengallon.«

»O nein«, warf Hetty hämisch ein. »Du arbeitest ja jetzt oben auf Abbas, zusammen mit Doll und Daisy. Doll geht doch mit unserem Tom, und so erzählt sie uns alles von dort. Du meine Güte, ich möchte nicht für diese Gesellschaft arbeiten.«

»Ich glaube auch nicht, daß du je Gelegenheit dazu haben wirst«, erwiderte ich.

Reuben, der dabeistand und uns scharf beobachtete, stimmte in Hettys Gelächter ein.

»Übrigens bin ich nur gekommen, um dir die Kräuter zu bringen«, sagte ich kalt.

Hetty riß sie mir aus der Hand und stopfte sie in ihre Kleiderschürze. Ich wandte mich zum Gehen.

»Und vergiß nicht, deine Großmutter zu fragen«, rief mir Mrs. Pengallon nach. »Ich denke Tag und Nacht daran, was wohl mit meinem Tabs geschehen ist.«

In diesem Augenblick fing ich einen Blick zwischen Hetty und Reuben auf. Ich erschrak, denn er kam mir... teuflisch vor. Sie hatten ein Geheimnis miteinander, und ich konnte mir gut vorstellen, daß das, was für sie amüsant war, nicht unbedingt auch amüsant für andere sein mußte.

Ich hatte nur noch einen Wunsch, die Küche der Pengasters zu verlassen.

Ich war so mit meinen eigenen Angelegenheiten beschäftigt, daß ich gar nicht bemerkte, was mit Mellyora geschah. Oft hörte ich erhobene Stimmen aus dem Nebenzimmer. Sicherlich machte Judith ihrem Mann wieder Vorwürfe wegen irgendwelcher eingebildeter Nachlässigkeiten. Diese Szenen wurden mit der Zeit ziemlich langweilig, und obgleich ich meine Herrin recht gern mochte, galt meine Sympathie – wenn man es überhaupt so nennen will – Justin, auch wenn er mich kaum beachtete. Meine Gegenwart schien ihm nur bewußt zu werden, wenn ihn Judith in einem Anfall von übertriebener Zärtlichkeit in Verlegenheit brachte. Ich glaube nicht, daß er viel für seine Frau übrig hatte, und konnte mit gut vorstellen, wie ermüdend es sein mußte, wenn von einem ununterbrochen Zuneigung und Zärtlichkeit erwartet werden.

Aber wie gesagt, ich gewöhnte mich an den Zustand, und ich merkte nicht einmal, wie die Spannung wuchs und welche Wirkung sie auf die drei betroffenen Personen ausübte: Justin, Judith und ... Mellyora. Selbstbezogen wie ich war, vergaß ich zeitweilig, daß Mellyoras Leben eine ebenso dramatische Wendung nehmen konnte wie meines.

Zwei Dinge geschahen, die mir von großer Bedeutung schienen.

Erst entdeckte ich zufällig, was mit Mrs. Pengallons Kater geschehen war. Doll verriet es mir. Sie fragte mich, ob Grandma ihr nicht auch solche Kräuter geben könnte wie Hetty Pengaster. Ich antwortete, ich würde ihr beim nächsten Besuch welche mitbringen; dann erwähnte ich nebenbei, daß Mrs. Pengallon ihren Kater vermißte.

Doll begann zu kichern. »Die sieht ihren Kater nie wieder«, sagte sie.

»Sicherlich hat er ein neues Heim gefunden?«

»Ja, unter der Erde.«

Fragend blickte ich Doll an, und sie zuckte mit den Schultern. »Oh, Reuben hat ihn umgebracht. Ich hab's selber gesehen. Richtig wild war er. Der alte Kater hatte sich eine von seinen Tauben geschnappt ... und da hat er sich den alten Kater geschnappt und ihm den Garaus gemacht, mit bloßen Händen.«

»Nun wagt er es nicht, es Mrs. Pengallon zu sagen!«

»Reuben sagt, recht geschieht ihr. Sie wußte, daß ihr alter Kater die Vögel jagte. Du kennst doch den Taubenschlag? Dahinter liegt ein kleiner Garten, und dort hat er die Taube begraben ... und auch den Kater. Das Opfer, sagte er, und den Mörder. An dem Tag war er richtig verrückt, das kann ich dir versichern.«

Ich wechselte das Thema, vergaß es aber nicht, und als ich Grandma besuchte, erzählte ich ihr alles von dem Kater. »Sie haben ihn hinter dem Haus vergraben«, erklärte ich ihr. »Wenn dich also Mrs. Pengallon fragt, weißt du Bescheid.«

Grandma freute sich und sagte, wie wichtig es für ihren Ruf als weise Frau sei, alles, was passiere, zu erfahren. Nicht das kleinste bißchen im Leben sollte man übersehen, weil man nie wüßte, wie man es eines Tages brauchen könnte.

Ich nahm an diesem Tag Dolls Kräuter nicht mit. Sie sollte nicht merken, daß ich bei Grandma gewesen war. Am nächsten Tag erschien Mrs. Pengallon bei Grandma und bat sie, ihr mit ihrer Zauberkraft den Kater suchen zu helfen.

Grandma konnte sie nun auf den kleinen Garten hinter Reubens Taubenschlag hinweisen, und als Mrs. Pengallon den noch frisch umgegrabenen Boden sah und ihren Kater dort verscharrt fand, war sie voller Haß auf den Mörder und voller Kummer über den Verlust ihres Lieblings. Aber nachdem diese Gefühle ein wenig abgeflaut waren, geriet sie außer sich vor Bewunderung über Grandmas Weisheit, und auf Tage hinaus waren die geheimen Kräfte von Grandma Bee das Thema in den Katen.

Geschenke landeten auf ihrer Türschwelle, und es gab ein richtiges Fest in dem kleinen Haus. Auch ich war dabei, und wir lachten zusammen über das, was geschehen war. Ja, ich hatte die klügste Grandma der Welt, und so wie sie wollte ich auch werden.

Ich nahm dann auch die Kräuter für Doll mit, und ihr Glaube war so groß, daß sie tatsächlich Wunder wirkten und die Flecken auf ihrem Rücken verschwanden.

Grandma wurden übernatürliche Gaben angedichtet. Sie wußte von Begebenheiten, bei denen sie unmöglich dabeigewesen sein konnte, und sie konnte Leiden heilen. Mit ihr mußte man rechnen, und da ich, wie jeder wußte, ihr Augapfel war, mußte auch ich mit entsprechender Vorsicht behandelt werden.

Und die Tatsache, daß wir uns selbst in diese günstige

Situation gebracht hatten, weil wir ein bißchen Glück zu unserem Vorteil ausnutzten, war für uns doppelt erfreulich.

Mein Traum, daß alles, was ich mir vornahm, in Erfüllung gehen würde, war stärker denn je, und ich war fest davon überzeugt, daß mir alles gelingen müßte.

Wir saßen um den Tisch und aßen Abendbrot. Es war ein anstrengender Tag gewesen. Judith war schon mit Justin am frühen Morgen ausgeritten. Sie hatte bezaubernd ausgesehen in ihrem perlgrauen Kostüm mit dem kleinen smaragdgrünen Tuch um den Hals. Wenn sie glücklich war, sah sie sehr hübsch aus, und da Justin bei ihr war, war sie sehr zufrieden. Ich aber wußte, daß diese Zufriedenheit nicht lange anhielt; immer lag sie auf der Lauer, und eine kleine Geste, eine Veränderung in Justins Stimme konnte sie auf den Gedanken bringen, daß er ihrer müde sei. Dann fing der Ärger an. Sie stellte ununterbrochen Fragen, sie wollte voll Leidenschaft wissen, ob er sie noch liebe und wie sehr er sie noch begehre. Ich kannte ihre erhobene Stimme und seine leise. Je stürmischer sie wurde, um so mehr zog er sich zurück; ich fand es nicht richtig, wie er sie behandelte, und ich glaube, er merkte es auch selber; denn manchmal sah ich, wie sich sein Gesicht erleichtert entspannte, wenn sie aus dem Zimmer ging.

Aber an diesem Morgen waren sie beide in bester Laune fortgeritten, und ich freute mich ebenfalls; denn das bedeutete, daß ich eine geraume Zeit für mich hatte. Ich wollte Grandma besuchen; auf Mellyora zu warten, war nutzlos; denn Lady St. Larnston war sehr darauf bedacht, sie den ganzen Tag zu beschäftigen. Arme Mellyora! Mein Los war viel leichter als ihres, und doch sah sie zuzeiten geradezu glücklich aus, und dann wieder war ich mir nicht ganz sicher. Aber eines wußte ich genau: sie wurde immer schöner, seit wir auf Abbas wohnten.

Den Vormittag verbrachte ich bei Grandma, und kurz nach Mittag kam Judith schon wieder zurück, allein. Sie war so erregt, daß sie sich mir anvertraute. Wahrscheinlich brauchte sie unbedingt jemanden, zu dem sie sprechen konnte.

Justin und sie waren zum Essen zu ihrer Familie hinübergeritten. Danach gingen sie wieder, und ... und ... Sie hielt inne, und ich erriet, daß sie in Streit geraten waren. Ich konnte mir vorstellen, wie sie ihre Mahlzeit in dem schwermütigen Hause einnahmen; vielleicht war auch ihre Mutter dabei, ein wenig zerstreut – alle fragten sich, was die alte Dame wohl als nächstes tun würde. Dieses Haus war voller Schatten, und die Sage von dem Ungeheuer brütete noch heute über ihm. Womöglich wünschte Justin, daß er sie niemals geheiratet hätte, und fragte sich heute, wie es überhaupt dazu gekommen sei. Sicherlich hatte er eine Bemerkung fallenlassen, die sie aufbrachte. Dann waren wieder die stürmischen Aufforderungen gefolgt, seine Liebe zu beweisen, und der Streit war fertig.

Sie hatten zusammen Derrise verlassen, und er hatte ärgerlich seinem Pferde die Peitsche gegeben und war fortgeritten, und sie hatte geweint. Ich konnte sehen, daß sie geweint hatte. Und als sie ihm nachreiten wollte, war es zu spät, hatte sie ihn aus den Augen verloren und fragte sich umsonst, wo er wohl sei.

Sie kam nach Abbas zurück, in der Hoffnung, ihn hier vorzufinden, und als er nicht da war, packte sie eifersüchtige Angst.

Ich nähte gerade an einem ihrer Kleider, als sie hereinstürmte.

»Kerensa« rief sie – sie hatte schon gemerkt, daß ich etwas dagegen hatte, nur bei meinem Nachnamen geru-

fen zu werden. Und das war einer der liebenswerten
Züge an Judith, daß sie jedem gern einen Gefallen tat,
solange es sie nicht allzuviel kostete. »Wo ist die
Gesellschafterin?«

»Miss Martin?« stammelte ich.

»Natürlich. Natürlich. Wo ist sie? Such sie... sofort.«

»Möchten Sie mit ihr sprechen?«

»Mit ihr sprechen? Nein. Ich will wissen, wo sie ist.«

Ich verstand. Es schoß mir durch den Kopf: Wie, wenn
Justin nun bei Mellyora wäre? Wie ruhig und freundlich
müßte Mellyoras Gegenwart auf ihn wirken, nach
dieser stürmischen, leidenschaftlichen Frau! Und im
selben Moment ging es mir auf, daß Gefahr im Anzuge
war. Zwar nicht eigentlich für mich; aber was Mellyora
anging, betraf auch mich, so miteinader verschlungen,
wie unser Leben war. Ich hätte sicherlich noch länger
darüber gegrübelt, wäre nicht bald darauf etwas geschehen, das vor allem mich anging.

Ich sagte ruhig, ich wollte versuchen, Mellyora zu
finden. Ich führte meine Herrin wieder in ihr Zimmer,
sorgte dafür, daß sie sich aufs Bett legte, und dann ging
ich.

Ich brauchte nicht lange, um Mellyora zu finden; sie
war mit Lady St. Larnston im Garten beim Rosenpflük-
ken. Mellyora ging neben ihr her und trug den Korb und
die Schere. Ich konnte Lady St. Larnstons herrische
Befehle hören und Mellyoras unterwürfige Antworten.

Nun konnte ich zu meiner Herrin zurückgehen und ihr
berichten, daß Mellyora bei ihrer Herrin im Garten
sei.

Judith war sichtlich erleichtert, aber immer noch erregt.
Mir wurde ganz angst und bange, daß sie womöglich
krank würde. Sie stöhnte, sie habe Kopfschmerzen, und
ich massierte ihr die Stirn und rieb sie mit Eau de

Cologne ein. Dann zog ich die Vorhänge zu und ließ sie allein, damit sie schlafen konnte; doch es dauerte keine zehn Minuten, da rief sie mich schon wieder.

Ich mußte ihre langen Haare bürsten, was sie beruhigte, und jedesmal, wenn wir unten ein Geräusch hörten, stürzte sie ans Fenster, in der Hoffnung, daß Justin zurückkäme.

Die Situation konnte unmöglich lange so bleiben. Früher oder später mußte etwas passieren. Es war wie die Ruhe vor dem Sturm, und gewöhnlich bricht ein Sturm auch aus. Langsam fing ich an, mir ein bißchen Sorge um Mellyora zu machen.

Und in solcher Verfassung war ich, als ich hinunterging, um mit den anderen Angestellten zu essen. Ich war müde, denn in gewissem Maße hatte sich Judiths Erregung auch auf mich übertragen, und Mellyora kam mir nicht aus dem Sinn.

Sobald ich mich setzte, sah ich, daß Mrs. Rolt irgend etwas auf der Zunge brannte. Aber es war typisch für sie, den Leckerbissen bis zuletzt aufzuheben. Wenn sie aß, ließ sie immer die besten Stücke bis zum Schluß auf ihrem Teller, und es amüsierte mich stets zu sehen, wie sie diese schon mit den Augen verschlang, während sie aß. Und genauso sah sie jetzt aus.

Mrs. Salt plapperte mit ihrer leisen, eintönigen Stimme von ihrem Mann, und ihre Tochter Jane war die einzige, die wirklich zuhörte.

Doll streichelte ihr Haar, das sie mit einem neuen blauen Band zusammengebunden hatte, und flüsterte Daisy zu, Tom Pengaster habe es ihr geschenkt. Haggety setzte sich neben mich und rückte seinen Stuhl noch näher an den meinen heran. Er atmete mir ins Gesicht und sagte: »Etwas Ärger heute in den oberen Gefilden, meine Liebe?«

»Ärger?« fragte ich.

»Er und sie, natürlich.«

Mrs. Rolt beobachtete uns mit geschürzten Lippen und mißbilligendem Blick. Sie redete sich ein, daß ich den armen Mr. Haggety ermunterte; diese Vermutung paßte ihr besser als die Wahrheit, gehörte sie doch zu den Frauen, die sich immer etwas vormachen und das glauben, was sie wollen. Und während sie auf uns schaute, lächelte sie schlau vor sich hin bei dem Gedanken an die Neuigkeit, die sie uns auftischen konnte.

Ich gab Mr. Haggety keine Antwort, weil es mir zuwider war, wenn Judith und Justin in der Küche durchgehechelt wurden.

»Ha«, fuhr Haggety fort, »kommt nach Hause, wutschnaubend, hab's selber gesehen.«

»Nun«, warf Mrs. Rolt unheilverkündend ein, »was mal wieder beweist, daß Geld nicht alles ersetzt.«

Haggety seufzte ergeben. »Wir müssen schon dankbar sein, meine ich.«

»Jeder kriegt seinen Teil ab«, fuhr Mrs. Rolt fort, und ich ahnte die Neuigkeit, mit der sie noch zurückhielt, »ob die da oben oder unsereiner.«

»Ein wahres Wort, meine Liebe«, seufzte Haggety.

Mrs. Salt begann, die große Pastete anzuschneiden, die sie diesen Morgen gemacht hatte, und Mrs. Rolt bedeutete Daisy, die Krüge mit Bier zu füllen.

»Ja, es liegt etwas in der Luft«, sagte Mrs. Salt. »Und wenn es eine gibt, die das riecht, dann bin ich es. Ich weiß noch ... «

Aber Mrs. Rolt ließ die Köchin nicht abschweifen. »Man könnte es vielleicht eine einseitige Verbindung nennen, und das ist für keinen gut, wenn Sie mich fragen.«

Haggety nickte zustimmend und wandte seine hervorquellenden Augen Mrs. Rolt zu, während sein Fuß mich unter dem Tisch anstieß.

»Wohlgemerkt«, fuhr Mrs. Rolt fort, die immer gern vorgab, große Erfahrung zu besitzen in bezug auf das Verhältnis der Geschlechter untereinander, »das eine sag' ich Ihnen: Mr. Justin ist nicht der Mann, der sich solchen Ärger aufhalst.«

»Wegen einer anderen Frau, meinen Sie das, Beste?« fragte Haggety.

»Ja, genau das meine ich, Mr. Haggety. Da liegt der Hase im Pfeffer, wenn Sie mich fragen. Der eine so, der andere so. Ihm liegt ja anscheinend nicht einmal an einer Frau, geschweige denn an zweien.«

»Sie sind eine stürmische Familie«, warf Mr. Trelance ein. »Mein Bruder hat drüben in Derrise gearbeitet.«

»Wir kennen diese Geschichte alle bestens«, brachte ihn Mrs. Rolt zum Schweigen.

»Und sie sagen«, warf Doll aufgeregt ein, »letztes Mal bei Vollmond...«

»Schon gut, Doll«, schnitt ihr Mrs. Rolt das Wort ab, die es nicht duldete, daß einfache Dienstboten über die Herrschaft redeten; das war das Vorrecht der höheren Chargen.

»Ich sehe es noch vor mir«, sagte Mrs. Trelance träumerisch, »wie Miss Martin einmal hier war... das war, als ihr Vater noch lebte... ein reizendes Geschöpf. Sie war zu Pferd, und Mr. Justin half ihr aus dem Sattel... und ich sagte zu Trelance damals: ›Guck mal, was für ein hübsches Bild‹, und Trelance hier meinte, ja, wenn des Pfarrers Tochter einmal Herrin auf Abbas würde, könnten wir keine hübschere und sanftere haben.«

Mrs. Rolt warf einen ärgerlichen Blick auf Mrs. Trelance. »Nun gut, jetzt ist sie Gesellschafterin hier, und wer hätte je gehört, daß Gesellschafterinnen Herrinnen werden.«

»Na, sie könnte es ja auch gar nicht... er ist doch verheiratet«, sagte Mrs. Salt. »Obwohl, Männer sind

Männer...« Sie schüttelte den Kopf, und Schweigen herrschte am Tisch, bis Mrs. Rolt scharf entgegnete: »Mr. Justin gehört nicht zu den Männern, Mrs. Salt. Sie müssen nicht dauernd denken, daß alle Männer wie Ihr Mann sind. Ich könnte Ihnen etwas ganz anderes erzählen.« Sie lächelte geheimnisvoll und fuhr mit verheißungsvoller Stimme fort: »Und was den Ärger betrifft, so...«

Wir waren alle still und warteten, daß sie weiterspräche. Endlich war sie bei ihrem Leckerbissen, und wir sperrten Mund und Nase auf.

»Ihre Ladyship schickte heute nachmittag nach mir. Sie wünschte, das Zimmer einer gewissen Person sollte gerichtet werden. Sie war sehr ungnädig, das kann ich Ihnen sagen. Es hatte viel Ärger gegeben. Sobald Mr. Justin nach Hause kam, ließ sie ihn rufen. Ich mußte aufpassen und ihn sofort zu ihr schicken, und das tat ich dann auch. Sie war gerade unten... Mrs. Justin... in Tränen aufgelöst, klammerte sie sich an ihn: O Liebling... Liebling... wo warst du nur...«

Ein Kichern lief um den Tisch, aber Mrs. Rolt war darauf aus, weiterzureden.

»Ich trat dazwischen: Ihre Ladyship möchte Sie sehen, Mr. Justin, sagte ich, und zwar unverzüglich. Er freute sich sichtlich... endlich von ihr loszukommen, von ihrem ›Liebling ... Liebling‹ ... und er ging geradewegs zu Ihrer Ladyship. Nun, ich wußte, was geschehen war, sie hatte es mir selber gesagt. Ich bohnerte gerade den Flur vor ihrem Zimmer, als ich sie zufällig sagen hörte: Alles nur wegen dieser Person. Es ist eine Schande. Ich danke nur Gott, daß sein armer Vater es nicht begreift. Wenn er es könnte, es wäre sein Tod. – Und ich sage zu mir, jeder kriegt sein Teil ab, ob es die feinen Leute sind oder unsereiner, so ist es und so bleibt es.«

Sie hielt inne und hob ihren Bierkrug an die Lippen, trank, schleckte sich die Lippen und blickte uns triumphierend an. »Mr. Johnny kommt nach Hause. Sie haben ihn heimgeschickt. Sie wollten ihn nicht mehr dort haben, nachdem er sich mit dieser Person eingelassen hat.«

Ich starrte auf meinen Teller; ich wollte nicht, daß irgend jemand merkte, wie tief diese Worte mich trafen.

Johnnys Gegenwart im Haus veränderte alles. Ich merkte bald, daß er fest entschlossen war, mein Liebhaber zu werden, und mich als Dienstmädchen vorzufinden, amüsierte und freute ihn.

Gleich am ersten Tage suchte er mich auf. Ich saß in meinem Zimmer und las, als er hereinkam. Ärgerlich stand ich auf, weil er nicht einmal angeklopft hatte.

»Das trifft sich gut, schöne Maid«, sagte er und verbeugte sich ironisch.

»Möchten Sie nicht bitte klopfen, wenn Sie etwas von mir wollen?«

»Ist das der Brauch?«

»Ich erwarte es.«

»Du wirst immer mehr erwarten, als du erhalten wirst, Miss ... Carlyon.«

»Mein Name lautet Kerensa Carlee.«

»Ich werde es nie vergessen, wenn du auch einmal den Namen Carlyon angenommen hattest. Du bist schön geworden, mein Schatz.«

»Was wünschen Sie?«

Er lächelte belustigt. »Alles«, erwiderte er. »Eben alles.«

»Ich bin die Zofe Ihrer Schwägerin.«

»Ich weiß Bescheid. Deswegen kam ich ja aus Oxford zurück.«

»Ich habe eine leise Ahnung, daß es ein ganz besonderer Grund war, weswegen Sie zurück mußten.«

»Natürlich hast du das! Dienstboten lauschen an den Türen. Und ich will wetten, daß es einige Bestürzung gegeben hat, als die Neuigkeit eintraf.«

»Ich lausche nicht an den Türen. Aber ich kenne Sie und weiß, warum junge Männer gewöhnlich wieder heimgeschickt werden...«

»So weise bist du geworden? Ich kann mich noch erinnern... doch warum in die Vergangenheit schweifen? Die Zukunft verspricht viel interessanter zu werden. Auf unsere Zukunft, Kerensa.«

»Ich wüßte nicht, inwiefern Ihre und meine Zukunft etwas Gemeinsames hätten.«

»Das weißt du nicht? Dann mußt du es lernen.«

»Mir genügt, was ich gelernt habe.«

»Sei nicht so genügsam, Kerensa, meine liebe Kleine. Das ist unklug. Fangen wir mal gleich an, dich in die Lehre zu nehmen. So zum Beispiel...«

Er wollte nach mir greifen, doch ich stieß ihn wütend weg. Er zuckte mit den Schultern.

»Muß ich dir erst den Hof machen? O Kerensa, was für eine Zeitverschwendung! Meinst du nicht, daß wir schon genug Zeit vergeudet haben?«

Ärgerlich sagte ich: »Ich arbeite hier... leider. Aber das heißt nicht, daß ich Ihre Dienerin bin. Verstehen Sie das... bitte.«

»Aber Kerensa, weißt du denn nicht, daß alles, was ich will, ist, dir zu gefallen?«

»Dann ist es ganz einfach. Wenn Sie mir aus dem Weg gehen, halte ich mich auch von Ihnen fern – und das wäre mir der größte Gefallen.«

»Was für Worte! Welcher Nimbus, welche Gnade! Das hätte ich nicht von dir erwartet, Kerensa. So kann ich nicht einmal einen Kuß bekommen? Sieh, ich bin hier... und du auch. Unter demselben Dach. Ist das nicht reizvoll?«

Damit ging er; aber in seinen Augen glitzerte es drohend. An meiner Tür gab es kein Schloß, und ich war unruhig.

Am folgenden Abend nach dem Essen zogen sich Justin, Johnny und Lady St. Larnston in den Salon Ihrer Ladyship zurück. Haggety, der den Wein servierte, erzählte uns in der Küche, daß Mr. Johnny auf Herz und Nieren geprüft und seine Zukunft diskutiert würde. Alle waren sehr besorgt, schien es, außer Johnny.

Ich hängte gerade Judiths Kleider weg, als sie heraufkam. Dann mußte ich ihr das Haar bürsten. Das beruhigte sie. Sie behauptete, ich hätte magische Finger, und ich hatte entdeckt, daß ich fürs Frisieren sehr begabt war. Es war mein größter Erfolg als Zofe. Ich probierte verschiedene Frisuren aus, und manchmal ahmte ich meine nach. Das gefiel Judith, und da sie von Natur aus großzügig war, gab sie mir öfters ein kleines Geschenk und versuchte, mir eine Freude zu machen, wenn sie daran dachte; aber ihre Gedanken weilten hauptsächlich bei ihrem Mann.

Die Vorbereitungen zum Schlafengehen kamen stets einem Ritual gleich; an diesem Abend strahlte sie geradezu Wohlbehagen aus. »Hast du eigentlich von dem Ärger wegen Johnny gehört, Kerensa?« fragte sie mich.

»Ja, Madam, ich habe davon gehört.«

Sie zuckte die Schultern. »Es ist ein Unglück, aber nicht zu ändern. Er ist nicht wie ... sein Bruder.«

»Nein, Madam. Zwei Brüder könnten kaum weniger ähnlich sein.«

Sie lächelte; so friedlich hatte ich sie noch nie gesehen. Ich flocht ihr Haar und wand es um ihren Kopf. Sie sah entzückend aus in ihrem fließenden Negligé.

»Sie sind heute abend sehr schön, Madam«, sagte ich, als

müßte ich sie trösten, nach allem, was ich in der Küche vernommen hatte.

»Danke, Kerensa«, sagte sie.

Bald darauf entließ sie mich und sagte, daß sie mich an diesem Abend nicht mehr brauchte.

Ich ging zu Mellyora und traf sie, wie sie am Fenster saß und in den mondhellen Garten hinaussah. Ihr Teetablett – Symbol ihres einsamen Lebens – stand auf einem Tisch dicht neben ihr.

»Nanu, hast du endlich mal frei?« fragte ich.

»Ja, aber nicht lange.« Sie verzog das Gesicht. »In ein paar Minuten muß ich gehen, mich zu Sir Justin ans Bett setzen.«

»Sie nutzen dich aus.«

»Oh, das macht mir nichts aus.«

Sie sah strahlend aus wie eine liebende Frau. Mellyora, dachte ich, du bist so wunderbar. Ich habe Angst um dich. Sie fuhr fort: »Armer Sir Justin. Es ist so schrecklich, ihn zu sehen, wie er jetzt ist, und zu wissen, wie er früher war. Ich erinnere mich an Papa...«

»Es ist unfair, daß du ihn auch noch pflegen sollst«, sagte ich.

»Es könnte schlimmer sein.«

Ja, dachte ich. Du könntest ein Aschenbrödelleben führen in einem Haus, wo dein Justin lebt. Das ist es doch, nicht wahr?

Dabei kam mir in den Sinn, wie sehr sich mein Verhältnis zu Mellyora geändert hatte. Früher hätte ich dergleichen nicht nur gedacht, sondern auch gesagt.

Es lag nicht daran, daß wir uns verändert hatten. Schuld war diese heikle Situation, zu wichtig für Mellyora, als daß sie darüber zu reden oder gar Ratschläge entgegenzunehmen wünschte, auch von mir nicht.

»Und nun«, sagte ich und wechselte das Thema, »ist Johnny wieder da.«

»Oh... Johnny! Das war zu erwarten. Johnny ist und bleibt Johnny.«

Es klang richtig selbstgefällig. Wie anders war doch Justin, gab sie damit zu verstehen. Dann kam mir Judith in den Sinn, die fast das gleiche gesagt hatte. Zwei Frauen – beide liebten sie den gleichen Mann, tief und leidenschaftlich, obwohl Mellyora ruhig und Judith alles andere als das war. Beide waren das Opfer einer tiefgehenden Leidenschaft.

»Ich wünschte, er wäre nicht wieder nach Hause gekommen«, sagte ich.

»Hast du Angst vor ihm?«

»Angst, das nicht gerade, aber er kann zu einer Plage werden. Aber nur keine Bange, ich werde schon mit ihm fertig.«

»Davon bin ich überzeugt.« Sie wandte ihren Blick wieder zum Fenster, und ich wußte, daß sie nicht weiter an Johnny und mich dachte, weil all ihre Gedanken Justin galten, und so würde es wohl auch in Zukunft bleiben. Sie war von ihrer Liebe ebenso durchdrungen wie Judith. Aber zum Glück hatte Mellyora ein ausgeglichenes Naturell.

Ein Band zwischen uns war zerrissen. Je tiefer ihr Gefühl für diesen einen Menschen wurde, um so weniger Zeit blieb ihr für die anderen.

Ich fragte sie, ob sie etwas von Kim gehört hatte; worauf sie mich sekundenlang ganz verdutzt anguckte, als müßte sie sich erst mühsam an ihn erinnern.

»Kim... o nein. Er schreibt nie. Er sagte immer, er sei kein Briefschreiber, doch eines Tages wird er zurückkommen.«

»Glaubst du das?«

»Natürlich. Das stand fest bei ihm. Es war eine Art Versprechen, und Kim hält immer, was er verspricht.«

Eine große Freude stieg in mir auf. Ich stellte mir vor,

wie er nach St. Larnston zurückkäme und eines Tages auch nach Abbas. Ich hörte schon seine Stimme: »Nanu, Kerensa, was für eine bezaubernde junge Dame du geworden bist!« Und wenn er dann sähe, daß Mellyora ganz von Justin besessen war, würde er mehr mein Freund werden als der ihre. Ich war sicher, daß man das Leben so lenken konnte, wie man wollte; aber war es auch möglich, sich einen lieben Menschen zurückzuholen? Darüber mußte ich Grandma befragen.

»Es wird Zeit für mich«, sagte Mellyora, »ich muß zu Sir Justin.« Und so ging ich wieder in mein Zimmer. Ich stand eine Zeitlang am Fenster, dachte an Kim, an die Ballnacht. Dann ging ich zum Spiegel hinüber und zündete die Kerzen an. Hatte ich mich seit jener Nacht sehr verändert? Ich war älter geworden, klüger und gereifter. Ich hatte viel gelesen. Eines Tages würde ich seiner würdig sein – wessen? Kims? – Nein, der Person, die ich sein wollte.

Ich nahm die Nadeln aus meinem Haar und ließ es über meine Schultern fallen. Dicht und voll, war es schöner als Judiths. Flink begann ich es hochzustecken. Wo waren meine spanischen Kämme? Wo die Mantille? Ich tat beides an und stand dann entzückt vor meinem eigenen Spiegelbild. Narziß! machte ich mich über mich selbst lustig. Liebst dich selbst.

Ich ging wieder zum Fenster. Da draußen die Steine, die einen Kreis bildeten und die nie ganz aus meinen Gedanken wichen! Hatte ich mir nicht schon immer einen Besuch bei Mondschein vorgenommen? Warum nicht? Ich war frei. Johnny war sicherlich bei seinem Bruder und bekam die Leviten gelesen; der konnte mir also nicht über den Weg laufen. Der Augenblick war günstig.

Bald war ich dort. Wie aufregend die Steine im Mondlicht aussahen! Lebendig! Die sechs Jungfrauen! Und ich war die siebente. Hatte es sich wirklich so zugetragen, wie die Legende berichtete? Hatten sie wirklich hier getanzt? Hatte die Strafe sie mitten im Tanz getroffen, sie in Stein verwandelt, sie für alle Zeiten auf diesen Fleck gebannt? Wie glücklich waren sie! Jäher Tod war besser als Siechtum. Ich dachte an die siebente, die man zu der hohlen Mauer gezerrt und dort lebendig begraben hatte, und das Herz wurde mir schwer.

Schritte! Ein leises Pfeifen. Ich lehnte mich gegen einen der Steine und wartete. Mein Instinkt verriet mir, wer mir hierher gefolgt war.

»Sieh mal an, die siebente Jungfrau ist hier heute nacht?«

Ich war wütend auf mich selbst, daß ich gekommen war. Johnny hatte mich demnach weggehen sehen. In diesem Augenblick haßte ich ihn.

Er war in den Kreis getreten und grinste mich an.

»Miss Carlyon in eigener Person!« rief er aus. »Die spanische Dame.«

»Darf ich mein Haar vielleicht nicht so frisieren, wie ich will?«

»Und ob du das darfst, so steht es dir nämlich am besten.«

»Wieso sind Sie mir eigentlich gefolgt?«

»Dir gefolgt? Aber warum sollte ich die Jungfrauen nicht besuchen, wenn ich will? Sie gehören doch nicht nur dir allein, oder?«

»Wenn Sie gekommen sind, um die Jungfrauen zu sehen, dann darf ich ja wohl gehen.«

»Warum so eilig? Mir ist die siebente Jungfrau lieber als alle andern sechs zusammen. Damen aus Stein sind nicht nach meinem Sinn. Doch die siebente will mir partout weismachen, daß sie aus dem gleichen harten Stoff gemacht sei. Nun, ich werd' ihr beweisen, daß sie das nicht ist.«

»Ist es für Sie denn unmöglich zu begreifen, daß Ihre Anträge mir lästig sind?«

»Ganz unmöglich.«

»Dann sind Sie noch eingebildeter, als ich glaubte.«

»Ich will dir mal was sagen, meine spanische Dame. Du würdest meine Anträge unter ganz bestimmten Umständen nicht zurückweisen.«

»Ich verstehe Sie nicht.«

»Du hast schon immer eine sehr hohe Meinung von dir selbst gehabt. Und wenn ich zu dir sagte: Kerensa, willst du mich heiraten? so würdest du meine Frage sehr ernsthaft erwägen, und ich kann dir garantieren, daß du nicht lange brauchst, um die Vorteile zu sehen. Nur weil du meinst, ich würde dich wie irgendein Dienstmädchen behandeln, bist du so hochmütig.«

Ich hielt den Atem an. Bei seinen Worten stieg ein Bild in mir auf: ich lebte auf Abbas, wie ich es mir immer erträumt hatte. Wenn ich Johnny heiratete, würde mein Traum wahr werden. Wie ein Blitz durchfuhr es mich, daß es der einzig mögliche Weg war. Aber fast im selben Augenblick wußte ich, daß er mich zum besten hielt.

Hoheitsvoll erwiderte ich: »Ich will nichts mehr hören von Ihren Vorschlägen!«

Er lachte. »Aber nur weil du weißt, daß ich dir den einen, den du hören willst, nicht mache.«

Ich wandte mich ab, doch er ergriff meinen Arm. »Kerensa...« begann er. Er brachte sein Gesicht nah an meines, und das Verlangen in seinen Augen erschreckte mich. Ich versuchte, meine Angst nicht zu zeigen, indem ich seinen Arm abschüttelte; er würde mich doch nicht loslassen. Er grinste mich an. »Ich«, sagte er, »kann ebenso fest entschlossen sein wie du.«

»Sie haben keine Ahnung, wie entschlossen ich sein kann, wenn es sich darum handelt, mich von Ihnen zu befreien.«

»Nun, das werden wir ja sehen – oder auch nicht.«
Trotz meiner Anstrengungen konnte ich mich nicht von
ihm befreien. Er drückte mich fest an sich, und ich
fühlte seine Zähne an den meinen. Ich preßte sie zusammen; ich haßte ihn. Ich haßte ihn so glühend, daß ich
geradezu Genuß an meinem Haß fand. In diesem
Augenblick entfachte Johnny St. Larnston eine Erregung in mir, wie ich sie noch nie gespürt hatte. Sie war
nicht ohne Verlangen. Vielleicht, überlegte ich später,
als ich wieder allein war und meine Gefühle zu analysie-
ren versuchte, war das Verlangen, das ich spürte, das
nach einem Haus, nach einem anderen Lebensstandard
als den, in den ich hineingeboren worden war, nach der
Erfüllung eines Traumes. Mein Wunsch nach diesen
Dingen war so heftig, daß vielleicht ein anderes Verlangen herbeigerufen wurde durch jemanden, der mir diese
Wünsche erfüllen konnte, und Johnnys Worte von
Heirat hatten eine Idee in mir entfacht.
Eines war gewiß: er durfte keinen Augenblick die
leiseste Ahnung haben, daß er etwas anderes als Verachtung und das Verlangen, ihn loszuwerden, in mir
erregte.
Ich hielt ihn von mir ab und sagte: »Sie täten besser
daran, vorsichtig zu sein. Ich werde mich beschweren,
wenn Sie versuchen sollten, mich zu verführen, und bei
Ihrem Ruf wird man mir sicherlich glauben.«
Ich spürte, daß er den Wechsel in meinen Gefühlen
bemerkt hatte und mir den Weg freigeben wollte. Ich
entzog mich seiner Umklammerung, gab ihm – wie
schon einmal bei einer anderen Gelegenheit – einen
kleinen Schubs und war frei. Ich wandte mich um und
schritt hoheitsvoll zum Haus.
Als ich wieder in meinem Zimmer war, sah ich in den
Spiegel.
Ist es möglich? fragte ich mich. Zog Johnny St. Larn-

ston in Betracht, mich zu heiraten? Und wenn ja, würde ich annehmen?

Ich zitterte. Voll Hoffnung? Voll Furcht? Voll Freude? Voll Widerwillen?

Ich wußte es selber nicht.

Mein Zimmer war in Mondenschein getaucht. Ich setzte mich voll Schrecken auf. Irgend etwas hatte mich geweckt.

Ich war in Gefahr. Ein sechster Sinn sagte mir das. Scharf spähte ich umher: jemand war in meinem Zimmer. Ich konnte die Umrisse einer Person erkennen, die im Armstuhl saß und mich beobachtete.

Ich stieß einen erstickten Schrei aus, denn die Person hatte sich bewegt. Schon immer hatte ich geahnt, daß es auf Abbas spukte. Nun war es gewiß.

Ein leises Lachen klang an mein Ohr, und ich erkannte, daß mein Besucher Johnny war, wie ich es gleich hätte erraten sollen.

»Sie!« rief ich. »Wie konnten Sie es wagen!«

Er setzte sich auf die Kante meines Bettes und sah mich an.

»Ich bin sehr waghalsig, Kerensa, vor allem, wenn es um dich geht.«

»Es wäre besser, Sie gingen ... sofort.«

»O nein. Glaubst du nicht, es wäre besser, wenn ich bliebe?«

Ich sprang aus dem Bett. Er stand auf, doch kam er nicht auf mich zu. Er starrte mich bloß an.

»Ich wollte immer schon wissen, wie du dein Haar nachts trägst. Zwei lange Zöpfe. Wie sittsam! Ich sehe dein Haar aber lieber offen.«

»Wenn Sie nicht sofort gehen, rufe ich um Hilfe.«

»Das würde ich nicht tun, Kerensa, an deiner Stelle.«

»Sie sind nicht ich, und ich, das sage ich Ihnen, ich rufe.«

»Warum kannst du nicht Vernunft annehmen?«

»Warum können Sie sich nicht wie ein Gentleman benehmen?«

»Dir gegenüber... die kaum eine Dame ist?«

»Ich hasse Sie, Johnny St. Larnston.«

»Das klingt nun wieder nach dem kleinen Mädchen aus der Dorfkate. Aber das ist mir lieber, als wenn ich dir gleichgültig wäre.«

»Ich habe überhaupt keine Gefühle für Sie... überhaupt keine.«

»Du hast kein Gefühl für die Wahrheit. Du denkst, du haßt mich, und dabei sehnst du dich nach meiner Liebe; aber du redest dir ein, daß die Dame, die du zu werden versuchst, auf Heirat bestehen muß, ehe sie einen Liebhaber empfängt.«

Ich rannte zur Tür und stieß sie auf. Dann zischte ich: »Ich gebe Ihnen zehn Sekunden Zeit, Johnny St. Larnston. Wenn Sie dann noch nicht draußen sind und wenn Sie versuchen sollten, mich anzurühren, schreie ich dermaßen, daß Ihr Bruder und seine Frau aufwachen.«

Er merkte, daß es mir ernst war mit dem, was ich sagte, und war für einen Augenblick geschlagen. Er ging an mir vorbei in den Korridor hinaus, wobei er mich wütend und feindselig ansah. Ich bekam einen Schrekken; denn es wurde mir klar, daß er wirklich geglaubt hatte, ich würde diese Nacht seine Geliebte werden.

Ich ging in mein Zimmer und schloß die Tür, lehnte mich zitternd dagegen. Wie, so fragte ich mich, sollte ich hier noch in Ruhe schlafen, wo er zu jeder Nachtstunde in mein Zimmer kommen konnte?

Ich brachte es nicht über mich, wieder zu Bett zu gehen. Ich ging zum Fenster und sah hinaus. Der Mond beleuchtete die Wiesen und dahinter das Feld mit dem Kreis der Steine.

Eine geraume Weile stand ich da. Ich hörte eine Uhr Mitternacht schlagen. Und dann sah ich Johnny aus dem Haus kommen und sah ihm nach, wie er das Feld entlangging und die Straße zum Dorf einschlug. Sie führte auch zu Larnston Barton.

Mein Gefühl sagte mir, daß er nun, nachdem er bei mir kein Glück gefunden hatte, zu Hetty Pengaster ging.

Ich schlich den Korridor entlang zu Mellyoras Zimmer und klopfte leise an die Tür. Als keine Antwort kam, ging ich hinein. Mellyora schlief.

Einige Sekunden stand ich da und sah auf sie herab. Sie sah so schön und unschuldig aus, wie sie so dalag. Auch Mellyora, dachte ich, war ohne Schutz in diesem Haus. Aber Justin würde niemals ungeladen in ihr Zimmer kommen, und dennoch war Mellyora noch verletzlicher als ich.

»Mellyora«, flüsterte ich. »Erschrick nicht. Ich bin es... Kerensa!«

»Kerensa!« Sie setzte sich mit einem Ruck auf. »Was ist los?«

»Es ist schon wieder gut. Aber ich will nicht wieder in mein Zimmer gehen.«

»Was soll das heißen? Was ist los?«

»Johnny kam zu mir. Und ich fühle mich so unsicher, wenn er jederzeit hereinkommen kann.«

»Johnny!« sagte sie gedankenvoll.

Ich nickte. »Er wollte mich verführen, und ich fürchte mich vor ihm.«

»Oh... Kerensa!«

»Hab keine Angst. Ich will nur bei dir bleiben.«

Sie rückte beiseite, und ich schlüpfte zu ihr ins Bett.

»Du zitterst ja«, sagte sie.

»Es war auch schlimm.«

»Meinst du nicht, du solltest... fortgehen?«

»Fort von Abbas? Wohin?«

»Ich weiß auch nicht ... irgendwohin.«

»Um in einem anderen Haus zu arbeiten, auf den Wink und Ruf eines anderen bereit zu sein?«

»Vielleicht, Kerensa, wäre es das beste für uns beide.«
Es war das erste Mal, daß sie etwas von ihren eigenen Schwierigkeiten verlauten ließ, und ich bekam einen Schrecken. In diesem Augenblick wußte ich, daß ich Abbas niemals freiwillig verlassen würde.

»Ich werde mit Johnny schon fertig werden«, sagte ich.

»Aber diese Geschichte jetzt ... «

»Jeder wird verstehen, wessen Schuld es ist, falls die Rede darauf kommt.«

»Kerensa, du bist so stark.«

»Ich mußte mich mein ganzes Leben lang allein durchschlagen. Du hattest deinen Vater, der für dich sorgte. – Mach dir keine Sorgen um mich, Mellyora.«
Eine Weile blieb es still. Dann sagte sie: »Vielleicht für uns beide, Kerensa ... «

»Wozu, es könnte höchstens noch schlimmer kommen«, sagte ich.
Ich hörte ihre Erleichterung aus dem kleinen Seufzer heraus.

»Wo würden wir auch eine Stellung zusammen finden?« fragte sie.

»Ja, wo?«

»Und St. Larnston ist schließlich unsere Heimat.«
Wieder blieben wir still. Dann meinte ich: »Darf ich das Zimmer mit dir teilen, solange er hier ist?«

»Du weißt doch, daß du das darfst.«

»Dann«, schloß ich, »brauche ich nichts mehr zu fürchten.«
Es dauerte lange, bis wir einschliefen.
Judith wußte natürlich, daß ich in Mellyoras Zimmer

schlief, doch als ich andeutete, weshalb, schwieg sie dazu. Während der folgenden Wochen schlossen Mellyora und ich uns wieder inniger aneinander; wenn man zusammen in einem Zimmer wohnt, hat man keine Geheimnisse voreinander, und es war zwischen uns jetzt wieder so wie früher im Pfarrhaus, wie wir es, seit wir auf Abbas waren und ihr Gefühl für Justin ein wenig zwischen uns getreten war, nicht mehr erlebt hatten.

Während dieser Zeit erhielt ich auch einen Brief von David Killigrew. Er denke ständig an mich, schrieb er; physisch wäre seine Mutter so wohlauf wie ehedem, aber sie würde mit der Zeit immer vergeßlicher. Er habe zwar viel Arbeit, sähe aber keine Hoffnung auf eine Pfarrstelle, die er aber haben müßte, ehe er mich um meine Hand bitten könnte.

Ich konnte mich kaum mehr daran erinnern, wie er aussah. Ich hatte ein schlechtes Gewissen, denn er meinte es so ernst, und es hatte eine Zeit gegeben, da ich mit dem Gedanken gespielt hatte, ihn zu heiraten, so wie ich heute ganz tief in meinem Herzen mit dem Gedanken spielte, Johnny St. Larnston zu heiraten.

Was bin ich nur für eine Frau? fragte ich mich selbst; jederzeit bereit, aus reiner Berechnung diesen Weg einzuschlagen.

Ich versuchte, mich vor mir selbst zu entschuldigen. Ich hatte meinen Traum, und die Erfüllung dieses Traumes war für mich das Wichtigste im Leben. Ich wollte eine Stellung haben, wo ich keine Demütigungen mehr hinnehmen mußte; ich wollte Grandma einen angenehmen Lebensabend bereiten; ich wollte Joe Doktor werden lassen. Doch welche Ironie, daß ausgerechnet Johnny, den ich doch haßte, der einzige war, der den Schlüssel zu all jenem besaß. Und es war ein Schlüssel, den er mir nur widerwillig überlassen würde; aber vielleicht, wenn man ihm hart zusetzte...

Johnny beobachtete mich mit schwelenden Blicken. Er begehrte mich wie nie zuvor, und doch rührte er sich nicht. Es sollte mich nicht wundern, wenn er noch einmal in meinem Zimmer gewesen war, und als er es leer fand, sofort erraten hatte, wo ich war, aber in Mellyoras Zimmer traute er sich natürlich nicht.

Und immer wieder hörte ich Judiths erhobene Stimme aus den Räumen, die sie mit Justin teilte und merkte es ihr an, wie sie von Tag zu Tag ruheloser wurde.

Mellyora hingegen schien in einem Glücksrausch zu leben. Ich glaubte auch zu wissen warum, hatte ich sie doch zusammen mit Justin eines Tages von meinem Fenster aus beobachtet. Sie trafen sich zufällig und wechselten nur ein Wort; aber ich beobachtete, wie sein Blick ihr folgte, wie sie sich umwandte nach ihm und sie einige Sekunden lang still standen und sich anschauten. Sie hatten sich selbst verraten. Judiths Verdacht war begründet.

Sie liebten einander, und sie hatten es zugegeben, wenn nicht mit Worten, so doch durch einen Blick.

Wir saßen bei Tisch, als die Klingel aus Sir Justins Zimmer erklang. Ein paar Sekunden starrten wir einander an, dann lief Haggety die Treppen hinauf, Mrs. Rolt ihm auf den Fersen.

Wir blickten uns an, das Klingeln hörte nicht auf, bis sie das Zimmer erreicht hatten, und wir wußten, es war kein gewöhnliches Rufen.

Nach kurzer Zeit kam Haggety zurück in die Küche.

Und Polore wurde sofort zu Dr. Hilliard geschickt.

Als er gegangen war, saßen wir noch immer am Tisch, aber keiner aß.

Mrs. Salt sagte düster: »Das ist das Ende, Sie werden es

sehen. Und wenn man mich fragt, so ist es eine Erlösung für ihn.«

Zum Glück war Dr. Hilliard zu Hause, und binnen einer halben Stunde traf er mit Polore ein. Er blieb lange Zeit in Sir Justins Zimmer.

Wie ein Druck lag es auf dem Haus. Jeder sprach nur im Flüsterton, und als Dr. Hilliard gegangen war, berichtete uns Haggety, daß Sir Justin einen weiteren Schlaganfall erlitten habe. Er lebe zwar noch, aber seiner Meinung nach würde er die Nacht nicht überstehen.

Ich ging hinauf zu Judith, um ihre Sachen für die Nacht zu richten; ich fand sie ruhiger als gewöhnlich. Sie erzählte mir, daß Justin bei seinem Vater sei; die ganze Familie sei dort.

»Das kam nicht ganz unerwartet, Madam«, sagte ich.

Sie nickte. »Früher oder später mußte es so kommen.«

»Und ist das ... ist es das Ende, Madam?«

»Wer kann das wissen? Noch ist er nicht tot.«

Bald, dachte ich, wird sie Lady St. Larnston sein und Justin der Herr des Hauses. Für mich bedeutete das keinen Unterschied. Aber für Mellyora? Ich konnte mir vorstellen, daß es Justin zuwider war, wie seine Mutter Mellyora tyrannisierte. Und wenn er nun Sir Justin war – was würde er tun, um das zu verhindern? Würde er seine Gefühle verraten?

Das Leben bleibt nie stehen, grübelte ich. Ein kleiner Wechsel hier ... eine kleine Veränderung dort ... und was bisher sicher und normal war, bleibt es nicht länger mehr. Meine Gedanken wanderten zu der siebenten Jungfrau, die nicht weit von der Stelle, wo ich stand, gebetet, ihre Gelübde abgelegt und sicherlich fest daran geglaubt hatte, ihr Leben hier in Ruhe und Frieden zu verbringen. Doch dann kam die Liebe, hatte sie sich der Liebe hingegeben, und das Ende war ein langer, schauriger Tod in der Klostermauer.

Dr. Hilliard kam zweimal täglich, und jeden Morgen glaubten wir, daß Sir Justin den Tag nicht überleben würde, und doch mußte er sich noch eine ganze Woche lang quälen.

Mellyora kam kaum noch aus dem Krankenzimmer heraus. Ich blieb wieder in meinem Zimmer, da ich nun sowieso allein war, ob ich nun dort schliefe oder hier. Sie bekam wenig Schlaf in diesen sechs Tagen, was ihr aber anscheinend nichts ausmachte. Sie war etwas schmaler geworden und sah eigentlich noch reizender aus als sonst. Ein Leuchten ging von ihr aus. Ich, die ich sie so gut kannte, wußte, daß es ihr, jedenfalls im Augenblick, genügte, sich in dem Bewußtsein zu sonnen, daß Justin sie liebte.

Vielleicht, überlegte ich, kann es so bleiben zwischen ihnen. Es wäre eine Seelenfreundschaft, unbefleckt durch körperliche Wünsche. Justin würde nie ein leidenschaftlicher Mann sein, und Mellyora wäre jederzeit bereit, sich seinen Wünschen unterzuordnen. Es würde eine vergeistigte Liebe sein. Sie würden immer durch das flammende Schwert von Anstand und Sitte getrennt bleiben.

Was war das für ein Gegensatz zu der gewöhnlichen Anziehungskraft, die Johnny auf mich ausübte und ich vielleicht auch auf ihn.

Sir Justin war tot, und die Atmosphäre begann sich zu klären, sobald die Vorbereitungen für die Beerdigung begannen. An allen Fenstern wurden die Rolläden heruntergelassen, und wir bewegten uns im Hause in einem düsteren Dämmern. Doch es gab keine wirkliche Trauer, denn keiner hatte Sir Justin geliebt, und sein Tod war so lange schon vorauszusehen gewesen.

Es ging nach dem Motto: Sir Justin ist tot, lang lebe Sir Justin! Die Dienerschaft gewöhnte sich schnell an die neue Form der Anrede. Judith wurde zu »Mylady«, und fast unmerklich rückte die verwitwete Lady St. Larnston in den Hintergrund.

Jeder, der dem Hause verbunden war, trug eine schwarze Armbinde – aus Respekt, wie Mrs. Rolt behauptete. In der Küche sammelten sie für einen Kranz, und auch Mellyora und ich wurden gebeten, unseren Teil beizutragen, und alles war entzückt, als der Kranz ankam. »Die Tore zum Himmel stehen offen«, stand auf der Schleife, ein Spruch, den Mrs. Rolt ausgesucht hatte.

Als ich fragte, ob sie annähme, daß Sir Justin in den Himmel käme, denn was ich von seinem Leben gehört hätte, sei nicht gerade beispielhaft, starrte man mich entsetzt an, und Doll stieß einen kleinen Schrei aus und blickte über ihre Schulter, als wenn sie halbwegs erwartete, Sir Justins Geist käme in die Küche und erschlüge mich mit dem Kupferstab, den Daisy aus dem Waschhaus mitgebracht und vergessen hatte wegzubringen.

Wußte ich denn nicht, daß es gefährlich war, schlecht von den Toten zu sprechen? Wußte ich nicht, daß die Toten heilig waren? Mochte auch Sir Justin Mädchen vergewaltigt, Männer, Frauen und Kinder ins Bergwerk geschickt oder des Landes verwiesen haben, nur weil man sie auf seinem Grund und Boden ertappt hatte, jetzt war er tot und also ein Heiliger. Sie machten mich nervös, doch ich hatte keine Angst vor Sir Justins Geist. Aber es hatte keinen Zweck, ihnen das zu erklären.

Die schwarzen Begräbnisdiener hatten ihre Schuldigkeit getan; die mit Samt ausgestatteten Pferde hatten ihre geheiligte Last weggefahren, und die Beerdigung war vorüber.

Ich hatte nun keine Angst mehr vor Johnny. Ja, ich war geradezu auf neue Zusammenstöße mit ihm erpicht. Ich war nämlich während Sir Justins Siechtum bei Grandma

Bee gewesen und hatte mit ihr über Johnny gesprochen.

Sie war sehr nachdenklich geworden und hatte dann gesagt: »Wenn er schon von Heirat spricht, dann hat er bestimmt insgeheim selber daran gedacht.«

»Aber nur«, erwiderte ich, »als an etwas, das niemals in Frage kommt.«

Grandma schüttelte den Kopf und betrachtete mich liebevoll. »Wieso, Kerensa?« fragte sie. »Ich schwöre es dir, wenn du wie eine Dame gekleidet bist und irgendwohin kommst, wo dich keiner kennt, dann hält dich jeder für eine Dame.«

Ich wußte wohl, sie hatte recht. Ich selber hatte mit aller Kraft auf dieses Ziel hingearbeitet. Es war der erste und wesentliche Schritt.

»Grandma«, sagte ich, »er wird mich nie heiraten. Seine Mutter und sein Bruder würden es nicht erlauben.«

Ich kniff die Augen zusammen und dachte an Justin, der von nun an das Haupt der Familie war. Er hatte ein Geheimnis – seine Liebe zu Mellyora. Aber war sie ein Geheimnis? Munkelten nicht schon die Dienstboten darüber? Er war also verwundbar, und konnte er mir in seiner Situation Schwierigkeiten machen?

»Das glaubst du jetzt, mein Schatz. Aber wer kann sagen, was die Zukunft bringt? Wer hätte je gedacht, daß du einmal lesen und schreiben und sprechen würdest wie jene?«

»Ja, wer hätte das gedacht!« wiederholte ich. Dann ergriff ich ihre Hand. »Grandma«, sagte ich, »könntest du mir nicht einen Trank geben?«

Sie zog ihre Hand fort und lachte spöttisch. »Und ich hatte geglaubt, du mit deiner Erziehung seist erhaben über so etwas! Hast du denn vergessen, was ich dir gesagt habe? An dir ist es, deine Zukunft zu gestalten. Du kannst kriegen, was du willst... wenn du bereit bist, dafür zu bezahlen. Jeder kann das. Aber du darfst niemals vergessen, daß du für alles bezahlen mußt, und manchmal ist der Preis weit höher, als was man dafür einhandelt, Kerensa!« Sie war sehr ernst geworden. »Hör gut zu, was ich dir sage. Und vergiß es nicht.«

Ich lag auf Mellyoras Bett. Wenn das Haus still geworden war, wollte ich in mein Zimmer zurückgehen.

»Aber willst du wirklich in deinem Zimmer schlafen, Kerensa?« hatte sie gefragt. »Fühlst du dich denn sicher?«

»Du meinst vor Johnny?« sagte ich verächtlich. »Darüber mach dir nur keine Sorgen. Ich weiß schon, wie ich Johnny zu behandeln habe.«

Sie verschränkte die Hände hinter dem Rücken und schaute zur Decke. Und wieder fiel es mir auf, wie glückstrahlend sie aussah.

»Mellyora«, sagte ich, »warum sagst du es mir nicht?«

»Was sagen?«

»Irgend etwas ist doch geschehen, nicht wahr?«

»Du weißt ganz gut, was geschehen ist. Es hat einen Todesfall im Hause gegeben.«

»Das hat jeder erwartet.«

»Der Tod ist immer ein Schock, erwartet oder nicht.«

»Ich würde nicht gerade sagen, daß es ein Schock für dich ist.«

»Nein?«

Ich sah, wie es um ihren Mund zuckte, sich mir anzuvertrauen. Sie hätte mir nur zu gern alles erzählt; aber es war nicht ihr Geheimnis allein. Doch ich war fest entschlossen, sie zum Sprechen zu bringen. Mir war, als hörte ich Grandmas Stimme: Es ist wichtig, alles zu erfahren...

»Du kannst mich nicht täuschen, Mellyora. Etwas ist geschehen.«

Sie wandte sich mir zu und sah mich erschreckt an. Sie erinnerte mich an eine zierliche Gazelle, die ein Geräusch im Dickicht gehört hat und sich neugierig herauswagt, obwohl es klüger wäre fortzulaufen.

Aber sie sollte mir nicht entwischen.

»Und«, fuhr ich fest fort, »es hat etwas mit Justin zu tun.«

»Sir Justin«, korrigierte sie mich sanft.

»Gut, Sir Justin, der Herr des Hauses.«

»Wie anders als sein Vater wird er sein. Die Pächter werden ihn gern haben. Er wird freundlich sein und so gerecht, wie es sein Name besagt...«

Ich machte eine ungeduldige Geste. Ich wollte keinen Lobgesang auf den neuen Sir Justin hören.

»Ja, vollkommen, in jeder Hinsicht«, sagte ich, »außer daß er so töricht war, sich die falsche Frau zu nehmen.«

»Kerensa, was sagst du da?«

»Du hast mich schon richtig verstanden; ich spreche nur das aus, was du schon lange denkst – und er vielleicht ebenfalls.«

»Du darfst das zu niemandem sonst sagen, Kerensa.«

»Als wenn ich das tun würde! Das bleibt nur zwischen uns beiden. Du weißt, daß ich immer auf deiner Seite stehe, Mellyora. Du stehst mir nahe... wir sind uns so nahe wie Schwestern... nein, noch näher, weil ich niemals vergessen werde, wie du mich vom Markt mitnahmst und mich zu deiner Schwester machtest... zu dem machtest, was ich jetzt bin, Mellyora. Das Band zwischen uns ist fester, als Blut jemals binden kann.«

Sie drehte sich plötzlich zu mir um und warf sich mir in die Arme; ich hielt sie fest umschlungen, während ihr Körper von stummem Schluchzen erschüttert wurde.

»Komm, sprich dich aus«, sagte ich. »Du weißt doch, was dir zustößt, betrifft mich auch. Du liebst Justin... Sir Justin. Ich weiß es längst.«

»Solch einen Mann muß man doch lieben, Kerensa! Man kann doch gar nicht anders!«

»Nun, ich kann! Gott sei Dank. Wohin sollte das führen, wenn jeder ihn liebte. Aber ich weiß es längst, wie es um dich steht... doch, wie steht es bei ihm?«

Sie löste sich aus meinen Armen und sah mich an. »Er liebt mich, Kerensa. Er sagt, er habe mich schon immer geliebt, es nur nicht gewußt ... bis es zu spät war.«

»Das hat er dir gesagt?«

»Er hätte es wohl nie eingestanden. Aber einmal, als wir beide am Bett seines Vaters wachten, es war schon nach Mitternacht und totenstill im Haus, da gab es einen Augenblick, wo die Wahrheit unmöglich länger zu verheimlichen war.«

»Wenn er dich schon immer geliebt hat, warum hat er dann Judith geheiratet?« fragte ich.

»Schau, Kerensa, er betrachtete mich immer als ein Kind. Er schien so viel älter zu sein, und da er mich als Kind kennengelernt hatte, blieb ich ein Kind für ihn, und dann war ja auch noch Judith da.«

»Aha, Judith! Er nahm sie zur Frau, wie du weißt.«

»Er wollte es nicht, Kerensa. Es geschah gegen seinen Willen.«

»Was ist das für ein Mann, der gegen seinen Willen heiratet?«

»Das verstehst du nicht. Weil er gut und freundlich ist, deshalb hat er sie geheiratet.«

Ich zuckte die Schultern und sah, wie sie mit sich kämpfte, ob sie es mir sagen sollte, und da sie die unausgesprochene Kritik an Justin nicht ertragen konnte, entschied sie sich dazu.

»Sein Vater wünschte die Heirat, noch ehe er krank wurde; aber Justin weigerte sich, weil er nicht heiraten wollte ohne Liebe. Sein Vater war wütend, und es gab viele Streitereien, und während einer solchen Auseinandersetzung traf ihn der erste Schlaganfall. Justin war zu Tode erschrocken, verstehst du, weil er sich schuldig fühlte. Und als sein Vater so krank wurde, glaubte er, es würde ihm helfen, gesund zu werden, wenn er sich seinen Wünschen beugte. So heiratete er Judith. Allerdings wußte er sehr bald, was für ein schrecklicher Fehler das war.«

Ich erwiderte nichts. Ich glaubte Justin jedes Wort. Sie waren beide von gleicher Art, sie und Justin. Wie wunderbar hätten sie zusammengepaßt! Und wenn sie Justin geheiratet hätte, wäre ich in ganz anderer Eigenschaft hierhergekommen. Oh, warum hatte Justin nicht Mellyora geheiratet?

Ich sah sie vor mir, wie sie am Sterbebett jenes Mannes standen, der eine solche Rolle in ihrem Leben gespielt hatte; ich hörte ihre geflüsterten Geständnisse, ihr Sehnen.

»Mellyora«, sagte ich, »was wirst du nun tun?«

Sie sah mich aus großen Augen an. »Tun? Was können wir tun? Er ist mit Judith verheiratet, oder vielleicht nicht?«

Ich antwortete nicht. Ich wußte, daß es ihr eine Zeitlang genügen würde zu wissen, daß er sie liebte; aber wie lange konnte sie sich – oder er – damit zufriedengeben?

An allen Fenstern wurden die Rolläden wieder hochgezogen. Und ich spürte, daß überall ein leiser Wechsel eintrat. Die alte Lady St. Larnston sprach davon, sich auf ihren Witwensitz zurückzuziehen. Aber sie tat es nur mit halbem Herzen, und als Justin sie drängte, doch auf Abbas zu bleiben, war sie sehr froh darüber.

Ein neuer Sir Justin. Eine neue Lady St. Larnston. Aber das waren bloß Namen. Ich sah, wie Justins Augen Mellyora folgten, und wußte, daß ihr Geständnis ihr Verhältnis zueinander geändert hatte, wenn sie es auch nicht wahrhaben wollten. Wie lange, überlegte ich, glauben sie ihr Geheimnis vor Leuten wie Mrs. Rolt, Haggety und Mrs. Salt bewahren zu können?

Bald würde sich neues Geschwätz in der Küche breitmachen. Vielleicht war es schon im Gange. Und wie lange noch, und Judith würde es bemerken – sie, die ihren Mann keine Sekunde, die er in ihrer Gesellschaft verbrachte, aus den Augen ließ und sowieso schon den Verdacht hegte, daß seine Gefühle für Mellyora gefährlich tief gingen.

Gefahr lag in der Luft... es braute sich etwas zusammen, das nur auf den Ausbruch wartete.

Aber ich war ganz in Anspruch genommen von meinen eigenen Angelegenheiten. Johnnys Leidenschaft für mich wuchs, und je mehr ich mich distanzierte, desto entschlossener wurde er. Er hatte nicht mehr versucht, in mein Zimmer zu kommen; aber sooft ich ausging, war er an meiner Seite. Manchmal schmeichelte er mir, manchmal brach er in Wut aus; aber das Gespräch drehte sich immer um denselben Punkt.

Wieder und wieder erklärte ich ihm, daß er seine Zeit vergeude, und er erwiderte darauf, daß ich es sei, die unsere Zeit vertue.

»Wenn du auf die Hochzeit warten willst, wirst du lange warten müssen«, sagte er ärgerlich.

»Ganz recht, ich warte auf die Hochzeit, aber nicht mit Ihnen. David Killigrew will mich heiraten, sobald er eine Pfarrstelle erhält.«

»David Killigrew! So willst du also eine Pfarrfrau werden! Was für ein Witz!«

»Ihr Sinn für Humor ist ziemlich albern. Es ist nichts Spaßhaftes dabei, das kann ich Ihnen versichern. Die Sache ist ernst.«

»Armer Killigrew«, schnaubte er und ließ mich stehen.

Aber es war ihm nicht geheuer. Ich wußte, es war geradezu eine fixe Idee von ihm, mich zu besitzen.

Sooft es möglich war, ging ich zu Grandma. Es gab nichts, was mir mehr gefiel, als auf dem Talfat zu liegen und mit ihr zu plaudern, wie wir es getan hatten, als ich noch ein Kind gewesen war. Ich wußte, daß alles, was mich bewegte, ihr ebenso wichtig war wie mir, und sie war der einzige Mensch auf der Welt, zu dem ich ganz offen sein konnte.

Wir erörterten die Möglichkeit, daß ich David Killigrew heiratete.

Grandma schüttelte den Kopf. »Es würde gutgehen, mein Liebling, für manche; aber ich glaube, du bist und bleibst ein Mensch, der nach Besserem verlangt.«

»Du willst doch wohl nicht behaupten, Johnny St. Larnston sei der Mann für mich?«

»Wenn du ihn heiratest, heiratest du einen Traum, Kerensa.«

»Und das wäre nicht gut?«

»Es liegt an dir, es zum Guten oder Bösen zu wenden, Liebling.«

»So kann ich auch eine Heirat mit David Killigrew zum Guten oder Bösen wenden?« Sie nickte.

Und dann erzählte ich ihr von meinem letzten Zusammentreffen mit Johnny und kam wie immer auf mein Leben auf Abbas zu sprechen. Sie sollte es mit meinen Augen sehen: die alten Wendeltreppen, die kahlen Zellen, wo die Nonnen gelebt hatten; dieser alte Teil von Abbas hatte es mir vor allem angetan, so sehr auch mein Herz an dem ganzen Haus hing. Und wenn ich an eine Heirat mit David Killigrew dachte, dachte ich gleichzeitig daran, daß ich dann Abbas verlassen müßte, und das war wie eine Trennung von einem Geliebten.

»Du bist in ein Haus verliebt«, sagte Grandma. »Nun

gut, vielleicht ist es sicherer, ein Haus zu lieben als einen Mann. Wenn ein Haus dir gehört, dann gehört es dir wirklich, und du brauchst keine Angst zu haben, daß es dich betrügt.«

Judith hatte Kopfschmerzen und war früh zu Bett gegangen. Es war neun Uhr, und da ich mich danach sehnte, Grandma wiederzusehen, schlüpfte ich aus dem Haus und lief zu unserer Kate.

Sie rauchte gemütlich ihre Pfeife und freute sich wie immer, mich zu sehen. Wir saßen und schwatzten; ich berichtete ihr, daß sich Johnnys Haltung anscheinend änderte und daß ich ihn nicht mehr verstünde. Er war in der letzten Zeit kühler zu mir, und es gab Augenblicke, da glaubte ich, er hätte die Jagd aufgegeben; allerdings war er am nächsten Tag wieder entschlossener denn je.

Als es dunkel wurde, zündete Grandma zwei Kerzen an. Ich war schon wieder bei meinem Lieblingsthema, dem Haus, und stockte plötzlich, weil etwas am Fenster sich bewegte. Ich hatte gerade noch Zeit, einen dunklen Schatten, der sich rasch entfernte, auszumachen.

»Grandma!« rief ich, »da ist jemand draußen.«

Grandma erhob sich ziemlich langsam; sie war nämlich nicht mehr so flink wie früher, und ging zur Tür.

Dann kehrte sie sich zu mir um und schüttelte ihren Kopf. »Da ist niemand.«

»Aber jemand hat hereingesehen.« Ich ging auch zur Tür und spähte ins Dunkel. »Wer ist da?« rief ich.

Keine Antwort.

»Wer könnte das gewesen sein?« fragte ich. »Wer könnte da draußen gestanden und uns heimlich beobachtet haben? Und wer weiß, wie lange schon?«

»Vielleicht war es jemand, der mich allein sprechen wollte«, lautete Grandmas beruhigende Erklärung. »Der kommt schon wieder, jedenfalls, wenn es ihn drängt.«

Aber das unbehagliche Gefühl, daß man mir nachspionierte, blieb; ich hatte keine Lust mehr zum Erzählen, und da es mittlerweile schon spät war, wurde es Zeit für mich, nach Abbas zurückzugehen.

Ich sagte Grandma gute Nacht und machte mich, immer noch nachdenklich, wer wohl durch das Fenster gelugt hatte, auf den Weg.

Ich hatte keine Gelegenheit, Grandma wieder zu besuchen, bis ich meine Entscheidung getroffen hatte. Und das war eigentlich auch gut so, fand ich; denn diese Entscheidung mußte ich ganz allein treffen, mit offenen Augen, und ich allein mußte die volle Verantwortung dafür tragen.

Judith wurde allmählich zur Plage. Ich entdeckte Züge in ihrem Charakter, die ich bisher noch nicht gekannt hatte. Sie hatte einen Jähzorn, der sich um so heftiger entlud, da sie ihn so lange hatte beherrschen müssen. Die Zukunft in diesem Hause würde bestimmt sehr stürmisch werden. Und Judith würde Mellyora sicherlich nicht mehr lange im Hause dulden.

Und was wurde aus mir, wenn Mellyora fort mußte?

Im Augenblick jedoch ging es um etwas anderes. Judith hatte wieder einen ihrer Migräneanfälle, und ich mußte ihr das Haar bürsten und ihr die Stirn massieren. Manchmal haßte ich den Duft des Eau de Cologne, das sie benutzte und das mich immer an die Dienstleistungen für diese Frau erinnern würde.

»Wie ungeschickt du heute bist, Carlee.« Es ließ auf ihre Nervosität schließen, wenn sie mich beim Nachnamen nannte. Sie wollte mich absichtlich verletzen, weil auch ihr weh getan worden war. »Reiß doch nicht so an meinen Haaren! Du bist nutzlos, einfach nutzlos. Manchmal frage ich mich, warum ich dich noch bei mir behalte. Und wenn ich es recht bedenke, habe ich dich ja

auch gar nicht eingestellt. Du wurdest für mich ausgesucht. Wer bin ich eigentlich in diesem Hause ... ?«
Ich versuchte sie zu beruhigen. »Mylady, Sie fühlen sich heute nicht sehr wohl. Vielleicht sollten Sie sich etwas hinlegen.«
Ich haßte es, sie mit »Mylady« anzureden. Wäre Mellyora meine Herrin gewesen, ich hätte mich gebrüstet, mit Lady St. Larnston befreundet zu sein. Aber sie wäre ja auch »Mellyora« und »Mylady« für mich.
Aber Mellyora konnte niemals Lady St. Larnston werden, solange diese Frau lebte.
»Steh nicht so dumm herum. Flicht mein Haar. Und zieh nicht so. Ich habe es dir schon einmal gesagt.«
Sie riß mir die Bürste aus der Hand, und dabei ritzten mir die Borsten die Haut am Finger, so daß es blutete. Ich sah bestürzt auf meine Hand, während sie die Bürste durch das Zimmer schleuderte.
»Wie brutal von mir, wie!« spottete sie. »Aber es geschieht dir recht.« Ihre Augen loderten. Und ich dachte: Werden wir in ein paar Jahren eine Lady St. Larnston haben, die bei Vollmond draußen auf dem Moor tanzt?
Sie waren verflucht, diese Derrises – verflucht, irre zu sein, durch ein Ungeheuer. Und Judith war eine von ihnen.
In dieser Nacht stieg bitterer Ärger in mir auf. Ich haßte alle, die mich demütigten, und Judith tat es. Sie hatte gesagt, ich solle mich vorsehen – sie wolle mich loswerden, wolle sich selber ihre Zofe aussuchen. Sie war Lady St. Larnston und brauchte sich von niemandem etwas sagen zu lassen.
Ich schlug ihr vor, doch eins dieser Beruhigungspulver zu nehmen, die Dr. Hilliard ihr verschrieben hatte, und zu meiner Überraschung war sie damit einverstanden. Ich reichte es ihr, und es dauerte keine zehn Minuten, da

legte sich der Sturm, ließ sie sich fügsam von mir zu Bett bringen.

Ich ging zurück in mein Zimmer, und obgleich es schon spät war, kämmte ich mein Haar nach spanischer Art und steckte den Kamm und die Mantille auf. Das war schon zu einer lieben Gewohnheit geworden, die mich jedesmal wieder an den Ball erinnerte und daran, wie ich mit Kim getanzt und er gesagt hatte, ich sei bezaubernd. Und tief im Herzen hegte ich den Traum, daß Kim zurückkäme und sich in mich verliebte. Durch irgendein Wunder wurde er der Herr auf Abbas, wir heirateten und lebten dort noch lange glücklich und in Frieden.

Während ich am Fenster saß und hinausblickte in den Mondschein, drängte es mich, zu den Steinen zu gehen, doch ich war zu müde. Ich nahm ein Buch zur Hand, um mich durch Lesen zu beruhigen, und legte mich, so wie ich war, den Kamm noch im Haar, aufs Bett. Lesen hatte mich noch immer abgelenkt, erinnerte mich jedesmal wieder daran, wie weit ich es gebracht hatte, und daß ich erreicht hatte, was die meisten Leute für unmöglich gehalten hätten. – Ich las und las, und es war schon Mitternacht vorbei, als ich leise Schritte hörte, die sich meinem Zimmer näherten.

Ich sprang vom Bett hoch und blies die Kerzen aus. Als Johnny hereinkam, stand ich hinter der Tür.

Es war ein fremder Johnny. Ich hatte keine Ahnung, was ihn so verwandelt hatte, ich wußte nur, daß ich ihn so noch nie gesehen hatte. Er war ruhig und gelassen, und eine eigenartige Entschlossenheit ging von ihm aus.

»Was wünschen Sie?« fragte ich.

Er legte den Finger auf den Mund und bat mich, still zu sein.

»Gehen Sie 'raus, oder ich schreie«, erklärte ich.

»Ich will mit dir reden. Ich muß mit dir reden.«

»Ich habe keine Lust, mit Ihnen zu reden.«

»Du mußt mich anhören. Du mußt mir helfen.«

»Ich verstehe Sie nicht.«

Er stand ganz dicht vor mir, und jegliche Streitsucht war von ihm gewichen; er war wie ein bettelndes Kind, und das war fremd an Johnny.

»Ich will dich heiraten«, sagte er.

»Was!«

»Ich sagte, ich will dich heiraten.«

»Was ist das nun wieder für ein Spiel?«

Er nahm mich bei den Schultern und schüttelte mich. »Du weißt es«, flüsterte er. »Du weißt es. Ich bin bereit, den Preis zu bezahlen. Ich erkläre hiermit, daß ich dich heiraten werde.«

»Und Ihre Familie?«

»Da wird die Hölle los sein. Aber: zum Teufel mit der Familie. Ich werde dich heiraten. Ich verspreche es.«

»Ich bin mir aber nicht sicher, ob ich Sie heiraten will.«

»Natürlich willst du das. Darauf hast du ja nur gewartet, Kerensa, ich meine es ernst... noch nie im Leben habe ich etwas ernsthafter gemeint. Im Grunde will ich gar nicht heiraten. Es wird viel Ärger geben. Aber ich versichere dir, daß ich dich heiraten werde.«

»Das ist doch nicht möglich.«

»Ich fahre nach Plymouth.«

»Wann?«

»Heute nacht... nein... es ist ja schon Morgen. Heute also; ich nehme den ersten Zug. Ich fahre um fünf Uhr. Kommst du mit?«

»Weshalb dieser plötzliche Entschluß?«

»Du weißt es. Warum heuchelst du?«

»Ich glaube, Sie sind verrückt!«

»Ich habe dich immer begehrt. Und es ist die einzige Möglichkeit. Kommst du mit mir?«

»Ich traue Ihnen nicht.«

»Wir müssen einander vertrauen. Ich werde dich heiraten. Ich schwöre es dir.«

»Wie soll ich wissen...?«

»Schau! Du weißt, was geschehen ist. Wir werden dann zusammen sein. Was einmal geschehen ist, ist geschehen. Ich will dich heiraten, Kerensa.«

»Ich brauche Zeit, es mir zu überlegen.«

»Ich gebe dir bis vier Uhr Zeit. Sei dann fertig. Wir verlassen das Haus sofort. Ich werde inzwischen ein paar Sachen zusammenpacken. Und du auch. Zum Bahnhof nehmen wir die Kutsche... um rechtzeitig am Zug zu sein.«

»Das ist ja Irrsinn«, sagte ich.

Er zog mich an sich, und ich wußte mir seine Umarmung nicht zu deuten; es lag Verlangen darin, Leidenschaft und vielleicht auch Haß. »Du bekommst also deinen Willen, und ich bekomme auch meinen Willen.« Dann ließ er mich allein.

Ich setzte mich wieder ans Fenster. Ich dachte an die Demütigung am Abend zuvor. Ich dachte an die Erfüllung meines Traumes. So wie ich es mir vorgestellt hatte, würde es Wirklichkeit werden.

Ich liebte Johnny nicht. Aber seine Sinnlichkeit rührte etwas in mir an. Ich war dazu da, zu heiraten und Kinder zu gebären – Kinder, die St. Larnstons sein würden. Und schon ging mein Traum ein Stück weiter. Justin und Judith hatten keine Kinder. Und ich sah meinen Sohn: Sir Justin. Ich, die Mutter des Erben auf Abbas! Das war es wert! Die Heirat mit Johnny – alles.

Ich setzte mich hin und schrieb einen Brief an Mellyora und legte noch einen zweiten dazu für Grandma.

Ich hatte meine Entscheidung getroffen.

Mit dem Fünf-Uhr-Zug fuhr ich nach Plymouth.

Johnny hielt sein Wort, und kurz darauf war ich Mrs. Johnny St. Larnston.

4. Kapitel

Die Tage nach unserer Flucht aus Abbas kommen mir
heute noch wie ein Traum vor, und erst Wochen später,
als ich als Mrs. St. Larnston auf Abbas zurückkehrte
und all meine Kraft brauchte, mir den Platz zu erkämpfen, der mir zustand, wurde das Leben wieder zur
Wirklichkeit.

Ich hatte keine Angst vor dem Tag unserer Heimkehr.
Es gab in mir kaum Platz für andere Regungen als ein
unbändiges Triumphgefühl. Aber Johnny fürchtete
sich, und ich lernte begreifen, daß ich einen Schwächling
geheiratet hatte.

Während unserer morgendlichen Fahrt nach Plymouth
hatte ich mir fest vorgenommen, nicht eher nach Abbas
zurückzukehren, als bis ich Mrs. St. Larnston war, und
ich war entschlossen, nach Abbas zurückzukehren.
Doch ich hätte mir darum keine Sorgen zu machen
brauchen. Johnny unternahm keinerlei Versuch, sein
Versprechen nicht zu halten. Ja, er schien ebenso erpicht auf die Zeremonie zu sein wie ich und hielt sich
sogar von mir entfernt, bis alles vorüber war. Dann
verbrachten wir einige Tage als Flitterwochen in einem
Hotel in Plymouth.

An die Flitterwochen mit Johnny erinnere ich mich
nicht gerade gern, selbst heute noch nicht. Das einzige,
was uns verband, war die Wollust. Ich liebte ihn nicht
und er mich auch nicht. Was er für mich empfand, war
höchstens eine neidische Bewunderung für meine Zä-
higkeit, und es gab Augenblicke, wo er froh war, daß ich so
stark war. Und doch gab uns diese körperliche Vereini-
gung in den ersten Wochen immerhin so viel Genuß, daß
jede Überlegung, in was wir beide uns da eingelassen
hatten, dahinter zurückstand.

Für mich war es der Gipfel meiner schönsten Träume. Und aus diesen Träumen stieg ein neuer Traum, ein noch anspruchsvollerer – ich wollte leidenschaftlich gern ein Kind haben. Mein ganzer Körper schrie nach einem Kind, einem Knaben, dem Erben von St. Larnston! Während jener Tage und Nächte in dem Hotel in Plymouth, in denen für Johnny und mich außer unserer Leidenschaft nichts auf der Welt zählte, war ich toll und überglücklich, weil ich eine wachsende Macht in mir verspürte. Ich vermochte es, Träume Wirklichkeit werden zu lassen! Und ich war verrückt nach einem Kind; ich konnte es kaum mehr erwarten, einen Sohn in meinen Armen zu halten.

Johnny erzählte ich davon nichts. Er spürte meine Sehnsucht, die seinem Verlangen nach mir gleichkam, und verstand meine Leidenschaft völlig falsch. Aber das entzündete wiederum sein Begehren, und immer wieder betonte er, welche Lust ich ihm gäbe. »Ich bereue nichts ... nichts«, rief er und lachte dabei und erinnerte mich daran, daß ich nichts hatte von ihm wissen wollen. »Du bist eine Hexe, Kerensa. Deine Grandma ist eine, und du bist vom gleichen Schlag. Die ganze Zeit über warst du genauso verrückt nach mir wie ich nach dir, und dabei hast du mich behandelt, als wäre ich dir zuwider. Und was ist nun mit dem Pfarrer, he?«

»Sei deiner nicht zu sicher, Johnny«, warnte ich ihn. Doch er lachte mir ins Gesicht und nahm mich, und ich gab mich ihm hin und hoffte insgeheim, jetzt, wer weiß, empfange ich meinen Sohn.

Johnny vermochte sich dem Augenblick hinzugeben, ohne mit einer Silbe an die Zukunft zu denken, und später begriff ich, daß dieser Charakterzug die Quelle all seiner Nöte war. Während der Wochen in Plymouth waren wir das jung verheiratete Paar, schwelgend in der Lust, sich zu besitzen. Er ließ keinen Gedanken an unsere Heimkehr aufkommen, bis der Tag da war, an dem wir nach Abbas abreisen mußten.

Johnny hatte seinem Bruder geschrieben, daß wir heimkämen, und ihn darum gebeten, uns Polore an den Bahnhof zu schicken.

Niemals werde ich vergessen, wie wir aus dem Zug stiegen. Ich trug ein Reisekostüm aus grünem Velours mit schwarzen Borten besetzt, dazu einen grünen Velourshut mit schwarzen Bändern. Johnny hatte mir diese Sachen gekauft und erklärt, in den richtigen Kleidern, für die er schon sorgen wollte, würde ich noch Judith in den Schatten stellen.

Johnny schien seine Familie zu hassen; aber ich entdeckte, daß er sich im Grunde vor ihr fürchtete. Es war typisch für Johnny, das zu hassen, was ihm Angst einflößte. Manchmal machte er Andeutungen über unser Verhältnis, die mich verblüfften. Ich hätte ihn zu diesem Schritt gezwungen, sagte er, aber er glaube nicht, daß es ihm jemals leid täte. Wir zwei verständen uns, wir würden zusammenhalten, und wir hätten es ja erlebt oder etwa nicht, daß wir einander nötig hätten?

Polore war ganz verlegen, als er uns begrüßte. Was sollte er auch schließlich zu einer Frau sagen, die mit am Dienstbotentisch gesessen hatte und sich plötzlich als eine zum Haus gehörige Lady entpuppte?

»Guten Tag, Mr. Johnny. Guten Tag... ehm- ... Madam.«

»Guten Tag, Polore«, gab ich den Ton an. »Hoffentlich ist auf Abbas alles wohlauf?«

Polore streifte mich mit einem Seitenblick. Ich konnte mir vorstellen, wie er diesen Fall heute abend bei Tisch schildern würde.

Aber der Klatsch am Küchentisch ging mich nichts mehr an.

Und dann ging es klipp-klapp über die Landstraße, und

schon tauchte Abbas auf, prächtiger als je zuvor, weil es nun zum Teil auch mir gehörte.

Als wir vor dem Tor vorfuhren, kam Polore damit heraus, daß die alte Lady St. Larnston befohlen hätte, uns, sobald wir angekommen seien, zu ihr zu führen.

Johnny war ein bißchen nervös, aber ich hielt meinen Kopf hoch. Ich hatte keine Angst. Ich war jetzt Mrs. St. Larnston.

Sir Justin und Judith waren bei ihr; sie blickten uns voll Erstaunen an, als wir eintraten.

»Komm her, Johnny«, sagte Lady St. Larnston und als Johnny durch den Raum auf ihren Stuhl zuschritt, blieb ich an seiner Seite.

Sie bebte vor Zorn, und ich konnte mir gut vorstellen, wie ihr zumute gewesen war, als sie die Neuigkeit hörte. Sie gönnte mir keinen Blick, doch ich sah es ihr an, sie mußte hart an sich halten, es nicht zu tun. In meinen neuen Kleidern war ich bereit, mich ihnen allen zu stellen.

»Nach all dem Ärger, den du uns schon verursacht hast«, fuhr sie fort, und ihre Stimme zitterte dabei, »nun... noch das. Ich bin nur froh, daß dein Vater diesen Tag nicht mehr erlebt hat.«

»Mutter, ich...« begann Johnny.

Sie aber hob die Hand und hieß ihn schweigen.

»Noch nie in meinem Leben hat ein Mitglied meiner Familie dem Namen derer von St. Larnston solche Schande angetan.«

Ich antwortete für ihn: »Das ist keine Schande, Lady St. Larnston. Wir sind verheiratet. Ich kann es Ihnen beweisen.«

»Ich hatte gehofft, es sei eine deiner üblichen Eskapaden gewesen, Johnny«, sagte sie und ignorierte mich. »Aber das ist noch schlimmer, als ich erwartet hatte.«

Sir Justin war näher getreten und stand nun neben dem

Stuhl seiner Mutter; er legte seine Hand auf ihre Schulter und sagte beruhigend: »Mutter, was geschehen ist, ist geschehen. Wir wollen das Beste daraus machen. Kerensa, ich heiße dich in unserer Familie willkommen.«

Aber in seinem Gesicht war kein Willkommensgruß zu lesen; ich konnte deutlich erkennen, daß er über unsere Heirat genauso entsetzt war wie seine Mutter. Doch Justin war ein Mensch, der immer den friedlichen Weg vorzog. Johnny hatte ein Dienstmädchen aus dem Hause seiner Mutter geheiratet und damit einen Skandal heraufbeschworen. Der beste Weg, diesen Skandal zu unterdrücken, war, so zu tun, als gäbe es keinen.

Mir war fast die Haltung der Lady St. Larnston lieber. Judith kam hinzu und unterstützte ihren Mann.

»Du hast recht, Liebling. Kerensa ist nun eine St. Larnston.«

Ihr Lächeln war wärmer. Alles, was sie von den St. Larnstons verlangte, war die ganze und ungeteilte Aufmerksamkeit Justins.

»Danke«, erwiderte ich. »Wir sind ziemlich müde von der Reise. Ich möchte mich gern waschen. Die Züge sind so schmutzig. Und außerdem, Johnny, hätte ich gern etwas Tee.« Alle starrten mich verblüfft an, und ich glaube fast, Lady St. Larnston bewunderte mich mit geheimem Neid; denn obgleich sie auf Johnny wütend war, daß er mich geheiratet hatte, konnte sie mir die Anerkennung nicht versagen, daß ich ihn dahin gebracht hatte.

»Ich habe dir noch eine Menge zu sagen.« Lady St. Larnston blickte Johnny an.

Doch ich unterbrach sie: »Wir können später weiterreden« und lächelte dabei meine Schwiegermutter an.

»Der Tee täte uns gut.«

Ich schob meinen Arm unter Johnnys, und da alle vor Verblüffung starr waren, hatte ich Zeit, ihn aus dem Zimmer zu ziehen, ehe noch jemand etwas sagen konnte.

Wir gingen in sein Zimmer, und ich klingelte.

Johnny sah mich mit dem gleichen Ausdruck an, den ich auch auf den Gesichtern seiner Verwandten wahrgenommen hatte. Aber noch ehe er Zeit zum Reden fand, erschien Mrs. Rolt. Sicherlich war sie während der Unterhaltung mit der Familie nicht weit weg gewesen.

»Guten Tag, Mrs. Rolt«, begrüßte ich sie. »Bitte schikken Sie uns doch sofort den Tee herauf.«

Eine Sekunde lang schnappte sie nach Luft und antwortete dann: »...Ehm...jawohl...Madam.«

Ich sah es vor mir, wie sie in die Küche kam, wo die anderen schon auf sie lauerten.

Johnny lehnte sich gegen die Tür und brach in lautes Gelächter aus.

»Eine Hexe!« rief er. »Ich habe eine Hexe geheiratet.«

Ich sehnte mich danach, Grandma zu besuchen; aber zuerst mußte ich mit Mellyora sprechen.

Ich suchte sie in ihrem Zimmer auf; sie erwartete mich schon. Aber als ich die Tür öffnete, starrte sie mich an, mit einem geradezu entsetzten Blick.

»Kerensa!« rief sie.

»Mrs. St. Larnston«, erwiderte ich lachend.

»Du hast Johnny wirklich geheiratet?«

»Ich habe den Trauschein. Willst du ihn sehen?« Ich streckte die Hand aus, an der der schlichte goldene Ring zu sehen war.

»Wie konntest du nur!«

»Ist das so schwer zu verstehen? Das ändert doch alles. Jetzt heißt es nicht mehr: Carlee, tu dies... tu jenes. Ich bin die Schwägerin meiner ehemaligen Herrin, die Schwiegertochter von Mylady. Stell dir das vor. Die arme kleine Kerensa Carlee, das Häuslerkind. Nein, Mrs. St. Larnston, wenn ich bitten darf.«

»Kerensa, manchmal machst du mir Angst.«

»Ich mache dir Angst?« und dabei blickte ich ihr keck ins Gesicht. »Du brauchst dich nicht um mich zu ängstigen. Ich kann für mich selber sorgen.«

Sie wurde rot, denn sie begriff, daß ich damit andeuten wollte, sie vermöchte vielleicht nicht für sich selbst zu sorgen.

Sie preßte die Lippen zusammen und erwiderte: »Es scheint so. Nun bist du also keine Kammerzofe mehr. Kerensa, war es das wert?«

»Das bleibt abzuwarten, oder?«

»Ich begreife immer noch nicht.«

»Nein, das wirst du niemals.«

»Aber ich dachte immer, du magst ihn nicht.«

»Jetzt mag ich ihn eben.«

»Und nur weil er dir eine Stellung bot, die dir genehm war?«

Es lag eine Spur von Sarkasmus in ihrer Stimme, was mir nicht gefiel.

»Immerhin«, sagte ich, »war er frei und konnte mich heiraten.«

Und trotzig stürzte ich aus dem Zimmer. Ich hatte Mellyoras wunden Punkt getroffen. Doch einige Minuten später kam ich zurück und ertappte Mellyora auf dem Bett liegend, den Kopf in die Kissen vergraben. Ich warf mich neben sie. Ich konnte es nicht ertragen, wenn wir keine Freundinnen mehr wären.

»Jetzt ist es wieder so, wie es früher war«, tröstete ich sie.

»Nein ... es ist ganz anders.«

»Nun ja, nur mit vertauschten Rollen. Im Pfarrhaus hast

du für mich gesorgt. Und heute bin ich an der Reihe, mich um dich zu kümmern.«

»Dabei kommt nichts Gutes heraus.«

»Warten wir ab.«

»Wenn du Johnny wenigstens liebtest!«

»Es gibt verschiedene Arten von Liebe, Mellyora. Es gibt Liebe ... heilige und weltliche.«

»Kerensa ... du redest so ... leichtfertig.«

»Manchmal ist das ganz gut.«

»Ich kann dir einfach nicht glauben. Was ist bloß mit dir geschehen, Kerensa?«

»Ja, was ist bloß mit uns geschehen?« fragte ich.

Dann lagen wir beide ruhig auf dem Bett und überlegten angestrengt, was wohl aus ihrer Liebe zu Justin werden möge.

Ich konnte es kaum mehr erwarten, Grandma zu sehen, und befahl Polore am nächsten Tag, mich zu ihrer Kate zu fahren. Wie genoß ich das Aussteigen, so fabelhaft angezogen in meinem grün-schwarzen Kleid! Ich trug Polore auf, mich in einer Stunde wieder abzuholen.

Grandma sah mich ängstlich an.

»Nun, mein Kind?« Das war alles, was sie sagte.

»Nun bin ich Mrs. St. Larnston, Grandma.«

»So hast du also bekommen, was du wolltest?«

»Es ist der Anfang.«

»Oh?« machte sie und riß weit die Augen auf, fragte aber mit keinem Wort, was ich damit meine. Statt dessen nahm sie mich bei den Schultern und blickte mir aufmerksam ins Gesicht. »Du siehst glücklich aus«, sagte sie endlich.

Dann warf ich mich in ihre Arme und drückte sie fest an mich. Als ich sie wieder losließ, wandte sie sich ab, und ich wußte, sie wollte nicht, daß ich die Tränen in ihren Augen sähe. Ich setzte meinen Hut ab, zog den Mantel aus, stieg auf den Talfat, machte es mir gemütlich und schwatzte, während sie ihre Pfeife rauchte.

Sie war anders als sonst, manchmal so in ihre eigenen Gedanken versunken, daß ich meinte, sie hörte gar nicht, was ich erzählte. Doch das kümmerte mich nicht. Ich wollte nur mein Herz ausschütten und so reden, wie ich es zu niemandem sonst konnte.

Bald würde ich ein Kind haben, ganz bestimmt, einen Jungen – einen St. Larnston.

»Und, Grandma, wenn Justin keine Kinder bekommt, wird mein Sohn einmal Abbas erben. Er wird ein Sir werden, Grandma. Wie gefällt dir das? Sir Justin St. Larnston, dein Urenkel.«

Grandma blickte versonnen dem Rauch ihrer Pfeife nach. »Du wirst immer ein neues Ziel vor dir haben, mein Kind«, sagte sie nach einer Weile. »Vielleicht muß man so leben. Vielleicht ist es am besten so, wie alles gekommen ist. Und deinen Mann, liebst du ihn nun?«

»Lieben, Grandma? Er hat mir das gegeben, was ich wünschte. Und ich weiß wohl, ohne Johnny hätte ich das nie erreicht.«

»Und du glaubst, das sei ein Ersatz für Liebe, Kerensa?«

»Aber ich liebe, Grandma.«

»Deinen Mann?«

»Ich liebe die Gegenwart, Grandma. Kann man mehr verlangen?«

»Nein, unsereiner kann wohl nicht mehr verlangen. Und wer sind wir schon? Der Zweck heiligt die Mittel. Ich werde ruhig sterben, Kerensa, wenn es immer so bleibt für dich, wie es jetzt ist.«

»Sprich nicht vom Sterben«, befahl ich ihr, und sie lachte mich an.

»Nicht ich, meine Schöne. Der, der alle Dinge ordnet, gibt den Befehl.«

Dann lachten wir beide, wie nur wir zusammen lachen

konnten. Und ich bildete mir ein, daß es Grandma jetzt leichter ums Herz war als vorhin, als ich kam.

Wie genoß ich meine neue Stellung! Ich kam nie in Verlegenheit. Ich hatte diese Rolle still für mich so oft geprobt, daß ich sie vollkommen beherrschte und vollendet spielen konnte. Johnny und ich hatten unseren Spaß daran, wenn ich die Unterhaltung nachmachte, wie sie in der Küche vor sich ging. Ich konnte meine Befehle genauso kühl erteilen wie die alte Lady St. Larnston und besser noch als Judith. Judith und ich wurden mit der Zeit Freundinnen. Manchmal kämmte ich ihr das Haar, weil sie noch immer ohne Zofe war; aber ich ließ sie deutlich merken, daß es sich dabei um eine schwesterliche Geste handele. Daß ich Johnny geheiratet hatte, war ihr, glaube ich, nur recht, denn sie konnte den Gedanken nicht loswerden, daß jede Frau hinter ihrem Justin her war. Meine Verbindung mit Johnny war deshalb eine Beruhigung für sie. Wäre allerdings Mellyora mit Johnny durchgegangen, hätte sie das noch mehr gefreut.
Sie neigte dazu, sich mir gegenüber gehenzulassen, und ich war sicher, daß sie sich mir bald anvertrauen würde.
Mit Judiths Einwilligung hatte ich bestimmt, daß für Johnny und mich neue Zimmer eingerichtet wurden, und ich ließ Möbel aus anderen Teilen des Hauses in unsere Zimmerflucht bringen. Die Dienstboten wisperten hinter meinem Rücken, aber darauf war ich gefaßt. Ich wußte genau, daß die verwitwete Lady St. Larnston nur von Emporkömmling und Johnnys tragischer Heirat sprach. Aber ich kümmerte mich nicht darum. Sie war schon alt und würde bald nichts mehr zu sagen haben. Ich sah der Zukunft getrost entgegen.
Voller Spannung wartete ich auf die ersten Anzeichen einer Schwangerschaft. Ich war fest davon überzeugt,

daß ich bald einen Sohn haben würde, und wenn ich sagen könnte, ich erwartete ein Kind, würde sich meine Stellung im Haus sofort ändern. Nichts wünschte die alte Lady St. Larnston so sehr wie ein Enkelkind, und sie hatte bei Judith die Hoffnung schon aufgegeben.

Eines Tages fuhr ich aus, um meinen Bruder beim Tierarzt zu besuchen. Ich wollte mit ihm reden; denn ich hatte Johnny das Versprechen abgerungen, daß er meinen Bruder Medizin studieren ließe. Ich konnte es kaum abwarten, Joe die gute Nachricht zu bringen.

Mr. Pollents Haus, das mir einst so großartig vorgekommen war, wirkte bescheiden auf mich; doch war es ein stattliches Anwesen. Es stand etwas abseits der Straße auf einem großen Grundstück, umgeben von Stallungen, Zwingern und anderen Anbauten. An den Fenstern hingen saubere Baumwollvorhänge, und als ich ausstieg, sah ich, wie sich etwas dahinter bewegte, und wußte, daß meine Ankunft beobachtet worden war.

Eines der Pollentmädchen kam in die Halle und begrüßte mich.

»Oh, kommen Sie doch bitte ins Zimmer«, rief sie, und ich war sicher, daß sie noch schnell ein sauberes Musselinkleid übergezogen hatte, um mich zu empfangen.

Ich folgte ihr in den Salon, der offensichtlich nur zu besonderen Gelegenheiten benutzt wurde. Das fand ich sehr schmeichelhaft. Ich nahm auf dem Stuhl, der mir angeboten wurde, Platz und besah mir die Porzellanhunde auf dem Kaminsims.

»Ich würde gern mit Joe sprechen«, sagte ich.

»O ja, Mrs. St. Larnston. Ich gehe und sage ihm Bescheid. Bitte entschuldigen Sie mich für ein oder zwei Minuten.«

Ich lächelte gnädig, während sie hinausging. Es war anzunehmen, daß die Geschichte meiner Heirat Gesprächsthema Nummer eins im ganzen Landkreis gewesen war und Joe dadurch an Bedeutung gewonnen hatte, weil er mit mir verwandt war. Das tat mir wohl – ich freute mich immer, wenn ich meiner Familie Ehre machen konnte.

Ich war gerade dabei, das Silber und Porzellan im Eckschrank zu begutachten und mir zu sagen, daß die Pollents, wenn auch nicht gerade reich, so doch wohlhabend waren, als Miss Pollent zurückkam und mir mitteilte, Joe habe sie gebeten, mich zu ihm zu führen, weil er gerade nicht von seiner Arbeit weg könne.

Daß Joe anscheinend den Respekt der Pollents nicht teilte, verletzte mich ein bißchen; aber ich verbarg mein Gefühl und ließ mich zu Joe führen, der in einem Raum an einem Tisch stand und eine Flüssigkeit in einer Flasche schüttelte.

Seine Freude war echt, als ich zu ihm hinging und ihn küßte.

Er hielt die Flasche hoch und zeigte sie mir: »Eine neue Mischung«, erklärte er. »Mr. Pollent und ich glauben, etwas gefunden zu haben, was bisher noch niemand verwendet hat.«

»So, habt ihr das?« sagte ich. »Ich habe gute Neuigkeiten für dich, Joe.«

Er lachte. »Ja, ich weiß, du bist nun Mrs. St. Larnston. Wir haben alle davon gehört, wie du mit Johnny nach Plymouth ausgerissen bist.«

Ich runzelte die Stirn. Er mußte noch lernen, sich wie ein Gentleman auszudrücken.

»Ehrenwort«, fuhr er fort, »was für eine Aufregung! Du und Mr. St. Larnston und Hetty Pengaster, alle liefen sie am gleichen Tag weg.«

Ich war überrascht. »Hetty Pengaster?«

»Hast du noch nichts davon gehört? Ja, sie lief auch fort. Genau wie du. Die Pengasters waren in heller Aufregung, und Saul Cundy wollte den Kerl umbringen. Aber... so ist es eben. Doll meint, sie ist nach London gegangen, sie hätte schon immer davon gesprochen, daß sie da mal gern hinwollte.«

Für einen Moment war ich ganz still und hatte die Wichtigkeit meiner Nachricht für Joe ganz vergessen. Hetty Pengaster! Wie seltsam, daß sie ausgerechnet am selben Tag von zu Hause fortgelaufen war wie Johnny und ich.

»Sie ist also nach London gegangen«, sagte ich.

»Je nun, keiner hat bis jetzt etwas von ihr gehört; aber man vermutet so. Im Sommer war nämlich mal ein junger Mann aus London hier, und Doll sagt, er und Hetty hätten immer zusammengesteckt. Doll meint, sie hätten das wohl schon damals ausgemacht, als er hier war... Obwohl Hetty ihr nichts Genaues darüber erzählt hat.«

Ich sah Joe an. Daß er mit seinem Leben so zufrieden war, ärgerte mich.

»Ich habe herrliche Neuigkeiten für dich, Joe«, begann ich.

Er blickte mich an, und ich fuhr fort: »Alles hat sich jetzt verändert. Du hast es also nicht mehr nötig, in dieser einfachen Stellung zu bleiben.«

Er zog die Augenbrauen hoch und sah mich verdutzt an.

»Ich wollte schon immer etwas für dich tun, Joe, und jetzt bin ich in der Lage dazu. Ich kann dir dazu verhelfen, Arzt zu werden. Du kannst es Mr. Pollent heute abend berichten. Du mußt noch viel studieren, und ich will morgen zu Dr. Hilliard gehen und ihn um Rat fragen. Dann...«

»Ich weiß gar nicht, wovon du redest, Kerensa«, unterbrach er mich, während die Röte ihm langsam ins Gesicht stieg.

»Ich bin jetzt eine St. Larnston, Joe. Weißt du, was das bedeutet?«

Joe stellte die Flasche hin und hinkte zu einem Regal hinüber; er nahm einen Krug voll Flüssigkeit heraus und begann, ihn geistesabwesend zu schütteln. Voll Anteilnahme beobachtete ich ihn und mußte dabei an die Nacht denken, in der Kim und ich ihn aus der Falle geholt hatten, und eine große Sehnsucht nach Kim stieg in mir auf.

»Ich sehe nicht ein, was das für eine Veränderung für mich bedeuten sollte«, sagte er. »Ich bleibe hier bei Mr. Pollent. Hier gehöre ich hin.«

»Als Tierarzt? Wenn du Doktor werden könntest?«

»Hier gehöre ich hin«, wiederholte er.

»Aber du kannst studieren, Joe. Du kannst Arzt werden.«

»Das könnte ich nicht. Ich bin Tierarzt und hier ...«

»... gehöre ich hin!« beendete ich ungeduldig. »O Joe, willst du denn gar nicht vorankommen?«

Er sah mich an, und sein Blick war so kalt, wie ich es noch nie bei ihm beobachtet hatte.

»Ich will in Ruhe gelassen werden. Das ist alles«, sagte er.

»Aber Joe ...«

Er hinkte auf mich zu, und als er dicht vor mir stand, sagte er: »Das Ärgerliche an dir ist, Kerensa, daß du immer den lieben Gott spielen willst. Alle sollen nach deiner Pfeife tanzen. Aber ich will das nicht. Und ich bleibe hier bei Mr. Pollent, hier gehöre ich hin.«

»Du bist ein Narr, Joe Carlee«, erklärte ich.

»In deinen Augen vielleicht. Und wenn ich ein Narr bin, dann möchte ich gern einer bleiben.«

Ich war wütend. Hier stieß ich auf den ersten wirklichen Widerstand. Ich wußte so genau, was ich wollte: Mrs. St. Larnston auf Abbas; ihr Sohn erbt einmal den Titel;

ihr Bruder ist Arzt im Ort; ihre Grandma wohnt in ...
sagen wir mal dem Dower-House. Ich wollte, daß sich
mein Traum bis ins kleinste erfüllte.

Und Joe, der immer so nachgiebig war, widersprach
mir. Ärgerlich wandte ich mich von ihm ab. Als ich mit
festem Griff energisch die Tür öffnete, fiel ich fast über
eines der Pollentmädchen, das offensichtlich am Schlüsselloch gelauscht hatte. Ich übersah sie, und sie stürzte ins
Zimmer.

Ich hörte sie noch rufen: »O Joe, du gehst doch nicht
fort, nicht wahr?«

Und ich wartete, bis Joe erwiderte: »Nein, nein, Essie.
Du weißt, daß ich euch nie verlassen werde. Ich gehöre
zu dir und zu der Arbeit hier.«

Angeekelt ging ich fort.

Ich war nun seit zwei Monaten verheiratet und erwartete ein Kind.

Anfangs, als es noch eine Vermutung war, erzählte ich
niemandem davon außer Grandma. Erst als ich ganz
sicher war, gab ich es bekannt.

Mein Triumph übertraf meine Erwartungen.

Die erste Person auf Abbas, die es erfahren sollte, war
meine Schwiegermutter. Ich ging zu ihrem Zimmer und
klopfte an. Sie war allein und nicht gerade erfreut,
gestört zu werden.

»Ich habe jetzt keine Zeit für dich«, sagte sie.

»Ich möchte, daß du die erste bist, die meine Neuigkeit
erfährt«, begann ich kühl. »Aber wenn du es nicht
wünschst, soll es mir gleich sein, wenn du nicht Bescheid
weißt.«

»Um welche Neuigkeit handelt es sich?«

»Darf ich mich setzen?«

Sie nickte, nicht sehr gnädig.

»Ich werde ein Kind haben«, sagte ich.

Sie senkte die Augen, aber ich konnte noch gut das Aufleuchten darin erkennen.

Ich stand auf. »Wenn du mich beleidigen willst, gehe ich lieber. Aber vorher möchte ich dir noch sagen, daß diese Annahme falsch ist. Die Geburt meines Kindes wird es beweisen, und ich nehme an, daß du erst einen Beweis brauchst, ehe du mir Glauben schenkst. Es tut mir leid, daß ich es für richtig hielt, zuallererst dir davon zu berichten. Es war dumm von mir.«

Hoheitsvoll verließ ich das Zimmer, und als ich die Tür schloß, glaubte ich sie flüstern zu hören: »Kerensa.« Noch nie hatte sie mich bei meinem Vornamen gerufen.

Ich ging zu den Räumen, die ich mit Johnny teilte.

Ich wollte zu Grandma gehen, um mir bei ihr Trost zu holen für meine gekränkte Eitelkeit. Aber während ich meinen Mantel anzog, klopfte es.

Mrs. Rolt stand draußen. »Lady St. Larnston läßt sagen, sie würde sich freuen, Sie zu sehen... Madam.«

»Ich wollte gerade ausgehen«, antwortete ich. Ich zögerte noch, doch dann zuckte ich die Schultern. »Nun gut. Ich gehe bei ihr vorbei. Danke, Mrs. Rolt.«

Ich kannte Mrs. Rolt so gut, daß ich die Worte auf ihren Lippen lesen konnte: Dieses Benehmen! Als wäre sie dazu geboren.

Ich öffnete die Tür zu Lady St. Larnstons Wohnzimmer und blieb an der Tür stehen.

»Kerensa«, rief sie, und ihre Stimme war voll Wärme, »komm her.«

Ich kam langsam näher.

»Bitte, setz dich.«

Auf einer Stuhlkante ließ ich mich nieder, um ihr durch mein Gebaren zu zeigen, wie wenig mir ihre Freundlichkeit bedeutete.

»Deine Neuigkeit hat mich sehr gefreut«, fuhr sie fort. Ich konnte die Freude, die in mir aufstieg, nicht verbergen. »Ich hatte es mir so gewünscht... mehr als alles auf der Welt«, antwortete ich. »Ich möchte einen Sohn haben.«

Von diesem Augenblick an änderte sich unser Verhältnis zueinander. Zwar bedauerte sie nach wie vor unsere Heirat; aber ich war jung und kräftig; ich war sogar eine repräsentative Erscheinung, und nur die Leute in der Nachbarschaft – sie waren sowieso niederen Ranges – wußten, woher ich kam. Ich war erst zwei Monate verheiratet und erwartete schon ein Baby – ein Enkelkind für sie. Das hatte Judith in all den Jahren nicht geschafft. Die alte Lady St. Larnston war eine Frau, die fast alles, was sie wollte, bekommen hatte in ihrem Leben. Mit der Untreue ihres Mannes mußte sie sich wohl rasch abgefunden haben. Vielleicht hatte sie ihm gewisse Freiheiten zugestanden, die nun einmal zu einem Gentleman gehören.

Und solange sie im Hause die Herrschaft hatte, war sie es zufrieden. Ich konnte mir ihr Eheleben nicht vorstellen; aber ich entdeckte einige Eigenschaften an ihr – die Liebe zur Macht, der Wunsch, das eigene Leben zu meistern und das derer, die um sie lebten –, die auch ich hatte, und nachdem wir beide das erkannt hatten, waren wir Verbündete.

»Ich bin glücklich darüber«, fuhr sie fort. »Doch du mußt auf dich achten, Kerensa.«

»Ich werde alles tun, um einen gesunden Jungen zu bekommen.«

Sie lachte. »Wir wollen nicht allzu sicher sein, daß das Kind ein Junge wird. Auch wenn es ein Mädchen sein sollte, wird es willkommen sein. Du bist noch jung. Die Jungen folgen nach.«

»Ich will aber einen Sohn«, beteuerte ich eifrig.

Sie nickte. »Wir wollen darauf hoffen. Morgen zeige ich dir selbst die Kinderzimmer. Es ist lange her, daß es

Babys auf Abbas gab. Heute fühle ich mich etwas müde, und ich möchte sie dir gern selbst zeigen.«

»Also dann morgen«, sagte ich.

Unsere Blicke trafen sich. Ich hatte gesiegt. Diese stolze alte Frau, die vor noch nicht allzu langer Zeit über Johnnys Heirat empört gewesen war, war rasch mit der Schwiegertochter ausgesöhnt, in der sie einen verwandten Charakter erkannte.

Einen Sohn für St. Larnston! Das war es, was wir beide mehr als alles andere auf der Welt wünschten, und es lag in meiner Macht, diesen Wunsch zu erfüllen – ja, mehr noch, es lag allein in meiner Macht.

Wenn eine Frau schwanger ist, geht mit ihr eine Veränderung vor. Es gibt für sie nichts weiter als das Kind, das sie im Laufe der Wochen in sich wachsen fühlt. Sie spürt die Veränderungen und die Entwicklung des kleinen Körpers.

Ich lebte nur noch für den Tag, an dem das Kind zur Welt kommen sollte.

Ich wurde gesetzter und ruhiger; ich war freundlicher zu den anderen. Dr. Hilliard kam oft vorbei, um nach mir zu sehen, und traf mich dann mit Mellyora im Rosengarten an, wo wir Babywäsche nähten; denn ich hatte sie darum gebeten, mir bei der Ausstattung zu helfen.

Lady St. Larnston legte mir nichts in den Weg. Ich sollte in allem meinen Willen haben. Und wenn ich nach Mellyora verlangte, so sollte ich sie bekommen. Ich mußte immer bei guter Laune gehalten werden. Ich war die wichtigste Person im Haus.

Manchmal kam mir die Situation so komisch vor, daß ich heimlich lachen mußte. Ich war glücklich und gestand mir ein, daß ich mich noch nie in meinem Leben so glücklich gefühlt hatte.

Johnny? Ich kümmerte mich nicht um ihn. Selbst seine Stellung hatte sich geändert; zum erstenmal in seinem Leben schien er die Billigung der Familie zu genießen. Er hatte ein Kind gezeugt – etwas, das Justin bisher nicht fertiggebracht hatte. Wenn wir allein waren, machte er sich über Justin lustig.

»Er war immer so untadelig. Mein ganzes Leben lang hab' ich unter Justin gelitten. Es ist aufreizend, einen Heiligen zum Bruder zu haben. Aber etwas können die Sünder eben doch besser als die Heiligen!« Er lachte und umarmte mich. Ich schob ihn weg mit dem Hinweis, wir müßten auf das Kind achtgeben.

Johnny streckte sich auf unserem Bett aus, verschränkte die Arme unter dem Kopf und beobachtete mich.

»Nie wirst du aufhören, mich in Staunen zu setzen«, meinte er. »Und nichts bringt mich davon ab, daß ich eine Hexe geheiratet habe.«

»Denke nur daran«, warnte ich ihn. »Beleidige die Hexe nicht, sonst verzaubert sie dich.«

»Das hat sie bestimmt schon getan. Nicht nur mich... den ganzen Haushalt, eingeschlossen unsere liebwerte Mama. Kerensa, du Hexe, wie hast du das nur fertiggebracht?«

Ich streichelte meinen angeschwollenen Leib. »Damit, daß ich gleich ein Kind kriege.«

»Sag mir, reitest du auf einem Besenstiel und zelebrierst mit deiner Grandma Fruchtbarkeitsriten?«

»Was ich tue, ist gleichgültig«, erwiderte ich. »Der Erfolg allein ist von Bedeutung.«

Er sprang auf und küßte mich. Ich stieß ihn von mir. Johnny interessierte mich nicht mehr.

Ich saß mit Mellyora unter den Bäumen und stickte. Sie sah reizend aus, wie sie ihren Kopf leicht geneigt hielt, um den feinen Weg ihrer Nadel zu verfolgen. Ich dachte an jene Tage zurück, da ich sie im Pfarrgarten erspäht hatte, zusammen mit Miss Kellow. Wie vertauscht unsere Rollen jetzt waren! Nun, ich wußte wohl, was ich ihr alles verdankte.

Liebe Mellyora! Ihr würde ich mein ganzes Leben lang dankbar bleiben!

Ich wünschte, sie würde so glücklich werden wie ich. Aber im gleichen Augenblick umkrallte die Angst mein Herz. Glück für Mellyora bedeutete eine Heirat mit Justin. Aber wie konnte sie Justin heiraten, wenn er schon eine Frau hatte? Nur wenn Judith starb, war das möglich, und wenn sie ihn heiratete und wenn sie Kinder bekämen ... Söhne ... Ihre Söhne hätten den Vorrang vor den meinen!

Mein Sohn: Mr. St. Larnston; Mellyoras: Sir Justin ...

Es war unausdenkbar. Aber es bestand kein Anlaß zur Beunruhigung. Mellyora konnte Justin nicht heiraten, und ein Gefühl sagte mir, daß Judith eine unfruchtbare Frau war.

Ich sehnte mich danach, daß die Zeit schneller verging. Ich konnte es kaum mehr erwarten, meinen Sohn in den Armen zu halten. Es gab Zeiten, da überkam mich die Furcht, daß es ein Mädchen sein würde. Ich hätte auch eine Tochter liebgehabt, ein Mädchen, für das ich Pläne schmieden konnte, wie vielleicht Grandma für mich Pläne gemacht hatte; aber mein Traum war nicht erfüllt, ehe ich nicht einen Sohn hatte. Mein Sohn, mein eigener Sohn sollte der Erbe auf Abbas sein; ich wollte es ihm übergeben, und alle zukünftigen Generationen würden mein Blut in ihren Adern haben.

Also mußte ich einen Sohn haben.

Grandma, die in solchen Dingen Erfahrung hatte, glaubte bestimmt daran. Die Art, wie ich das Kind trüge, zeigte es ihr. Und im Laufe der Monate wurde sie dessen immer sicherer, und mein Glück überstieg alle Grenzen.

Ich sah kaum, was um mich herum vorging. Es kam mir nicht in den Sinn, daß mein Glück auf jemanden, der mir so nahestand wie Mellyora, seine Wirkung tun mußte. Nicht einmal, als sie fallen ließ: »Wer hätte gedacht, daß alles einmal so kommen würde, als du auf dem Trelinketer Markt standest!« verstand ich, was sie meinte: Wenn es dir so ergangen ist, warum sollte sich nicht auch mein Leben auf wunderbare Weise ändern?

Und während dieser Zeit meiner Schwangerschaft wuchs die Liebe zwischen Justin und Mellyora. Und da sie beide so harmlos und lauter waren, mußte jeder es ihnen ansehen, wie es um sie stand, ganz zu schweigen von Judith.

Sie hatte nach meiner Heirat keine Zofe mehr engagiert. Doll half ihr hin und wieder, und manchmal, wenn sie etwas vorhatte, frisierte ich sie. Eines Tages, als Justin und sie mit Hemphills essen wollten, ging ich zu ihrem Zimmer, um, wie versprochen, ihre Haare zu richten.

Ich klopfte leise, doch es kam keine Antwort.

Daraufhin öffnete ich die Tür und rief: »Judith, bist du da?«

Keine Antwort; aber dann sah ich sie. Sie lag rücklings auf dem Bett, das Gesicht der Zimmerdecke zugewandt.

»Judith«, sagte ich. Doch sie gab keine Antwort, und für ein oder zwei Sekunden glaubte ich, sie sei tot, wobei der erste Gedanke, der mir in den Sinn kam, war: Nun ist Justin frei und kann Mellyora heiraten. Sie werden einen Sohn bekommen, und er wird den Vorrang vor meinem haben.

Ich hatte wirklich eine fixe Idee: meinen Sohn.

Ich näherte mich dem Bett, hörte einen tiefen Seufzer und sah, daß ihre Augen offen waren.

»Judith«, sagte ich wieder. »Du weißt doch, ich hatte versprochen, dir die Haare zu kämmen.«

Sie murmelte nur, ich beugte mich über sie und sah dabei, daß ihre Wangen naß waren.

»Oh ... Kerensa«, flüsterte sie.

»Was ist denn?«

Sie schüttelte den Kopf.

»Du weinst ja.«

»Warum sollte ich nicht?«

»Irgend etwas ist nicht in Ordnung.«

»Irgend etwas ist immer nicht in Ordnung!«

»Judith, erzähl es mir. Was ist passiert?«

»Er macht sich nichts aus mir«, murmelte sie undeutlich, flüsternd, und ich erriet, daß sie mich kaum wahrnahm und mit sich selber sprach. »Es ist schlimmer geworden, seit sie da ist. Glaubt er, ich sähe das nicht? Es liegt doch ganz offen zutage. Sie verzehren sich ja nacheinander. Sie hätten schon zusammen geschlafen ... aber sie sind ja so gute Menschen. Wie ich diese guten Menschen verabscheue, und doch ... wenn sie das täten, ich brächte sie um. Ja, ich brächte sie um. Sie ist so lieb und zart, wie? Solch eine ruhige, harmlose kleine Dame! So zu bedauern. Sie muß so schwere Zeiten durchstehen. Ihr Vater ist tot, und sie, die Arme, muß hinaus in die grausame Welt und muß sich ihr Brot verdienen. Arme, arme Mellyora! So ein hartes Leben. Sie braucht einen Beschützer. *Ich* werde sie beschützen.«

Ich flüsterte: »Pst, Judith. Man kann dich hören.«

»Wer ist das?« fragte sie.

»Es ist Kerensa ... ich will dir die Haare kämmen. Hast du das vergessen?«

»Kerensa.« Sie lachte. »Die Kammerzofe, die uns jetzt den Erben schenken wird. Auch das richtet sich nur gegen mich, verstehst du? Kerensa, das Kind aus dem

Dorf, kann den St. Larnstons den Erben geben, während ich eine elende, unfruchtbare Frau bin. Ein vertrockneter Feigenbaum! Das ist Judith. Alles dreht sich um die liebe Kerensa. Wir müssen Kerensa schonen. Sitzt Kerensa im Zug? Denkt an ihren Zustand! – Ist das nicht lustig?... Vor einigen Monaten war sie noch Carlee... wurde sie hier nur geduldet. Und nun ist sie heilig, die werdende Mutter des geheiligten Erben auf St. Larnston.«

»Judith«, rief ich streng. »Was ist nur los? Was ist denn passiert?«

Und als ich mich über sie beugte, wußte ich Bescheid, roch ich den Alkohol.

Judith... betrunken, sie wollte also ihr Elend in der Whiskyflasche ertränken!

»Du hast ja getrunken, Judith«, sagte ich vorwurfsvoll.

»Und wenn schon?«

»Das ist dumm.«

»Und wer bist du, bitte schön?«

»Deine Schwägerin Kerensa, deine Freundin.«

»Meine Freundin! Du bist ihre Freundin. Ihre Freundinnen sind nicht meine Freundinnen. Kerensa, die gesegnete Mutter! Seit du Johnny geheiratet hast, ist es noch schlimmer geworden.«

»Hast du vergessen, daß ihr mit den Hemphills essen wollt – du und Justin?«

»Er soll die andere mitnehmen. Das ist ihm doch sowieso lieber.«

»Du bist verrückt. Ich bestelle jetzt für dich einen schwarzen Kaffee. Reiß dich zusammen, Judith. Du gehst mit Justin zu den Hemphills. In einer Stunde wird er hier sein, und wenn er dich so findet, ist ihm das zuwider.«

»Ihm ist schon längst alles zuwider.«

»Dann mach es nicht noch schlimmer.«

»Meine Liebe ist ihm zuwider. Er ist ein kalter Mensch, Kerensa. Warum muß ich einen kalten Menschen lieben?«

»Das kann ich dir auch nicht sagen. Aber wenn du ihn loswerden willst, dann ist das genau der richtige Weg.« Sie packte mich am Arm. »O Kerensa, laß es nicht zu... laß es nicht zu.«

Sie weinte leise vor sich hin. Ich redete ihr gut zu: »Ich werde dir helfen. Aber du mußt auch tun, was ich sage. Ich lasse mir jetzt Kaffee kommen und bringe ihn dann zu dir. Die Dienstboten brauchen dich nicht so zu sehen. Sie reden schon sowieso zuviel. Ich bin gleich wieder zurück; dann helfe ich dir, rechtzeitig für die Hemphills fertig zu sein.«

»Ich hasse die Hemphills... diese albernen Leute.«

»Dann mußt du so tun, als magst du sie. Das ist der Weg, Justin zu gefallen.«

»Es gibt nur einen Weg, ihm zu gefallen: wenn ich ein Kind haben könnte, Kerensa... wenn ich nur ein Kind haben könnte.«

»Vielleicht bekommst du noch eins«, antwortete ich und hoffte gleichzeitig aus ganzer Seele, daß das niemals eintreffen würde.

»Er ist ein so kühler Mann, Kerensa.«

»Dann mußt du ihn erwärmen. Aber das gelingt dir nicht, wenn du dich betrinkst. Soviel kann ich dir bestimmt sagen. Nun leg dich wieder hin, bis ich zurückkomme.«

Sie nickte. »Du bist meine Freundin, Kerensa, ja?« sagte sie. »Du hast es mir versprochen.«

Ich lief in mein Zimmer und klingelte nach Doll.

»Bitte bring mir etwas Kaffee, Doll. Rasch.«

»Kaffee... Madam?«

»Ja, Kaffee, Doll. Ich hab' Lust auf eine Tasse Kaffee.«

Sie ging, und ich konnte mir vorstellen, wie sie dies

Gelüst in der Küche diskutierten. Nun ja, eine schwangere Frau hatte nun mal ausgefallene Gelüste.

Bald kam sie mit dem Kaffee zurück, und kaum war sie wieder aus dem Zimmer, eilte ich damit zu Judith. Ich hatte die Tür schon auf, als Mrs. Rolt auf dem Korridor auftauchte.

Wenn sie errieten, zu welchem Zweck ich nach Kaffee verlangte, dann war ihnen auch klar, daß Judith trank. Und höchstwahrscheinlich wußten sie Bescheid; sie konnte ja gar nicht an den Whisky heran, ohne daß Haggety es merkte, und bald würde er es Justin berichten, schon um sich selbst zu decken. Also hatte sie das Trinken wohl erst kürzlich angefangen, es bestand vielleicht noch Aussicht, sie davon abzubringen.

Als ich Judith den Kaffee einschenkte, fragte ich mich: Wieviel wissen die Dienstboten von unserem Leben? Können wir überhaupt Geheimnisse vor ihnen bewahren?

Der Mai war heiß in diesem Jahr. Es war ein schöner Monat, gerade richtig, überlegte ich, daß mein Kind diese Welt betrat. Die Hecken leuchteten in der Pracht ihrer wilden Blumen, und alles stand in herrlichster Blüte.

Es war nicht leicht; aber mit gleichgültiger Ruhe ließ ich den quälenden Schmerz über mich ergehen. Ich begrüßte ihn geradezu, denn er bedeutete, daß mein Kind bald geboren würde.

Dr. Hilliard und die Hebamme waren an meinem Bett, während es mir vorkam, als hielte das ganze Haus vor Spannung den Atem an und wartete auf den ersten Schrei des Kindes.

Ich weiß noch, wie ich dachte, daß die Pein der eingemauerten Nonne nicht größer hätte sein können als meine. Und doch genoß ich sie. Wie unterschied sie sich von ihrer: bei ihr war der Schmerz der Verzweiflung, bei mir der Schmerz des Triumphes.

Schließlich kam er – der lang erwartete Schrei eines Kindes.

Ich sah meine Schwiegermutter mit meinem Baby auf den Armen. Sie weinte. Sie, die stolze Frau. Ich bemerkte, wie ihr die Tränen über die Wangen rollten, und fürchtete schon, daß etwas nicht in Ordnung sei. Mein Baby wäre verkrüppelt, ein Ungeheuer, tot.

Aber es waren Tränen der Freude und des Stolzes; sie kam an mein Bett, und von ihr hörte ich die glückliche Botschaft zuerst.

»Ein Junge, Kerensa, ein süßer, gesunder Junge.«

Nichts kann schiefgehen, überlegte ich. Ich brauche bloß meine Pläne zu machen, und meine Träume werden wahr.

Ich bin Kerensa St. Larnston und habe einen Sohn geboren, den Erben von St. Larnston.

Aber in kleinen Dingen konnte ich besiegt werden.

Ich lag im Bett, das Haar fiel mir über die Schultern, und ich trug ein weißes Spitzenjäckchen mit grünen Bändern – ein Geschenk meiner Schwiegermutter.

Das Baby lag in seiner Wiege, und sie beugte sich zu ihm herab. Dabei wurde ihr Gesicht so sanft vor lauter Liebe, daß sie wie eine andere Frau wirkte.

»Wir müssen einen Namen für ihn finden, Kerensa.«

Sie kam an mein Bett und setzte sich lächelnd neben mich.

Ich sagte: »Ich dachte an Justin.«

Voll Erstaunen sah sie mich an. »Aber das kommt nicht in Frage.«

»Warum? Ich mag Justin. Es gab immer Justin St. Larnstons.«

»Wenn Justin einen Sohn haben wird, wird dieser Justin heißen. Wir müssen den Namen für ihn aufheben.«

»Justin... einen Sohn haben?«

»Ich bete jede Nacht, daß er und Judith gesegnet werden, so wie du und Johnny.«

Ich zwang mich zu einem Lächeln. »Natürlich. Ich dachte bloß, daß wenigstens ein Justin in der Familie sein sollte.«

»Das sollte es auch. Aber es sollte der Sohn des ältesten Sohnes sein.«

»Sie sind schon so lange verheiratet.«

»O ja, aber sie haben noch viele Jahre vor sich. Ich hoffe, vor meinem Tode noch ein Haus voller Kinder zu erleben.«

Ich fühlte mich zurückgesetzt. Dann tröstete ich mich damit, daß der Name nicht von Bedeutung war.

»An welchen anderen Namen hättest du noch gedacht?« fragte sie.

Ich überlegte. Ich war so sicher gewesen, daß mein Sohn Justin heißen würde, daß ich nicht weiter nach einem anderen Namen für ihn gesucht hatte.

Sie beobachtete mich, und da ich wußte, was für eine schlaue alte Frau sie war, wollte ich nicht, daß sie meinen Gedanken folgen könnte.

Spontan sagte ich: »Carlyon.«

»Carlyon?« wiederholte sie.

Bis zu dem Augenblick, da ich es aussprach, hatte ich nicht gewußt, das es der Name war, den ich für meinen Sohn wünschte – wenn er schon nicht Justin heißen durfte. Carlyon. Das war voller Bedeutung für mich. Ich sah mich selbst wieder, wie ich die Treppen zu dem Aufgang in meinem roten Samtkleid hinaufstieg. Es war das erste Mal gewesen, daß ich erlebt hatte, wie Träume wahr wurden.

»Carlyon ist ein guter Name«, sagte ich. »Ich mag ihn.«

Sie wiederholte ihn und rollte ihn über die Zunge. »Ja«,

gab sie zu, »ich mag ihn auch. Carlyon John – der andere nach seinem Vater. Wie wäre das?«

Johnny nach seinem Vater. Carlyon nach seiner Mutter. Wenn er nicht Justin heißen durfte, dann sollte er so heißen.

Ich wurde ein anderer Mensch. Zum erstenmal in meinem Leben liebte ich jemanden mehr als mich selbst. Das einzige, das mich interessierte, war mein Sohn. Ich habe mich oft vor mir selbst entschuldigt, wenn ich unrechte Dinge tat, indem ich mir vorsagte: Es war für Carlyon. Ich hielt mir immer wieder vor, daß sündigen aus Liebe zu einem anderen etwas anderes sei, als wenn man für sich selbst sündige. Und doch wußte ich tief in meinem Herzen, daß Carlyons Ruhm auch der meine war, und daß meine Liebe zu ihm deshalb so heftig war, weil er ein Teil von mir war, Fleisch von meinem Fleisch, Blut von meinem Blut.

Es war ein schönes, kräftiges Kind, und das einzige, was er von mir geerbt hatte, waren seine großen, dunklen Augen; doch lag in ihnen eine Heiterkeit, die in meinen nie zu finden war. Und warum, fragte ich mich, sollten sie nicht heiter schauen, bei einer Mutter, die so für ihn kämpfte? Er war ein zufriedenes Baby; er lag in seiner Wiege und empfing die Huldigungen der ganzen Familie, als müßte es so sein – doch nicht herrschsüchtig; er war glücklich, wenn er geliebt wurde. Carlyon liebte jeden, und alle liebten Carlyon. Doch wenn ich ihn aufnahm, so versicherte ich mir selbst, trat ein besonders zufriedener Ausdruck in sein süßes Gesichtchen.

Lady St. Larnston erörterte die Frage, ob wir eine Säuglingsschwester für ihn nehmen sollten. Sie zählte eine Reihe Mädchen aus dem Dorfe auf, die in Frage kamen; doch ich wies sie alle zurück. Eine Art Schuldgefühl war über mich gekommen. Ich litt unter der absurden Angstvorstellung – fast wie unter einer Vorahnung –, daß Judith etwas zustoßen und Justin Mellyora heiraten könne. Das sollte unter keinen Umständen geschehen. Ich wollte, daß Judith am Leben und Justins unfruchtbares Weib bliebe; denn nur so konnte mein Sohn Sir Carlyon und Erbe von Abbas werden. Zwar stellte ich mir Mellyoras traurig vertanes Leben vor Augen; doch schob ich derartige Gedanken schnell beiseite. Hatte ich nicht zu wählen zwischen meiner Freundin und meinem Sohn? Und welche Mutter würde nicht ihren Sohn der Freundin vorziehen, und stünde sie ihr noch so nahe?

Trotz allem wollte ich Mellyora helfen und hatte auch schon einen Plan.

»Ich möchte nicht, daß er lernt, wie ein Dorfkind zu sprechen«, erklärte ich meiner Schwiegermutter.

»Aber wir hatten immer diese Mädchen als Pflegerinnen«, erinnerte sie mich.

»Ich wünsche das Beste für Carlyon.«

»Meine liebe Kerensa, das wollen wir alle.«

»Ich hatte an Mellyora Martin gedacht.« Ich sah, wie erstaunt meine Schwiegermutter mich anblickte, und fuhr eilends fort: »Sie ist eine Lady. Sie liebt ihn, und ich glaube, sie kann gut mit Kindern umgehen. Sie könnte ihn auch unterrichten, wenn er größer wird. Sie könnte seine Erzieherin sein, bis er zur Schule kommt.«

Sie bedachte die Unbequemlichkeit, auf Mellyora verzichten zu müssen. Sie würde sie vermissen, und doch leuchteten ihr die Vorzüge ein. Es würde schwierig sein, ein Kindermädchen von den Qualitäten der Pfarrerstochter zu bekommen.

An jenem Tag entdeckte ich, daß die alte, herrschsüchtige Dame bereit war, ihrem Enkelsohn Opfer zu bringen.

Ich ging zu Mellyora. Sie hatte einen anstrengenden Nachmittag mit Lady St. Larnston hinter sich und lag müde auf ihrem Bett. Sie kam mir vor wie eine Narzisse, die lange kein Wasser mehr bekommen hat.

Arme Mellyora!

Ich setzte mich zu ihr auf die Bettkante und sah sie genau an.

»Es war wohl ein sehr anstrengender Tag heute?« fragte ich sie.

Sie zuckte nur die Schultern.

»Ich bin gleich zurück«, sagte ich und lief in mein Zimmer, um das Eau de Cologne zu holen, das ich während meiner Schwangerschaft benutzt hatte und das, wie ich bei Judith festgestellt hatte, Kopfschmerzen linderte.

Ich tupfte etwas davon mit einem Wattebausch auf Mellyoras Stirn.

»Was für eine Verschwendung«, murmelte sie.

»Arme Mellyora! Meine Schwiegermutter ist ein Tyrann. Aber in Zukunft wird es besser werden.«

Sie machte ihre hübschen blauen Augen ganz weit auf, und eine Spur von Trauer schien in ihnen aufzuschimmern.

»Du bekommst eine neue Herrin.«

Sie richtete sich auf und blickte mich angstvoll an. Du brauchst keine Angst zu haben, dachte ich. Du wirst nicht von Justin getrennt. Und der Teufel in mir flüsterte: Nein, solange du hier bist und diese hoffnungslose Liebe zwischen dir und Justin besteht, hat er kein Verlangen nach seiner Frau und bekommt sie auch kein Kind, das meinen Carlyon verdrängt.

Wenn mich solche Gedanken überfielen, wollte ich immer besonders nett zu Mellyora sein und sagte deshalb schnell: »Ich werde deine neue Herrin sein, Mellyora. Du wirst Carlyons Pflegerin.«

Wir umarmten uns, und für einen Augenblick waren wir wieder die zwei jungen Mädchen im Pfarrhaus.

»Du wirst zu ihm wie eine Tante sein«, fuhr ich fort.

»Von etwas anderem wird gar nicht gesprochen. Wir sind doch Schwestern, nicht wahr?«

Eine Zeitlang waren wir still, und dann sagte sie: »Das Leben kann einem manchmal Angst machen, Kerensa. Kannst du in unserem eine Linie erkennen?«

»Ja«, erwiderte ich, »das kann ich.«

»Zuerst helfe ich dir ... dann hilfst du mir.«

»Unsichtbare Bande verknüpfen unser beider Leben. Nichts kann sie zerreißen, Mellyora. Auch wir könnten es nicht, selbst wenn wir es versuchten.«

»Wir werden es nie probieren«, versicherte sie. »Kerensa, als ich erfuhr, daß meine Mutter ein Kind bekommen sollte, betete ich um eine Schwester. Ich betete so sehr, nicht nur in der Nacht, auch während des Tages, jeden wachen Augenblick! Mein Leben war nur noch ein einziges Gebet. Ich schuf mir in der Phantasie eine Schwester, und sie hieß Kerensa. Sie war wie du ... stärker als ich, immer bereit, mir zu helfen, obgleich es auch Zeiten gab, da ich ihr helfen konnte. Glaubst du nicht auch, Gott war so traurig, daß er meine Schwester weggenommen hatte, daß er dich mir schickte?«

Sie sah mich an.

»Ja«, sagte ich, »ich glaube, es ist so gemeint.«

»Dann glaubst du dasselbe wie ich. Du hast immer gesagt, wenn man sich etwas wünscht, muß man darum beten, dafür leben ... und dann trifft es ein.«

»Ja, Grandma behauptet auch immer, daß es dann eintrifft. Aber es gibt so viele Kräfte, die wir nicht begreifen können. Vielleicht erfüllt sich dein Traum, aber du mußt auch dafür bezahlen ... Vielleicht wirst du eine Schwester haben; aber sie wird nicht ganz deinen Wünschen entsprechen.«

Wenn sie lachte, war sie ganz die alte Mellyora, unbeschwert von all den Demütigungen, die eine herrische Frau wie meine Schwiegermutter immer jenen zufügte, die unter ihrer Gewalt standen.

»Komm, Kerensa«, sagte sie. »Ich kenne deine Fehler recht gut.«

Ich lachte mit ihr und dachte noch: Nein, Mellyora, das tust du nicht. Du wärest nicht wenig überrascht, wenn du in mein schwarzes Herz blicken könntest. Schwarz? Vielleicht nicht ganz. Aber nicht hell und klar. Ziemlich grau.

Und ich beschloß, Mellyora das Leben leichter zu machen.

Welche Veränderungen hatte Carlyon auf Abbas eingeführt! Es gab niemanden, der nicht von seinem Liebreiz angetan gewesen wäre. Selbst Johnny hatte etwas von seinem Spott verloren und wurde zum stolzen Vater. Mir bedeutete das Kind natürlich mein ein und alles auf der Welt. Mellyora hatte mehr Ruhe, als sie seit langer Zeit gehabt hatte. Sie war dem Baby so zugetan, daß ich manchmal fürchtete, es würde sie mehr lieben als mich. Lady St. Larnston wurde beim Anblick ihres Enkelsohnes ebenfalls ganz weich; die Dienstboten beteten ihn an, und wenn er im Garten war, fand jeder einen Vorwand, um zu ihm hinauszugehen. Und wahrscheinlich war er der einzige im Haus, an dem sie nichts auszusetzen hatten.

Doch einen Menschen gab es, vielleicht auch zwei, die nicht so glücklich darüber waren, daß er da war. Für Judith war er ein ständiger Vorwurf und für Justin wohl auch. Ich hatte Justin beobachtet, wie er voll Sehnsucht auf meinen Sohn schaute, und konnte in seinen Gedanken lesen, und Judith hatte ihre noch nie zu verbergen vermocht. Sie hegte einen wilden Groll in ihrem Herzen, als wenn sie mit ihrem Schicksal haderte: Warum kann ich nicht ein Kind haben?

Seltsamerweise zog sie gerade mich ins Vertrauen. Wieso sie mich auswählte, war mir nicht klar; vielleicht fühlte sie, daß ich sie von allen im Haus noch am besten verstand.

Manchmal ging ich zu ihr und saß mit ihr zusammen. Ich hatte eine Art, sie zum Sprechen zu bringen, die sie beruhigend fand, mich dagegen aufregte. Ich mußte immer wieder an Grandmas Rat denken, daß es klug sei, von allem zu erfahren; denn das kleinste bißchen Wissen könnte sich manchmal als nützlich erweisen.

So heuchelte ich Zuneigung und erschlich mir ihr Vertrauen, und sobald der Whisky ihren Kopf umnebelte, war sie geradezu redselig. Jeden Tag ritt sie allein aus, und zwar, wie ich wohl wußte, um sich Whisky aus den Schenken zu holen. Offensichtlich hatte sie erkannt, daß es gefährlich war, sich an die Bestände im Haus zu halten.

Als Justin die leeren Flaschen im Schrank entdeckte, war er über ihre heimliche Trunksucht entsetzt.

Zuerst war sie obenauf. »Er war so wütend. So habe ich ihn überhaupt noch nicht gesehen. Er muß sich doch um mich sorgen, Kerensa, wenn er so zornig wird? Er sagte, ich ruiniere meine Gesundheit. Und weißt du, was er tat? Er nahm mir den Whisky weg, damit ich meine Gesundheit nicht zugrunde richte.«

Aber diese Hochstimmung dauerte nicht an. Ich wußte, wie sehr sie schon von ihrem Whisky abhängig war. Einmal kam ich in ihr Zimmer und traf sie, wie sie weinend über einem Brief saß.

»Ich schreibe an Justin«, schluchzte sie. Ich blickte ihr über die Schulter und las: »Mein Liebster, was habe ich Dir getan, daß Du mich so behandelst? Manchmal glaube ich, Du haßt mich. Warum hast Du das Mädchen mit dem albernen sanften Gesicht und den babyblauen Augen lieber als mich? Was kann sie Dir schon geben, was ich nicht... «

Ich fragte sie: »Willst du das wirklich an Justin schicken?«

»Warum nicht? Warum sollte ich nicht?«

»Du siehst ihn doch jeden Tag. Wieso schreibst du ihm dann?«

»Er geht mir aus dem Wege. Wir haben jetzt getrennte Zimmer. Weißt du das nicht? Weil ich ihm zur Last bin. Er will mich lieber vergessen. Die Dinge haben sich verändert, seitdem du meine Zofe warst, Kerensa. Du bist klug, Kerensa! Ich wünschte, ich könnte mein Leben so dirigieren wie du deines. Du machst dir nicht viel aus Johnny, nicht wahr? Aber er macht sich etwas aus dir. Wie seltsam! Es ist eine Art verkehrte Welt, die zwei Brüder mit ihren Frauen... «

Sie lachte wild auf, und ich ermahnte sie: »Leise, sonst hören dich noch die Dienstboten.«

»Die sind weit weg, in der Küche.«

»Sie sind überall«, antwortete ich.

»Na und? Was würden sie denn entdecken? Daß er mich vernachlässigt? Daß er der Pfarrerstochter nachläuft? Das wissen sie ohnehin.«

»Pst!«

»Weshalb?«

»Judith, du bist nicht bei Sinnen.«

»Ich bin verrückt nach einem Schluck. Er hat mir meinen einzigen Trost weggenommen, Kerensa. Warum soll ich mich nicht trösten? Er tröstet sich auch. Was meinst du, wohin sind er und das Mädchen gegangen, Kerensa?«

»Du bist kindisch. Du bildest dir das bloß ein. Dazu sind beide zu sehr... «, ich hielt inne und fuhr fort, »auf ihren Ruf bedacht, um mehr als nur Freunde zu sein.«

245

»Freunde!« schrie sie auf. »Sie lauern ja nur auf den Augenblick, da sie sich lieben können. Worüber reden sie zusammen, Kerensa? Über die Tage, wenn ich nicht mehr hier bin!«

»Du bist nicht bei Sinnen.«

»Wenn ich einen Schluck bekäme, ging es mir besser. Kerensa, hilf mir! Kauf Whisky für mich ... bring ihn mir. Bitte, Kerensa, du weißt ja nicht, wie dringend nötig ich ein Gläschen habe.«

»Ich kann es nicht, Judith.«

»Du willst mir nicht helfen. Keiner will mir helfen ... keiner ...« Sie schwieg und lächelte still vor sich hin.

Offensichtlich war ihr ein Gedanke gekommen; aber ich ahnte noch nicht welcher. Das ging mir erst ein paar Tage später auf.

Damals ritt sie zu ihrem alten Heim hinüber und brachte Fanny Paunton mit. Fanny war Kindermädchen auf Derrise gewesen und hatte dann andere Pflichten zugeteilt bekommen, als sie nicht länger mehr im Kinderzimmer gebraucht wurde.

Fanny wurde Judiths neue Zofe.

Die Angelegenheit zwischen Judith und Justin interessierte mich plötzlich nicht mehr. Mein Sohn war krank. Eines Morgens, als ich mich über die Wiege beugte, stellte ich fest, daß er Fieber hatte. Ich war sehr erschrocken und schickte sofort zu Dr. Hilliard.

Carlyon hätte Masern, sagte der Arzt, kein Grund also zur Aufregung. Es sei eine normale Kinderkrankheit.

Kein Grund zur Aufregung! Ich war außer mir vor Angst.

Tag und Nacht wachte ich bei ihm; niemand außer mir durfte ihn pflegen.

Johnny protestierte. »Das müssen alle Kinder durchmachen.«

Ich blickte ihn voll Verachtung an. Dieser war mein Sohn, und der unterschied sich von allen anderen Kindern. Der Gedanke an die kleinste Gefahr war unerträglich für mich.

Meine Schwiegermutter war außerordentlich nett zu mir.

»Du machst dich noch krank, mein Kind. Dr. Hilliard hat mir versichert, es handele sich wirklich nur um eine gewöhnliche Kinderkrankheit, die außerdem bei Carlyon noch sehr leicht verliefe. Ruh' dich etwas aus; ich schaue inzwischen nach ihm.«

Aber ich wollte ihn nicht allein lassen. Ich fürchtete, die anderen würden ihm nicht die gleiche Sorgfalt angedeihen lassen wie ich. Ich saß neben seiner Wiege und malte mir aus, er wäre tot, und der kleine Sarg würde in die St. Larnston-Gruft getragen.

Johnny setzte sich neben mich.

»Weißt du, was mit dir los ist?« fragte er. »Du brauchst mehr Kinder. Dann würdest du dich nicht so über das eine aufregen. Was würdest du zu einem halben Dutzend kleiner Söhne und Töchter sagen? Du bist zur Mutter geschaffen. Und dem kann abgeholfen werden, Kerensa.«

»Sei nicht frech«, begehrte ich auf.

Aber als es Carlyon besser ging und ich wieder vernünftiger denken konnte, stellte ich mir vor, wie es mit einer großen Familie wäre, und dachte an die vielen kommenden Jahre, wenn ich die große alte Dame auf Abbas sein würde, nicht nur mit Sir Carlyon und seinen Kindern, sondern mit noch vielen anderen... meinen Kindern, meinen Enkeln. Ich würde ihnen das sein, was Grandma Bee mir gewesen war.

Meine Träume meldeten sich wieder.

Johnny hatte mir einen Weg in die Zukunft gewiesen, der mir gut schien.

Carlyon hatte keine Beschwerden mehr nach seiner Krankheit und war bald wieder der alte. Er konnte jetzt laufen und sprechen. Und es machte den größten Spaß, ihn zu beobachten.

Johnny und mir erging es wie in den ersten Tagen unserer Heirat. Eine Leidenschaft, so heftig wie damals, entflammte uns; bei mir genährt von dem Wunsch, meinen Traum weiter zu verwirklichen; bei ihm von dem dunklen Gefühl, eine Hexe zur Frau zu haben.

Im Rosengarten spielte Carlyon mit einem Holzreifen, den er mit einem Stöckchen antrieb. Mellyora saß mit einer Näharbeit dicht an der Jungfrauen-Mauer, als ich in den Garten kam.

Carlyon war nun schon fast zwei Jahre alt und groß für sein Alter, ein gutartiges Kind, und meistens war er glücklich, wenn er mit sich selbst spielen konnte, obgleich er auch gern mit anderen zusammen war. Oft mußte ich mich wundern, daß ein Mann wie Johnny und eine Frau wie ich so ein Kind haben konnten.

Damals war ich einundzwanzig, und oft, wenn ich auf Abbas herumging, hatte ich das Gefühl, ich hätte mein ganzes Leben hier verlebt.

Lady St. Larnston alterte sichtlich. Sie litt vor allem an Rheumatismus, der sie meist auf ihre Zimmer verbannte. Sie hatte keine neue Gesellschafterin anstelle Mellyoras genommen, weil sie nicht mehr eine so ausgedehnte Korrespondenz führte und ihr kaum noch daran lag, vorgelesen zu bekommen. Sie wollte ihre Ruhe haben. Hin und wieder leisteten Mellyora oder ich ihr Gesellschaft. Mellyora las ihr meistens vor; doch wenn ich es tat, unterbrach sie mich stets, und es dauerte nicht lange, dann plauderten wir meistens über Carlyon.

Das bedeutete, daß ich allmählich zur Herrin im Hause wurde, eine Tatsache, die die Dienstboten akzeptierten, und nur gelegentlich sah ich einen Ausdruck über ihre Gesichter huschen, der mir sagte, daß sie sich noch an die Zeit erinnerten, als ich eine der ihren gewesen war. Judith stand mir überhaupt nicht im Wege. Sie verbrachte viele Tage in ihrem Zimmer, nur in der Gesellschaft ihrer Zofe – »der Fanny von Derrise« – wie sie die Dienstboten nannten.

Grandma ging es nicht so gut, wie ich es gern gesehen hätte. Doch ich konnte mich nicht mehr so darüber aufregen wie früher. Ich hatte vor, sie in einem eigenen kleinen Haus in der Nähe von Abbas unterzubringen, mit jemandem, der sich um sie kümmerte. Doch war das eine Sache, die ich noch nicht mit ihr besprochen hatte, weil ich wußte, sie würde diesen Vorschlag im Augenblick nicht gut aufnehmen.

Joe war mit Essie Pollent verlobt, und Mr. Pollent wollte ihn am Tage seiner Hochzeit zu seinem Partner machen. Ich fühlte Unwillen in mir hochsteigen, wenn ich sah, wie Grandma sich darüber freute. Sie sagte: »Meine beiden Kleinen haben gut für sich gesorgt.« Ich vermochte nicht einzusehen, wie sie Joes Fortkommen mit meinem vergleichen konnte; immer noch war ich gekränkt, daß er nicht Medizin studieren wollte.

Mein Wunsch nach weiteren Kindern war noch nicht in Erfüllung gegangen; doch Grandma tröstete mich, das sei normal, und außerdem sei es besser für die Gesundheit, eine Pause von zwei oder drei Jahren einzulegen. Ich hätte ja noch das ganze Leben vor mir. Und so fühlte ich mich recht zufrieden. Ich hatte einen wohlgeratenen Sohn, und mit jedem Monat wurde ich sicherer, daß Judith niemals ein Kind gebären würde. So würde Carlyon den Titel auf Abbas erben, und ich selbst würde eines Tages die große alte Dame auf Abbas sein.

So standen die Dinge an jenem Morgen, als ich mich zu Mellyora und Carlyon in den Rosengarten gesellte.

Ich setzte mich neben Mellyora und versank für einige Augenblicke in Betrachtung meines Sohnes. Er hatte sofort gemerkt, daß ich in den Garten gekommen war, stand still und winkte mir zu. Dann lief er hinter seinem Reifen her, hob ihn auf und rollte ihn weiter, wobei er mich ansah, ob ich ihn auch beobachtete. Das war einer der Augenblicke, die ich gern eingefangen und für immer bewahrt hätte: Augenblicke des reinsten Glückes. Denn wenn man älter wird, sieht man ein, daß einem das Glück – reines, ungetrübtes Glück – nur für kurze Momente geschenkt wird und gleich erkannt und unverzüglich genossen sein will. Denn selbst im glücklichsten Leben ist das vollkommene Glück nicht immer gegenwärtig.

Ich merkte endlich, daß Mellyora etwas auf dem Herzen hatte, und im Nu war mein Glück getrübt.

»Woran denkst du?« fragte ich.

Sie überlegte und gab dann zur Antwort: »Ich denke an Judith, Kerensa.«

Judith! Natürlich an Judith. Judith war die Wolke, die die Sonne verdeckte, der Fels quer über ihrem Weg zu Liebe und Glück.

Ich nickte.

»Du weißt doch, sie trinkt viel zuviel.«

»Ich weiß, daß sie eine Neigung zur Flasche hat. Aber ich dachte, Justin weiß davon und sorgt dafür, daß es in Grenzen bleibt.«

»Sie trinkt dennoch zuviel ... trotz Justin.«

Schon die Art, wie sie seinen Namen aussprach, stellte sie bloß. Eine kleine Pause; eine angedeutete Verbeugung. O Mellyora, dachte ich, du verrätst dich auf hunderterlei Weise.

»Ja?« fragte ich.

»Gestern kam ich an ihrem Zimmer vorbei; die Tür stand offen, und ich hörte sie schluchzen, wie mir schien. Ich ging hinein. Sie lag auf dem Bett, vollkommen betrunken. Es war ein schrecklicher Anblick, Kerensa. Sie erkannte mich gar nicht. Sie lag dort mit verglastem Blick, stöhnte und murmelte vor sich hin. Ich konnte nicht verstehen, was sie sagte. Aufgeregt suchte ich nach Fanny. Fanny war in ihrem Zimmer ... in dem du einmal gewohnt hast. Sie lag ebenfalls auf ihrem Bett und stand nicht auf, als ich hereinkam. Ich sagte zu ihr: ›Ich glaube, Lady St. Larnston braucht Sie. Sie scheint krank zu sein.‹ Aber sie lag nur da und sah mich höhnisch und verächtlich an. ›Was Sie nicht sagen, Miss Martin!‹ erwiderte sie nur. Ich fuhr fort: ›Ich hörte sie stöhnen und kam deshalb herein, um nach ihr zu schauen. Bitte gehen Sie zu ihr und tun Sie etwas.‹ Sie lachte nur. ›Ihrer Ladyship geht es ganz gut, Miss Martin‹, sagte sie und fuhr dann fort: ›Ich wußte gar nicht, daß Sie sich um meine Herrin sorgen.‹ Ach, es war einfach scheußlich. Es ist zu bedauerlich, daß diese Person hierherkam. Ich war so wütend, Kerensa ... «

Ich blickte Mellyora an und erinnerte mich, wie sie für mich gekämpft hatte, als sie mich von Trelinket ins Pfarrhaus brachte. Wenn es nötig war, konnte Mellyora kämpfen. Und sie würde auch jetzt nichts einstecken. Irgendein Makel auf der Freundschaft zwischen ihr und Justin schadete nur Justin. So sah sie es. Und ich wußte, daß die Liebe zwischen ihr und Justin noch keine Erfüllung gefunden hatte und daß das auch nie geschehen würde, solange Judith am Leben war und zwischen ihnen stand.

Mellyora fuhr fort: »Ich sagte zu ihr: Sie sind unverschämt. Sie aber lag da und lachte mich aus. ›Sie nehmen sich allerhand heraus, Miss Martin‹, gab sie mir zur Antwort. ›Man könnte glauben, Sie wären die Herrin im Hause, so wie Sie sich benehmen. Aber Sie sind es nicht ... und wenn man noch so lange darüber redet, Sie sind es nicht.‹ Ich mußte sie zum Schweigen bringen, aus Angst, sie würde noch irgend etwas Schreckliches sagen, etwas, das ich nicht so einfach hinunterschlucken könnte, und sagte schnell: ›Jemand versorgt Lady St. Larnston heimlich mit Whisky, und ich glaube, das sind Sie.‹ Sie grinste wieder und ließ dabei ihre Augen zum Schrank wandern. Ich ging darauf zu, öffnete ihn und sah sie ... Flaschen über Flaschen ... einige voll, einige leer. Sie holt sie für Judith ... und Justin versucht inzwischen, ihrem Trinken Einhalt zu gebieten.«

»Und was kannst du dabei tun, Mellyora?«

»Ich weiß nicht. Es macht mir Kummer.«

»Das Gerede über dich und Justin bekümmert mich mehr als Judiths Trinkerei.«

»Wir sind unschuldig«, sagte sie stolz, »und Unschuldige haben nichts zu fürchten.«

Ich gab keine Antwort, und sie wandte sich mir abrupt zu. »Du glaubst mir wohl nicht?« klagte sie.

»Ich glaube dir alles, Mellyora. Ich dachte nur über deine Worte nach: Unschuldige haben nichts zu fürchten und überlegte, wieviel daran wohl wahr sein möge.«

Am nächsten Tag fuhr Johnny in Familiengeschäften nach Plymouth. Es war seltsam, wie er sich seit unserer Hochzeit zu seinen Gunsten verändert hatte, und ich konnte mir gut vorstellen, daß er in zwanzig Jahren seinen schlechten Ruf verloren haben würde. Das Leben war schon eigenartig. Justin, der sich bei der Heirat nach seinen Eltern gerichtet hatte, büßte an Achtung ein; denn zweifellos galt der Hauptklatsch in den Gesindestuben Justin, Judith und Mellyora. Johnny hingegen, der seiner Familie die Schande angetan hatte, eine Zofe zu heiraten, bewies heute, wie klug er gewählt hatte. Hier offenbarte sich wirklich die Ironie des Schicksals.

Manchmal fragte ich mich, ob Johnny mir wohl treu war; aber das machte mir keine großen Kopfschmerzen. Meine Stellung war gesichert, und ich hatte alles, was ich von Johnny wollte.

Als er wiederkam, brachte er einen Elefanten mit. Er war aus grauem Tuch gearbeitet und hatte Räder unter den Füßen, so daß man ihn ziehen konnte. Ich habe später noch größere und schönere gesehen; aber in diesen Tagen kam er uns prachtvoll vor. Er war ungefähr 30 cm hoch und hatte zwei Stielknöpfe als Augen, einen feinen Rüssel, einen entsprechend langen Schwanz und ein paar weiche Ohren. Um seinen Hals lag ein dünnes rotes Lederband, an dem eine rote Schnur festgemacht war.

Johnny kam in das Kinderzimmer und rief nach Carlyon. Feierlich packte unser Sohn die Schachtel aus, die fast so groß wie er selbst war; seine Händchen rissen an dem seidenen Einwickelpapier, und dann stand er da in seiner ganzen Pracht, der Elefant.

Carlyon starrte ihn verwundert an, berührte das graue Fell und bohrte seine Fingerchen in die Knopfaugen. Dann sah er von mir zu Johnny.

»Das ist ein Elefant, Liebling«, erklärte ich.

»Nellyfant«, wiederholte er staunend.

Johnny nahm ihn aus der Schachtel und legte die Schnur in Carlyons Hand. Er zeigte ihm, wie er ihn hinter sich herziehen konnte. Schweigend zog Carlyon das Spielzeug quer durch das Zimmer; dann kniete er nieder und legte seine Arme um den Hals des Tieres.

»Nellyfant«, flüsterte er staunend. »Mein Nellyfant.«

Mir wurde klar, daß ich eifersüchtig war, weil es Johnny war, der ihm etwas so Liebenswertes geschenkt hatte. Ich wollte immer die erste in seinem Herzen sein. Das war eine Eigenschaft, die ich eigentlich bedauerte; doch ich konnte nicht dagegen ankommen.

Carlyon liebte seinen Elefanten. Das Spielzeug stand nachts neben seinem Bettchen; er zog es hinter sich her, wohin er auch ging. Er nannte ihn weiterhin seinen Nellyfanten, und es war nur natürlich, daß daraus die Abkürzung Nelly wurde. Er sprach zu Nelly, er sang ihm vor, und es war eine Freude, seiner Begeisterung zuzuschauen.

Mein einziger Kummer war, daß es nicht mein Geschenk gewesen war.

In diesem Sommer gab es heimliche Machtkämpfe auf Abbas. Die Lage hatte sich verschlechtert, seit Fanny gekommen war; Fanny, die nicht nur Judith mit Alkohol versorgte, sondern auch noch ihr Mißtrauen stärkte. Sie haßte Mellyora, und die beiden, sie und Judith, versuchten, Mellyora Abbas zu verleiden.

Mellyora berichtete mir nicht von allen Beleidigungen, die sie erdulden mußte; aber manchmal war sie so aufgeregt, daß sie nicht länger stillschweigen konnte.

Justin hatte ich noch nie leiden mögen, weil ich wußte, daß er auch mich nicht mochte. Er glaubte, ich hätte Johnny verführt, damit er mich heiratete, und das war für das Oberhaupt der Familie zuviel, als daß er mich aus freien Stücken als Familienmitglied akzeptiert hätte. Er war zwar immer kühl und höflich mir gegenüber, erwies mir aber nie die leiseste Freundlichkeit, und ich neigte dazu zu glauben, daß er Mellyoras Freundschaft zu mir nicht ganz billigte.

Auch ich hatte für ihn wenig Sympathien übrig; aber ich liebte Mellyora und wollte sie nicht gedemütigt wissen. Daneben liebte sie Carlyon, und er liebte sie wieder; sie war ein ausgezeichnetes Kindermädchen und würde eine gute Erzieherin werden. Ich glaube, was ich wirklich wünschte, war, daß alles seinen Lauf auf Abbas weiterginge: mit mir als eigentlicher Herrin auf Abbas und Mellyora in einer Stellung, die sie mir verdankte und die sie ewig von mir abhängig machte; Justin, voll Melancholie, in Liebe entbrannt zu einer Frau, die ihm verboten war, das Opfer einer liebearmen Heirat; Johnny, mein Mann, immer noch von mir fasziniert und dabei begreifend, daß es vieles an mir gab, was er nicht verstand, aus welchem Grund er mich noch mehr bewunderte als jemals vorher eine andere Frau; ich selbst, voll Stärke, alle Fäden in der Hand haltend, an denen ich meine Marionetten tanzen lassen konnte.

Aber Judith und die abscheuliche Fanny wollten Mellyora loswerden.

Verliebte Leute spielen gern den Vogel Strauß. Sie stecken den Kopf in den Sand und glauben, weil sie niemanden sehen, könnten auch sie nicht gesehen werden. Sogar ein so kaltblütiger Mensch wie Justin konnte verliebt und dumm sein. Er und Mellyora waren übereingekommen, daß sie sich hin und wieder allein sehen müßten, und ritten daher gelegentlich aus – nicht zusammen – und trafen sich dann, allerdings nie zweimal, am selben Ort. Ich konnte mir gut vorstellen, wie ihre Pferde nebeneinander hergingen und sie ernsthaft miteinander sprachen, ehe sie sich verabschiedeten, um getrennt wieder nach Hause zu kommen. Aber natürlich wurde es bemerkt, wenn sie beide am selben Nachmittag verschwanden.

Das war die einzige Gunstbezeugung, die sie sich erlaubten. Und von nichts war ich so überzeugt, wie davon, daß sie sich nie nähergekommen waren. Vielleicht wäre Mellyora in Versuchung geraten, wenn ihr Liebhaber temperamentvoller gewesen wäre. Die Zurückhaltung mochte wohl von Justins Seite kommen.

Aber wie dem auch war: obgleich die Hauptdarsteller sich bemühten, ihre Ehre zu retten und ihre Pflicht zu tun, wir saßen wie auf einem Pulverfaß. Jeden Augenblick konnte die Explosion erfolgen; Fanny – vielleicht auch Judith – würde schon dafür sorgen.

Eines Morgens, als ich in die Küche ging, um die Anordnungen für den Tag zu treffen, kam mir eine Bemerkung zu Ohren, die mich stutzig machte. Haggety hatte sie fallenlassen, und Mrs. Rolt hatte ihm kichernd zugestimmt. Fanny hätte sie zusammen gesehen. Fanny wüßte etwas. Pfarrerstöchter seien genauso wie Dorfschlampen. Fanny würde die Wahrheit herauskriegen, und wenn sie etwas gefunden hätte, würde das jemandem sehr leid tun. Auf Fanny könnte man sich verlassen. Ihr entginge so gut wie nichts.

Als ich in die Küche kam, wurde es still, und in meine Angst um Mellyora mischte sich mein Stolz, daß ich sie allein durch meine Gegenwart zum Schweigen bringen konnte.

Ich ließ mir nicht anmerken, daß ich sie gehört hatte, sondern gab nur meine Befehle.

Doch als ich die Treppen wieder hinaufstieg, machte ich mir Gedanken. Wenn Fanny nicht bald aus dem Haus kam, würde es Ärger geben, und das Ende wäre womöglich, daß Mellyora Abbas verlassen mußte. Und was dann? Würde Justin sie gehen lassen? Oft konnte man eine Entscheidung provozieren, aber wenn es dann so weit war, wußte niemand im voraus, wie die Betroffenen reagierten. Fanny mußte gehen; aber wie konnte *ich* Judiths Zofe entlassen?

Ich ging zu Judith. Es war am frühen Nachmittag, und ich wußte, daß sie sich nach dem Essen zurückzog in ihr Zimmer und sich dort in den Schlaf trank.

Ich klopfte leise an die Tür, und als keine Antwort kam, klopfte ich nochmals, stärker. Ich konnte Gläserklirren hören und das Schließen einer Schranktür. Sie wahrte immer noch den Schein, daß sie nicht trank.

»Oh«, rief sie, »du bist es.«

»Ich wollte mit dir plaudern.«

Als ich nähertrat, konnte ich den Alkohol an ihrem Atem riechen und an den glasigen Augen bemerken. Ihr Haar war unordentlich.

Sie zuckte mit den Schultern, und ich stellte einen Stuhl vor den Spiegel. »Komm, ich kämme dich, Judith«, sagte ich. »Ich habe es schon immer gern getan. Deine Haare sind gefügig, wie ich das nenne. Und du hast es auch gern.«

Gehorsam setzte sie sich nieder, und als ich die Nadeln aus ihrem Haar löste und es ihr über die Schultern fiel, fuhr mir durch den Kopf, wie verwundbar sie aussah.

Ich massierte ihr die Kopfhaut wie früher, und sie schloß die Augen.

»Du hast Zauberkraft in deinen Fingern«, sagte sie leise und undeutlich.

»Judith«, sprach ich sanft zu ihr, »du bist sehr unglücklich.«

Sie gab keine Antwort, aber ich sah, wie ihre Mundwinkel sich senkten.

»Ich wünschte, ich könnte irgend etwas für dich tun.«

»Du kannst mein Haar kämmen.«

Ich lachte. »Ich meinte, damit du glücklicher würdest.«

Sie schüttelte den Kopf.

»Ist es denn klug... so viel zu trinken?« fuhr ich fort.

»Fanny holt alles für dich, ich weiß. Es ist aber falsch von ihr. Seit sie hierherkam, geht es dir schlechter.«

»Ich will Fanny hierhaben. Sie ist meine Freundin.« Sie kniff ihren Mund eigensinnig zusammen.

»Eine Freundin, die Schnaps für dich schmuggelt, während Justin sich sorgt, daß du nicht trinkst, weil er für deine Gesundheit fürchtet?«

Sie sah hoch, und es blitzte in ihren Augen auf. »So? Vielleicht wäre es ihm lieber, ich wäre tot.«

»Welcher Unsinn! Er will dich gesund haben. Schick Fanny fort. Ich weiß, wie schlecht ihr Umgang für dich ist. Werde wieder gesund... und stark. Wenn deine Gesundheit kräftig genug ist, kannst du vielleicht ein Kind bekommen, was Justin sehr freuen würde.«

Sie wandte sich um und ergriff meinen Arm. Ihre Finger krallten sich in meine Haut.

»Davon verstehst du nichts, wenn du es auch glaubst. Alle glauben es zu verstehen. Sie denken, es sei mein Fehler, daß wir keine Kinder haben. Was aber ist, wenn ich sage, es liegt an Justin?«

»Judith? Du meinst...?«

Sie ließ mich los und zuckte wieder mit den Schultern und wandte sich dem Spiegel zu. »Was macht es schon aus? Bürste mir das Haar, Kerensa. Das beruhigt. Dann binde es nach hinten, weil ich mich hinlegen und etwas schlafen will.«

Ich nahm die Bürste. Was meinte sie damit? Wollte sie andeuten, Justin sei nicht zeugungsfähig?

Ich war aufgeregt. Wenn es tatsächlich so war, dann bestand keine Gefahr, daß jemand Carlyons Platz einnehmen würde. Und Mellyoras und Justins Probleme verschwanden angesichts dieser wichtigen Frage.

Aber wieweit konnte man Judiths wilden Unterstellungen trauen? Ich dachte an Justin – kühl und unnahbar; an seine Liebe zu Mellyora, die bestimmt nie ihre Erfüllung gefunden hatte. Lag das vielleicht eher an seiner Unfähigkeit als an seiner Moral?

Ich mußte das herausfinden.

Dann erinnerte ich mich der Familiengeschichte derer von Derrise; an die Sage von dem Ungeheuer und dem Fluch. Über diese Familie wollte ich mehr wissen.

»Judith...« begann ich.

Aber ihre Augen waren geschlossen, und sie war halb eingeschlafen. Aus ihr konnte ich jetzt wenig herausbringen, und selbst wenn es gelang, wußte ich nicht, ob es die Wahrheit war.

Dann fiel mir ein, daß sie damals, als ich noch ihre Zofe gewesen war, oft von ihrer alten Kinderfrau, Jane Carwillen, gesprochen hatte, die jahrelang bei ihrer Familie gelebt und schon die Kinderfrau von Judiths Mutter gewesen war. Ich wußte von Judith, daß sie jetzt die Familie verlassen hatte und in einer Hütte auf dem Besitz der Derrises lebte. Ich entschloß mich, einmal nach Derrise hinüberzureiten und mit Jane Carwillen zu reden; vielleicht erfuhr ich etwas von Belang.

Am nächsten Tag überließ ich Carlyon Mellyora und ritt dem Moor zu.

Am Tor von Derrise hielt ich inne und warf einen Blick auf das Haus: es war ein wunderbarer Herrensitz. Ich verglich mein Dasein mit dem von Judith, die in all diesem Luxus aufgewachsen war und heute eine der unglücklichsten Frauen auf Erden war, während ich, in Armut geboren in einer Fischerkate, heute Mrs. St. Larnston war. Ich war ständig am Vergleichen und konnte mich zu meinem Aufstieg stets nur beglückwünschen. Mein Charakter nahm an Festigkeit zu, wie ich mir einredete, und selbst wenn er hart geworden war – nun, Härte war Stärke!

Ich ritt weiter zu den Derriseschen Gütern, und auf dem Weg traf ich ein paar Tagelöhner, die ich nach dem Haus von Miss Carwillen fragte. Rasch hatte ich es gefunden. Ich band mein Pferd an einen Zaun und klopfte an die Tür. Es blieb eine kleine Weile still, ehe ich langsame Schritte vernahm; dann wurde die Tür von einer verhutzelten Frau geöffnet.

Ihr Rücken war krumm, und sie ging an einem Stock. Ihr Gesicht war schrumpelig wie ein alter Apfel, und sie lugte unter überhängenden, zottigen Augenbrauen zu mir auf.

»Entschuldigen Sie, wenn ich störe«, sagte ich. »Ich bin Mrs. St. Larnston aus Abbas.«

Sie nickte. »Ich weiß. Du bist Kerensa, Bees Mädchen.«

»Ich bin die Schwägerin von Judith«, erwiderte ich kühl.

»Und was willst du von mir?« fragte sie.

»Ich möchte mit Ihnen reden. Ich mache mir Gedanken um Judith.«

»Komm herein«, sagte sie und wurde etwas freundlicher.

Ich trat in das Zimmer, und sie führte mich zu einem hochlehnigen Stuhl vor einem Torffeuer. Der Kamin war nur ein Loch in der Wand, und es gab keine Holzklötze zum Nachlegen. Er erinnerte mich an Grandmas Kamin. Ich setzte mich neben sie, und sie begann: »Was ist mit Mrs. Judith los?«

Da sie so geradeheraus war, nahm ich auch kein Blatt vor den Mund und sagte brüsk: »Sie trinkt zuviel.«

Diese Bemerkung traf sie sichtlich. Sie preßte die Lippen zusammen und zog gedankenvoll an einer Borste, die ihr aus einer Warze am Kinn wuchs.

»Ich bin gekommen, weil ich mir Sorgen um sie mache und dachte, Sie könnten mir vielleicht einen Rat geben.«

»Wie das?«

»Wenn«, so fuhr ich fort, »sie ein Kind bekommen könnte, würde das ihr, glaube ich, helfen. Und wenn sie nicht mehr soviel tränke, würde sich auch ihre Gesundheit wieder bessern. Ich habe mit ihr schon darüber gesprochen. Sie scheint verzweifelt zu sein und glaubt, sie könne keine Kinder bekommen. Sie kennen doch die Familie gut...«

»Die Familie ist unfruchtbar«, antwortete sie. »Sie hatten immer Schwierigkeiten damit. Sie kriegten nicht leicht Kinder. Sie sind, was das anbelangt, wie verhext.«

Ich wagte nicht, sie anzusehen; ich fürchtete, die zusammengeschrumpfte alte Frau könnte die Befriedigung über diese Auskunft in meinen Augen lesen und den Grund verstehen.

»Ich habe von einem Fluch gehört, der die Familie verfolgt«, wagte ich weiterzuforschen. »Vor langer Zeit soll eine Derrise ein Ungeheuer zur Welt gebracht haben.«

Sie pfiff durch die Zähne. »Es gibt wilde Gerüchte in allen alten Familien. Der Fluch hat nichts mit einem Ungeheuer zu tun. Unfruchtbarkeit und... Trunksucht, darin besteht der Fluch. Das eine kommt zum anderen. Die Verzweiflung wohnt in ihnen. Man sagt, es liegt in der Familie, daß die Söhne ausblieben... und es ist, als hätte sie nun gerade beschlossen, unfruchtbar zu sein. Und so sind sie es. Sie sagen... einige könnten dem Alkohol nicht widerstehen... dann trinken sie eben.«

»So ist das also mit dem Familienfluch«, sagte ich. Und nach einer kurzen Pause: »Sie glauben also, es ist unwahrscheinlich, daß Judith je Kinder haben wird?«

»Wer kann das wissen? Aber sie ist nun schon geraume Zeit verheiratet, und soweit ich weiß, gab es bisher noch keine Anzeichen dafür. Ihre Großmutter hatte zwei Kinder. Aber den Jungen, der sowieso nicht sehr kräftig war, hat sie verloren. Nur das Mädchen blieb ihr. Das war die Mutter meines jungen Fräuleins. Als sie heiratete, nahm ihr Mann den Namen Derrise an, damit dieser erhalten blieb. Und es half wenig, scheint's. Und meine Kleine war so verliebt. Ich weiß noch gut, wie aufgeregt sie immer war, wenn er herübergeritten kam. Und wir meinten, eine solche Liebe wird bestimmt gesegnet. Aber es sieht nicht so aus.«

Nein, bestätigte ich mir wieder, sie wird keine Söhne gebären. Ihr Verhältnis zu Justin war zu sehr abgekühlt. Mein Carlyon würde eines Tages Abbas besitzen!

»Und diese Trinkerei...« murmelte die alte Frau und schüttelte ihren Kopf. »Das tut nicht gut.«

»Es ist schlimmer geworden, seit Fanny Paunton im Haus ist.«

»Fanny Paunton ist bei ihr?«

»Ja. Sie ist als Zofe dort. Wußten Sie das nicht?«

Traurig schüttelte sie den Kopf. »Das gefällt mir gar nicht. Ich konnte Fanny Paunton noch nie leiden.«

»Ich auch nicht. Ich weiß bestimmt, daß sie Alkohol ins Haus schmuggelt.«

»Warum kommt sie nie mehr zu mir? Ist lange her, daß ich sie gesehen habe. Sage ihr, sie fehlt mir. Ja früher, da kam sie regelmäßig. Aber in letzter Zeit...«

»Vielleicht seit Fanny da ist. Ich würde sie gern fortschicken. Aber Judith will nichts davon wissen.«

»Sie stand immer zu denen, die ihr dienten. Und du sagst, es ist noch schlimmer geworden, seit Fanny da ist! Nun, das wundert mich gar nicht, wenn man bedenkt...«

»Was?« trieb ich sie an.

Jane Carwillen rückte näher zu mir. »Daß Fanny Paunton eine heimliche Säuferin ist.«

Meine Augen glänzten auf. Sollte ich sie beim Trinken ertappen, würde es keine Entschuldigung mehr geben.

»Man trifft sie nicht oft betrunken an«, fuhr Jane fort. »Aber es gibt Zeiten, da geht es mit ihr durch. Man kann es sehen. Eine Laschheit... der Blick ihrer Augen. Eine Trägheit... Oh, ich kenne das. Wie oft hab' ich sie erwischen wollen, kam aber immer zu spät. Sie schließt sich in ihrem Zimmer ein... sagt, ihr sei nicht gut. Dann betrinkt sie sich rund und dumm, glaube ich. Aber am Morgen ist sie wieder auf und taufrisch. Ein schlaues Luder, Fanny Paunton... und schlecht... schlecht für mein Kleines. Aber so sind die Säufer alle, wollen immer, daß die anderen genauso sind wie sie.«

»Wenn ich sie betrunken erwische, entlasse ich sie«, sagte ich.

Die alte Frau packte meine Hand; ihre Finger ritzten mir die Haut; wie ein abstoßender Vogel sah sie aus.

»Du mußt auf die Anzeichen aufpassen«, flüsterte sie. »Wenn du flink bist, kannst du sie erwischen. Sei auf der Hut.«

»Wie oft bekommt sie denn solche Trinktouren?«

»Ach, länger als 'nen Monat oder sechs Wochen hält sie's bestimmt nicht aus ohne.«

»Ich werde aufpassen. Ich glaube, es ist das beste für meine Schwägerin, wenn ich sie von dieser Person befreie.«

Die alte Frau bot mir ein Glas von ihrem Holunderwein an.

Ich wollte schon ablehnen, aber das wäre unklug gewesen. Wir besiegelten damit einen Pakt. Wir waren uns über die unerwünschte Fanny einig.

Ich nahm das Glas und trank das Zeug. Es wärmte mich, und ich fühlte mich sehr mächtig. Der Wein und das Torffeuer erhitzten mein Gesicht; ich merkte, wie die alte Frau mich scharf beobachtete, Kerensa Bees Tochter, die der Nachbarschaft fast genausoviel Stoff zum Reden gegeben hatte wie die Derrises.

»Und richte meiner Kleinen aus, sie möchte einmal die alte Jane besuchen«, bat sie mich, als ich ging.

Ich sagte, ich würde es ausrichten, und auf dem Heimweg war ich sehr zufrieden mit meinem Ausflug. Ich hatte das sichere Gefühl, daß Judith keinen Sohn bekommen und daß ich bald einen Grund finden würde, Fanny zu entlassen.

Als ich bei Lanston Barton vorüberkam, sah ich Reuben Pengaster. Er lehnte an einem Zaun und hielt eine Taube in seinen Händen.

Ich rief ihm einen guten Tag zu im Vorüberreiten.

»Na na«, sagte er, »das ist ja Mrs. St. Larnston. Einen schönen guten Tag wünsch' ich, Madam.«

Er sprang auf mich zu und blieb so stehen, daß ich anhalten mußte.

»Was halten Sie davon?« fragte er und hielt die Taube hoch, die ganz zerbrechlich in seinen Händen wirkte; die Sonne schien auf die schillernden Flügel, und ich war betroffen von der geschmeidigen Schönheit des Vogels in Reubens spatelförmigen, schwarzen Fingern.

»Sie sieht wie ein Ausstellungsstück aus.«

Stolz wies er auf den silbernen Ring an ihrem Fuß. »Sie ist eine Taube, die immer wieder heimkehrt.«

»Oh, wie schön!«

Er schielte mich an, und sein Kinn bebte, als überkäme ihn ein heimliches Gelächter.

»Es ist gleich, wohin dieser Vogel fliegt. Immer wieder findet er nach Hause.«

»Ich habe mich schon oft gefragt, wie sie ihren Weg finden.«

Die dicken Finger strichen über den Flügel des Vogels, zärtlich und sanft, und ich mußte daran denken, wie diese Finger sich um den Hals der Katze geschlossen hatten.

»Das ist ein Wunder«, sagte er. »Glauben Sie nicht auch an Wunder, Mrs. St. Larnston?«

»Ich weiß nicht recht.«

»O doch, es gibt Wunder. Tauben sind ein Wunder.« Plötzlich verdüsterte sich seine Miene. »Unsere Hetty ist fort, aber sie kommt auch wieder. Unsere Hetty ist ein Zugvogel, der auch immer wieder heimkehrt.«

»Das will ich hoffen«, erwiderte ich.

Sein Gesicht verzog sich weinerlich. »Sie ging fort und hat es mir nicht gesagt. Sie hätte es mir wirklich sagen können.« Dann wieder lächelte er. »Aber sie kommt wieder. Ich weiß es. Genauso wie ich es weiß, wenn ich einen Vogel fliegen lasse. Sie kommt wieder, sage ich immer. Wie eine Brieftaube. Unsere Hetty ist eine Brieftaube.«

Leicht berührte ich die Flanken meines Pferdes. »Na, dann auf Wiedersehen, Reuben. Weiterhin alles Gute.«

»Oh, mir geht es gut, Mistress. Ich weiß schon, die Leute sagen zwar, ich wäre verrückt, aber ich weiß nur ein bißchen mehr als die anderen. Unsere Hetty bleibt nicht für immer fort.«

Im Juni dieses Jahres hatte Mr. Pollent beim Reiten einen Unfall; Joe übernahm die Praxis, und es bestand kein Grund, die Hochzeit mit Essie noch weiter hinauszuzögern.

Vielleicht hätte ich doch meine Einwilligung verweigern sollen. Wäre Joe nach meinem Willen Arzt geworden, hätte sich diese Situation nie ergeben, und ich konnte es Joe nicht ganz verzeihen, daß er sich als einziger gegen meinen Willen gestellt hatte. Aber Joe war offenbar sehr zufrieden und hielt sich für den glücklichsten Mann auf Erden. Und sooft ich mit ihm zusammen war, schmolz mein Herz. Der Anblick seines Beines, das er noch immer nachzog, weckte die Erinnerung an die schreckliche Nacht und wie Kim mir geholfen hatte, und das machte mich jedesmal ganz rührselig; wehmütig dachte ich dann an Kim und ob er wohl jemals zurückkommen würde.

Am Hochzeitstag fuhren Mellyora und ich in der Kutsche zur Kirche. Grandma war schon die Nacht über in Pollents Haus geblieben. Daß ihre Enkel es so weit gebracht hatten, erwies sich auch in der Achtung, die man ihr zollte, und ich träumte schon von jenem nicht mehr fernen Tag, da sie in irgendeinem Häuschen des St. Larnston-Besitzes das Leben einer vornehmen alten Dame führen sollte.

Unterwegs bemerkte ich, wie blaß Mellyora war, erwähnte es aber nicht. Ich schob es auf die seelische Belastung, der sie ausgesetzt war, und schwor mir, daß Fanny nunmehr die längste Zeit im Haus gewesen sei.

Die Kirche war für die Hochzeit eigens geschmückt worden, denn die Pollents waren eine hochangesehene Familie. Alles reckte die Hälse und tuschelte, als ich mit Mellyora unserem Platz zuschritt, kam es doch sehr selten vor, daß eine St. Larnston bei einer solchen Hochzeit dabei war. Und wer weiß, ob sie sich nicht sagten, daß ich letzten Endes doch nur Kerensa Bees Enkelin sei, und ich sah auch, wie viele heimliche Blicke auf Mellyora, die Pfarrerstochter, fielen, die jetzt das Kindermädchen meines Sohnes war.

Reverend Mr. Hemphill vollzog die Trauung, und es dauerte nicht lange, da traten Essie und Joe aus der Kirche, um in den Wagen des Tierarztes zu steigen, der sie wieder nach Hause bringen sollte, wo das Festmahl schon auf sie und ihre Gäste wartete.

Nach alter Tradition wurden Reiskörner geworfen und ein Paar alte Schuhe hinten an den Wagen gebunden. Essie, kichernd und blutübergossen, hing an Joes Arm, wohingegen Joe es fertigbrachte, gleichzeitig stolz und ein wenig dumm dreinzuschauen.

Ungeduldig zuckte ich die Schultern. Wie anders wäre es gewesen, wenn Joe die Arzttochter geheiratet hätte!

Als wir zurückfuhren, sah mich Mellyora prüfend an und fragte, woran ich dächte.

»Ich denke an die Nacht, als Joe sich in der Falle fing«, antwortete ich. »Er hätte sterben können. Wenn Kim nicht gewesen wäre, hätte diese Hochzeit nie stattfinden können.«

»Guter, alter Kim!« murmelte Mellyora. »Wie lange liegt es zurück, daß er hier war!«

»Hast du nie wieder von ihm gehört, Mellyora?« fragte ich sehnsüchtig.

»Ich habe dir doch gesagt, daß er nie Briefe schreibt.«

»Wenn er es aber trotzdem einmal tun sollte... dann sagst du es mir, nicht wahr?«

»Natürlich. Aber er wird es nicht tun.«

Der Empfang war typisch für solche Gelegenheiten. Die Gäste drängten sich im Salon, im Wohnzimmer und in der Küche. Der Küchentisch war beladen mit Eßwaren, die die Pollent-Mädchen seit Wochen vorbereitet haben mußten: Kuchen und Pasteten; Schinken, Rinder- und Schweinebraten; dazu selbstgemachte Weine aus Heidelbeeren, Holunder und Schlehen.

Die Gesellschaft wurde immer vergnügter. Es gab die üblichen Witze und Anspielungen und natürlich auch den »Shallal«, diese Katzenmusik, die nur zu dem einen Zweck veranstaltet wurde, soviel Krawall wie möglich zu vollführen. Pfannen, Ketten, Teebretter: lauter Geräte, die man mit Händen bearbeiten und mit denen man den größtmöglichen Lärm erzielen konnte, wurden dabei verwendet. So wurde, Meilen in der Runde, den Leuten kundgetan, daß es eine Hochzeit gab.

Joe und Essie ließen den ganzen Unsinn mit Vergnügen über sich ergehen. Essie kicherte schon jetzt in gespieltem Entsetzen, daß auch ihr der Brauch beim Zubettgehen nicht erspart werden sollte.

Aber schließlich, bis dahin war ich lange fort: ich fand es nicht sehr komisch, wenn sie und Joe aus ihren Betten gezerrt, mit sandgefüllten Strümpfen geschlagen wurden und einen Stechginsterzweig ins Bett gelegt bekamen.

Aber noch saß ich mit Grandma und Mellyora zusammen, und wir ließen uns die Köstlichkeiten schmecken, die die Pollent-Mädchen eifrig herumreichten, und dabei erfuhr ich von der wachsenden Not in der Nachbarschaft. Jill Pengert, eine Hausfrau mit Mann und drei Söhnen, die alle im Bergwerk arbeiteten, setzte sich neben Grandma und fragte sie bange, ob etwas Wahres an den Gerüchten sei.

»Wollen sie die Fedder-Mine schließen, Mrs. Bee?« fragte Jill.

Grandma antwortete, sie könne zwar nicht so weit in die Zukunft blicken, aber sie wüßte, daß man fürchtete, das Erz ginge dort zu Ende.

»Was soll dann aus uns werden, wenn die Fedders schließen?« wollte Jill wissen. »Denken Sie doch an all die Männer, die dann ohne Arbeit sind.«

Grandma schüttelte den Kopf, und als Saul Cundy in die Nähe kam und mit Tom Pengaster sprach, rief Jill:

»Was wissen Sie von den Gerüchten, Cap'n Saul?«

Saul antwortete: »Du hast doch davon gehört, daß kein Erz mehr da ist, nicht wahr? Nun, du bist nicht die erste.«

»Aber ist es denn wahr, Cap'n?«

Saul starrte in seinen Schlehenwein und sah dabei aus, als wüßte er mehr, als er zu erzählen für klug hielt...

»Das ist in ganz Cornwall dasselbe«, sagte er schließlich. »Seit Jahren sind die Bergwerke in Betrieb. Sie sagen, da gäbe es nicht mehr soviel Reichtum unter dem Dreck. Unten bei St. Ives haben schon ein oder zwei Gruben geschlossen.«

»Du lieber Himmel!« schrie Jill auf. »Und was wird dann aus uns?«

»Verlaß dich drauf, ehe wir nicht jedes Krümchen Zinn aus dem Schacht geholt haben, lassen wir ihn nicht schließen«, beruhigte sie Saul.

»Bravo!« grölte einer der Männer, und der Ruf pflanzte sich unter den anderen Gästen fort.

Saul war der Mann, der um seine Rechte kämpfte und, um die der anderen. Ich fragte mich, ob er den Schock von Hetty Pengasters Flucht nach London schon verwunden hatte; aber er schien mir mehr von dem Schlag zu sein, der lieber um die Rechte der Bergleute kämpfte, als einen Hausstand zu gründen.

Da meine Gedanken bei Hetty weilten, entging mir seine nächste Bemerkung, bis die Worte »St.-Larnston-Mine« mich aufhorchen ließen.

»Ja«, fuhr er fort. »Wir werden keine stillgelegte Mine dulden, solange es Zinn in Cornwall gibt und hungrige Männer es heraufholen.«

Ich spürte, wie sie zu mir hinschielten und sah die Zeichen, die sie Saul heimlich machten.

Er stellte abrupt sein Glas hin und ging hinaus.

»Ich wußte noch gar nichts von dem Gerücht, daß die Fedders schließen wollen«, flüsterte ich Grandma zu.

»Davon habe ich schon reden hören, als ich noch so groß war«, antwortete Grandma und hielt ihre Hand etwa einen Fuß breit über den Boden.

Dieser Satz und meine Gegenwart schienen dem Thema ein Ende zu setzen – oder zumindest hörte ich nichts wieder davon.

Nach Joes Hochzeit überstürzten sich die Ereignisse, bis sie zu jener Krisis führten, die mich für den Rest meiner Tage verfolgen sollte.

Ich ließ Fanny nicht aus den Augen, um keine Gelegenheit zu verpassen, sie zu ertappen. Und mein Tag kam.

Dinner auf Abbas war immer eine ziemlich förmliche Angelegenheit. Wir nahmen es zwar nicht gerade im Abendkleid ein, aber immerhin doch im »kleinen Abendkleid«, wie wir es nannten. Ich hatte mir ein paar schlichte Kleider gekauft in gedämpften Farben und genoß diese Mahlzeiten immer aufs neue, weil sie mir Gelegenheiten boten zu beweisen, wie leicht und natürlich ich mich diesem Lebensstil angepaßt hatte, seit ich von der Küche zum Speisesaal aufgestiegen war.

Justin saß an dem einen Ende des Tisches, Judith am anderen.

Aber oft gab ich Haggety das Zeichen, wenn angerichtet werden sollte. Die alte Lady St. Larnston war zu müde, mich in meine Schranken zu verweisen, und Judith fiel es nicht einmal auf, daß ich das tat, was ihr zukam. Justin allerdings schien meine Anmaßung zu stören; Johnny hingegen amüsierte sich darüber, halb spöttisch und halb belustigt. Es machte ihm Spaß, meine kühle Gelassenheit zu sehen, die so ganz im Gegensatz stand zu Judiths Temperament. Ja, er wurde es nie müde, Vergleiche zwischen uns anzustellen, die zeigten, wieviel glänzender ich mich benahm als Judith. Und tatsächlich, je schlimmer es mit Judith wurde, desto feiner und geschliffener wurde mein Ton, desto selbstsicherer, desto mehr Dame des Hauses wurde ich.

Ihre Trunksucht machte sich bereits bemerkbar: ihre Hände zitterten, wenn sie das Glas an die Lippen führte, und gierig trank sie ihren Wein aus, den sie verstohlen immer wieder nachfüllte.

Es herrschte kein gutes Verhältnis zwischen den beiden Brüdern – aber dafür war ich nicht verantwortlich. Eigentlich war es mir zu verdanken, daß Johnny neue Würde und Bedeutung im Hause gewann.

An diesem Abend nun machte Judith einen schlimmeren Eindruck als sonst. Ihr Kleid war unordentlich zugeknöpft, und ihre Haare, nur liederlich aufgesteckt, lösten sich bereits im Nacken.

Eine plötzliche Eingebung sagte mir, daß sie sich an diesem Abend selbst angezogen hatte.

Sollte ich Fanny diesmal ertappen?

Justin sagte gerade: »Ich traf heute nachmittag Fedder. Er macht sich Gedanken um sein Bergwerk.«

»Weshalb?«

»Es sieht so aus, als wäre das Erz vollkommen erschöpft. Er sagte, sie arbeiteten schon mit Verlust; er müßte einige Arbeiter entlassen.«

Johnny pfiff durch die Zähne. »Das ist schlimm.«

»Das ist arg für die Leute«, fuhr Justin fort.

Er runzelte die Stirn. Er war anders als Johnny. Er wäre ein guter Herr geworden, der sich sogar um seine Leute sorgte. Diese Gedanken schossen mir durch den Kopf, während ich nur auf den Augenblick wartete, daß ich in Fannys Zimmer hinaufeilen und nachsehen konnte.

»Fedder meinte, wir sollten die St.-Larnston-Mine wieder öffnen.«

Johnny sah mich an, und ich bemerkte den Ärger in seinen Zügen. Es überraschte mich, daß er sich darüber so aufregte.

Dann hörte ich ihn sprechen; seine Stimme zitterte vor unterdrückter Wut. »Hoffentlich hast du ihm gesagt, daß wir nicht daran dächten.«

»Der Gedanke«, fuhr Justin fort, »ein arbeitendes Bergwerk so dicht am Hause zu haben, gefällt mir auch nicht.«

Johnny lachte gezwungen. »Na also.«

»Was ist los?« fragte meine Schwiegermutter.

»Wir sprechen vom Bergwerk, Mutter«, sagte Justin.

»Ach du meine Güte!« Sie seufzte. »Haggety, noch etwas Burgunder, bitte.«

Das Mahl schien sich endlos hinzuziehen. Aber schließlich überließen wir Johnny und Justin ihrem Portwein; auf dem Weg zum Salon entschuldigte ich mich und lief hinauf in Fannys Zimmer.

Ein paar Sekunden lang stand ich davor und lauschte. Dann klinkte ich vorsichtig die Tür auf und spähte hinein. Sie lag auf dem Bett, vollkommen betrunken. Der Whiskydunst schlug mir entgegen.

Ich eilte wieder in den Speisesaal hinunter, wo die Männer noch über ihrem Portwein saßen.

»Es tut mir leid«, unterbrach ich sie, »aber ich muß euch beide sofort sprechen. Fanny muß umgehend aus dem Haus.«

»Was ist denn passiert?« fragte Johnny, mit einem belustigten Aufblitzen seiner Augen, das ich immer beobachtete, wenn ich vor ihm die Hausherrin spielte.

»Wozu sollen wir uns etwas vormachen«, sagte ich. »Judith geht es schlechter, seit Fanny da ist. Das überrascht mich nicht. Fanny ermuntert sie zum Trinken. Nun liegt diese Person oben auf ihrem Bett – total betrunken.«

Justin war blaß geworden, und Johnny lachte kurz auf. Ich übersah meinen Mann und wandte mich an Justin.

»Sie muß sofort gehen. Du mußt es ihr sagen.«

»Natürlich muß sie gehen«, bestätigte Justin.

»Geh in ihr Zimmer und überzeug dich selbst«, sagte ich. Er tat es und sah alles.

Am nächsten Morgen ließ er Fanny kommen und befahl ihr, ihre Koffer zu packen und umgehend das Haus zu verlassen.

Der Grund von Fannys Entlassung wurde eifrigst in der Küche besprochen. Ich konnte mir gut die Aufregung vorstellen, wie das die Runde machte bei Tisch.

»War es denn Fanny, die Ihre Ladyship dazu gebracht hat, oder war's vielleicht umgekehrt?«

»Na, es braucht einen nicht zu wundern, wenn sie hin und wieder mal 'nen kleinen Schluck nimmt ... wenn man bedenkt, was sie alles mitmachen muß.«

»Meint ihr, Miss Martin ist schuld daran?«

»Warum nicht? Pfarrerstöchter können ebenso schlau wie andere sein.«

Judith war verzweifelt. Sie war von Fanny abhängig

geworden. Ich sprach lange mit ihr und versuchte ihr zuzureden, sich doch zusammenzunehmen, aber sie blieb melancholisch. »Sie war meine Freundin«, jammerte sie. »Und deshalb muß sie gehen...«

»Sie mußte gehen, weil sie sich betrunken hat.«

»Sie wollten sie aus dem Hause haben, weil sie zuviel wußte.«

»Wieso zuviel?« fragte ich scharf.

»Von meinem Mann und dem Mädchen.«

»Du darfst nicht solche Dinge sagen... nicht einmal denken. Das ist alles nicht wahr.«

»Es ist wahr. Ich habe mit Jane Carwillen gesprochen... und sie glaubt mir.«

»Also bist du bei ihr gewesen?«

»Ja, du hast es mir doch geraten! Du hast gesagt, sie hätte nach mir gefragt, und ich habe ihr erzählt, wie er hinter dem Mädchen her ist und... daß er wünschte, mich nicht geheiratet zu haben. Und sie hat mir geglaubt. Sie sagte, sie wünschte auch, ich hätte nie geheiratet. Sie sagte, sie wünschte, wir wären noch wie früher beisammen.«

»Aber sie war froh, daß Fanny entlassen wurde, nicht wahr?« Judith schwieg. Dann brach es aus ihr heraus: »Du bist auch gegen mich. Alle sind gegen mich.«

Es geschah eine Woche nach Fannys Weggang, als Judith mit einer brennenden Kerze nach Whisky suchte. Ich kam erst dazu, als das Drama schon seinen Höhepunkt erreicht hatte. Hinterher erfuhr ich, daß Judith vergeblich in Fannys Schrank nach Flaschen gesucht hatte. Und dabei hatte sie die brennende Kerze hingestellt und vergessen. Die Tür stand offen, es gab einen plötzlichen Luftzug, und die Vorhänge standen in hellen Flammen.

Justin war, wie so oft, auf einem seiner einsamen Ausritte. Sicherlich schmiedete er während dieser Ritte wilde Pläne, die er – wie er nun einmal war – doch niemals ausführte.

Ich konnte mir gut vorstellen, wie er nach einem solchen Ausritt, wenn sein Pferd im Stall versorgt war, auf das Haus zuging und sein Blick das Fenster von Mellyoras Zimmer suchte.

Und in jener Nacht sah er Qualm aus dem Teil des Hauses steigen, in dem sie schlief – was war natürlicher, als daß er in ihr Zimmer stürzte?

Sie berichtete mir später, sie sei aufgewacht und habe den Brand gerochen. Sie hatte sich den Morgenmantel übergeworfen und wollte gerade nachforschen, als die Tür aufgerissen wurde und Justin auf der Schwelle stand.

Wie konnten sie in einem solchen Moment ihre Gefühle verbergen? Er mußte sie umarmt haben, und Judith, immer noch auf der Suche nach ihrem Trostspender, bekam endlich das zu sehen, was sie sich schon so lange ausgemalt hatte: Mellyora im Morgenmantel, das Haar offen, und Justin hielt sie in seinen Armen und gab ihr die Zärtlichkeit, nach der sie sich selbst so leidenschaftlich sehnte.

Judith begann zu kreischen und weckte uns alle auf.

Das Feuer war bald gelöscht. Es war nicht einmal nötig, die Feuerwehr zu alarmieren; nur die Vorhänge und ein Teil der Wand waren beschädigt. Aber anderer, größerer Schaden war angerichtet worden.

Nie werde ich die Szene vergessen: um uns die Dienstboten in ihren Nachthemden, in der Nase den beißenden Brandgeruch, und Judith...

Sie mußte noch einen kleinen Vorrat gehabt haben; jeder sah es, daß sie getrunken hatte; aber sie war immerhin noch so nüchtern, einen Augenblick zu wählen, als alle dabei waren und alle zuhörten.

»Endlich habe ich euch erwischt!« schrie sie. »Glaubt

nur nicht, ich hätt' euch nicht gesehen! Du warst in ihrem Zimmer; du hast sie im Arm gehalten... sie geküßt... Du meinst, ich wüßte es nicht. Jeder weiß doch Bescheid. Solange sie hier ist, geht das schon. Deshalb hast du sie nur herkommen lassen. Du wünschst dir, du hättest sie geheiratet. Aber das macht keinen Unterschied. Dieser kleine Grund hält dich nicht davon ab...«

»Judith«, warnte Justin sie, »du hast wieder getrunken.«

»Natürlich habe ich getrunken. Was habe ich denn sonst schon? Würdet ihr nicht auch trinken...« Sie starrte uns mit verglasten Augen an und fuchtelte mit den Armen. »Würdet ihr nicht auch... wenn der eigene Ehemann seine Freundin im Hause hat... wenn er nichts als Entschuldigungen vorbringt, um von mir wegzurennen... zu ihr...«

Wir müssen sie auf ihr Zimmer bringen, rasch«, befahl Justin. Und er sah mich flehend an, so daß ich auf Judith zutrat und sie beim Arm nahm.

»Judith«, sagte ich fest zu ihr, »dir geht es nicht gut. Du bildest dir Sachen ein, die es gar nicht gibt. Komm, ich bringe dich in dein Zimmer.«

Sie fing zu lachen an, wild und dämonisch. Sie wandte sich zu Mellyora um, und einen Augenblick lang befürchtete ich, sie würde sich auf sie stürzen. Schnell stellte ich mich zwischen beide und sagte: »Mrs. Rolt, Lady St. Larnston geht es nicht gut. Bitte helfen Sie mir, sie in ihr Zimmer zu bringen.«

Mrs. Rolt nahm einen Arm von Judith, ich den anderen, und obgleich sich Judith losmachen wollte, waren wir beide zu stark für sie. Ich erhaschte einen Blick von Mellyora; sie war fassungslos; ich sah Justins Qual und Scham. Noch nie, das konnte ich mir vorstellen, hatte Abbas, seit es stand, eine solche Szene erlebt – und das

Schlimmste war, daß alles vor den Augen der Dienstboten geschah. Auch Johnny sah ich. Sein Lächeln war schadenfroh. Er freute sich über die Niederlage seines Bruders, und gleichzeitig war er stolz auf mich, daß ich, die ehemalige Kammerzofe, die Situation meisterte und daß Justin sich auf mich verließ, damit ich sie so rasch wie möglich zu Ende brachte.

Zwischen uns eingezwängt, schleppten Mrs. Rolt und ich Judith, die wie von Sinnen war, in ihr Zimmer. Ich schloß die Tür und sagte: »Am besten bringen wir sie gleich zu Bett, Mrs. Rolt.«

Und das taten wir und deckten sie gut zu. »Dr. Hilliard hat ihr ein Beruhigungsmittel verschrieben«, fuhr ich fort. »Ich glaube, wir sollten es ihr geben.«

Ich reichte es Judith, und zu meiner Überraschung nahm sie es ohne Widerstreben. Dann fing sie leise zu weinen an. »Wenn ich nur ein Kind hätte, dann wäre alles anders«, murmelte sie. »Aber kann ich es denn? Er ist ja nie bei mir. Er kümmert sich überhaupt nicht um mich. Er kümmert sich nur um sie. Nie kommt er zu mir. Er schließt sich in sein Zimmer ein. Die Tür ist verriegelt. Warum nur? Sag mir's. Weil er nicht will, daß ich weiß, wo er ist. Ich weiß es doch. Er ist bei ihr.«

Mrs. Rolt schnalzte mit der Zunge, und ich sagte: »Ich fürchte, Mrs. Rolt, sie hat wieder getrunken.«

»Arme Seele«, murmelte Mrs. Rolt. »Ist es ein Wunder?«

Ich hob die Augenbrauen, um anzudeuten, daß ich keine Vertraulichkeiten wollte, und Mrs. Rolt hielt sich auch sofort zurück.

Dann meinte ich kühl: »Sie wird sich gleich beruhigen. Sie brauchen nicht mehr hierzubleiben, Mrs. Rolt.«

»Ich helfe gern noch, wenn ich kann, Madam.«

»Sie waren mir eine große Hilfe«, erklärte ich ihr. »Aber

hier ist nichts mehr zu tun. Ich fürchte, Lady St. Larnston ist krank... sehr krank.«

Sie hatte die Augen gesenkt, und ich merkte, daß sie Bescheid wußte.

Mellyora war in großer Not.

»Du mußt doch einsehen, Kerensa, daß ich hier nicht mehr länger bleiben kann. Ich muß fort.«

Ich überlegte und stellte mir ein Leben ohne sie vor.

»Wir müssen etwas unternehmen.«

»Ich kann es nicht aushalten. Alle flüstern über mich. Alle Dienstboten. Ich weiß es. Doll und Daisy schwatzen miteinander, und sobald ich näherkomme, sind sie still. Und Haggety... er schaut mich ganz anders an als bisher...« Ich kannte Haggety und verstand.

»Ich werde einen Weg finden, daß du bleiben kannst, Mellyora. Ich entlasse Haggety. Ich entlasse überhaupt alle...«

»Wie kannst du das?«

Außerdem würde es auch nichts nützen. Sie haben schon die ganze Zeit über uns geredet. Und dabei ist alles nicht wahr, Kerensa. Sag, daß du glaubst, daß alles nicht wahr ist!«

»Daß du seine Geliebte bist? Ich sehe wohl, daß er dich liebt, Mellyora, und daß du ihn schon immer geliebt hast.«

»Aber sie vermuten, daß...«

Sie konnte mich nicht anschauen, und ich sagte rasch:

»Ich weiß, daß du nichts tust, dessen du dich schämen müßtest... du oder Justin.«

»Ich danke dir, Kerensa. Wenigstens du glaubst uns.«

»Aber was nützt es, unschuldig zu sein, wenn jedermann euch für schuldig hält?«

Sie wandte sich plötzlich zu mir um. »Du bist klug. Sag, was ich tun soll.«

»Die Ruhe bewahren. Du bist unschuldig. Also benimm dich auch so. Überzeuge die Leute . . . «

»Nach dieser schrecklichen Szene? Wie kann ich das?«

»Du mußt keine Angst haben. Laß den Dingen ihren Lauf. Vielleicht fällt mir etwas ein.«

Aber sie war verzweifelt. Sie glaubte nicht, daß ich oder irgend jemand ihr helfen könnte.

Sie sagte langsam: »Es ist alles aus. Ich muß fort von hier.«

»Und was wird aus Carlyon? Es wird ihm das Herz brechen.«

»Er wird mich vergessen. Kinder sind so.«

»Carlyon nicht. Er ist nicht wie andere Kinder. Er ist so sensibel. Er wird sich nach dir sehnen. Und was wird aus mir?«

»Wir werden uns schreiben, uns hin und wieder einmal treffen. O Kerensa, das bedeutet nicht das Ende unserer Freundschaft. Die dauert, bis eine von uns stirbt.«

»Ja«, erwiderte ich feurig. »Sie dauert. Aber du mußt nicht verzweifeln. Es wird etwas geschehen. Das ist immer so. Ich werde mir schon etwas einfallen lassen. Und du weißt doch, was ich will, gelingt mir auch.«

Aber was sollte ich mir einfallen lassen? Ich konnte ihnen nicht helfen. Arme Mellyora! Armer Justin! Ich hielt sie nach wie vor für Menschen, die sich in ihr Schicksal, mochte es noch so unerträglich sein, fügten. Sie waren nicht wie ich.

Indessen studierte Mellyora die Zeitungen, schrieb auf Annoncen. Eine Pfarrerstochter mit Erfahrung als Gesellschafterin und gleichzeitig als Kindererzieherin hatte es nicht schwer, eine Stelle zu finden.

Jedes Jahr kam ein kleiner Zirkus nach St. Larnston; das große Zelt wurde auf einer Wiese außerhalb des Dorfes aufgebaut, und drei Tage lang hörten wir den Klang von

Musik aus der Ferne. Schon eine Woche vorher und noch einige Zeit danach war von nichts anderem die Rede, und seit altersher hatten alle Dienstboten auf Abbas einen halben Tag frei, um den Zirkus zu besuchen.

Pünktlich auf den Tag rumpelten die Planwagen durch die Straßen. Noch nie war ich über diese Zerstreuung so froh gewesen, die hoffentlich das Gerede über Justin, Mellyora und Judith ablenken würde.

Doch ausgerechnet an diesem Morgen kam ein Brief für Mellyora. Sie rief mich in ihr Zimmer, um ihn mir vorzulesen. Es war die Antwort auf eine Bewerbung, und jede Zeile verriet die Frau, die das geschrieben hatte. Sie sei nicht abgeneigt, sich Mellyora anzuschauen, und wenn ihre Zeugnisse und Fähigkeiten entsprechend wären, wolle sie es mit ihr versuchen. Es waren drei Kinder im Hause, und zu Mellyoras Pflichten sollte es gehören, ihre Erzieherin, ihre Kinderschwester und ihre Sklavin zu sein. Und all das für ein winziges Gehalt. Zwar spräche ihre Jugend gegen sie; aber für ein kleineres Gehalt, als die gnädige Frau vielleicht einer erfahreneren Gouvernante zahlen müßte, wollte sie es versuchen, vorausgesetzt, die Unterredung verliefe zufriedenstellend.

»Reiß das in Fetzen!« befahl ich ihr.

»Aber, Kerensa«, antwortete sie, »ich muß doch etwas unternehmen. Es ist nicht schlimmer als woanders.«

»Das klingt unmöglich. Schrecklich hochnäsig. Du würdest sie hassen.«

»Sie sind alle gleich, und ich werde alle hassen – was macht es also aus? Ich muß etwas tun. Kerensa, du weißt ganz genau, daß ich fort muß.«

Ich blickte sie an und wußte, wie sehr ich sie vermissen würde. Sie war so sehr zu einem Teil meines Lebens geworden, nein, ich konnte sie nicht fortlassen.

»Du gehst nicht, Mellyora. Ich kann dich nicht fortlassen. Wirklich, es geht nicht.«

Sie lächelte traurig. »Du bist daran gewöhnt, Befehle zu erteilen, Kerensa. Aber ich muß jetzt zu einem Entschluß kommen. Ich muß einfach. Seit jener grauenvollen Nacht kann ich hier nicht mehr bleiben. Als ich heute früh mit Haggety auf der Treppe zusammentraf, versperrte er mir den Weg. Es war schrecklich. Und wie er mich ansah! Seine dicken Hände... ich schob ihn zur Seite und rannte weg. Aber dabei bleibt es ja nicht. Es ist überall das gleiche. Tom Pengaster wartete an der Hintertür auf Doll, und seine Art, mir mit Blicken zu folgen... Ich sah Reuben auf dem Weg. Sein Kinn bebte, als ob er heimlich lachte... Siehst du denn das nicht ein?«

Ich ahnte, wie verzweifelt sie war; wenn sie so fest entschlossen war, würde ich es nicht leicht haben, sie festzuhalten.

Mellyora würde aus meinem Leben scheiden wie Joe, und Mellyora war wichtig für mich.

»Du kannst nicht gehen«, widersprach ich ihr, fast ärgerlich. »Du und ich, wir gehören zusammen.«

»Nicht mehr, Kerensa. Du bist eine respektable, verheiratete Frau, wohingegen ich...«

Wie gut ich mich noch an den Augenblick erinnere! An die Stille im Zimmer, das plötzliche Aufbrüllen eines Löwen in seinem Käfig, während der Zirkus durch St. Larnston fuhr.

Was sollte ich nur tun? Das Leben ging nicht so, wie ich wollte. Ich konnte den Verlust Mellyoras nicht ertragen; sie gehörte zu meinem Leben. Wann immer wir beieinander waren, war ich mir des Wechsels in unseren Stellungen bewußt und verglich die Vergangenheit mit der Gegenwart. Ich konnte nicht anders; aber ich fühlte eine gewisse Befriedigung in Mellyoras Gegenwart, und doch bedauerte ich zur gleichen Zeit ihr Unglück. Ich war nicht ganz schlecht zu jener Zeit.

»Irgend etwas wird passieren und dem ein Ende machen«, meinte ich und ballte die Fäuste.

Irgend etwas würde passieren. Ich war meiner Macht über unser Schicksal so sicher!

Mellyora schüttelte den Kopf. Gebrochenen Herzens fügte sie sich in ihr Geschick.

Carlyon kam mit Doll wieder zurück, die ihn bis zum Ende der Straße mitgenommen hatte, um den Vorbeizug der Wagen anzuschauen. Seine Augen leuchteten, und seine Wangen glühten.

Ich konnte ihn nie anschauen, ohne seine Schönheit zu bewundern.

»Mama«, begann er, rannte auf mich zu und schlang seine Arme um meine Knie. »Ich habe die Löwen gesehen.«

Ich hob ihn hoch, schmiegte meine Wange an seine und dachte dabei: Was zählt denn schon, solange ich ihn nur habe?

Aber irgend etwas bedrückte ihn; er entzog sich meiner Umarmung und sah mir ängstlich ins Gesicht.

»Mama«, sagte er, »ich habe einen Nellyfant gesehen. Zwei Nellyfante.«

»Na, wunderbar, mein Schatz.«

Er schüttelte den Kopf.

Ich verstand erst, als ich ihn ins Kinderzimmer brachte. Er lief geradewegs auf sein Spielzeug zu und kniete daneben nieder. Vorsichtig bohrte er einen Finger in die schwarzen Augen und sagte: »Deine Augen bleiben ja offen, Nelly.«

Er gab dem Spielzeug einen Stoß, und es rollte über den Fußboden, bis es an der Wand stehenblieb. Dann wandte er sich mir zu, und die Tränen liefen ihm über die Wangen. »Nelly ist kein wirklicher, lebendiger Nellyfant«, schluchzte er.

Mellyora hatte zurückgeschrieben und um eine Unterredung gebeten. Ich war sicher, wenn sie sich vorstellte, dann bekäme sie auch den Posten; ihre künftige Herrin würde ihr weniger bezahlen als üblich war und sich selbst dazu beglückwünschen, eine Pfarrerstochter eingestellt zu haben.

Die Dienstboten waren schier aus dem Häuschen. Wo ich ging und stand, hörte ich ihr Flüstern und Kichern. Sogar Mrs. Salt und ihre Tochter schien es gepackt zu haben. Der Zirkus brachte Fremde in den Ort, und womöglich – das war für sie noch ein zusätzlicher Kitzel – war der schreckliche Mr. Salt dabei.

Haggety würde Mrs. Rolt begleiten, Doll ging mit Tom Pengaster, und vielleicht nahmen sie auch Daisy mit. Das Essen wurde eine halbe Stunde früher serviert, damit sie nur ja rechtzeitig fortkamen.

Johnny war nach Plymouth gefahren, geschäftlich, wie er sagte. Justin ritt sofort nach dem Essen allein aus, und ich verbrachte wie stets ein paar Stunden des Nachmittags mit Carlyon, damit Mellyora freihatte. Und als ich sie in ihrem Reitkostüm die Treppen herunterkommen sah, nahm ich an, sie wolle sich mit Justin treffen.

Sie waren beide sehr niedergeschlagen; denn es würde bald keine Gelegenheit mehr geben, sich zu sehen.

»Mellyora«, sagte ich, »ich hoffe, Justin überredet dich zum Bleiben.«

Sie wurde rot und sah in solchen Momenten ganz entzückend aus. »Er weiß so gut wie ich«, antwortete sie, »daß es der einzige Weg ist.«

Sie preßte die Lippen aufeinander, als fürchte sie, ein unterdrücktes Schluchzen würde sie verraten, und lief an mir vorbei.

Ich ging weiter hinauf ins Kinderzimmer, wo ich Carlyon fand, der nur von den Tieren plapperte. Ich hatte die Dienstboten angewiesen, ihm nichts von ihrem Zirkusbesuch zu sagen, weil er dann sicher auch hingehen wollte. Und ich hatte Angst vor dem Zirkus, Angst, daß ihm irgend etwas zustieße. Es gab da so viele unsaubere Menschen, von denen er sich eine Krankheit holen konnte; er konnte verlorengehen; hundert Unglücksfälle konnten ihm zustoßen. Nächstes Jahr gehe ich vielleicht mit ihm hin, überlegte ich.

Wir gingen zusammen in den Rosengarten hinunter, wo die alte Lady St. Larnston, die in letzter Zeit arg an Rheuma litt, in ihrem Rollstuhl saß. Als sie Carlyon sah, leuchteten ihre Augen auf, und als er auf sie zulief und sich auf die Fußspitzen stellte, um ihr einen Kuß zu geben, beugte sie sich zu ihm.

Ich setzte mich auf einen Holzstuhl neben sie, während sich Carlyon im Gras ausstreckte und in den Anblick einer Ameise, die einen Grashalm hochkletterte, versank. »Dieser verflixte Zirkus«, seufzte meine Schwiegermutter. »Es ist seit Jahren immer dasselbe. Mein heißes Wasser kam heute morgen fünf Minuten zu spät, und mein Tee war kalt. Ich hielt das Mrs. Rolt vor, und sie erwiderte nur: Das ist der Zirkus, Mylady! Ich weiß noch, wie ich jung verheiratet war...«

Ihre Stimme verlor sich, wie so oft, wenn sie sich ihren Erinnerungen hingab. Ich fragte mich, ob vielleicht ihr Geist, wie ihr Körper, schwach zu werden begann.

»Es ist einer der großen Tage in ihrem Leben«, bemerkte ich.

»Das leere Haus... die Dienerschaft... ganz unmöglich.« Ihre Stimme zitterte.

»Zum Glück passiert das nur einmal im Jahr.«

»Jeder ist fort... aber auch jeder... Nicht ein Mädchen ist im Haus. Wenn nun jemand riefe...«

»Wer sollte schon rufen? Es weiß doch jeder, heute ist Zirkus.«

»Kerensa, Liebes... Judith...«

»Sie ruht.«

Ruhen! Ja, so nannten wir es, wenn wir ausdrücken wollten, daß Judith nicht ganz repräsentabel war. Wenn Besuche kamen, hieß es: Sie fühlt sich nicht ganz wohl. Sie ruht.

Seit Fanny fort war, ging es ihr etwas besser. Es stimmte auch, daß sie weniger trank; aber sie hatte ein ständiges Verlangen danach, das sich zur Manie zu entwickeln schien. Ob ihre Mutter wohl auch betrunken gewesen war, wenn sie hinaus aufs Moor ging und dort bei Mondschein tanzte? War, wie Jane Carwillen gesagt hatte, die Trunksucht das Ungeheuer, das die Derrise-Familie verfolgte?

Wir schwiegen, jeder mit seinen eigenen Gedanken beschäftigt, und plötzlich bemerkte ich, daß Carlyon ausgestreckt im Grase lag und sein kleiner Körper von Schluchzen erschüttert wurde.

Ich lief zu ihm hin und hob ihn auf. »Was ist denn, mein Schatz?« fragte ich.

Er klammerte sich an mich, und es dauerte eine gewisse Zeit, ehe er sprechen konnte.

»Es ist Nelly«, sagte er. »Ich war so böse zu ihr.«

Leise strich ich ihm das dichte Haar aus der Stirn und murmelte Zärtlichkeiten; aber ich konnte ihn nicht beruhigen.

»Ich wollte sie nicht mehr haben, weil sie kein richtiger Nellyfant war.«

»Und jetzt magst du sie wieder?«

»Sie ist doch meine Nelly«, sagte er.

»Na, da wird sie sich aber freuen, wenn du sie wieder liebhast«, beruhigte ich ihn.

»Sie ist aber fort.«

»Fort?«

Er nickte.

»Wohin?« fragte ich.

»Ich weiß nicht.«

»Aber, Liebling, wenn sie fort ist, dann mußt du doch wissen wohin.«

»Ich habe gesucht und gesucht. Sie ist weggelaufen, weil ich gesagt habe, sie ist kein richtiger Nellyfant.«

»Sicher wartet sie im Kinderzimmer auf dich.«

Er schüttelte den Kopf. »Ich habe schon nachgeschaut.«

»Und sie war nicht da?«

»Sie ist wirklich weggelaufen. Weil ich sie nicht mehr liebhatte. Ich habe gesagt, sie ist kein richtiger Nellyfant.«

»Nun gut«, meinte ich, »sie ist auch keiner.«

»Aber nun weint sie. Weil ich gesagt habe, ich mag sie nicht mehr, ich wollte einen richtigen Nellyfant.«

»Und willst du sie wiederhaben?«

»Sie ist meine Nelly, auch wenn sie kein richtiger Nellyfant ist. Nelly soll wiederkommen, und nun ist sie fort.« Ich schaukelte ihn in meinen Armen. Gott segne sein gutes Herz, dachte ich. Er glaubt, die arme Nelly verletzt zu haben, und will sie nun trösten.

»Ich gehe und suche sie«, erklärte ich ihm. »Du bleibst solange hier bei Großmama. Vielleicht darfst du ihre Karneole zählen.«

Es gehörte zu seinen größten Freuden, die Halskette zu studieren, die meine Schwiegermutter tagaus, tagein trug. Sie bestand aus lauter goldbraunen Karneolen, an denen Carlyon sich nie sattsehen komnte.

Sofort heiterte sich sein Gesicht auf, und ich setzte ihn meiner Schwiegermutter auf den Schoß. Sie lächelte. Sicherlich machte ihr dieses Spiel ebensoviel Spaß wie ihm. Sie erzählte ihm, daß ihr Mann ihr das Halsband geschenkt hatte, und wie seine Mutter es ihm für seine

Braut überreicht hatte. Es war eine St. Larnston-Kette; die Steine hatte man in Cornwall gefunden.

Ich verließ Carlyon, sichtlich getröstet von der schläfrigen Stimme seiner Großmutter, die ihm diese Geschichte zum hundertsten Male erzählte. Er hing an ihren Lippen und verbesserte sie, wenn sie ein Wort verwandte, das in den vorigen Erzählungen nicht vorgekommen war. Als ich den Fuß in das Haus setzte, überkam mich eine Vorahnung. Aber vielleicht bildete ich mir das jetzt nur ein. Allerdings war ich sehr empfänglich für das, was ich die Stimmungen des Hauses nannte. Das Haus war für mich ein Lebewesen, und ich hatte immer schon das Gefühl, daß mein Geschick mit ihm verbunden war. Und an diesem Nachmittag war es ganz bestimmt so.

Welch eine Stille! Alle waren fort.

Nur Judith lag oben in ihrem Zimmer, mit zerzaustem Haar, mit dem gedunsenen Gesicht und den stieren und blutunterlaufenen Augen der Trunksüchtigen. Mich fröstelte es, obwohl es ein warmer Nachmittag war.

Ich wollte wieder hinaus in den Rosengarten zu meinem Kind. Ich lächelte bei dem Gedanken, wie es auf Lady Larnstons Schoß saß, seine Augen dicht an den Karneolen, und vielleicht mit seinen dicken Fingerchen die zarte Maserung nachzuzeichnen versuchte.

Mein geliebter Junge! Ich würde sterben für ihn. Dann lachte ich auf bei diesem Gedanken. Was würde ich ihm als Tote nützen? Er brauchte mich, damit ich ihm das Leben bereitete, das ihm zukam. Spürte ich in ihm nicht schon diese Sanftmut, dieses Gefühl, so daß einmal sein Herz über seinen Verstand triumphieren würde?

Wie glücklich würde er sein, wenn ich ihm seinen Spielzeugelefanten wieder in die Arme legte. Zusammen würden wir dem Tier dann erklären, daß er es noch immer liebhätte und daß es ihm nichts ausmache, daß es kein richtiger Elefant sei.

Zuerst ging ich ins Kinderzimmer; aber das Spielzeug war nirgends zu finden. Aber ich hatte es am Morgen noch gesehen! Lächelnd erinnerte ich mich, wie er den Elefanten traurig hinter sich hergezogen hatte. Arme Nelly! Sie war in Ungnade gefallen. Wann hatte ich den Elefanten zuletzt gesehen? Als Mellyora Carlyon in mein Zimmer brachte, ehe sie fortging. Sie waren zusammen den Korridor entlang und die Haupttreppe hinuntergegangen.

Ich folgte dem Weg; womöglich war Carlyon abgelenkt worden, hatte den Strick losgelassen und das Spielzeug unterwegs liegengelassen.

Als ich an der obersten Stufe der Treppe angelangt war, sah ich den Elefanten. Er lag auf der zweiten Stufe, und ein Schuh hatte sich in ihm festgehakt.

Ich ging näher heran. Ein hochhackiger Schuh hatte sich in dem Tuch des Elefantenfells verfangen. Wessen Schuh war es? Ich hielt den Schuh in der einen und das Spielzeug in der anderen Hand, und plötzlich entdeckte ich die Gestalt am Fuße der Treppe.

Mein Herz schlug zum Zerspringen, während ich die Treppe hinunterlief. Es war Judith.

»Judith«, flüsterte ich und kniete neben ihr nieder. Sie war ganz still. Sie atmete nicht mehr, und ich wußte, sie war tot.

Das Haus schien mich zu beobachten. Ich war hier ganz allein ... zusammen mit dem Tod. In der einen Hand hielt ich noch immer den Schuh, in der anderen den Spielzeugelefanten. Ich konnte mir alles ganz genau vorstellen. Der Elefant lag oben auf der Treppe. Judith kam, ein bißchen unsicher, und achtete nicht auf das Spielzeug. Ich sah es vor mir, wie sie darauftrat, der Absatz blieb in dem Tuch hängen – sie verlor das

Gleichgewicht und fiel die große Treppe hinunter, die ich einstmals so stolz in meinem roten Samtkleid emporgestiegen war... hinab in den Tod.

Und all das, weil mein Sohn sein Spielzeug auf der Treppe liegengelassen hatte – eine Todesfalle, unschuldig gestellt.

Ich schloß die Augen und hörte schon das Geflüster!

Der kleine Junge ist an ihrem Tod schuld... Solche Geschichten waren ganz nach ihrem Herzen und hatten ein zähes Leben.

Und er würde es erfahren, und wenn es auch nicht seine Schuld war, würde allein schon der Gedanke, für ihren Tod verantwortlich zu sein, sein Glück trüben.

Weshalb sollte seine strahlende Zukunft verdunkelt werden, nur weil eine betrunkene Frau die Treppen hinuntergefallen war und sich den Hals gebrochen hatte?

Die Totenstille im Haus raubte mir die Nerven. Es war, als hielte die Zeit den Atem an. Seit Jahrhunderten hatten große Ereignisse in diesen Mauern stattgefunden. Etwas in mir sagte, daß das ein solcher Augenblick war.

Dann schien die Zeit weiterzulaufen. Ich hörte die Großvateruhr ticken, wie ich neben Judith kniete. Es bestand kein Zweifel. Sie war tot.

Den Schuh legte ich auf die Treppe, doch den Elefanten brachte ich zurück ins Kinderzimmer. Keiner sollte behaupten können, Judith hätte wegen der Unachtsamkeit meines Kindes sterben müssen.

Dann lief ich aus dem Haus, um Dr. Hilliard zu holen.

5. Kapitel

Tod auf Abbas. Eine stille Atmosphäre. Die Vorhänge waren zugezogen, um die Sonne auszuschließen. Die Dienstboten schlichen auf Zehenspitzen umher und flüsterten nur noch.

In ihrem Schlafzimmer, wo ich ihr so oft das Haar gekämmt hatte, lag Judith nun in ihrem Sarg. Die Dienerschaft lief mit abgewandten Blicken an der geschlossenen Tür vorbei. Ich war seltsam bewegt, wie ich sie so liegen sah, in einem weißen gekräuselten Häubchen und einem weißen Nachthemd – sie sah dabei friedlicher aus als je in ihrem Leben.

Justin hatte sich in seinem Zimmer eingeschlossen und ließ sich nicht blicken. Mrs. Rolt brachte die Tabletts mit Essen in sein Zimmer, mußte sie aber unberührt wieder forttragen. Sie schnitt ein grimmiges Gesicht dabei, und ich hörte sie förmlich in der Küche sagen: »Er hat sie auf dem Gewissen. Arme Frau! Kann man sich da noch wundern?« Und alle würden zustimmend nicken; denn nach ihrem ungeschriebenen Gesetz war der Tod heilig.

Die Ereignisse jenes Tages stehen mir noch klar vor Augen. Ich erinnere mich noch, wie ich in der heißen Sonne die Straßen entlanglief, wie ich Dr. Hilliard schlafend im Garten fand, eine Zeitung über dem Kopf zum Schutz gegen die Sonne; wie ich ihm zurief, daß sich ein Unfall ereignet hätte, und wie wir zusammen wieder nach Abbas gingen. Das Haus war noch immer ganz still; der Schuh lag neben ihr; nur der Elefant war im Kinderzimmer. Ich stand daneben, als er ihr armes Gesicht berührte.

»Es ist schrecklich«, murmelte er. »Schrecklich.«

Dann schaute er die Treppe hinauf und warf anschließend einen Blick auf ihren Schuh. »Sie hatte getrunken?« fuhr er fort.

Ich nickte.

Er stand auf. »Ich kann nichts mehr tun.«

»War sie gleich tot?« fragte ich ihn.

Er zuckte die Schultern. »Es ist anzunehmen. Hat niemand ihren Sturz bemerkt?«

Ich erklärte ihm, daß alle Leute beim Zirkus seien.

»Und wo ist Sir Justin?«

»Ich weiß es nicht. Mein Mann mußte geschäftlich nach Plymouth, und Lady St. Larnston ist mit meinem Sohn im Garten.«

Er nickte. »Sie sehen etwas angegriffen aus, Mrs. St. Larnston.«

»Es ist ein schwerer Schlag.«

»Stimmt. Wir müssen sehen, daß wir Sir Justin sobald wie möglich erreichen. Wo befindet er sich um diese Tageszeit gewöhnlich?«

Ich wußte, wo er war ... bei Mellyora, und dann packte mich zum erstenmal die Furcht. Er war ja jetzt frei ... frei, um Mellyora zu heiraten. Nach einem Jahr – dem Trauerjahr – würden sie heiraten. Und ein Jahr später hätten sie vielleicht einen Sohn.

Dr. Hilliard sprach weiter, gab Instruktionen; aber ich stand bloß still dabei, und es war mir, als mache sich das ganze Haus über mich lustig.

Später kamen Judiths Eltern nach Abbas. Ihre Mutter war Judith sehr ähnlich: wie eine Statue, mit dem gleichen gequälten Ausdruck in den Augen, was ja auch nicht zu verwundern war bei diesem Todesfall.

Sie ging in das Zimmer, wo Judith aufgebahrt lag, und ich hörte das verzweifelte Schluchzen und ihre Vorwürfe.

»Was habt ihr meiner Tochter angetan? Weshalb ließ ich

sie nur in dieses Haus?«

Auch die Dienstboten hörten es. Ich traf Mrs. Rolt auf der Treppe, und sie schlug ihre Augen nieder, damit ich nicht die Erregung darin lesen konnte.

An so etwas weideten sie sich: Skandal bei den »oberen Zehntausend«. Und wenn sie von Judiths Tod sprachen, sprachen sie im selben Atemzug davon, wie unglücklich sie gewesen sei und von der letzten Szene, als sie vor allen ihre Eifersucht auf Mellyora herausgeschrien hatte.

Auch Jane Carwillen kam, ein Stallknecht von Derrise brachte sie. Doll machte ihr die Tür auf und wollte sie nicht ins Haus lassen, doch sie schob das Mädchen beiseite und rief: »Wo ist meine Kleine? Bring mich zu ihr!«

Ich hörte den Tumult und eilte in die Vorhalle. Sobald ich sie sah, sagte ich: »Kommen Sie, ich bringe Sie hin.«

Ich führte sie zu dem Zimmer, wo Judith in ihrem Sarg lag.

Jane Carwillen stellte sich neben sie und sah auf Judith herab. Sie weinte nicht, sie sprach nicht; aber ich konnte den Kummer in ihrem Gesicht lesen und ahnte, daß ihr hundert kleine Erlebnisse aus Judiths Kindheit in den Sinn kamen.

»Und noch so jung«, sagte sie schließlich. »Warum mußte das sein?«

Beruhigend flüsterte ich ihr zu: »Man muß sich damit abfinden.«

Wütend wandte sie sich mir zu. »Es hätte nicht zu passieren brauchen. Sie war jung. Das ganze Leben lag vor ihr.«

Sie drehte sich um, und als wir zusammen das Totenzimmer verließen, stießen wir auf Justin. Der haßerfüllte Blick, den ihm Jane Carwillen zuwarf, erschreckte mich.

Mrs. Rolt wartete unten in der Halle. Sie ging geschäftig auf Jane Carwillen zu: »Vielleicht hätte Miss Carwillen gern ein Glas Wein zum Trost getrunken?« fragte sie.

»Für mich gibt's keinen Trost«, war ihre Antwort.

»Geteilter Schmerz ist halber Schmerz«, redete ihr Mrs. Rolt zu. »Wenn Sie uns Ihr Herz öffnen ..., öffnen wir Ihnen auch unsere.«

War das eine heimliche Andeutung? Sollte das vielleicht heißen, Mrs. Rolt hätte etwas zu berichten, was Jane wissen sollte?

Vielleicht dachte auch Jane so. Sie stimmte zu, mit in die Küche zu kommen und dort ein Glas Wein zu trinken.

Eine halbe Stunde später – als sie immer noch im Haus war – ging ich unter einem Vorwand in die Küche.

Ich wußte wohl, was Jane dort zu tratschen hatte, wie Judith ihren Mann und Mellyora wegen eines Liebesverhältnisses angeklagt hatte. Und zum erstenmal hieß es, daß Judiths Tod kein Unfall war.

Das Urteil nach der gerichtlichen Untersuchung lautete: Unfall. Judith war, so schien es, in halbtrunkenem Zustand auf der Treppe gestolpert und zu Tode gestürzt. Ich sagte unter Eid aus, wie ich sie gefunden hatte und erklärte, wie ich ins Haus gekommen sei, um nach dem Spielzeug meines Sohnes zu suchen und Judith am Fuße der Treppe liegend entdeckt hätte.

Keiner zweifelte an meiner Aussage, obgleich ich fürchtete, daß mich meine Nervosität verraten könnte. Aber man nahm natürlich an, daß ich aufgeregt wäre.

Sir Justin schien um zehn Jahre gealtert zu sein. Ich sah es ihm an, wie er sich selbst Vorwürfe machte. Und Mellyora sah aus wie ihr eigener Schatten. Sie haßte es, mit irgend jemandem der Dienstboten zusammenzutreffen.

Vergessen war, daß sie sich ja eigentlich vorstellen

wollte, sie war so benommen durch das, was geschehen war, daß sie nicht mehr klar zu denken vermochte.

Wie anders sie doch war als ich! Ich an ihrer Stelle hätte frohlockt; die Zukunft hätte klar vor mir gelegen. Über das Gerede der Dienstboten hätte ich nur mit den Fingern geschnippt. Was gab es denn für einen Grund zur Aufregung, wenn man bald die Herrin des Hauses sein und die Macht besitzen würde, jeden zu entlassen? Sie würden das schon merken und sich danach richten, mochten sie auch im Augenblick noch nicht wissen, welche Wendung die Dinge nahmen.

Aber wahrscheinlich war ich selbst der unruhigste Mensch im ganzen Hause. Die Zukunft meines Sohnes war in Frage gestellt. Er war mir jetzt alles. Mein eigenes Leben lag mir jetzt nicht mehr so sehr am Herzen. Meine Ehe war nicht glücklich, und es gab Zeiten, wo ich Johnny haßte. Ich wollte Kinder haben, und das war der einzige Grund, weshalb ich ihn erduldete. Ich liebte ihn nicht, hatte es noch nie getan; was uns verband, war Sinnlichkeit statt Zuneigung. Wie oft hatte ich von einer Liebe geträumt, die mir alles gab, was ich mir vom Leben erwünschte.

Ich wünschte mir einen Ehemann, an den ich mich wenden konnte, der mich tröstete und der mein Leben lohnend machte, selbst wenn meine hochfliegenden Pläne durchkreuzt wurden. Noch nie hatte ich mich so einsam gefühlt wie in dieser Zeit; hatte ich doch einen Fingerzeig erhalten, wie mit einem Schlag alle Zukunftsträume zunichte werden können. Ich war meiner Macht so sicher gewesen, daß ich das Schicksal lenken konnte; aber hatte Grandma mir nicht wieder und wieder gesagt, daß das Leben mächtiger sei als ich? Ich fühlte mich schwach und hilflos und wünschte mir nur einen starken Arm als Stütze. In zunehmendem Maße wanderten meine Gedanken zu Kim. Jene Nacht im

Walde war in mehr als einer Beziehung bedeutungsvoll gewesen. Sie hatte über meine Zukunft entschieden und über Joes.

Auf eine eigenartige und seltsame Weise liebte ich Kim. Vielleicht liebte ich nur sein Bild; aber da alle meine Wünsche sehr tief gingen, weil ich leidenschaftlich und aus ganzem Herzen wünschte, wußte ich, daß ich einen Mann mit ganzer Seele lieben konnte. Und in jener Nacht, als ich noch jung und unerfahren war und meine Gefühle noch nicht recht begriff, hatte ich Kim auserwählt, hatte an seinem Bild weitergebaut. Und insgeheim glaubte ich fest daran, daß Kim eines Tages zurückkehren würde, und zwar zurückkehren zu mir.

Und gerade jetzt, da ich Angst hatte, daß ich alles, was ich für Carlyon wünschte, verlieren könnte, sehnte ich mich nach einem starken Mann an meiner Seite, der mich tröstete. Es machte mich traurig, daß dieser Mann nicht mein Ehemann war und daß meine Heirat nur ein schmutziger Handel gewesen war – eine Heirat ohne Liebe, eine Heirat, zu der es beide Seelen aus gleich wildem Verlangen getrieben hatte; nur daß mein Verlangen sich auf Macht und Stellung gerichtet hatte.

In banger Sorge wartete ich darauf, was als nächstes geschehen würde, und dann begriff ich, daß mir das Schicksal abermals eine Chance gab.

Ein Gerücht kam auf.

Ich erfuhr davon, als ich zufällig eine einzige Bemerkung aus der Küche hörte. Mrs. Rolt hatte eine durchdringende Stimme.

»Das eine Recht gilt für die Reichen, das andere für die Armen. Tödlicher Unfall! Unfall... ich bitte euch! Und wo war er? Und war sie? Bessie Culturther hat die beiden gesehen... wie sie im Trecannonwald spazierengingen... die Pferde angebunden... händchenhaltend ... nur ein paar Tage vorher! Ob sie Pläne gemacht hatten? Vielleicht. Und wo waren sie, als Ihre Ladyship ihren tödlichen Unfall hatte? Na ja, man darf ja nicht fragen, weil es die Herrschaften sind.«

Gerüchte, Geschwätz. Das konnte schlimme Ausmaße annehmen.

Und es nahm Ausmaße an. Es war ein Gerede, ein endloses Geschwätz. Das war gar zu zufällig, meinten die Flüsterer. So genau arbeitete der Zufall nicht. Justin liebte Mellyora. Mellyora wollte fort! Und dann der plötzliche Tod derjenigen, die zwischen ihnen stand! Was war natürlicher, als vorzugeben, Lady St. Larnston habe einen Unfall erlitten, genau zum rechten Zeitpunkt, als ihr Mann seine Geliebte zu verlieren drohte? Wie rücksichtsvoll war doch das Schicksal manchen Leuten gegenüber. Aber weshalb nur? Sagte es vielleicht: »Oh, hier geht es um Sir Justin; der muß haben, was er sich wünscht?« Es mußte den Dingen einen kleinen Stoß geben, damit alles ins rechte Lot für Sir Justin St. Larnston kam.

»Einen kleinen Stoß?« So lauteten die wohlerwogenen Worte.

Wo war Sir Justin, als seine Frau die Treppe hinunterstürzte? Wie hatte er doch gesagt bei der gerichtlichen Untersuchung? Er habe eines seiner Pferde trainiert. Ich konnte mir gut den großen Tisch in den Gesinderäumen vorstellen, wie sie zusammenhockten wie ein Haufen Detektive und die Geschichte säuberlich zusammensetzten.

Die Zeit war klug gewählt: das Haus wie ausgestorben, die Dienstboten im Zirkus, Mr. Johnny auf Geschäftsreise, Mrs. St. Larnston mit ihrem Kind und der alten Dame im Garten. War Sir Justin noch mal zurückgekommen? Hatte er seine Frau die Treppe hinuntergestoßen?

Die Dienstboten sagten es; sie verbreiteten es; sie verbreiteten es auch im Dorf. In dem kleinen Postamt wußte Miss Penset, daß Miss Martin Briefe an verschiedene Adressen geschrieben hatte; nicht zu vergessen jene kleine Szene, als in einem der Zimmer auf Abbas Feuer ausgebrochen war und sie ertappt wurde – im Nachthemd, zusammen mit Sir Justin, und die arme junge Frau herausschrie, was sie dachte: und da gab's ja wohl nichts zu deuteln, was Ihre Ladyship damit hatte sagen wollen. Miss Penset hatte längst davon gehört von mehreren Leuten. Mrs. Rolt und Mrs. Salt lehnten sich gern nur zu einem Schwätzchen über die Theke, und Mr. Haggety plierte mit Wonne auf Miss Pensets Busen unter ihrem schwarzen Mieder und grinste vielsagend, was für eine patente Frau sie doch sei. Sie konnte jedes Geheimnis aus einem Mann herauslocken, der sie so bewunderte wie Mr. Haggety. Und auch Doll war nicht die einzige, die je etwas für sich behielt, und Daisy plapperte ihr alles nach und kam sich noch wunder wie gescheit dabei vor. Und wußte sie es nicht von dem Briefträger selber, daß er einen Brief für Miss Martin gehabt hatte, mit einem Absender, an den sie geschrieben hatte?

O ja, Miss Penset hatte ihren Finger am Puls; sie wußte, wenn ein Mädchen schwanger war, noch ehe es das selbst wußte. Was es an Dramen im Dorfe gab, war ihr Lebenselixier, und daß sie alles und jedes erfuhr, dafür sorgte schon ihr Posten.

Wann immer ich in die Post kam, wurde es mucksmäuschenstill. Mich betrachtete man mit mehr Wohlwollen. Sicherlich, ich war ein Emporkömmling; aber letzten Endes war ich nicht so schlecht wie manche andere. Außerdem war meine Geschichte jetzt nicht mehr halb so wichtig.

Es war am Tage der Beerdigung. Die Kränze und Blumen nahmen kein Ende. Der Duft der Lilien – der Geruch des Todes – durchzog das ganze Haus.

Wir fürchteten uns alle vor diesem Gang. Als ich meinen Hut aufsetzte, schien mir aus dem Spiegel ein fremdes Gesicht entgegenzustarren. Schwarz stand mir nun einmal nicht; ich hatte mein Haar in der Mitte gescheitelt und es hinten im Nacken zu einem dicken Knoten aufgesteckt; dazu trug ich schwarze Jett-Ohrringe und eine entsprechende Halskette.

Meine Augen wirkten unnatürlich groß; mein Gesicht war durchscheinend und bleich.

Seit Judiths Tod schlief ich schlecht, und wenn ich schlief, träumte ich schlecht. Mir träumte immer wieder von dem Trelinketer Markt und wie Mellyora kam und mich bei der Hand nahm. Einmal träumte ich, wie ich auf meine Füße hinuntersah und an einem einen Teufelsfuß entdeckte.

Johnny in seinem schwarzen Zylinder und dem schwarzen Jackett wirkte würdevoller als gewöhnlich. Er stellte sich neben mich vor den Spiegel.

»Du siehst königlich aus«, sagte er und beugte sich so vor, daß er meinen Hut nicht berührte, und küßte mich auf meine Nasenspitze.

Plötzlich lachte er. »Bei Gott«, meinte er, »in der Nachbarschaft reden sie schon über uns.«

Mich schauderte es. Ich haßte seinen selbstgefälligen Blick.

»Er wurde mir immer als Vorbild hingestellt... mein frommer Bruder. Weißt du überhaupt, wie sie ihn jetzt nennen?«

»Ich will es nicht wissen.«

Er hob die Augenbrauen. »Das sieht dir aber gar nicht ähnlich, mein Täubchen. Sonst steckst du deine Nase doch immer in alles hinein. Da gibt's nur einen Grund, du weißt es schon. Ja, meine Liebe, sie sagen, mein angebeteter Bruder habe seine Frau umgebracht.«

»Ich hoffe, du hast ihnen klargemacht, wie absurd das ist.«

»Meinst du, meine Worte hätten irgendein Gewicht?«

»Und wer sagt das? Die in der Post? Lästermäuler wie sie?«

»Ja, ganz recht. Diese alte böse Sieben posaunt jeden Skandal aus, der ihr vor das unflätige Maul kommt. Das war zu erwarten. Aber sie reden auch höheren Orts. Mein Bruder wird es schwer haben.«

»Aber jeder wußte doch, daß sie trank.«

»Jeder wußte, daß er sie los sein wollte.«

»Sie war seine Frau.«

Er wiederholte spottend meine Worte. »Was ist nur in meine kleine, kluge Frau gefahren. Na, Kerensa, was glaubst du denn?«

»Daß er unschuldig ist.«

»Du bist wirklich naiv. Leider bist du die einzige, die das glaubt.«

»Aber das Gericht...«

»Tödlicher Unfall! Das kann viel heißen. Aber das eine sage ich dir: das vergißt hier niemand, und wenn Justin Mellyora heiratet, was er sicherlich vorhat nach einer schicklichen Wartezeit, wird das Gerücht nie verstummen. Du weißt, wie es in dieser Gegend ist. Die Geschichten werden von Generation zu Generation überliefert. Das kann ewig dauern... Das Skelett im Schrank, und niemand weiß, ob nicht ein mißgünstiger Mensch eines Tages die Schranktür aufmacht!«

Er hatte recht. Ich mußte die Wahrheit sagen. Ich mußte erklären, daß Judith über den Elefanten gestolpert war, daß ich es gesehen und nur nicht gewollt hatte, daß man meinem Kind die Schuld gab.

Ich zitterte. Ich hatte bei der Gerichtsverhandlung nicht

die volle Wahrheit gesagt. Wie sollte ich jetzt damit herausrücken? Aber durfte ich es für mich behalten, da der eigene Bruder Justin für einen Mörder hielt?

Johnny setzte sich auf die Bettkante und betrachtete seine Fußspitzen.

»Ich glaube nicht, daß sie jemals heiraten können«, meinte er. »Die einzige Möglichkeit, das Gerücht zum Schweigen zu bringen, ist, es zu lassen.«

Wie glänzten meine Augen – es war fast unnatürlich. Wenn sie nicht heirateten, wenn Justin nie mehr heiratete, dann bestünde keine Gefahr mehr für Carlyons Zukunft.

Die Glocken der Kirche begannen zu läuten.

»Es ist Zeit«, sagte Johnny. Er nahm meine Hand. »Wie kalt deine Hand ist! Kopf hoch! Es ist nicht meine Beerdigung.«

Wie ich ihn haßte! Wie gleichgültig ihm der Kummer seines Bruders war! Er war nur eitel und selbstgefällig, weil er jetzt nicht mehr unter dem Vergleich zu leiden brauchte, weil keiner ihm Justin mehr als Beispiel vorhalten konnte.

Was für einen Mann hatte ich nur geheiratet? fragte ich mich, und dieser Frage schloß sich gleich eine zweite an, eine noch wichtigere: Was war ich nur für eine Frau?

Es sollte noch schlimmer kommen, als wir gefürchtet hatten. Nicht nur die Leute aus dem Dorf waren erschienen, sondern auch die ganze Nachbarschaft, Meilen im Umkreis, hatte sich anscheinend aufgemacht, um Judiths Beerdigung beizuwohnen.

Die Luft in der Kirche war zum Ersticken, der Liliengeruch unerträglich, und Reverend James Hemphill schien für immer weiterreden zu wollen.

Justin mit seiner Mutter und die Eltern von Judith saßen in der ersten Reihe des St.-Larnston-Chorgestühls,

Johnny und ich in der zweiten. Ich starrte nur auf Justins Schultern und grübelte, was er wohl tun würde. Ich brachte es nicht über mich, auf den Sarg zu schauen, der unter einer Last von Blumen auf einem Gestell stand. Ich hörte nur mit halbem Ohr, was James Hemphill predigte; mein Blick glitt immer wieder zu dem Pfarrhausgestühl, wo nun Mrs. Hemphill und ihre drei Töchter saßen, und ich sah mich mit Mellyora dort sitzen; stolz war ich gewesen in meinem Leinenkleid und mit dem Strohhut, Geschenken von ihr.

Meine Gedanken weilten in der Vergangenheit, und ich erinnerte mich an alles, was Mellyora mir Gutes getan hatte. Dann war der Gottesdienst vorbei, und wir mußten hinaus zu der Gruft. Reverend James Hemphill stieg die Kanzel herab. Oh, dieser Begräbnisgeruch!

Dann bemerkte ich Jane Carwillen. Es war ein außergewöhnlicher Anblick – die alte Frau, tief zur Erde gebeugt, wie sie ihren Weg auf den Sarg zu nahm. Wir saßen alle so still, daß das Tapp-tapp ihres Stockes in dem Seitenschiff der Kirche widerhallte.

Vor dem Sarg blieb sie stehen, hob ihren Stock und deutete auf das St.-Larnston-Kirchengestühl.

»Sie ist fortgegangen, meine Kleine«, begann sie leise; dann erhob sie ihre Stimme: »Ich verfluche alle, die ihr Übles taten!«

Mrs. Hemphill – wie immer die tatkräftige Pfarrfrau – kam rasch aus dem Kirchengestühl und schob ihren Arm unter den von Jane.

Ich konnte ihre kühlen, kurzangebundenen Worte hören: »Wir wissen, wie aufgeregt du bist...«

Aber Jane war in die Kirche gekommen, um öffentlich Zeugnis abzulegen, und war davon nicht so leicht abzubringen.

Sie stand noch einige Sekunden lang, starrte auf das St.-Larnston-Gestühl und drohte mit dem Stock.

Als Mrs. Hemphill sie fortzog, hörte man ein lautes Schluchzen, und ich sah, wie Judiths Mutter das Gesicht in den Händen verbarg.

»Warum habe ich sie heiraten lassen...« Die Worte mußten viele gehört haben, und nun schien jedermann auf ein Zeichen vom Himmel zu warten, ein Erkennungszeichen von oben, als Rache an jenen, die man für Judiths Mörder hielt.

Judiths Vater legte einen Arm um seine Frau. Justin wollte gerade hinausgehen, als hinten, wo die Dienstboten von Abbas saßen, neue Unruhe entstand.

Ich hörte die Worte: »Sie ist ohnmächtig geworden.«

Und ich wußte, wer es war, noch ehe ich mich umdrehte. Ich war es, die zu ihr hinlief und ihr den Kragen öffnete. Sie lag auf dem Fußboden, den Hut verrutscht im Nacken, die hellen Wimpern reglos über der Totenblässe.

Ich wollte aufschreien: »Mellyora. Ich vergesse es nicht, es ist nur wegen Carlyon...«

Aufmerksam standen die Dienstboten um mich herum, und ich wußte, was sie dachten.

Ein Gottesurteil – hier am heiligen Ort!

Zurück nach Abbas. Gott sei Dank hatten die Glocken endlich ihr trauriges Geläut eingestellt. Gott sei Dank waren die Rolläden aufgezogen, um endlich wieder Licht einzulassen!

Wir tranken unseren Sherry und setzten uns zu Tisch. Justin war in sich gekehrt und still; er hatte seine Fassung wiedergewonnen. Aber wie unglücklich sah er aus – so geschlagen, wie ein verwitweter Ehemann aussehen mußte.

Judiths Mutter war vorsorglich nach Hause gebracht worden, damit es keine hysterische Szene gäbe. Wir sprachen von allem anderen, nur nicht von der Beerdigung: über die steigenden Preise, über die Regierung; vor allem aber darüber, ob die Fedder-Mine wohl wirklich geschlossen würde und was das für das Dorf bedeute.

Ich war die Gastgeberin. Wäre Judith noch da, hätte ich das Amt auch übernommen; aber nun war ich offiziell Herrin des Hauses und würde es bleiben, bis Justin wieder eine Frau hätte.

Nein, Justin durfte nie wieder eine Frau haben!

Endlich gestand ich es mir ein, den Entschluß in meinem Herzen. Justin sollte nie einen legitimen Sohn haben, und also durfte er auch nie wieder heiraten.

Justin durfte nie einen Sohn haben, der Carlyons Stelle einnehmen würde.

Aber er würde Mellyora heiraten. Konnte er das? Eigentlich nur, wenn er sich einem ewigwährenden Skandal aussetzen wollte.

Würde Justin das auf sich nehmen?

Sobald ich konnte, ging ich in Mellyoras Zimmer, das immer noch im Halbdunkel lag, weil noch keiner die Rolläden aufgezogen hatte.

Sie hatte ihre Haare gelöst, lag auf dem Bett und sah so jung und hilflos aus, daß ich an die Tage unserer Kindheit denken mußte.

»O Mellyora«, sagte ich mit zitternder Stimme.

Sie streckte mir die Hand entgegen, und ich ergriff sie. Ich kam mir vor wie Judas.

»Was nun?« fragte ich.

»Das ist das Ende«, erwiderte sie.

Ich haßte mich selbst, als ich flüsterte: »Aber weshalb. Nun... bist du doch frei.«

»Frei?« Sie lachte bitter auf. »Noch nie waren wir weniger frei.«

»Das ist doch lächerlich. Sie steht nicht mehr zwischen euch. Mellyora, laß uns offen zueinander sprechen.«

»Noch nie stand sie trennender zwischen uns.«

»Aber sie ist doch fort.«

»Du weißt sehr gut, was die Leute reden.«

»Daß er sie – vielleicht mit deiner Hilfe – getötet hat.«
Sie stützte sich auf einen Ellbogen und ihre Augen
flammten. »Wie können sie es wagen! Wie können sie
nur so etwas von Justin behaupten?«

»Es hat den Anschein, daß sie gerade zu dem Zeitpunkt
starb, als . . . «

»Sprich es nicht aus, Kerensa. Du darfst das nicht
glauben.«

»Natürlich glaube ich es nicht. Ich weiß, daß er nichts
damit zu tun hat.«

»Ich wußte doch, daß man dir vertrauen kann.«
Mellyora, tu es nicht, tu es nicht, wollte ich rufen; einige
Augenblicke lang konnte ich nicht reden, weil ich Angst
hatte, mit der Wahrheit herauszuplatzen.

Sie fuhr fort. »Wir haben miteinander gesprochen. Es ist
aus, Kerensa. Wir wissen es beide.«

»Aber . . . «

»Du mußt das begreifen. Ich kann ihn unmöglich
heiraten. Siehst du nicht ein, daß das sonst alles bestäti-
gen würde . . . Jedenfalls würde es so heißen, immer. Es
gibt nur einen Weg, um Justins Unschuld zu beweisen.«

»Du willst fort?« fragte ich.

»Er will mich nicht gehen lassen. Er will, daß ich bei dir
bleibe. Er meint, du bist stark und meine Freundin, er
sagt, bei dir bin ich geborgen.«
Ich versteckte das Gesicht in den Händen. Ich hätte den
Spott, der meinen Mund verzog, nicht verheimlichen
können. Ich verhöhnte mich selbst, doch sie brauchte
das nicht zu wissen. Sie, die mich einst so gut durch-
schaute, hätte es womöglich auch jetzt getan.

»Er meint, das Leben sei zu schwer für mich . . . fern
von hier. Er wüßte, was für ein elendes Dasein eine

Gouvernante oder Gesellschafterin haben kann. Er will, daß ich hier bleibe... um mich um Carlyon zu kümmern, wie ich es bisher tat... um dich als Freundin zu behalten.«

»Und nach gewisser Zeit... wenn alles vergessen ist... dann wird er dich heiraten?«

»Aber nein. Niemals werden wir heiraten, Kerensa. Er geht fort.«

»Justin geht fort?« Es schwang ein hoffnungsvoller Unterton in meiner Stimme. Justin legte seine Rechte ab. Der Weg für mich und die Meinen ist frei.

»Es ist die einzige Möglichkeit. Und er glaubt, es ist am besten so. Er will nach dem Fernen Osten gehen... China oder Indien.«

»Das kann doch nicht wahr sein.«

»Aber ja, Kerensa. Er könnte es nicht ertragen, hier zu bleiben und doch von mir getrennt zu sein. Er will mich nicht heiraten, weil vor allem ich unter den Beleidigungen und Verdächtigungen zu leiden hätte. Er will, daß ich bei dir bleibe... und vielleicht nach gewisser Zeit...«

»Gehst du zu ihm?«

»Wer weiß?«

»Und er ist fest entschlossen? Es kann nicht sein Ernst sein. Er wird es sich noch anders überlegen.«

»Es gäbe nur eine Möglichkeit, daß er sich anders entschlösse, Kerensa.«

»Und die wäre?«

»Wenn man etwas beweisen könnte. Wenn jemand gesehen hätte... Aber wir wissen ja, keiner hat es gesehen. Es gibt keine Möglichkeit, unsere Unschuld zu beweisen, als diese eine... eben die Trennung; wenn wir auf das verzichten, was ihrer Meinung nach uns zu diesem Verbrechen getrieben hat.«

Das war der Augenblick. Ich mußte es ihr gestehen,

mußte sagen, Judith sei über Carlyons Spielzeug gestolpert. Ich selber habe das Spielzeug weggenommen, weil ich nicht wollte, daß auch nur ein Schatten auf meinen Sohn fiele.

Nur ich konnte Justin und Mellyora den Weg frei machen; sie könnten heiraten; sie könnten einen Sohn haben.

Nein, ich konnte es nicht. Abbas war für Carlyon bestimmt. Sir Carlyon. Wie stolz würde ich sein, wenn ihm eines Tages der Titel gehörte. Ich war eine Ehe ohne Liebe eingegangen; ich hatte hart um das, was ich wünschte, gekämpft; ich hatte viel aushalten müssen. Und das sollte ich alles Mellyoras wegen wegwerfen?

Ich hatte Mellyora gern. Aber was war das schon für eine Liebe zwischen Justin und Mellyora? Wenn ich an Mellyoras Stelle gewesen wäre, hätte ich dann meinen Liebsten fortgehen lassen? Hätte ich einem Mann meine Liebe geschenkt, der so leicht klein beigeben würde?

Nein, eine Liebe wie die ihre war das Opfer nicht wert. Das mußte ich mir immer wieder sagen.

Wenn sie sich wirklich liebten, mußten sie bereit sein, alles füreinander zu ertragen.

Ich kämpfte um die Zukunft meines Sohnes, und nichts durfte sich mir in den Weg stellen.

6. Kapitel

Man kann die unerfreulichen Ereignisse des Lebens für Tage, Wochen oder Monate vergessen, bis plötzlich irgend etwas eintritt und sie einem mit häßlicher Deutlichkeit wieder vor Augen stehen. Ich gehöre zu den Menschen, die immer eine Entschuldigung für ihre Fehler finden und diese Entschuldigung dann auch für wahr halten. Aber die Wahrheit ist wie ein Gespenst, das dir ein Leben lang nachschleicht und dann vor dich hintritt, wenn du nicht auf deiner Hut bist, als sollte dir bewiesen werden: du kannst noch so viele hübsche Schleier über die Wahrheit legen, sie werden von grober Hand in einem einzigen Augenblick weggerissen.

Ich saß an meinem Schreibtisch und überlegte, was wir zu Abend essen sollten. Die Fedders wollten kommen. Sie hatten geschäftlich mit Johnny zu reden. Johnny war nicht erfreut, aber er hatte sie einladen müssen. Ich wußte recht gut, daß Johnny und Geschäft nicht zusammenpaßten.

Man konnte kaum übersehen, daß unser Besitz nicht mehr so geschickt geführt wurde wie zu Justins Zeiten. Und ich sah es wohl, daß Johnny unangenehme Briefe einfach in die Schublade warf und sie zu vergessen suchte. Von verschiedenen Seiten kamen Klagen. Die Bauern sagten, in Sir Justins Tagen sei dies und jenes getan worden, was jetzt vernachlässigt würde. An den Katen unterblieben die nötigsten Reparaturen. Auch nutzte es nichts, daß Johnny gern bereit war, jedes und alles zu versprechen, da er gar nicht daran dachte, seine Versprechen auch zu halten. Anfangs war er sehr beliebt gewesen, aber jetzt traute ihm keiner mehr.

Es waren schon zwei Jahre vergangen, seit Justin uns verlassen hatte. Zur Zeit war er in Italien. Er schrieb selten. Ich wartete immer darauf, daß eines Tages ein Brief für Mellyora dabei sein würde, mit der Bitte, ihm zu folgen.

Wenn man jemandem großes Unrecht zugefügt hat, ändern sich die eigenen Gefühle diesem Menschen gegenüber. Es gab Zeiten, da ich Mellyora geradezu haßte. In Wirklichkeit haßte ich mich selbst; aber für jemanden wie mich war das schwierig; als einziger Ausweg blieb, den zu hassen, der diesen Selbsthaß verursacht hatte. Wenn solche Stimmungen über mich kamen, gab ich mir Mühe, sehr freundlich zu Mellyora zu sein. Sie war Carlyons Kinderschwester und Erzieherin bis ins Schulalter; doch bestand ich darauf, daß sie wie ein Familienmitglied behandelt wurde. Sie nahm die Mahlzeiten mit uns ein und war bei Einladungen anwesend; die anderen sahen in ihr eben mehr die Tochter des letzten Pfarrers als die Erzieherin auf Abbas. Auch hatte ich Carlyon beigebracht, sie Tante Mellyora zu nennen, und es gab Augenblicke, da ich alles für sie tat.

Sie hatte sich verändert. Sie sah älter aus, war stiller geworden. Es war seltsam: je mehr Farbe ich gewann, desto blasser erschien sie. Sie trug ihr hübsches blondes Haar in Zöpfen um den Kopf; ich hatte es hoch aufgesteckt und so frisiert, daß nichts von seiner Schönheit verloren ging. Sie kleidete sich vorwiegend in Grau und Schwarz, was zwar gut zu ihrem blassen Teint paßte, aber so langweilig war. Schwarz trug ich sehr selten, es stand mir nicht, und wenn ich es einmal anzog, sorgte ich stets für einen Farbfleck – scharlachrot oder meine Lieblingsfarbe Jadegrün. Ich besaß Abendkleider aus rotem Chiffon und grüner Seide; hin und wieder trug ich auch Lavendel oder eine Kombination von Dunkelblau und Rosa.

Jetzt war ich die Herrin auf Abbas; keiner stand mir

mehr im Weg, und in den zwei Jahren, seit Justin fortgegangen war, hatte ich meine Stellung gefestigt. Und daß man Justin nicht gemocht hatte, kam mir nun zugute. Fast sah es so aus, als ob Haggety und Mrs. Rolt vergessen hätten, daß ich aus einfachen Verhältnissen stammte und keineswegs für die Rolle erzogen war, die ich mit solcher Perfektion spielte.

Lady St. Larnston war im vergangenen Jahr still ent-schlafen, und wieder hatte es eine Beerdigung auf Abbas gegeben. Aber welch ein Unterschied zu der von Judith! Still und ruhig, so konventionell, wie sie ihr Leben gelebt hatte, ging die alte Dame auch aus ihm fort. Seit sie nicht mehr am Leben war, war meine Stellung noch gesicherter.

Da klopfte es an die Tür.

»Herein«, rief ich, ganz so, wie es sich gehörte, nicht arrogant, nicht herablassend, nur in einem natürlichen Befehlston. Mrs. Rolt und Mrs. Salt traten ein.

»Madam, es handelt sich um das heutige Abendessen«, begann Mrs. Salt.

»Ich habe schon darüber nachgedacht.« Selbstbewußt blickte ich sie an – meine weißen Hände auf der Tischplatte, den Federhalter leicht in den Fingern; auf dem einen den Ehering und darüber einen viereckigen Smaragd, den St.-Larnston-Ring, den mir Lady St. Larnston gegeben hatte, als Justin fortging. Meine Füße in schwarzen Lederpantöffelchen lugten unter meinem mauvefarbenen Morgenrock hervor, der mit Seidenbän-dern besetzt war; das Haar zu einem Knoten aufge-steckt – alles in allem die einfache und elegante Aufma-chung einer Dame von Welt am Morgen.

»Wir beginnen mit einer klaren Suppe, Mrs. Salt. Dann dachte ich an Seezunge mit einer Sauce, die ich Ihnen überlasse. Rebhuhn... oder Hühnchen... und dann Roastbeef. Wir müssen ein leichtes Essen machen, weil ich von Mrs. Fedder erfahren habe, daß Mr. Fedder einen empfindlichen Magen hat.«

»Das ist auch kein Wunder, Madam«, meinte Mrs. Rolt. »Die ganze Rederei über das Bergwerk! Nicht daß ich glaube, sie müßten sich sorgen, die Fedders. Bestimmt haben sie ihr Schäfchen ins Trockene gebracht. Aber haben Sie schon etwas darüber gehört, Madam, soll nun wirklich das Bergwerk schließen müssen?«

»Ich habe nichts darüber gehört«, erwiderte ich kühl und wandte mich an Mrs. Salt. »Zum Nachtisch ein Soufflé und natürlich Apple-Pie mit Sahne.«

»Ist gut, Madam«, sagte Mrs. Salt.

Mrs. Rolt warf ein: »Haggety möchte gern wegen der Weine Bescheid wissen, Madam.«

»Da soll er sich an Mr. St. Larnston wenden«, antworte-te ich.

»Aber, Madam...« begann Mrs. Rolt von neuem.

Ich neigte den Kopf. Heute war wieder so ein Tag, an dem sie mir zu geschwätzig wurden. Meistens konnte ich sie ja zum Schweigen bringen.

Würdevoll nickte ich und nahm den Federhalter wieder auf. Sie tauschten noch einen Blick, murmelten: »Vielen Dank, Madam!« und gingen hinaus. Ich hörte sie noch leise flüstern, als die Tür schon geschlossen war.

Ich runzelte die Stirn. Es war, als hätten sie mit ihren neugierigen Fingern eine Schranktür aufgemacht, die ich lieber geschlossen hielt. Was hatte doch Johnny damals über Skelette im Schrank gesagt? Über Justins und Mellyoras »Skelette«? Nun gut, ich war bereit zuzugeben, daß auch ich welche hatte.

Ich versuchte die zwei mißgünstigen alten Gesichter zu vergessen und nahm den Federhalter wieder zur Hand, um die letzten Monatsrechnungen durchzusehen, die Haggety mir vor ein paar Tagen – auf meinen Wunsch hin – auf den Schreibtisch gelegt hatte.

Wieder klopfte es.

»Herein!«

Diesmal war es Haggety selbst.

Verwünscht seien die Erinnerungen! Ich mußte daran denken, wie sein Fuß damals unter dem Tisch den meinen berührt hatte. Das Glitzern in seinen Augen, das so viel bedeutete wie: Wir zwei verstehen uns! Mrs. Rolt rede ich zwar nach dem Mund, aber dich will ich.

Ich haßte ihn, wenn ich daran dachte, und mußte mich dazu zwingen, in ihm nur den Butler zu sehen – einen tüchtigen, wenn man ein Auge zudrückte vor seinen Fehlern: er nahm sich zuviel gegen die weiblichen Dienstboten heraus, erlaubte sich kleine Bestechungen bei den Lieferanten und kleine Berichtigungen bei den Rechnungen zu seinen Gunsten. Aber das waren Unannehmlichkeiten, die man mit jedem Butler hatte.

»Nun, Haggety?« fragte ich und fuhr zu schreiben fort, gerade weil mir das alles durch den Kopf ging.

Er hüstelte. »Ehem, Madam... hm.«

Nun sah ich auf. Es lag keine Respektlosigkeit in seinen Zügen, vielmehr Verlegenheit. Geduldig wartete ich.

»Es ist wegen des Weines, Madam.«

»Für heute abend? Ja und? Wenden Sie sich gefälligst an Mr. Larnston deswegen.«

»Ehem... Madam. Es dreht sich darum: für heute abend haben wir noch genug, aber dann...«

Voll Erstaunen sah ich ihn an. »Weshalb haben Sie nicht dafür gesorgt, daß der Keller gut sortiert ist?«

»Madam, der Lieferant, Madam... er will erst Geld.«

Ich fühlte, wie sich meine Wangen röteten. »Was soll denn das heißen?« sagte ich.

»Nun, Madam, es steht noch eine große Rechnung aus, und...«

»Und warum haben Sie mir die Rechnung nicht längst gegeben?«

Ein Lächeln der Erleichterung ging über seine Züge. »Sehr wohl, Madam, ich hatte geahnt, daß Sie so etwas sagen würden. Hier ist sie, und wenn Sie sich darum kümmern, wird es keinen Ärger mehr geben, das kann ich Ihnen versichern.«

Ich warf nicht einen Blick auf die Aufstellung, die er mir reichte und sagte nur: »Was nimmt dieser Mensch sich eigentlich heraus! Vielleicht sollten wir den Weinlieferanten wechseln.«

Haggety kramte in seiner Tasche und brachte eine zweite Rechnung zum Vorschein. »Wir haben wie gesagt schon zwei, und bei beiden ist es dasselbe.«

Es war bisher Brauch gewesen auf Abbas, daß Weinrechnungen zu den Obliegenheiten des Hausherrn gehörten. Obgleich ich viele andere Aufgaben übernommen hatte seit der Abreise von Justin, war doch der Keller Haggetys und Johnnys Sache geblieben.

»Ich werde mich sofort darum kümmern und Mr. St. Larnston davon unterrichten«, sagte ich und fügte hinzu: »Ich glaube nicht, daß er mit diesen Lieferanten einverstanden ist. Wahrscheinlich werden wir uns andere suchen müssen. Aber natürlich dürfen wir nicht zulassen, daß die Keller vernachlässigt werden. Sie hätten eher darauf zu sprechen kommen sollen.«

Haggetys Gesicht verzog sich, als wollte er gleich anfangen zu weinen.

»Madam, ich habe es Mr. Johnny ... Mr. St. Larnston ... mindestens schon ein dutzendmal gesagt.«

»Schon gut, Haggety, ich verstehe. Es ist ihm entfallen. Wie ich sehe, trifft Sie keine Schuld.«

Haggety ging, und sofort besah ich mir die Weinrechnungen.

Zu meinem Entsetzen stellte ich fest, daß wir – beide zusammengerechnet – etwa 500 Pfund schuldeten.

Fünfhundert Pfund! Kein Wunder, daß sie sich weigerten, weiter an uns zu liefern, ehe wir nicht bezahlt hatten. Wie konnte Johnny nur so nachlässig sein!

Plötzlich kam mir ein Argwohn. Was machte Johnny mit dem Geld von dem Gut? Ich hatte mein Haushaltsgeld, mit dem ich kleinere Rechnungen beglich und kaufte, was wir brauchten. Warum fuhr Johnny so oft nach Plymouth – viel öfter als Justin? Warum die ewigen Klagen über das Gut?

Es war höchste Zeit, daß ich mit Johnny sprach.

Das war ein unguter Tag.

Sorgfältig legte ich die Weinrechnungen weg, doch ich konnte sie nicht vergessen. Die Zahlen tanzten mir vor den Augen, und ich bedachte mein Leben mit Johnny. Was wußten wir schon voneinander? Er bewunderte mich immer noch, begehrte mich immer noch, wenn auch nicht mehr mit dem leidenschaftlichen Feuer wie einst, nicht mehr mit der gleichen Besessenheit, die ihn dazu getrieben hatte, mich trotz der Familie zur Frau zu nehmen, so war sie doch noch da, diese körperliche Leidenschaft. Und er fand mich anders als andere Frauen. Jedenfalls sagte er mir das wieder und wieder. »Was für andere Frauen?« fragte ich ihn einmal und überlegte, was es noch für Frauen in Johnnys Leben geben möge. »Alle anderen Frauen der Welt«, antwortete er. Und ich ging diesem Punkt nicht weiter nach. Ich hatte immer das Gefühl, daß ich Johnny entschädigen müsse für meine Stellung, für die Erfüllung meines Traumes, für alles, was er mir gegeben hatte. Und vor allem hatte er mir Carlyon gegeben, meinen angebeteten Sohn, der dank Johnny ein St. Larnston war und vielleicht eines Tages Sir Carlyon würde. Dafür mußte ich dankbar sein. Daran erinnerte ich mich immer und versuchte, es ihm zu vergelten, indem ich mich bemühte, die Frau zu sein, die er brauchte. Ich glaubte, daß ich es sei. Ich teilte sein Bett; ich kümmerte mich um sein

Haus; ich war seine Visitenkarte, sofern die Menschen meine Herkunft vergaßen, meine Herkunft, die wie ein Schatten war – manchmal von der Sonne an den Tag gebracht, aber oft unsichtbar und vergessen. Niemals fragte ich ihn nach seinem Leben. Ich ahnte, es gab noch andere Frauen. Die St. Larnstons – mit Ausnahme von Justin – waren eben so; sein Vater war so gewesen und auch sein Großvater, der eine Rolle in Grandmas Leben gespielt hatte.

Johnny konnte sein eigenes Leben führen; aber die Bewirtschaftung des Gutes war nicht allein seine Angelegenheit. Wenn wir Schulden hatten, mußte ich davon wissen.

Plötzlich kam mir zum Bewußtsein, wie nachlässig ich gewesen war. Das Gut von St. Larnston war deshalb so wichtig, weil es eines Tages Carlyon gehören würde. Und wie war das doch vor Jahren gewesen, als Abbas fast in andere Hände übergegangen wäre? Dann hatte man Zinn unter der Wiese bei den sechs Jungfrauen gefunden, und das Zinn hatte die Familie gerettet. Nun erinnerte ich mich auch, wie an Joes Hochzeitstag von unserer Mine gesprochen worden war. Vielleicht ließ Johnny mit sich reden. Ich mußte herausbringen, ob die Weinrechnungen aus Unachtsamkeit nicht bezahlt worden waren oder aus einem anderen, alarmierenden Grund.

Immer noch tanzten mir die Zahlen vor Augen und schreckten mich aus meiner Selbstgefälligkeit hoch. Ich war mit meinem Leben gar zu zufrieden gewesen. Im letzten Jahr war alles zu glatt gegangen. Ich glaubte sogar, daß sich Mellyora abgefunden hatte und sich nicht mehr zu sehr nach Justin sehnte. Ein- oder zweimal hatte ich sie lachen hören, wie damals, als wir noch beide auf dem Pfarrhof lebten.

Alles war so gekommen, wie ich es mir ausgedacht

hatte. Mit Joes Mangel an Ehrgeiz hatte ich mich abgefunden; Grandma hatte ihre Kate aufgegeben und lebte nun bei den Pollents. Ich wußte wohl, daß es die beste Lösung war, und doch tat es mir weh, weil sie bei Joe leben mußte anstatt bei mir. Grandma hätte nie nach Abbas gepaßt mit ihren Heiltränklein und Wunderkuren, ihrem cornischen Akzent; aber bei den Pollents war sie hochwillkommen. Joe, der seine Tiere gesund machte, und Grandma, die den Menschen auf ihre Weise half. Das paßte gut zusammen. Aber es war nicht ganz das, was ich mir für sie gewünscht hatte, und oft war ich traurig, wenn ich sie besuchte. Wenn wir dann zusammen plauderten, wußte ich, daß sich an unserem Verhältnis nichts geändert hatte und daß ich ihr wichtig war – und sie mir – wie seit jeher.

Ja, ich war zu zufrieden gewesen. Ich durfte nicht länger in Unklarheit bleiben über unsere finanziellen Verhältnisse.

Ich legte mein Schreibzeug weg und schloß den Schreibtisch. Ich wollte ins Kinderzimmer gehen, um nach Carlyon zu sehen, was mich noch jedesmal beruhigt hatte. Er wuchs schnell und war weit entwickelt für sein Alter. Er glich weder Johnny noch mir, und oft fragte ich mich, wie wir zu so einem Kind gekommen waren. Er konnte schon lesen, und Mellyora sagte, daß er es sich praktisch selbst beigebracht hätte. Seine Zeichenversuche schienen mir staunenswert, und er besaß ein eigenes Pony, weil ich wünschte, daß er schon frühzeitig reiten lernte. Allerdings durfte er nie ohne mich reiten. Ich vertraute ihn niemandem sonst an, nicht einmal Mellyora; nur ich selbst führte ihn rund um die Wiese. Er hatte eine angeborene Begabung und wurde schnell heimisch im Sattel.

Es gab nur eine Eigenschaft, die ich nicht gern an ihm sah: es kamen ihm zu leicht die Tränen, wenn er meinte, daß diesem oder jenem etwas weh tue. Vor etwa einem Jahr war er an einem sehr heißen Tag weinend ins Haus gestürzt gekommen, weil ein Riß in der braunen Erde war und er dachte, sie sei geborsten. »Armer, armer Erdboden! Flick ihn, Mama«, bat er und blickte mich mit tränenvollen Augen an, als hielte er mich für ein allmächtiges Wesen. Und so empfand er auch Tieren gegenüber – einer Maus in der Falle, einem toten Hasen, der in der Küche hing, einer Katze, die sich beim Kampf mit Hunden verletzt hatte. Er litt tatsächlich mit, weil sein Herz zu weich war, und oft bekam ich es mit der Angst, daß er später zu leicht zu verletzen sein würde.

An jenem Morgen lief ich also ins Kinderzimmer, in der Annahme, daß ihn Mellyora fertig angezogen hätte und wir zusammen spazierengehen könnten.

Ich riß die Tür zum Kinderzimmer auf. Es war leer. Als die alte Lady St. Larnston noch lebte, hatte ich das Kinderzimmer neu herrichten lassen, und wir waren uns bei dieser Gelegenheit viel nähergekommen.

Zusammen hatten wir die Tapete ausgesucht – eine zauberhafte Tapete, blau und weiß, in einem chinesischen Weidelandschaftsmuster. Alles war in Blau und Weiß gehalten; weiße Muster auf den blauen Vorhängen, ein blauer Teppich. Das Zimmer lag im hellen Sonnenschein; aber ich entdeckte kein Zeichen von Carlyon oder Mellyora.

»Wo seid ihr?« rief ich.

Meine Augen wanderten zum Fensterbrett, wo Nelly gegen das Fenster gelehnt stand. Nie konnte ich Nelly ohne Schaudern ansehen. Einmal hatte ich zu Carlyon gesagt: »Das ist doch ein Spielzeug für Babys. Willst du es immer noch behalten? Wir wollen nach Spielzeug für große Jungen schauen.«

Aber er hatte sie mir energisch weggenommen, das

Gesicht traurig verzogen. Ich glaube, er bildete sich ein, sie könnte meine Worte verstehen und beleidigt sein.

»Es ist Nelly«, hatte er mit Nachdruck versichert, eine Schranktür geöffnet und sie hineingestellt, als fürchtete er für ihre Sicherheit.

Nun nahm ich sie hoch. Das zerrissene Tuch war von Mellyora säuberlich geflickt worden. Es sah aus wie eine Narbe. Wenn sie gewußt hätte...

Es war ein schrecklicher Morgen. Allzu vieles, was vergessen sein sollte, kam auf mich zu und starrte mich boshaft an. Ich stellte Nelly wieder aufs Fensterbrett und öffnete die Tür zum Nebenzimmer, wo Carlyon seine Mahlzeiten einnahm und stand plötzlich Mellyora gegenüber.

»Hast du ihn gesehen?« fragte sie mich, und ich bemerkte, daß sie Angst hatte.

»Wen?«

»Carlyon? Ist er bei dir?«

»Nein...«

»Aber wo...«

Bestürzt sahen wir uns an, mir wurde elend und schlecht bei dem Gedanken, Carlyon sei etwas zugestoßen.

»Ich dachte, er sei bei dir.«

»Das heißt... er ist nicht hier?«

»Seit zehn Minuten suche ich ihn.«

»Wie lange vermißt du ihn schon?«

»Ich ließ ihn allein... nach dem Frühstück. Er zeichnete gerade sein Pony...«

»Wir müssen ihn finden«, befahl ich. »Er muß irgendwo stecken.«

In heftiger Bewegung lief ich an ihr vorbei. Am liebsten hätte ich sie beschimpft wegen ihrer Nachlässigkeit. Und das nur, weil der Spielzeugelefant am Fenster mich daran erinnert hatte, wie übel ich ihr mitgespielt hatte. Mit lauter Stimme rief ich: »Carlyon! Wo bist du?«

Sie kam mir nach. Aber nein, im Kinderzimmer war er nicht.

Nun wurde die schreckliche Angst zur Gewißheit. Carlyon war verschwunden. Ich trommelte das ganze Haus zusammen, um nach ihm zu suchen. Jeder Winkel auf Abbas wurde durchsucht, jeder Dienstbote befragt. Aber ich war mir nicht sicher genug, ob sie auch ordentlich suchten. Ich mußte mich selbst vergewissern... und so lief ich durch das ganze Haus... durch jedes Zimmer und rief dabei nach meinem Sohn, er solle doch herauskommen, wenn er sich versteckt hätte, bat ihn, mich nicht länger in Angst um ihn zu lassen.

Mir fiel alles mögliche ein, was ihm zugestoßen sein könnte. Ich sah ihn schon von galoppierenden Pferden zertrampelt, von Zigeunern mitgenommen, in einer Falle gefangen... verkrüppelt wie der arme Joe. Und dann kam ich in den alten Teil des Hauses, wo die Nonnen einst gelebt, meditiert und gebetet hatten, und um mich schien sich die Verzweiflung zu schließen, der Gram mich zu umklammern. Es war, als ginge neben mir der Geist der Nonne, als wäre ihre Qual meine Qual. Und ich erkannte, wenn mir mein Sohn genommen würde, wäre ich von Gram eingemauert, von einem Gram, ebenso dauerhaft wie die Steinmauern.

Ich kämpfte gegen diesen Teufelsspuk an, in den ich mich immer mehr verstrickte.

»Nein«, schrie ich laut. »Carlyon, mein Kind. Wo bist du? Komm aus deinem Versteck und hör auf, mich zu ängstigen.«

Als ich aus dem Haus rannte, traf ich Mellyora. Voller Hoffnung blickte ich sie an, doch sie schüttelte nur den Kopf.

»Er ist nicht im Haus«, sagte sie.

Nun suchten wir das Grundstück ab, immer seinen Namen rufend. In der Nähe der Ställe sah ich Polore.

»Ist der kleine Herr verschwunden?« fragte er.

»Haben Sie ihn gesehen?«

»Noch keine Stunde her, Madam. Er sprach mit mir über sein Pony. War wohl krank geworden heute nacht, und das erzählte ich ihm.«

»War er aufgeregt?«

»Nun ja, Madam. Er hat sein Pony lieb. Er sprach mit ihm und sagte ihm, es brauchte keine Angst zu haben, es würde ihm bald bessergehen. Dann ging er wieder ins Haus. Habe ich selber gesehen.«

»Und seither haben Sie ihn nicht mehr gesehen?«

»Nein, Madam, seither nicht mehr.«

Jeder müsse mit suchen helfen, befahl ich. Alles sollte stehen und liegen bleiben. Zuerst mußte mein Sohn gefunden werden. Er konnte noch nicht weit sein, da Polore ihn erst vor einer Stunde in den Stallungen gesehen hatte.

Ich kann nicht ausdrücken, was ich während der Suche durchmachte. Immer von neuem schöpfte ich Hoffnung, und wieder und wieder wurde ich enttäuscht. Ich kam mir vor, als durchlebte ich Jahre voller Marter und Qual. Ich machte Mellyora Vorwürfe. Sollte sie nicht auf ihn aufpassen? Wenn ihm etwas zugestoßen sein sollte, durchzuckte es mich, habe ich für alles bezahlt, was ich Mellyora angetan habe.

Sie sah bleich und verstört aus, und seit Justins Abreise hatte ich sie nicht so unglücklich gesehen. Ich rief mir ins Gedächtnis, daß auch sie Carlyon liebte, und immer würde mein Kummer auch der ihre sein. Wir teilten unsere Kümmernisse... außer dem einen Mal, wo ihr Verlust mein Gewinn war.

Ich sah Johnny auf den Stall zureiten und rief ihn an.

»Was zum Teufel?« begann er.

»Carlyon ist verschwunden.«

»Verschwunden? Wo?«

»Wenn wir das wüßten, wäre er nicht weg.« Meine Angst war so groß, daß ich mir durch Ärger Luft machen mußte. Meine Lippen zitterten, ich konnte es nicht unterdrücken. »Ich habe Angst«, gab ich zu.

»Er wird irgendwo spielen.«

»Wir haben das ganze Haus und die Umgebung abgesucht...« Verzweifelt schaute ich um mich, und dabei fiel mein Blick auf die in der Sonne glitzernden Steinernen Jungfrauen.

Entsetzen packte mich. Ich hatte sie ihm vor einigen Tagen gezeigt, und er war ganz fasziniert davon gewesen. »Du darfst nie zu dem alten Bergwerk gehen, Carlyon. Versprich es mir.« Er hatte bereitwillig das Versprechen gegeben, und er war eigentlich nicht das Kind, das sein Wort brach. Aber gesetzt den Fall, meine Worte hatten ihn neugierig gemacht, so daß er der Versuchung, das Bergwerk näher zu betrachten, nicht widerstehen konnte, angenommen, er hätte sein Versprechen vergessen? Schließlich war er ja nicht viel mehr als ein Baby. Ich ging zu Johnny und griff ihn am Arm. »Johnny«, sagte ich, »wenn er nun zum Bergwerk gelaufen ist...«

Noch nie zuvor hatte ich Johnny so erschrocken gesehen, und ein warmes Gefühl für ihn durchflutete mich. Wie oft hatte ich ihm vorgeworfen, daß er sich nicht allzuviel aus seinem Sohn machte. O Gott, dachte ich, er hat genau solche Angst um ihn wie ich.

»Nein«, rief er aus. »Nein.«

»Aber wenn er es getan hätte...«

»Es steht ein Warnschild da...«

»Er kann es übersehen haben. Und wenn er es gelesen hat, hat es ihn vielleicht erst recht angespornt.«

Verzweifelt starrten wir uns an.

»Wir müssen Gewißheit haben«, sagte ich. »Sie müssen hinuntersteigen.«

»In die Mine hinuntersteigen? Bist du verrückt...
Kerensa?«

»Aber er könnte doch dort sein...«

»Das ist heller Wahnsinn...«

»Vielleicht liegt er jetzt unten, verletzt...«

»Einen Sturz dort hinunter übersteht er nicht lebend.«

»Johnny!«

»Das sind alles Irrsinnsideen. Er ist nicht dort. Er wird
irgendwo spielen. Er ist im Haus... Er ist...«

»Wir müssen das Bergwerk durchsuchen, und zwar
sofort. Los... los!«

»Kerensa!«

Ich stieß ihn weg und lief zu den Ställen. Ich wollte
Polore und noch einige Männer zusammenrufen. Sie
mußten sich ohne Verzug ans Werk machen. Ich war
wie besessen. Carlyon war in den alten Bergwerks-
schacht gefallen. Ich konnte mir seine Angst vorstellen,
falls er bei Bewußtsein war, und dann wieder überkam
mich die entsetzliche Furcht, er wäre es nicht mehr.

»Polore!« schrie ich, »Polore!« Dann hörte ich Hufge-
trappel, und meine Schwägerin Essie kam in den Hof
geritten.

Ich blickte kaum zu ihr hinüber. Ich hatte jetzt keine
Zeit für sie. Doch sie rief mich an. »Kerensa, Joe sagte,
ich solle sofort zu euch reiten und euch Bescheid sagen.
Sicher wäret ihr in großer Aufregung. Carlyon ist bei
seinem Onkel.«

Fast wäre ich vor Erleichterung in Ohnmacht gefallen.

»Er kam vor etwa 15 Minuten bei uns an. Und erzählte
irgend etwas über sein Pony. Es hätte Joe nötig. Joe
sagte, ich solle sofort zu euch herreiten, um euch
Bescheid zu sagen. Er meinte, ihr würdet halb wahnsinnig vor Angst um ihn sein.«

Johnny stand neben mir.

»O Johnny«, weinte ich, und ich sah wohl, er war

ebenso glücklich wie ich. Dann warf ich mich in seine Arme, und wir hielten uns ganz fest. Nie hatte ich mich meinem Mann so verbunden gefühlt.

Ungefähr eine Stunde später brachte Joe Carlyon nach Abbas zurück. Carlyon stand neben Joe in der Kutsche; Joe hatte ihn die Zügel halten lassen, so daß Carlyon meinte, er kutschiere den Wagen selbst.

Selten hatte ich ihn so glücklich gesehen.

Auch Joe war glücklich. Er liebte Kinder und sehnte sich nach einem eigenen Sohn; doch bisher war nichts zu bemerken, daß Essie ihm einen schenkte.

»Mama!« rief Carlyon, sobald er mich sah, »Onkel Joe will Carpony wieder ganz machen.«

Carpony war der Name, den er selbst für das Pony erfunden hatte; er leitete sich her von Carlyons Pony. Für alle Dinge, die ihm lieb waren, erfand Carlyon Namen. Ich stand dicht am Wagen und sah zu ihm auf mit großer Dankbarkeit, ihn lebendig und heil zu sehen. Kaum vermochte ich die Tränen zurückzuhalten.

Joe bemerkte meine Aufregung. »Ich schickte Essie 'rüber, in der Minute, wo er bei uns eintraf«, meinte er freundlich, »ich wußte, wie dir zumute war.«

»Ich danke dir, Joe.«

»Ein sauberer kleiner Bursche ist er... kann schon meine Kutsche fahren. Und was jetzt?«

»Kann schon die Kutsche fahren«, wiederholte Carlyon glücklich. »Doch jetzt komm, und dann machst du mir Carpony wieder heil, ja?«

»Ja, ist besser, wir gehen erst mal und gucken nach dem kleinen, alten Pony.«

Carlyon sagte: »Wir werden es bald gesund machen, ja, Onkel Joe?« »Das werden wir sicher.«

Es herrschte ein kameradschaftlicher Ton zwischen den beiden, der mich störte. Es lag nicht in meiner Absicht, daß der künftige Sir Carlyon zu intim mit dem Tierarzt verkehrte. Freilich sollte er ihn als Onkel anerkennen; aber daß sie sich zu häufig sahen, war nicht angebracht. Wenn Joe Arzt gewesen wäre, wäre es etwas anderes gewesen.

Ich hob Carlyon aus dem Wagen. »Liebling«, sagte ich, »ein andermal lauf nicht fort, sondern sag erst Bescheid.«

Aus seinem Gesicht verschwand die Fröhlichkeit. Joe mußte ihm erzählt haben, wie ich mich ängstigte. Er legte seine Ärmchen um meinen Hals und sagte zärtlich: »Ja, nächstes Mal sag' ich Bescheid.«

Wie liebenswert war er doch!

Ich sah ihnen nach, als Joe zu den Ställen ging. Sein Hinken stimmte mich immer wieder weich und erinnerte mich an jene Nacht, in der ihn Kim in unsere Hütte getragen hatte, und doch schmerzte mir dabei das Herz – aber nicht wegen der Vergangenheit. Wie konnte ich mir, der so Erfolgreichen, wünschen, wieder wie damals zu sein? Und trotzdem kam in mir ein sehnsüchtiges Gefühl auf zu wissen, was Kim machte.

Joe untersuchte das Pony. »Dem fehlt nicht viel.« Gedankenvoll kratzte er sich am Kopf.

»Ich glaube auch, daß ihm nicht viel fehlt«, wiederholte Carlyon und kratzte sich ebenfalls am Kopf.

»Es ist nichts, was wir nicht in Ordnung bringen können, scheint mir.«

Carlyon lächelte und hatte nur noch Augen für seinen wunderbaren Onkel Joe.

Die Gesellschaft am Abend war kaum ein Erfolg. Es ergab sich keine Gelegenheit mehr, tagsüber mit Johnny über die Weinrechnung zu sprechen, und erst als wir bei Tische saßen, erinnerte ich mich wieder daran.

Die Fedders waren ein uninteressantes Paar. James Fedder war Ende fünfzig, seine Frau einige Jahre jünger. Ich hatte nichts mit ihr gemeinsam.

Mellyora aß mit uns; doch ich hatte keinen Herren für sie eingeladen, damit wir zu sechst waren; denn Fedders kamen nur, weil James mit Johnny geschäftlich zu reden hatte. Nach dem Essen überließen wir die Männer bei ihrem Portwein dem Gespräch.

Ich war erleichtert, als Mellyora, Mrs. Fedder und ich uns in den Salon zurückziehen konnten. Es war ein langweiliger Abend, und ich war heilfroh, als es für die Fedders Zeit war heimzugehen.

Ein anstrengender Tag lag hinter uns: zuerst der Schock wegen der Rechnungen, dann Carlyons Verschwinden und zum Schluß noch eine Abendgesellschaft, die alles andere als anregend war!

Im Schlafzimmer wollte ich dann die Geschichte mit den Rechnungen mit meinem Mann bereden.

Er sieht müde aus, dachte ich; aber trotzdem konnte es nicht länger aufgeschoben werden; es war zu wichtig.

»Haggety hat mich erschreckt«, fing ich an. »Er zeigte mir heute zwei Rechnungen von den Weinlieferanten. Er sagte, sie würden uns nicht eher wieder mit Wein beliefern, bevor wir die Rechnungen bezahlten.«

Johnny zuckte nur die Schultern.

»Das ist... das ist beleidigend«, fügte ich hinzu.

Er gähnte und heuchelte Gleichgültigkeit. »Meine liebe Kerensa, unsereiner braucht Rechnungen nicht im gleichen Moment zu bezahlen, da sie ins Haus kommen.«

»Und ist es auch üblich, daß die Händler sich weigern, unsereinen zu beliefern!«

»Du übertreibst.«

»Ich weiß es von Haggety. So etwas passierte nicht, als Justin noch da war.«

»Damals passierte allerhand, was jetzt nicht mehr passiert. Zum Beispiel, daß Frauen sich auf geheimnisvolle Weise auf der Treppe zu Tode stürzten.«

Er wechselte das Thema; genau so wie ich mich immer

zu rechtfertigen pflegte, wenn ich mich schuldig fühlte.

»Die Rechnungen müssen aber bezahlt werden, Johnny.«

»Womit?«

»Mit Geld.«

Er hob die Schultern. »Wenn du welches hast, will ich gern bezahlen.«

»Wir können keine Gäste mehr einladen, wenn wir ihnen keinen Wein mehr vorsetzen können.«

»Haggety muß eben jemanden finden, der uns beliefert.«

»Um noch mehr Rechnungen zu kriegen?«

»Was für eine spießige Einstellung, Kerensa.«

»Ich bin stolz darauf, wenn das heißen soll, ich bezahle meine Schulden.«

»Oh, hör auf, von Geld zu sprechen.«

»Johnny, sag mir ehrlich, sind wir in Schwierigkeiten... finanziellen Schwierigkeiten?«

»Geldverlegenheiten gibt's immer mal.«

»Ja? Auch zu Justins Zeiten?«

»Alles ging wie am Schnürchen zu Justins Zeiten. Er war ja in allen Dingen so geschickt... bis er sich in seiner Klugheit verfing.«

»Johnny, ich will alles wissen.«

»Alles wissen, heißt alles verzeihen«, zitierte er leichthin.

»Haben wir kein Geld mehr?«

»So ist es.«

»Und was wirst du tun?«

»Auf ein Wunder hoffen und beten.«

»Johnny, wie schlimm steht es?«

»Das weiß ich nicht. Aber wir werden uns schon durchbeißen. Wir haben es noch immer getan.«

»Wir müssen uns darüber einmal ernsthaft unterhalten... bald.«

»Bald?« fragte er.

Plötzlich schoß mir etwas durch den Kopf. »Du bist doch nicht etwa James Fedder um Geld angegangen?«

Er lachte. »Anders herum wird ein Schuh draus, mein süßes Kind. Fedder suchte nach einem lieben Freund, der ihm zu Hilfe käme. Leider hatte er sich heute abend den falschen ausgesucht.«

»Er wollte von dir Geld borgen?«

Johnny nickte.

»Und was hast du gesagt?«

»Oh, ich gab ihm einen Blankoscheck und bat ihn, sich nur zu bedienen. Wir hätten so viel auf der Bank, daß wir ein paar Tausender kaum vermissen würden.«

»Johnny ... im Ernst?«

»Im Ernst, Kerensa, ich habe ihm gesagt, daß ich selbst knapp sei. Jedenfalls geht es mit Fedders Bergwerk zu Ende. Und es hat keinen Zweck, noch mehr Geld hineinzustecken.«

»Das Bergwerk«, sagte ich, »natürlich das Bergwerk!«

Er starrte mich an.

»Ich weiß, es ist nicht gerade angenehm für uns hier; aber wenn es die einzige Möglichkeit ist... und wenn wirklich noch Zinn vorhanden ist, wie die Leute behaupten...«

Er preßte die Lippen zusammen, und seine Augen sprühten Feuer.

»Was sagst du da?«

»Wenn es die einzige Möglichkeit ist...«

Er schnitt mir das Wort ab. »Du...«, sagte er so leise, daß ich ihn kaum verstand. »Du... was fällt dir ein, mir damit zu kommen?« Er packte mich bei den Schultern und schüttelte mich roh. »Wer bist du denn... daß du dir einbildest, du könntest Abbas regieren?«

Seine Augen blitzten mich so grausam an, daß ich glaubte, er haßte mich.

»Das Bergwerk öffnen!« fuhr er fort. »Wenn du so gut wie ich weißt...«

Er hob die Hand; er war außer sich vor Wut; ich dachte, er würde mich schlagen.

Dann wandte er sich abrupt ab.

Er lag auf der einen Seite des Bettes, ich auf der anderen. Ich wußte, daß er nicht schlief, bis in die frühen Morgenstunden. Was war das nur für ein aufregender Tag! Diese Ereignisse würde ich wohl nie mehr vergessen. Ich sah Mrs. Rolt und Mrs. Salt vor mir stehen; ich sah Haggety mit den Weinrechnungen; Carlyon mit Joe vorfahren, die Zügel von Joes Pferd in seinen wonnigen Patschhändchen, und ich sah Johnny, das Gesicht weiß vor Wut.

Ein schlimmer Tag, grübelte ich. Geister waren aufgescheucht worden und hatten die Schränke geöffnet, um alte, längst vergessene Skelette ans Tageslicht zu bringen.

Von diesem Tag an fand ich keine Ruhe mehr. Meine Aufmerksamkeit konzentrierte sich auf Johnny, weil mir plötzlich klarwurde, daß er nicht fähig war, das Gut zu leiten, und daß diese seine Unfähigkeit Carlyons Zukunft bedrohte.

Ich verstand von Geschäften wenig, aber ich wußte, wie schnell untaugliche Menschen in Schwierigkeiten geraten konnten. Ich wollte mit Grandma sprechen und nahm Carlyon mit. Mein Sohn war entzückt, als er erfuhr, wohin wir gingen. Ich lenkte selbst den kleinen Zweispänner, den wir zu solchen Ausfahrten benutzten und ließ Carlyon vor mir stehen und die Zügel halten, wie er es bei Joe getan hatte. Die ganze Zeit schwatzte er von seinem Onkel Joe. »Onkel Joe sagt, Pferde haben Gefühle wie Menschen. Onkel Joe sagt, alle Tiere hören, was du sagst, und man muß vorsichtig sein, sie nicht zu verletzen. Onkel Joe sagt...«

Ich hätte eigentlich stolz sein sollen, daß sein Onkel Joe, den er so bewunderte, mein Bruder war.

Essie kam aus dem Haus und begrüßte uns – wie immer etwas schüchtern in meiner Gegenwart. Sie führte uns in Grandmas Zimmer. Grandma lag zu Bett, da sie, wie sie sich ausdrückte, heute keinen guten Tag hatte.

Ihr schwarzes Haar war in zwei Zöpfe geflochten, und sie sah gealtert aus; sie schien bei den Pollents nicht recht zu Hause zu sein, obgleich Essie alles tat, um ihr ein Heim zu schaffen. Der Raum mit den hübschen Vorhängen und der gestärkten Bettdecke entsprach jedoch nicht dem, was Grandma gewohnt war. Sie machte einen resignierten Eindruck, als erwarte sie hier ihr Ende. Dieser Gedanke erfüllte mich mit Schrecken.

Carlyon krabbelte auf ihr Bett, umarmte sie, und einige Minuten lang plauderte sie mit ihm. Geduldig hielt er in ihren Armen still und beobachtete angespannt ihre Lippen; doch ich wußte, wie er sich danach sehnte, zu Joe zu gehen. Essie hatte Joe berichtet, daß wir da seien, und als er zur Tür hereintrat, rutschte Carlyon vom Bett herunter und sauste zu meinem Bruder. Joe hob ihn hoch über seinen Kopf.

»So, du bist wohl gekommen, um mir zur Hand zu gehen?« »Ja, Onkel Joe, ich bin gekommen, um dir zur Hand zu gehen.«

»Nun gut, ich muß heute morgen noch zu Farmer Pengaster. Es handelt sich um ein Pferd. Ich glaube, alles was es braucht, ist etwas Kleiebrei. Was meinst du, Kollege?«

Carlyon legte den Kopf auf die Seite. »Ja, ich glaube auch, alles was es braucht, ist etwas Kleiebrei, Kollege.«

»Na, wie wäre es, wenn du mit mir kämest und es dir anguckest? Ich sag' schnell Tante Essie Bescheid, sie soll uns was Leckeres einpacken, falls wir unterwegs hungrig werden.«

Carlyon stand da, die Hände in den Hosentaschen, sein Gewicht auf einen Fuß verlagert genau wie Joe. Er zog die Schultern hoch, und ich wußte, daß er sich freute. Joe blickte mich an, und auch aus seinen Augen leuchtete das Vergnügen. Mir blieb nichts anderes übrig, als zuzustimmen.

»Du bringst ihn mir heute nachmittag doch wieder vorbei, Joe?«

Joe nickte. »Ich denke, daß uns unsere Rundfahrt bei euch vorbeiführt. Ich muß sowieso noch einen Blick in die Abbas-Ställe werfen ... «

Carlyon lachte laut auf. »Besser, wir gehen, Kollege«, sagte er, »wir haben heute einen schweren Tag vor uns.«

Als sie hinausgegangen waren, sagte Grandma zu mir: »Es ist nett, sie zusammen zu beobachten.« Sie lachte. »Aber du denkst nicht so, mein Liebling. Dein Bruder ist dir nicht mehr gut genug.«

»Nein, Grandma, das ist nicht wahr.«

»Du magst es nicht, wenn der Kleine Tierarzt spielt, nicht wahr? Und dabei ist Joe so glücklich mit ihm und er mit Joe! Sicher wird Joe eines Tages auch einen Sohn haben; aber bis dahin, mein Kind, mißgönne ihm nicht das bißchen Freude an deinem Kind. Erinnere dich, wie du deinen Bruder geliebt hast. Erinnere dich daran, wie du für ihn immer das Beste gewollt hast, genau wie für dich. Du bist zur Liebe geboren, Kerensa, mein Kind, gib dich ihr mit ganzem Herzen und mit ganzer Seele hin. Denn wenn du etwas aus ganzem Herzen tust, wird es gut. Das Kind ist deine Hingabe wert; aber versuche nie, es zu irgend etwas zu zwingen. Versuche das nie!«

»Das habe ich auch noch nicht.«

Sie legte ihre Hand auf die meine. »Du und ich, wir verstehen uns, Enkelin. Ich kenne deine Gedanken, sie arbeiten wie die meinen. Du hast etwas auf dem Herzen. Und du wolltest mit mir darüber sprechen.«

»Ich wollte nach dir schauen, Grandma. Bist du glücklich?«

»Meine Knochen sind alt. Sie knarren. Wenn ich mich zum Kräuterpflücken bücke, spüre ich, wie steif meine Gelenke geworden sind. Ich bin nicht mehr jung. Sie sagen, ich sei zu alt, um allein zu leben. Mein Leben ist vorbei. Nun bin ich glücklich, ein bequemes Bett zu haben, in dem ich meine alten Knochen ausruhen und warten kann.«

»Sprich nicht so, Grandma.«

»Es hat keinen Zweck, die Augen vor der Wahrheit zu verschließen. Doch sag mir, was wolltest du mit deiner alten Grandma besprechen?«

»Es handelt sich um Johnny.«

»Aha!« Es war, als glitte ein Schleier vor ihren Blick. Oft, wenn ich von meiner Ehe sprach, war es so; es schien ein schmerzliches Thema für sie zu sein. Sie freute sich, daß mein Traum, Herrin auf Abbas zu sein, in Erfüllung gegangen war; aber ich fühlte, sie wünschte, es wäre auf andere Weise geschehen.

»Ich fürchte, er verschleudert das Geld... Das Geld, das eigentlich Carlyon gehört.«

»Schau nicht zu weit in die Zukunft, Liebling. Da ist noch der andere.«

»Justin. Von ihm droht keine Gefahr.«

»Wie willst du das wissen, vielleicht heiratet er doch noch.«

»Wenn er daran dächte, hätte er es durchblicken lassen. Er schreibt kaum an Mellyora und wenn, dann nie von Heirat.«

»Es tut mir leid um die Pfarrerstochter. Sie war so gut zu dir.«

Grandma beobachtete mich, und ich konnte ihr nicht in die Augen sehen. Nicht einmal ihr hatte ich erzählt, was ich getan hatte, als ich Judith am Fuße der Treppe fand.

»Und du und Johnny?« fragte sie weiter. »Habt ihr euch auseinandergelebt?«

»Manchmal denke ich, daß ich nicht viel von Johnny weiß.«

»Es gibt wenige – und seien sie sich noch so nahe –, die in des anderen Herz blicken können.«

Ich fragte mich, ob sie mein Geheimnis wüßte, ob sie es mit ihrer besonderen Gabe durchschaut habe. Schnell fuhr ich fort: »Was soll ich tun, Grandma? Ich will ihm Einhalt gebieten, damit er das Geld nicht noch weiter vergeudet. Es geht schließlich um Carlyons Erbe.«

»Kannst du ihn dazu bringen, Kerensa?«

»Ich bin nicht sicher.«

»Aha!« Sie stieß einen langen Seufzer aus. »Ich sorge mich um dich, Kerensa. Manchmal wache ich in diesem Zimmer auf, und alles erscheint mir so fremd in der Nacht, und dann sorge ich mich um dich. Ich frage mich, ob deine Heirat richtig war. Sag mir, Kerensa, wenn du noch einmal von vorn anfangen könntest... wenn du noch einmal ein Mädchen wärest und die Wahl hättest, wie würde sie ausfallen? Würdest du dir einfach deinen Weg durch die Welt erkämpfen wollen, als Gouvernante oder Gesellschafterin – denn dazu war deine Ausbildung gedacht – und frei sein; oder würdest du abermals Abbas und die Heirat, die damit verknüpft ist, erstreben?«

Voll Erstaunen wandte ich mich ihr zu. Abbas aufgeben, meine Stellung, meinen Stolz, meine Würde... meinen Sohn! Und all das gegen das Dasein einer gehobenen Angestellten in irgendeinem anderen Hause eintauschen! Da brauchte ich nicht lange zu überlegen. Meine Ehe war nicht ganz das, was man von einer Ehe verlangen konnte; Johnny war kein idealer Ehemann, und ich liebte ihn nicht, hatte ihn nie geliebt; aber nicht einen Augenblick lang brauchte ich zu überlegen.

»Als ich Johnny heiratete, habe ich richtig gewählt«, erwiderte ich und fügte hinzu: »Für mich.«

Ein kleines Lächeln huschte über Grandmas Lippen.

»Dann bin ich schon zufrieden«, meinte sie. »Dann brauche ich mich nicht länger um dich zu sorgen. Wie konnte ich auch daran zweifeln? Du wußtest schon immer, was du wolltest, schon als kleines Kind. Und dieser neue Ärger? Gräm dich nicht. Alles wird sich einrenken. Du wirst schon Mr. Johnny St. Larnston nach deiner Pfeife tanzen lassen.«

Nach dem Gespräch mit Grandma fühlte ich mich besser. Ich fuhr allein nach Abbas zurück und nahm mir vor, Johnny dazu zu bringen, mich in alles, was das Gut betraf, einzuweihen. Ich mußte wissen, wie tief wir in Schulden steckten. Und was das kleine Unbehagen anbelangte, das mir Carlyons Interesse an Joes Arbeit verursachte –, nun, alle Kinder waren leicht für derartige Dinge zu begeistern. Er würde darüber hinauswachsen, wenn er einmal Schule und Universität besuchte.

Es war nicht leicht, Johnny festzulegen. Als ich versuchte, mit ihm über Geschäfte zu reden, wurde er frivol, und doch merkte ich ihm an, daß ihm nicht wohl in seiner Haut war.

»Was schlägst du vor, was wir tun sollen?« fragte er mich. »Willst du mit deinem Zauberstab winken?«

Ich bestand aber darauf zu erfahren, wie die Dinge tatsächlich stünden, vielleicht gäbe es einen Rat.

»Wir brauchen keinen Rat, süßes Weib, sondern Geld.«

»Vielleicht sollten wir unsere Ausgaben einschränken.«

»Eine brillante Idee. Du fängst an.«

»Wir beide. Laß uns sehen, wo wir mit Sparen anfangen können.«

Er legte mir die Hände auf die Schultern: »Meine kleine, kluge Frau!« Dann runzelte er die Stirn. »Aber sei noch klüger, mein Engel, und steck deine Nase nicht in meine Angelegenheiten.«

»Aber Johnny, ich bin doch deine Frau.«

»Eine Stellung, die du dir durch Bestechung und Korruption gesichert hast.«

»Was?«

Er lachte laut auf. »Du amüsierst mich, Kerensa. Noch nie ist mir eine so gute Schauspielerin begegnet. Ganz die Herrin des Hauses. Nicht einmal meine Mutter besaß je diese Art der Grande Dame. Ich bin mir nicht ganz sicher, ob du nicht besser an den Hof passen würdest – wir hier in St. Larnston sind fast zu simpel für dich.«

»Können wir nicht ernsthaft reden?«

»Das will ich ja. Und ich bitte dich, dich nicht einzumischen.«

»Johnny, wenn es einen Ausweg gibt, finde ich ihn. Schließlich müssen wir an Carlyons Zukunft denken.«

Er schüttelte mich. »Ich warne dich, Kerensa. Ich will deine Ratschläge nicht. Ich will deine Hilfe nicht.«

»Aber es betrifft doch uns beide.«

Er stieß mich von sich und ging.

Ich hatte das unangenehme Gefühl, daß nicht nur der Mangel an Geld Johnny auf dem Herzen lag. Er traute mir nicht; manchmal meinte ich, er haßte mich sogar; aber ich war fest entschlossen, mir Klarheit zu verschaffen.

Da waren die Nachmittage, an denen er nach Plymouth fuhr und erst spät in der Nacht heimkehrte. Eine andere Frau? Ein plötzlicher Verdacht kam mir: Vielleicht ruinierte sie ihn? Es war mir nicht um mich zu tun, sondern nur um Carlyon.

Johnny war von Natur nachlässig; hin und wieder vergaß er, seinen Schreibtisch abzuschließen.

Ich tat ja alles nur für Carlyon, sagte ich mir, und

dennoch war es mir unangenehm, seine privaten Papiere zu durchsuchen. Aber ich mußte es tun, um Carlyons willen.

An einem Morgen, als Johnny wieder einmal seinen Schreibtisch unverschlossen ließ, erfuhr ich, was ich wissen wollte.

Johnny spielte. Das erklärte auch seine Fahrten nach Plymouth. Er steckte tief in Schulden, und der größte Teil seiner Verbindlichkeiten bestand aus Spielschulden.

Ich mußte dem ein Ende machen.

Johnny war nicht zu Hause, er war am Nachmittag fortgegangen, wahrscheinlich wieder in den Spielklub. Ich war wütend auf ihn, hatte ihn beschimpft und ihm vorgehalten, was er mache, und ob er so verrückt sei zu glauben, er könne ein Vermögen gewinnen. Und ich hatte bemerkt, daß er das tatsächlich hoffte.

Mellyora und ich aßen zusammen. Sie ahnte, daß ich Sorgen hatte; denn sie verstand sich schon immer auf meine Stimmungen und konnte sich auch denken, daß mein Kummer mit dem Gut zusammenhing.

»Es steht nicht mehr zum besten, seit ... « fing sie an.

Ich gab keine Antwort. Ich konnte es nie ertragen, wenn sie Justin erwähnte.

Sie schwieg und senkte den Blick, und ich wußte, daß sie darüber nachdachte, wie alles hätte sein können. Sah sie sich, so wie ich es tat, an diesem Tische sitzen und Justin zulächeln – einem glücklichen Justin, glücklich in seiner Ehe? Dachte sie an den Sohn, den zukünftigen Sir Justin, der vielleicht jetzt schon oben im Kinderzimmer schliefe?

Ich wurde ärgerlich auf sie und sagte scharf: »Es steht schon lange nicht mehr zum besten auf Abbas.«

Sie spielte mit Messer und Gabel. »Es wird viel Armut in der Gegend geben, Kerensa.«

»Du meinst, wenn die Fedder-Mine schließt.«

Sie sah auf, und ihre Augen waren voller Mitleid. Sie nickte.

»Es kann nicht mehr lange dauern«, fuhr sie fort, »und dann ... «

»Es scheint, daß wir alle schlechten Zeiten entgegensehen.« Ich konnte nicht anders, aber ich mußte wissen, was in ihr vorging, und so fuhr ich fort: »Mellyora, hast du in letzter Zeit von Justin gehört?«

»Seit zwei Monaten nicht«, erwiderte sie ruhig. »Seine Briefe sind jetzt anders.«

»Anders?« Ich fragte mich, kaum daß es mir herausgerutscht war, ob sie die Angst aus meiner Stimme herausgehört hätte.

»Er scheint ruhiger geworden zu sein. Ausgeglichener.«

»Ist da ... jemand andres?«

»Nein. Nur er hat Frieden gefunden ... seelisch.«

Brüsk sagte ich: »Wenn er dich wirklich geliebt hätte, Mellyora, hätte er dich nie verlassen.«

Ruhig blickte sie mich an. »Vielleicht gibt es verschiedene Arten von Liebe, Kerensa. Vielleicht ist es zu schwierig für uns, sie alle zu begreifen?«

Ich spürte nur Verachtung für die beiden – Justin und Mellyora. Ich brauchte mir keine Vorwürfe zu machen: sie waren beide keiner großen und leidenschaftlichen Liebe fähig. Für sie mußte die Liebe Sitte und Herkommen entsprechen. Aber das war keine wahre Liebe. Was ich getan hatte, brauchte mich nicht länger zu verfolgen. Wenn sie sich wirklich geliebt hätten, hätte nichts sie zu trennen vermocht. Die wahre Liebe setzt sich über alle Bedenken und Konventionen hinweg.

Plötzlich hörten wir ungewohnte Geräusche, Füßegetrappel und Stimmengewirr.

»Was ist los?« fragte ich, und wir lauschten, als die Stimmen näher kamen. Die Türglocke läutete; dann herrschte Stille, und wir hörten Haggetys Schritte; dann abermals Stimmen, und endlich kam Haggety ins Eßzimmer.

Ich blickte auf, als er eintrat. »Nun, was ist, Haggety?«

Er räusperte sich. »Es ist eine Deputation da, Madam. Sie wollen Mr. St. Larnston sprechen.«

»Haben Sie nicht gesagt, daß er nicht hier ist?«

»Doch, Madam, aber sie glauben mir nicht.«

»Was ist das für eine Deputation?«

»Je nun, Madam, Leute von Fedders, glaube ich, und außerdem ist noch Saul Cundy dabei.«

»Und sie kommen hierher?« fragte ich. »Warum?«

Haggety sah mich verlegen an. »Ja, Madam, ich hab's ihnen auch schon gesagt.«

Ich wußte, weshalb sie gekommen waren. Sie wollten die St.-Larnston-Mine nach Zinn untersuchen. Wenn es dort noch etwas zu holen gab, warum sollte es ihnen dann nicht Arbeit und Brot geben? Und warum auch nicht? Könnte das nicht die Lösung unseres Problems bedeuten? Schon einmal hatte das Bergwerk Abbas gerettet. Warum nicht zum zweitenmal?

Ich sagte: »Ich will mit den Männern sprechen, Haggety. Führen Sie sie in die Bibliothek.

Haggety zögerte, doch ich sah ihn nur gebieterisch an, worauf er gehorsam kehrtmachte.

Ich ging in die Bibliothek zu den Männern. Saul Cundy war ein Hüne von Gestalt. Ein barscher Mann, eine Führernatur, dachte ich, und ich fragte mich aufs neue, was er eigentlich an Hetty Pengaster gefunden hatte.

Saul war ihr Sprecher, und deshalb wandte ich mich an ihn. »Sie wollten meinen Mann sprechen, aber er ist nicht zu Hause. Er holt oft meinen Rat in geschäftlichen Dingen ein. Sie können mir also sagen, was Sie herführt; ich werde es ihm ausrichten.«

Sie zögerten; ich sah, wie der eine und andere skeptisch

das Gesicht verzog. Vielleicht glaubten sie nicht, daß Johnny abwesend war; vielleicht wollten sie auch nicht zu einer Frau sprechen.

Saul Cundy und ich maßen uns mit Blicken. Sicher erinnerte er sich, daß ich Grandma Bees Enkelin war. Schließlich entschloß er sich, mit mir zu reden.

»Nun, Madam«, begann er, »es ist nun wirklich soweit; die Fedder-Mine wird geschlossen, und das bringt viele von uns in Not. Wir glauben aber, daß da noch gutes Zinn in der St.-Larnston-Mine steckt und möchten das untersuchen, und falls es stimmt, möchten wir hier weiterarbeiten.«

»Das ist nicht mehr als recht und billig«, antwortete ich. Man konnte die Erleichterung auf ihren Gesichtern lesen, und ich fuhr fort: »Sobald mein Mann zurückkommt, werde ich ihm von Ihrem Besuch berichten und die Sache erörtern.«

Saul Cundy redete schon weiter: »Gut, Madam, aber man sollte nicht zu lange zögern. Es würde die Gemüter beruhigen, wenn wir die Werkzeuge wieder herrichten.«

»Und was gibt Ihnen die Gewißheit, daß noch Zinn in der St.-Larnston-Mine ist?«

»Ja, wissen Sie, unsere Großväter haben es unseren Vätern erzählt, unsere Väter haben es uns erzählt, wie der Schacht ganz plötzlich geschlossen wurde, einer Laune wegen, sagt man. Daraus entstand große Not. Na, und jetzt kommen harte Zeiten auf uns zu, und das sind Zeiten, wo die Herren ihre Launen nicht so sehr zur Schau tragen sollten.«

Das klang ja wie eine Drohung, und Drohungen liebte ich nicht, aber ich sah die Gründe ein. »Ich werde ganz bestimmt mit meinem Mann darüber reden«, versicherte ich ihnen.

»Und sagen Sie ihm, daß wir wiederkämen, Madam.« Ich neigte den Kopf, und sie gingen respektvoll hinaus.

Ich ging zu Mellyora zurück. Sie war ziemlich blaß. »Kerensa«, sagte sie, und aus ihren Augen sprach Bewunderung, »gibt es denn gar nichts, was du nicht unternehmen würdest?«

Ich erwiderte, ich sähe nicht ein, etwas Besonderes getan zu haben, und dachte: Das ist die Antwort. Das Bergwerk wird wieder aufgemacht. Abbas wird gerettet für Sir Carlyon.

Ich erwachte, als Johnny in dieser Nacht heimkam. Noch ehe ich sprach, sah ich den Ausdruck der Verzweiflung in seinen Augen; wie gut ich diesen Ausdruck mittlerweile kannte: er hatte verloren.

Um so besser. Nun würde er ebenso eifrig wie alle anderen nach einer Möglichkeit suchen, das Bergwerk wieder in Gang zu bringen.

Ich setzte mich im Bett auf und rief ihm entgegen: »Johnny, es war eine Abordnung da.«

»Eine was?«

»Saul Cundy war da mit einigen Arbeitern. Sie wollten dich veranlassen, die St.-Larnston-Mine wieder zu öffnen.«

Er setzte sich aufs Bett und starrte mich an.

»Ich weiß, du willst nicht. Aber es wäre ein Ausweg aus unseren Nöten. Was einmal in Gang war, kann wieder in Gang kommen.«

»Bist du verrückt?« fragte er. Er erhob sich unsicher und ging zum Fenster; er zog die Vorhänge zurück und blickte hinaus.

»Du hast getrunken«, sagte ich vorwurfsvoll. »O Johnny, siehst du denn nicht ein, daß etwas geschehen muß? Diese Leute werden die Grube wieder öffnen, ob du damit einverstanden bist oder nicht.«

»Wenn ich sie auf meinem Besitz erwische, bringe ich sie ins Kittchen.«

»Hör zu, Johnny. Irgend etwas muß geschehen. Es wird viel Unglück geben, wenn die Fedder-Mine schließt. Du kannst unsere Mine nicht stilliegen lassen, wenn sie den Leuten Arbeit geben kann.«

Er wandte sich um; sein Mund zuckte. Ich hatte nicht geahnt, daß es ihm so elend ging.

»Du weißt sehr genau, daß sich das nur nachteilig auswirken kann.«

»Ich weiß, daß wir etwas tun müssen, Johnny.«

»Was denn?«

»Wir müssen den Leuten zeigen, daß wir gewillt sind, die Grube aufzumachen. Was sollen sie denken, wenn wir uns weigern?«

Er blickte mich an, als wollte er mich umbringen. »Die Grube wird nicht angerührt!« sagte er.

»Johnny!«

Er ging aus dem Zimmer. Und er kam nicht zurück, sondern verbrachte die Nacht in seinem Ankleideraum.

Johnny blieb unzugänglich. Er wollte die Grube nicht wieder aufmachen. Noch nie hatte ich ihn so eigensinnig gesehen. Er war verändert; sonst war er immer leichtsinnig und unbekümmert gewesen, und ich konnte diesen Wechsel nicht begreifen. Warum war er so eisern dagegen? Er hatte nie so viel auf die Ehre der Familie gegeben wie Justin.

Justin! Mir kam der Gedanke, an Justin zu schreiben. Immerhin war Justin das Haupt der Familie. Wenn er die Erlaubnis gäbe zu untersuchen, ob es sich lohnte, die Grube zu öffnen, so würde das genügen.

Ich zögerte. Ich stellte mir Justin vor, wie er den Brief empfing, ihn als guten Grund nahm, nach Hause zu kommen. Im Geiste sah ich, wie das Dorf ihm beistimmen würde. Vielleicht würden die Leute die Umstände vergessen, die zu seiner Abreise geführt hatten, wenn er wiederkam und die Grube eröffnete.

Nein, ich konnte nicht an Justin schreiben.

Im Dorf war alles verändert. Unheil drohte; die Männer sahen verdrossen und mürrisch drein. Wir, die St. Larnstons, konnten ihnen vielleicht Arbeit geben und weigerten uns.

Einmal wurde ein Stein nach Johnny geworfen, als er durch das Dorf ritt. Er wußte nicht, wer ihn geworfen hatte, und er wurde auch nicht verletzt, aber es war ein Zeichen.

Noch nie hatte ich mich so unbehaglich gefühlt.

Ich versuchte nicht, ihm Vorwürfe zu machen, denn ich hatte den Eindruck, daß das seinen Eigensinn noch steigern würde. Er war kaum mehr zu Hause; er kam leise um Mitternacht heim und schlich in sein Ankleidezimmer. Er mied mich ganz offensichtlich.

Ich war früh zu Bett gegangen. Immer wieder sagte ich mir, daß es nicht so weitergehen könne. Es müsse etwas geschehen. Johnny würde nachgeben.

Schlaflos lag ich da. Johnny würde sicherlich erst um Mitternacht oder noch später nach Hause kommen. Ich mußte noch einmal mit ihm sprechen, und wenn er auch noch so böse werden würde... Ich mußte ihn an seine Pflicht unserem Sohne gegenüber erinnern. Welch alberner Familienstolz, der ihn sich gegen das Unvermeidliche stemmen ließ!

Ich wiederholte die Worte, die ich sprechen wollte, und während ich so dalag, trieb mich irgend etwas aus dem Bett ans Fenster.

Ich stand gern an diesem Fenster, weil ich von dort aus den Kreis der Steine sehen konnte, die mich immer wieder in ihren Bann zogen. Und was mir auch geschah, stets sagte ich mir, daß es nichts sei, verglichen mit dem, was diese jungen Geschöpfe damals erleiden mußten. Vielleicht war das der Grund, weshalb ihr Anblick mich immer wieder tröstete.

Ich stand ganz still; einer der Steine hatte sich bewegt. Eine der Jungfrauen war zum Leben erwacht! Nein. Es war jemand anders dort, jemand mit einer Laterne! Da waren noch mehr Laternen... und die Lichter bewegten sich gespenstisch um die Steine. Eine Gestalt war für einen Augenblick klar zu erkennen; sie trug eine Art Helm. Gespannt beobachtete ich sie; dann sah ich noch andere Gestalten. Sie standen in dem Kreis der Steine, und alle trugen Helme.

Plötzlich kam mir ein Gedanke. Konnten das Saul und seine Freunde gewesen sein, die da zusammenkamen, um ihre weiteren Pläne zu besprechen? Welch geeigneten Platz hatten sie für ihr Treffen gewählt!

Aber nun waren sie fort. Ich stand im Kreis der Steine, und während ich darüber nachdachte, was Saul und seine Freunde wohl als nächstes tun würden, mußte ich an die sechs Jungfrauen denken und besonders an die siebente, die in jener verhängnisvollen Nacht nicht zum Tanz gekommen war.

Eingeschlossen, eingemauert und dem Tode preisgegeben!

Welch dumme, phantastische Gedanken! Aber was konnte man anderes erwarten, wenn man beim Licht der Sterne mitten in einem Ring von Steinen stand?

In jener Nacht hörte ich Johnny nicht heimkommen.

Ich mußte wohl geschlafen haben, als er kam – und es daher verpaßt haben, mit ihm zu sprechen.

Am nächsten Morgen erhob er sich spät und ging aus. Er fuhr nach Plymouth und ging dort in seinen Klub. Er muß den Nachmittag beim Spiel verbracht haben.

Später stellten wir fest, daß er den Klub um Mitternacht verlassen hatte. Aber er kam nicht nach Hause.

Am nächsten Morgen sah ich, daß das Bett im Ankleidezimmer unberührt geblieben war und wartete den ganzen Tag auf ihn, um endlich mit ihm zu sprechen.

Aber auch in der folgenden Nacht kam er nicht heim. Und als abermals eine Nacht und ein Tag verstrichen waren und er noch immer nicht zurückgekommen war, begannen wir zu fürchten, daß ihm etwas zugestoßen sei.

Wir stellten Nachforschungen an, und dabei erwies es sich, daß er den Klub zwei Tage zuvor um Mitternacht verlassen hatte. Zuerst dachten wir, er sei beim Gewinnen beobachtet und dann verfolgt und beraubt worden. Aber er hatte viel Geld verloren und trug nur noch wenig bei sich, als er ging.

Die Suche begann, die Nachforschungen nahmen ihren Anfang.

Aber niemand konnte eine Spur von Johnny finden. Und als eine Woche vergangen war und sich nichts Neues ergeben hatte, wurde ich mir darüber klar, daß er wirklich verschwunden war.

7. Kapitel

Ich war eine Frau ohne Ehemann, und doch konnte ich mich nicht Witwe nennen. Was war Johnny zugestoßen? Es war unheimlich, so unheimlich wie damals Judiths Sturz von der Treppe.

Ich versuchte, die Ruhe zu bewahren. Ich erzählte Carlyon, sein Vater sei einige Zeit verreist, und damit gab er sich zufrieden, zumal er Johnny wohl nie so besonders liebgehabt hatte. Ich versuchte, mich auf zwei Möglichkeiten einzustellen: auf seine Rückkehr oder auf ein Leben ohne ihn.

Man sprach nicht sofort davon, das Bergwerk aufzumachen. Ich nahm an, das würde später kommen. Man hatte mir eine Frist gegeben wegen des Schlages, den ich durch das Verschwinden meines Mannes erlitten hatte.

Wie in früheren Tagen ging ich mit meinen Problemen zu Grandma. Sie verließ kaum mehr das Bett, und es tat mir weh zu sehen, wie sie jedesmal, wenn ich zu ihr kam, wieder ein wenig gebrechlicher geworden war. Sie ließ mich an ihrem Bett niedersitzen und blickte mich forschend an.

»So, nun hast du Johnny verloren«, sagte sie.

»Ich weiß nicht, Grandma. Vielleicht kommt er zurück.«

»Möchtest du das gern, Liebes?«

Ich schwieg; denn ich konnte Grandma niemals belügen. »Du möchtest wissen, was nun geschehen wird, nicht wahr? Das wird den anderen höchstwahrscheinlich nach Hause bringen.«

Ich nickte.

»Und die Pfarrerstochter?«

»Mellyora denkt zuerst an mich, bevor sie an sich selbst denkt.«

Grandma seufzte.

»Jetzt muß er sich entscheiden«, sagte sie. »Wenn ihn das nicht zurückbringt, dann wird ihn nichts zurückbringen.«

»Warten wir's ab, Grandma.«

Sie beugte sich vor und faßte meine Hand. »Möchtest du, daß dein Mann wiederkommt, Liebes?«

Sie wollte eine klare Antwort haben, und sie war sehr ängstlich.

»Ich weiß es nicht«, sagte ich.

»Kerensa«, fuhr sie fort, »erinnerst du dich ... «

Ihre Stimme sank zu einem Flüstern herab, und sie hielt meine Hand noch fester. Ich fühlte, daß sie nahe daran war, mir etwas von größter Wichtigkeit zu erzählen.

»Ja, Grandma?« drängte ich sanft.

»Ich habe mir etwas überlegt ... «

Wieder schwieg sie, und ich blickte sie gespannt an.

Sie schloß die Augen, und ihre Lippen bewegten sich lautlos, als ob sie mit sich selbst spräche.

»Weißt du noch«, sagte sie schließlich, »wie ich dein Haar kämmte, es aufrollte, und wir steckten den Kamm hinein und legten dir die Mantille um, die mir Pedro gegeben hatte?«

»Ja, Grandma. Ich werde sie immer behalten. Ich frisiere mein Haar oft so und trage den Kamm und die Mantille.«

Sie sank in die Kissen zurück, und ein wirrer Audruck kam in ihre Augen.

»Pedro hätte gern seine Enkelin gesehen«, murmelte sie. Aber sie hatte etwas anderes sagen wollen.

Mellyora und ich waren allein in meinem Wohnzimmer. Es war wie in alten Zeiten, als wir zusammen im Pfarrhaus gewesen waren. Wir fühlten es beide, und es brachte uns einander näher.

»Das ist jetzt eine Wartezeit, Mellyora«, sagte ich. »Das Leben wird sich bald ändern.«

Sie nickte und ließ die Nadel sinken; sie nähte gerade ein Hemd für Carlyon, und wie sie so über ihrer Arbeit saß, sah sie zierlich, fraulich und hilflos aus.

»Keine Nachricht von Johnny... tagein, tagaus«, grübelte ich. »Wann, meinst du, werden sie die Suche nach ihm aufgeben?«

»Ich weiß es nicht. Ich vermute, man wird ihn als Vermißten auf einer Liste führen, so lange, bis wir Nachricht von ihm haben.«

»Was, glaubst du, ist ihm zugestoßen, Mellyora?«

Sie antwortete nicht.

»Er hatte viele Feinde in St. Larnston«, fuhr ich fort. »Weißt du noch, wie böse er damals war, als einer einen Stein nach ihm geworfen hatte? Vielleicht haben ihn die Leute von St. Larnston umgebracht, weil er die Grube nicht öffnen wollte. Ihr Dasein steht auf dem Spiel. Sie wußten, daß ich für die Öffnung war.«

»Du... Kerensa!«

»Ich werde nun die Herrin auf Abbas sein... wenn nicht...«

»Abbas gehört Justin, Kerensa.«

»Aber er ist fortgegangen, und seitdem hat Johnny den Besitz verwaltet. Bis er zurückkommt...«

»Ich glaube nicht, daß er je zurückkommt. Ich habe dir das bisher nicht erzählt, aber er will nun zu einer Entscheidung kommen. Er möchte in Italien bleiben und in einen Mönchsorden eintreten...«

»Stimmt das wirklich?« Ich hätte gern gewußt, ob es mir gelang, den freudigen Ton in meiner Stimme zu unterdrücken. Justin ein Mönch! Er würde nie heiraten! Nun war der Weg frei für Carlyon. Nichts konnte mehr zwischen ihm und seinem Erbe stehen.

Plötzlich erinnerte ich mich an Mellyora, wie sie daheim

saß und geduldig wartete wie eine Penelope. Ich sah sie scharf an. »Und du, Mellyora? Du hast ihn sehr geliebt. Liebst du ihn noch immer?«

Sie schwieg. »Du denkst so praktisch, Kerensa. Du würdest mich nie verstehen. Ich würde dir nur närrisch vorkommen.«

»Versuch es doch, bitte, ich möchte dich verstehen. Es ist so wichtig für mich... ich meine dein Glück. Ich habe mir soviel Sorge um dich gemacht, Mellyora.«

»Das weiß ich«, lächelte sie. »Manchmal warst du ärgerlich, wenn Justins Name genannt wurde. Ich wußte warum: weil du traurig warst um meinetwillen. Justin war der Held meiner Kindheit. Es war die Verehrung eines Kindes, die ich für ihn empfand. Stell dir das vor: er war der Erbe des großen Hauses, und Abbas bedeutete soviel für mich wie für dich. Mir schien er vollkommen zu sein, und nun ja, es war mein Lieblingstraum, eines Tages von ihm beachtet zu werden. Er war der Prinz aus dem Märchen, der die Tochter des Holzfällers heiratet und sie zu seiner Königin macht. So sah er in meiner kindlichen Phantasie aus. Verstehst du das?«

Ich nickte. »Ich dachte, du würdest nie wieder froh werden, als er fortging.«

»So war es. Aber es war ein Traum, seine Liebe zu mir und meine zu ihm. Wenn er frei gewesen wäre, hätten wir geheiratet, und es wäre vielleicht eine gute Ehe geworden; vielleicht hätte ich ihn weiterhin angebetet; ich wäre ihm ein gutes und sanftes Weib geworden; er wäre ein höflicher und zärtlicher Gatte gewesen. Aber es wäre wohl immer wie im Märchen gewesen, diese Blutleere, dieses Unwirkliche. Du hast mir das gezeigt.«

»Ich? Wieso?«

»Durch deine Liebe zu Carlyon. Durch deine heftige, leidenschaftliche Liebe. Durch die Eifersucht, sooft du meintest, er mache sich zuviel aus mir oder Joe. Sie ist ein wildes, alles verzehrendes Gefühl, deine Liebe, und so ist die wahre Liebe, zu dieser Überzeugung bin ich gekommen. Stell dir vor, Kerensa, du hättest Justin geliebt, was hättest du getan an meiner Stelle? Hättest du ihm Lebewohl gesagt? Hättest du ihn gehen lassen? Nein. Du wärst mit ihm gegangen, oder ihr wär't beide hiergeblieben und hättet tapfer gekämpft um das Recht, miteinander zu leben. Das ist Liebe. Johnny hast du nie so geliebt. Aber einstmals hast du so deinen Bruder geliebt, und du hast deine Grandma geliebt, und nun gehört all deine Liebe Carlyon. Doch eines Tages, Kerensa, wirst du einen Mann lieben, und das wird die Erfüllung deines Daseins sein. Ich glaube, auch ich werde einmal so lieben. Wir sind doch alle beide noch jung; aber bei mir dauerte es länger, bis ich erwachsen war. Jetzt bin ich erwachsen, Kerensa, und keine von uns beiden hat bis jetzt die Erfüllung gefunden. Verstehst du mich? Aber wir werden sie finden.«

»Wie kannst du das wissen?«

»Weil wir miteinander aufgewachsen sind, Kerensa. Uns verbindet ein Band des Schicksals, das wir nicht zerreißen können.«

»Du kommst mir heute vor wie eine Hellseherin, Mellyora.«

»Weil wir beide frei sind . . . wir sind frei vom alten Leben. Es ist wie ein neuer Anfang. Johnny ist tot, Kerensa. Davon bin ich fest überzeugt. Und ich glaube, was du sagst, ist richtig. Nicht ein einzelner, sondern mehrere haben ihn umgebracht. Sie haben ihn ermordet, damit sie und ihre Frauen und Kinder leben können. Du bist frei, Kerensa. Die hungrigen Männer von St. Larnston haben dich befreit. Auch ich bin frei . . . frei von einem Traum. Justin wird in einen Mönchsorden eintreten; ich werde nicht mehr dasitzen und beim Nähen träumen, nicht mehr auf einen Brief warten, nicht mehr auffahren, wenn ich jemanden ankommen höre. Und ich habe meinen Frieden. Ich bin eine Frau geworden. Es ist wie eine Befreiung. Auch für dich, Kerensa, denn du konntest mich nicht täuschen. Du hast Johnny geheiratet, du hast ihn ertragen um dieses Hauses willen, wegen der Stellung, die er dir gab, damit du zu den St. Larnstons gehörtest. Du hast erreicht, was du wolltest, und genug dafür bezahlt. Es ist ein neuer Anfang für dich wie für mich.«

Ich sah sie an und dachte: Sie hat recht. Keine Vorwürfe mehr; ich brauche nicht mehr zu zittern, wenn ich Nelly ansehe; die Narbe auf ihrem Rücken ist nicht länger eine Narbe in meiner Seele. Ich habe Mellyoras Leben nicht zerstört, als ich Abbas für Carlyon rettete. Es braucht kein Bedauern mehr zu geben.

In einer plötzlichen Regung trat ich auf Mellyora zu und schlang die Arme um sie. Sie blickte lächelnd zu mir auf, und ich beugte mich herab und küßte sie auf die Stirn. »Du hast recht«, sagte ich. »Wir sind frei.«

In den nächsten Wochen machte ich zwei Entdeckungen. Der Anwalt der Familie besuchte mich auf Abbas und brachte niederschmetternde Nachrichten. Seit einigen Jahren war das Vermögen der St. Larnstons im Schwinden, und Sparsamkeit war dringend geraten. Judith Derrise hatte die Vermögenslage durch ihre Mitgift aufgebessert; allerdings wurde die Auszahlung über Jahre verteilt, und da sie nun tot war und es keine Kinder aus dieser Ehe gab, wurde der Rest der Mitgift einbehalten. Johnnys Spiel hatte das Unheil beschleunigt, das mit vorsichtigen Sparmaßnahmen aufgehalten worden und, wäre Judith am Leben geblieben, nicht über uns hereingebrochen wäre. Johnny hatte eine Reihe Ländereien mit schweren Hypotheken belastet, um seine Spielschulden zu zahlen; in wenigen Monaten würde Kapital aufgenommen werden müssen. Es schien keinen anderen Ausweg zu geben, als Abbas zu verkaufen.

Die Situation sei derjenigen äußerst ähnlich, die einige Generationen früher die Familie bedroht hätte. Damals sei das Zinnbergwerk zu einer Quelle des Reichtums geworden und die Familie hätte das alte Herrschaftshaus erhalten können.

Während der nächsten Monate müsse unbedingt etwas geschehen.

Aber was, wollte ich wissen.

Der Anwalt blickte mich freundlich an. Ich tat ihm leid. Mein Mann war verschwunden. Über große Summen aus dem Gut konnte keine Rechenschaft abgelegt werden; aber sie waren durch Johnnys Hände gegangen, der sie wahrscheinlich beim Spiel verloren hatte. Jedenfalls: Johnny war fort, und an mir lag es, für meinen Sohn zu retten, was zu retten war. Justin war im Begriff, der Welt und seinen Besitztümern zu entsagen, abgesehen von einem geringen persönlichen Einkommen, das dem Kloster zufließen würde, wo er den Rest seiner Tage verbringen wollte.

»Ich denke, Mrs. St. Larnston«, schlug der Anwalt vor, »Sie sollten Abbas verlassen und ins Dower-House ziehen, das jetzt gerade leersteht. Wenn Sie dort lebten, könnten Sie Ihre Ausgaben beträchtlich verringern.«

»Und Abbas?«

»Vielleicht finden Sie einen Pächter. Aber ich bezweifle, daß das Ihre Schwierigkeiten beseitigt. Vielleicht ist es notwendig, Abbas zu verkaufen...«

»Abbas verkaufen! Seit Generationen war es im Besitz der Familie St. Larnston.«

Er hob die Schultern. »Viele solche Landsitze wechseln heutzutage den Besitzer.«

»Aber mein Sohn ...«

»Nun, er ist jung und hat noch nicht viele Jahre hier gelebt.« Er wurde milde, da er meine Not sah. »Vielleicht kommt es nicht so weit.«

»Da ist noch das Bergwerk«, sagte ich. »Es hat Abbas schon einmal gerettet. Es wird Abbas wieder retten.«

Ich bat Saul Cundy um seinen Besuch. Ich begriff nicht, weshalb die Bewegung für die Öffnung des Bergwerks zum Stillstand gekommen war. Ich war fest entschlossen, sollte es dort noch Zinn geben, dann sollte es auch gewonnen werden.

Ich stand am Fenster der Bibliothek, als ich auf Saul wartete, und sah hinüber über den Rasen zu der Wiese und zu dem Kreis der Steine. Wie anders würde das sein, wenn erst das Stimmengewirr der Arbeiter zu hören wäre, und ich sähe, wie sie mit ihren Spitzhacken und ihren Schaufeln zur Arbeit gingen!

Wie seltsam würde das sein – all der Lärm, all diese Betriebsamkeit so nah dem Kreis der uralten Steine! Nun, es war früher so gewesen, und Zinn würde uns Abbas erhalten.

Ich wurde schon ungeduldig, als Haggety schließlich Saul Cundy anmeldete.

»Führe ihn sofort herein«, rief ich.

Mit dem Hut in der Hand trat er ein; aber mir schien, daß es ihm schwerfiel, meinen Blicken zu begegnen.

»Nehmen Sie Platz«, sagte ich. »Ich glaube, Sie wissen, warum ich Sie habe rufen lassen.«

»Ja, Madam.«

»Nun, Sie wissen auch, daß wir keine Nachricht von meinem Mann haben und daß Sir Justin weit fort und nicht in der Lage ist, hier die Geschäfte zu führen. Sie waren vor einiger Zeit der Sprecher einer Abordnung, und ich tat damals mein möglichstes, um meinen Mann davon zu überzeugen, daß ihr recht hattet. Nun will ich meine Zustimmung zu den Schürfungen geben. Wenn man Zinn in der St.-Larnston-Mine findet, dann wird es Arbeit geben für alle, die arbeiten wollen.«

Saul Cundy drehte seinen Hut in den Händen hin und her und starrte auf die Spitzen seiner Stiefel.

»Madam«, sagte er, »das würde zu nichts führen. Die St.-Larnston-Grube ist erschöpft. Dort gibt es kein Zinn mehr und also auch keine Arbeit für uns hier in der Gegend.«

Ich erschrak. Alle meine Pläne zur Rettung von Abbas zerstörte dieser langsam sprechende Riese.

»Unsinn«, sagte ich. »Woher wollen Sie das wissen?«

»Weil, Madam –, wir haben schon nachgeforscht, und zwar bevor Mr. Johnny... bevor Mr. St. Larnston fortging.«

»Ihr habt nachgeforscht?«

»Ja, Madam. Wir mußten doch an unseren Lebensunterhalt denken. So haben sich ein paar von uns nachts an die Arbeit gemacht. Ich selbst bin dann hinuntergestiegen; deshalb weiß ich ganz genau: in der St. Larnston-Grube gibt es kein Zinn mehr.«

»Das glaube ich nicht.«

»Es ist so, Madam.«

»Sie sind allein hinuntergestiegen?«

»Ich dachte, das wäre das beste, wegen der Gefahr eines Einsturzes. Schließlich war ich es gewesen, der davon angefangen hatte.«

»Aber... ich... werde Fachleute kommen lassen.«

»Das kostet Sie einen Haufen Geld, Madam... und wir alten Zinnkumpel erkennen Zinn, wenn wir es sehen. Wir haben unser Leben lang im Bergwerk gearbeitet, Madam. Da können wir uns nicht irren.«

»So, deshalb habt ihr keine Anstrengungen weiter gemacht, daß die Grube wieder geöffnet würde.«

»Stimmt, Madam. Ich und die anderen Kumpel ziehen nach St. Agnes. Dort gibt es Arbeit für uns. Das beste Zinn aus Cornwall kommt aus St. Agnes. Ende der Woche ziehen wir weg und nehmen unsere Frauen und Kinder mit... Dort gibt es Arbeit für uns.«

»Das sehe ich ein. Da gibt es nichts mehr zu sagen.«

Er blickte mich an, mit Augen wie ein Hund, mußte ich denken. Er schien mich um Verzeihung zu bitten. Er wußte natürlich – wie alle hier –, daß ich das wertvolle Zinn brauchte, wollte ich Abbas retten. Nun würden Haggety und Mrs. Rolt und unsere Dienerschaft sich überlegen müssen, wo sie ihren Lebensunterhalt verdienen würden.

»Es tut mir leid, Madam«, sagte er.

»Ich wünsche euch Bergmannsheil in St. Agnes«, antwortete ich. »Ihnen und allen, die dort hinziehen.«

»Ich danke Ihnen, Madam.«

Erst als er gegangen war, wurde mir die volle Bedeutung von alledem klar.

Ich wußte natürlich, daß die Männer, die ich von meinem Fenster aus gesehen hatte, die Kumpel gewesen waren. Sie waren in jener Nacht in die Grube eingestiegen und hatten festgestellt, daß sie nicht mehr fündig war. Dann überkam mich der Gedanke: Das war, ehe Johnny verschwand. Sie hatten also gewußt, daß ihnen die Grube nichts mehr zu bieten hatte. Weshalb also hätten sie Johnny dann töten sollen?

Nein, diese Männer hatten ihn nicht umgebracht. Aber wer? Oder lebte Johnny vielleicht doch noch?

Ich besprach mich mit Mellyora. Sie war wieder froh geworden; es war, als wäre der Bann, den Justin auf sie ausgeübt hatte, von ihr genommen. Sie war wieder die Mellyora, die mich auf dem Jahrmarkt betreut hatte. Ihre Verehrung für Justin hatte sie zu einer sanften, geduldigen Griselda gemacht. Nun wurde sie wieder sie selbst.

»Du fühlst dich wie ein wohlwollender Gott, der uns alle beherrscht«, sagte sie zu mir. »Wir anderen sind wie kleine Könige, die du mit ihren Königreichen belohnt hast. Wenn wir darin nicht nach deinem Sinn herrschen, willst du es selber tun an unserer Stelle.«

»Was für eine phantastische Vorstellung!«

»Wenn du es recht betrachtest, nicht. Du wolltest Joes Leben lenken... und Johnnys... und Carlyons...«

Da war er wieder, der Gewissensbiß, und ich dachte: deines auch, Mellyora. Ob du es weißt oder nicht, ich habe auch dein Leben beherrscht.

Eines Tages wollte ich es ihr sagen, eher würde ich keine Ruhe finden.

Ich entschied, daß wir ins Dower-House zögen. Hagge-ty und die Salts fanden eine andere Stellung. Tom Pengaster heiratete schließlich Doll, und Daisy kam mit uns ins Dower-House. Die Anwälte übernahmen die Verwaltung des Gutsbesitzes. Die Polores und Trelan-ces blieben in ihren Katen und taten weiter ihre Arbeit, während Mrs. Rolt auf Abbas als Haushälterin zurück-blieb, und Florrie Trelance aus dem Dorf ging ihr zur Hand.

Abbas sollte mit allen Möbeln vermietet werden; so bestand wenigstens die Aussicht, daß Carlyon, wenn er mündig war und es sich leisten konnte, dort zu leben, es so vorfand, wie er es verlassen hatte.

Jeden Tag ging ich nach Abbas, um nach dem Rechten zu sehen.

Carlyon war zufrieden im Dower-House. Mellyora und ich unterrichteten ihn gemeinsam. Er war ein gelehriger wenn auch kein glänzender Schüler, und oft merkte ich, wie er sehnsüchtig aus dem Fenster sah, wenn die Sonne schien. Jeden Samstag begleitete er Joe auf seinen Rundgängen, und das war immer ein Festtag für ihn.

Bisher hatten sich nur zwei Pächter gemeldet. Der eine fand Abbas viel zu groß; der andere meinte, es sei unheimlich. Ich dachte schon, es würde leer stehen bleiben, bis wir eines Tages dort wieder einziehen könnten.

Ich hatte mich oft darüber gewundert, wie unerwartet die wichtigen Ereignisse über mich hereinbrachen. Ich meinte, man müßte vorher einen Wink empfangen, ein kleines Vorzeichen. Aber das gibt es selten.

An jenem Morgen erhob ich mich ziemlich spät, weil ich verschlafen hatte. Als ich mich angekleidet hatte und herunterkam, fand ich einen Brief von den Maklern vor, in dem es hieß, sie würden uns am selben Nachmittag einen Interessenten schicken und hofften, daß mir die Zeit um 3 Uhr passen würde.

Beim Frühstück erzählte ich es Mellyora.

»Ich bin nur gespannt, was der an dem Haus auszusetzen hat«, sagte sie. »Es kommt mir schon bald so vor, als fänden wir nie einen Pächter.«

Um 3 Uhr ging ich nach Abbas hinüber. Ich dachte daran, wie traurig es für mich sein würde, wenn ich dort nicht mehr nach Belieben ein und aus gehen könnte. Aber vielleicht würden wir uns mit den neuen Pächtern anfreunden. Vielleicht würden wir manchmal von ihnen zum Essen eingeladen werden. Es würde so sein wie damals, als ich zu dem Ball gegangen war.

Mrs. Rolt war unzufrieden mit ihrem Los. Sicherlich trauerte sie den alten Zeiten nach, vermißte sie all den Klatsch in der Küche.

»Ich weiß gar nicht, wie es weitergehen soll«, jammerte sie jedesmal, wenn ich sie sah. »Mein liebes Leben, so trostlos und öde, wie es auf Abbas jetzt ist, so habe ich es nie gekannt.«

Ja, auch sie wünschte sich einen Pächter, dem sie nachspionieren und über den sie klatschen konnte.

Kurz nach 3 Uhr tönte laut der Türklopfer.

Ich blieb in der Bibliothek, und Mrs. Rolt ging hinaus, um den Besucher einzulassen. Ich war traurig. Ich wollte nicht, daß ein anderer auf Abbas wohnte, und doch wußte ich, daß es sein mußte.

Da klopfte es an die Tür, und Mrs. Rolt erschien mit sehr erstauntem Gesicht. Und dann hörte ich eine Stimme; Mrs. Rolt trat zur Seite, und ich glaubte zu träumen; denn es war wie ein Traum – ein lang gehegter Traum, der Wirklichkeit wurde.

Kim kam auf mich zu.

Ich glaube, das waren die glücklichsten Wochen meines Lebens. Es ist nicht leicht, alles genau aufzuzeichnen, was geschah. Ich erinnere mich, wie er mich in seine Arme nahm; ich sehe noch sein Gesicht dicht an dem meinen und das Lachen in seinen Augen.

»Ich wollte nicht, daß sie meinen Namen nannten. Ich wollte dich überraschen.« Ich sehe noch Mrs. Rolt im Türrahmen stehen, höre sie murmeln: »Mein liebes Leben!« Und am liebsten hätte ich wiederholt: »Mein liebes Leben... mein liebes Leben!« Denn plötzlich war es mir sehr teuer geworden.

Er hätte sich nicht sehr verändert, sagte ich. Er blickte mich an. »Aber du hast dich verändert. Ich habe immer behauptet, du würdest eine bezaubernde Frau werden. Nun bist du es geworden.«

Wie soll ich Kim beschreiben? Er war heiter, ja ausgelassen wie ein Junge, ein Spaßvogel und dabei doch zartfühlend und weich. Er war witzig, aber nie verletzend. Ich glaube, das war es, was ihn zu einem außergewöhnlichen Menschen machte. Er lachte mit den Menschen und niemals über sie. Er ließ einen fühlen, daß man ihm wichtig war – so wichtig, wie er selbst einem war. Vielleicht sah ich ihn in einem rosigen Licht, weil ich verliebt in ihn war; ja, ich erkannte es auf den ersten Blick, daß ich ihn liebte, daß ich ihn immer geliebt hatte, seit jener Nacht, als er Joe in Sicherheit gebracht hatte. Sein Vater sei tot, erzählte er. Damals, als er nicht mehr zur See gefahren sei, hätten sie sich zusammen in Australien eine Farm gekauft. Sie hätten sie billig bekommen und ihr Geld mit Viehzucht gemacht. Doch, von heute auf morgen sozusagen, hätte er sich gesagt, daß er nun genug Geld gescheffelt hätte, und dann hätte er die Farm für einen guten Preis verkauft und, da sei er nun, ein reicher Mann! »Nun, wie findest du das?«

Ich fand es wunderbar. Ich fand alles wunderbar – das Leben – alles – weil er wieder da war.

Wir redeten so viel, daß die Zeit wie im Flug verging. Ich erzählte ihm alles, was seit seiner Abreise geschehen war, wie Mellyora und ich auf Abbas gearbeitet hatten, und daß ich Johnny geheiratet hatte.

Er nahm meine Hände und blickte mich fest an.

»So, du hast geheiratet, Kerensa?«

Ich berichtete von Johnnys Verschwinden; wie Justin fortgegangen war, als Judith starb; wie schwere Zeiten über uns gekommen waren, und daß wir deshalb Abbas verpachten müßten.

»Soviel ist daheim geschehen«, sagte er. »Und ich habe es nicht gewußt!«

»Aber du mußt doch an uns gedacht haben. Sonst hättest du nicht heimkommen wollen.«

»Ich habe immer an euch gedacht. Wie oft habe ich gesagt: Ich möchte wissen, wie es zu Hause aussieht. Eines Tages werde ich hinfahren und es mir angucken. Da hat also Kerensa Johnny geheiratet, und Mellyora . . . Mellyora hat nicht geheiratet, wie ich. Ich muß Mellyora sehen. Und deinen Sohn will ich auch sehen.

Kerensa mit einem Sohn! Und du hast ihn Carlyon genannt! Oh, ich erinnere mich an Miss Carlyon. Kerensa, das sieht dir ähnlich.«

Ich nahm ihn mit ins Dower-House. Mellyora war gerade von einem Spaziergang mit Carlyon heimgekommen. Sie starrte Kim an, als sähe sie einen Geist. Dann lag sie vor Freude lachend und weinend in seinen Armen.

Ich beobachtete die beiden aufmerksam. Sie begrüßten sich wie alte Freunde, die sie ja auch waren. Doch schon begann meine Liebe zu Kim von mir Besitz zu ergreifen. Ich konnte es nicht leiden, daß seine Aufmerksamkeit auch nur einen Augenblick von mir abgelenkt wurde.

Ich besuchte Grandma Bee alle Tage, denn eine innere Stimme sagte mir, daß ihr wohl nicht mehr allzuviel Zeit blieb. Und dann saß ich an ihrem Bett, und sie erzählte von alten Tagen, was sie so gern tat. Manchmal schien sie sich ganz in der Vergangenheit zu verlieren wie jemand, der in einem Irrgarten umhergeht; dann wieder war ihr Geist völlig klar und aufgeschlossen.

Eines Tages sagte sie zu mir: »Kerensa, du warst noch nie so schön wie jetzt. Du hast die Schönheit einer liebenden Frau.«

Ich errötete. Ich fürchtete mich, von meinen Gefühlen für Kim zu sprechen. Ich war abergläubisch. Ich wollte vergessen, was vergangen war; ich wollte ein anderes Leben, geleitet von anderen Gefühlen.

Und mit jedem Tag wurde es mir klarer und klarer, daß ich mir wünschte, Kim zu heiraten. Aber wie konnte ich das, da ich doch nicht wußte, ob mein Mann noch am Leben war oder nicht!

Grandma war fest entschlossen, mit mir über Kim zu sprechen.

»Er ist also wieder da, Liebes. Nie vergeß ich die Nacht, wo er Joe aus dem Wald nach Hause trug. Von jener Nacht an war er unser Freund.«

»Ja«, erwiderte ich, »wie ängstlich waren wir damals, aber wir brauchten keine Angst zu haben.«

»Er ist ein guter Mensch. Er war es auch, der mit Mr. Pollent gesprochen hat. Wenn ich bedenke, was unser Joe ihm verdankt, so segne ich ihn mit aller Kraft meines Herzens, ja, das tu' ich.«

»Ich auch, Grandma.«

»Das weiß ich. Und ich möchte noch etwas anderes wissen.«

Ich schwieg, und sie fuhr mit leiser Stimme fort: »Niemals stand etwas zwischen uns beiden. Und es soll auch nie etwas zwischen uns stehen. Ich möchte erleben, daß du glücklich verheiratet bist, Kerensa; du warst es nicht bisher ...«

»Mit Kim?« fragte ich leise.

»Ja. Er wäre der richtige Mann für dich.«

»Ich glaube es auch, Grandma. Aber vielleicht werde ich es nie erfahren, ob ich frei bin.«

Sie schloß die Augen, und gerade als ich dachte, ihr Geist wandere auf verschlungenen Wegen in die Vergangenheit, sagte sie plötzlich: »So viele Male schon lag es mir auf der Zunge, es dir zu erzählen, und immer dachte ich: Nein, lieber nicht. Aber jetzt sage ich nicht länger nein, Kerensa. Ich glaube nicht, daß ich noch lange bei dir sein kann, mein Kind.«

»Ach, sag das nicht, Grandma! Ich könnte es nicht ertragen.«

»O Kind, du bist mir ein wahrer Trost gewesen. Wie doch der Tag deutlich vor mir steht, wo du mit deinem kleinen Bruder zu mir kamst ... Grandma Bee besuchen! Das war ein Glückstag in meinem Leben, und ich hatte viele glückliche Tage. Es ist eine große Sache, den

Mann zu heiraten, den man liebt, Kerensa, und Kinder von ihm zu haben. Du mußt wissen, das ist der wahre Sinn im Leben, und nicht in einen höheren Stand aufsteigen, nicht ein großes Haus besitzen. Ich möchte noch erleben, daß du dieses Glück kennenlernst, wie es mir beschieden war, Kerensa; du kannst es in einer Kate finden. Ja, das wollt' ich dir sagen, mein Mädchen, denn jetzt liegt der Schimmer der Liebe über dir, und wenn ich recht habe, bist du frei.«

»Grandma, du *weißt*, daß Johnny tot ist?«

»Ich hab' ihn nicht sterben sehen. Aber ich weiß, was los ist, und ich glaube, ich habe recht.«

Ich rückte noch dichter an ihr Bett. Träumte sie? Dachte sie wirklich an Johnny, oder hatte ihr Geist sich in der Vergangenheit verloren?

Sie mußte meine Gedanken erraten haben, denn sie lächelte liebevoll und sagte: »Nein, ich bin ganz klar im Kopf, Kerensa, und ich will dir nun alles erzählen, was geschehen ist, und wie es kam. Ich habe es dir bisher nicht gesagt, weil ich nicht wußte, ob es gut für dich sei, es zu erfahren. Kannst du dich noch an die Nacht erinnern, als du aus Abbas zu mir kamst? Du warst damals Kammerzofe bei der, die die Treppe hinunterfiel, und als du hier warst, sahst du einen Schatten am Fenster. Erinnerst du dich, Kerensa?«

»Ja, Grandma, ich erinnere mich.«

»Jemand blickte herein, als ob er mich sprechen und selbst von keinem gesehen sein wollte. Es war Hetty Pengaster – sie trug seit fünf Monaten ein Kind und war voller Angst. Sie sagte, sie hätte Angst, daß es herauskäme, und ihr Vater sei so streng und hätte sie Saul Cundy versprochen, und sie könnte ihn doch nicht nehmen. Sie war so voller Angst, das arme Ding. Sie wollte alle Spuren von dem, was gewesen war, verwischen und von vorn anfangen. Sie hatte erkannt, daß Saul der richtige

Mann für sie sei. Und sie wünschte, sie hätte nicht auf den anderen gehört, der ihr den Hof machte.«

Ich sagte leise: »Es war Johnnys Kind?«

Grandma fuhr fort: »Ich sagte, sie solle mir erzählen, wer der Vater sei, aber das wollte sie nicht. Sie sagte, sie dürfe es nicht erzählen. Er hätte es ihr verboten. Er würde etwas für sie tun, sagte sie. Er müßte etwas tun. In der nächsten Nacht wollte sie ihn treffen und ihm klarmachen, daß er etwas tun müßte. Sie glaubte, er würde sie heiraten; aber ich konnte ihr versichern, daß sie sich da gründlich irrte. Dann ging sie fort, sie war ganz verwirrt. Sie hatte solche Angst vor Saul. Saul war kein Mann, der sich von einem anderen nehmen ließ, was ihm gehörte . . .«

»Und sie erzählte dir nicht, daß Johnny der Vater war?«

»Nein, sie erzählte es nicht, aber ich ahnte es. Ich wußte, wie er dich verfolgte, und aus diesem Grunde wollte ich feststellen, ob er es war. Ich sagte zu ihr: ›Hast du nicht Angst, daß dich einer sieht, wenn du ihn triffst, und daß es Saul oder deinem Vater zu Ohren kommt?!‹ Sie verneinte. Sie träfen sich immer auf der Wiese bei den Jungfrauen, und dort seien sie wohl sicher. Im Dunkeln gingen die Leute nicht gern dorthin. Ich kann dir nicht sagen, wie aufgeregt ich war. Ich wollte unbedingt wissen, ob es Johnny war. Ich mußte es wissen, deinetwegen.«

»Er war es, Grandma! Natürlich war er's. Ich wußte schon immer, daß er eine Schwäche für sie hatte.«

»Den ganzen Tag über war ich so aufgeregt! Ich sagte mir, Kerensa wird in ihr Verhängnis rennen, genau wie du. Und ich dachte daran, wie ich damals zu Sir Justin gegangen war und wie ich meinen Pedro belogen hatte und wie ich mich selbst bei dem Gedanken beruhigt hatte, daß alles nur zu seinem Besten geschehen war. Und während ich so an Pedro dachte, steckte ich mein

Haar auf mit dem Kamm und der Mantilla, und dabei überlegte ich mir, was ich tun sollte, wenn ich herausfände, daß Johnny der Vater von Hettys Kind war. Deshalb ging ich in jener Nacht zu der Wiese und wartete dort. Ich verbarg mich hinter der größten Jungfrau, und ich sah, wie sie sich trafen. Der Mond war im Zunehmen, und die Sterne leuchteten. Ich sah genug. Hetty weinte, und er sprach auf sie ein. Ich konnte nicht verstehen, was sie redeten; sie waren von den Steinen zu weit entfernt. Ich glaube, sie hatte Angst davor. Vielleicht glaubte sie, sie würde auch in einen Stein verwandelt werden wie eine der Jungfrauen. Sie standen dicht am Grubenschacht. Ich glaube, sie drohte ihm, sich hinabzustürzen, wenn er sie nicht heiraten würde. Ich wußte, sie würde es nicht wirklich tun. Sie drohte nur. Aber er war erschrocken. Ich vermute, er versuchte sie zu überreden, St. Larnston zu verlassen. Ich schlich mich von den Steinen weg, um besser verstehen zu können, was sie redeten. Ich hörte sie sagen: ›Ich bring' mich um, Johnny. Ich stürze mich da hinunter.‹ Und er sagte: ›Sei doch nicht albern. So was machst du doch nicht. Du kannst mich nicht zum Narren halten. Geh heim zu deinem Vater und sag's ihm. Er wird dich schon zur rechten Zeit verheiraten.‹ Da wurde sie wirklich böse; einen Augenblick stand sie wie schwebend am Rand der Grube. Ich wollte ihm schon zurufen: Laß sie! Sie tut's nicht! Aber er ließ sie nicht gehen. Er packte ihren Arm... plötzlich hörte ich sie aufschreien, und dann... stand er allein...«

»Grandma, er brachte sie um!«

»Ganz bestimmt kann ich es nicht sagen. Ich konnte nicht genug sehen... und sogar wenn ich besser gesehen hätte, wüßte ich's nicht genau. Gerade stand sie noch dort, wie schwebend am Rand der Grube, und drohte, sich hinabzustürzen, und dann war sie verschwunden.« Tausend Dinge begannen sich zu klären und zu einem Bild zusammenzufügen: sein merkwürdiges Benehmen, sein Wunsch, von hier fortzukommen, seine Angst, das Bergwerk könnte wieder aufgemacht werden. Ich starrte Grandma entgeistert an; mir fiel plötzlich ein, daß er schnurstracks heimgegangen sein und mir seinen Heiratsantrag gemacht haben mußte.

Langsam fuhr Grandma fort: »Einen Augenblick stand er wie versteinert wie eine der Jungfrauen. Dann blickte er wild um sich und erblickte mich im Licht des zunehmenden Mondes. Er sah mein dunkles, hoch aufgekämmtes Haar, meine Mantille, meinen Kamm. Er sagte: »Kerensa!« Leise, fast flüsternd; aber es drang zu mir durch die Stille der Nacht. Dann schaute er zurück zu dem Schacht, hinab ins Dunkel, und ich rannte davon. Ich rannte durch den Kreis der Steine und quer über die Wiese. Ich hatte schon die Straße erreicht, als ich ihn von neuem rufen hörte: ›Kerensa! Kerensa, komm hierher!‹«

»Grandma«, sagte ich, »er dachte, ich hätte dort gestanden. Er dachte, ich hätte ihn gesehen.«

Sie nickte. »Ich ging nach Hause und saß die ganze Nacht auf und überlegte mir, was ich machen sollte. Und am Morgen brachte mir Mellyora Martin deinen Brief. Du warst auf und davon nach Plymouth, um Johnny St. Larnston zu heiraten.«

»Jetzt verstehe ich«, sagte ich langsam. »Er machte mir einen Heiratsantrag, um mich zu bestechen, damit ich nichts sagte. Und ich glaubte, er könne nicht leben ohne mich. Was für eine Ehe war das!«

»Für ihn bedeutete sie Schutz vor der Anklage wegen Mordes, für dich ein großes Haus, dessen Herrin du schon immer so gern sein wolltest. Dein großartiger Traum wurde Wirklichkeit, Kerensa, und du hast teuer dafür bezahlt.«

Ich war wie betäubt von dem, was ich gehört hatte. Mein Leben schien einen anderen Sinn bekommen zu haben. Der Zufall hatte mein Leben ebenso geformt wie meine eigenen Unternehmungen, und Hetty Pengaster, auf die ich stets verächtlich herabgesehen hatte, hatte eine ebenso wichtige Rolle darin gespielt wie ich selbst. Und Johnny hatte nicht mich so verzweifelt ersehnt, sondern nur mein Stillschweigen.

»Du hast mir nie davon erzählt, Grandma«, sagte ich halb vorwurfsvoll.

»Nein, denn dann warst du schon verheiratet. Wozu sollte das gut sein? Und als ein Kind unterwegs war, wußte ich, daß ich recht getan hatte.«

Ich schauderte. »Schrecklich. Johnny meinte, ich wünschte die Heirat als Belohnung für mein Schweigen. Niemals hätte ich ihn genommen, wenn ich das gewußt hätte.«

»Auch nicht um des Namens St. Larnston willen, Liebes?«

Wir blickten einander an, und ich antwortete ehrlich wie immer bei Grandma: »Damals hätte ich alles für den Namen St. Larnston getan.«

»Es war eine Lektion, die du lernen mußtest, Kind. Vielleicht hast du sie jetzt gelernt. Vielleicht weißt du jetzt, daß man das Glück in einer Kate finden kann ebenso wie in einem Herrschaftshaus. Wenn du das gelernt hast, ist es nicht so wichtig, wieviel du für die Lektion bezahlen mußtest. Und nun kannst du von vorn anfangen.«

»Ist das möglich?«

Sie nickte. »Hör zu. Johnny war dagegen, daß das Bergwerk wieder eröffnet würde, und Saul Cundy war unbedingt dafür. Saul wollte feststellen, ob die Grube noch zinnhaltig sei. Er wollte einsteigen, und er tat es auch. Aber er fand dort auch Hetty. Er wußte, warum sie dort lag, und er wußte auch, daß Johnny schuld daran war, denn die üblen Nachreden waren ihm zu Ohren gekommen. Und Johnny ging fort und heiratete dich an jenem Tag, als sie verschwand ... nun, das sagte genug.«

Ich hielt den Atem an. »Du glaubst, Saul hat Johnny ermordet, weil er Hetty in dem Schacht entdeckt hat?«

»Ich kann es nicht genau sagen, weil ich es nicht gesehen habe. Aber Saul erzählte nichts davon, daß er Hetty gefunden hätte, und ich weiß doch, daß sie dort liegt. Und warum sagte er nichts? Weil er ein Mann ist, der von Jugend auf den Vornehmen den Kampf angesagt hat, und weil er fest entschlossen war, daß Johnny den vollen Preis bezahlen sollte. Johnny konnte den Männern das Recht auf Arbeit für ihren Lebensunterhalt vorenthalten; Johnny konnte einem Mann die Braut rauben. Er, Saul, wollte sich nicht auf das Gesetz verlassen. Er hatte oft genug betont, es gäbe ein Gesetz für die Reichen und eines für die Armen. Saul nahm das Gesetz in die eigene Hand. Er lauerte Johnny auf, als der vom Spiel kam, und ich vermute, er brachte ihn um und brachte ihn in den Schacht zu Hetty! Dann zog er fort ... nach St. Agnes ... weit fort von St. Larnston.«

»Das ist eine furchtbare Geschichte, Grandma.«

»Es war eine bittere Lektion; aber ich wußte von Anfang an, daß du ein Mensch bist, der seine Erfahrungen selbst machen muß. Meine guten Lehren hätten dir nichts geholfen. Nun finde deinen Mann, Kerensa, liebe ihn, wie ich meinen Pedro liebte, bringe seine Kinder zur Welt ... und es ist Nebensache, ob du in einem Herrschaftshaus wohnst oder in einer Kate. Das Glück fragt nicht, wer du bist, ehe es zu dir kommt. Es kommt und bleibt bei denen, die es zu empfangen verstehen und es als einen freundlichen Gast aufnehmen. Das ist alles, meine Liebe, und ich bin zufrieden, wenn ich nun gehe.

Alles steht gut für dich. Ich habe die Liebe zu einem Mann in deinen Augen gesehen, Kerensa. Ich habe deine Liebe zu mir gesehen, deine Liebe zu Joe, deine Liebe zu Carlyon und nun die zu einem Mann. Das ist ungeheuer viel Liebe für das Herz eines Menschen, Kind. Aber Joe hat seine eigene Frau, der er anhängt, und so wird es eines Tages mit Carlyon sein, und ich selbst kann nicht ewig bei dir bleiben. Deshalb bin ich froh, daß ein Mann da ist, den du liebst. Nun scheide ich glücklich...«

»Sprich nicht vom Scheiden, Grandma. Das darfst du nicht. Meinst du, daß ich je ohne dich sein kann?«

»Das zu hören, tut wohl, mein Herzenskind; aber ich wäre traurig, wenn ich es für wahr halten müßte. Du wirst auch ohne mich fertig werden, denn der Mann, den du liebst, wird dir zur Seite stehen, und du wirst wachsen in Liebe und Weisheit. Frieden und Liebe... das ist die Bedeutung unserer Namen, Mädchen, und sie bedeuten auch ein gutes Leben. Du bist nun reif geworden, Kerensa. Du strebst nicht mehr nach dem, was nicht gut ist für dich. Lieben und Glücklichsein... es war Zeit, daß du das erreicht hast. Vergiß die Vergangenheit. Die Frau, die du heute bist, ist nicht dieselbe, die du gestern warst. Daran mußt du denken. Trauere nicht mehr um das, was gewesen ist. Sag nicht, daß es ein Unglück war. Nenne es eine Erfahrung. Sage dir: durch all das bin ich die geworden, die ich heute bin, und das ist gut so, denn ich bin durch Feuer gegangen.«

»Aber Johnny ist vermißt...«

»Öffne das Bergwerk, Mädchen. Dort wirst du ihn finden. Davon bin ich überzeugt. Ihn und Hetty. Der alte Skandal wird noch einmal aufleben; aber das ist besser, als wenn du dein ganzes Leben an einen Vermißten gebunden bist.«

»Ich will es tun, Grandma«, erwiderte ich. Aber noch

während ich es sagte, durchfuhr mich ein Gedanke, der mir den Atem stocken ließ. Grandma sah mich fragend an, und ich schrie auf: »Ich kann nicht. Denk doch an Carlyon!«

»Wieso an Carlyon?«

»Siehst du das nicht ein? Sie werden sagen, er sei der Sohn eines Mörders!«

Grandma schwieg eine Weile. Dann sagte sie: »Du hast recht. Das wäre nicht gut. Das würde während seines ganzen Lebens einen Schatten auf ihn werfen. Aber was soll aus dir werden, mein Liebling? Sollst du denn nie heiraten dürfen?«

Es war, als hätte ich zwischen Kim und Carlyon zu wählen; aber ich kannte Carlyons empfindsamen und weichen Charakter, und ich durfte nie zulassen, daß er der Sohn eines Mörders genannt würde.

Grandma begann langsam zu sprechen. »Es gibt einen Ausweg, Kerensa. Das fällt mir gerade ein. Sie können nicht genau feststellen, wann Hetty gestorben ist. Wenn sie in den Schacht hinabsteigen, wird man sie finden ... und man wird auch Johnny finden. Ich nehme an, Saul Cundy brachte Johnny um, und ich vermute, daß Saul inzwischen weit, weit fort ist. Laß alles noch eine Weile beim alten und laß dann den Schacht öffnen. Da gibt es noch allerhand für mich zu tun. Ich will es so hinstellen, als ob Hetty wieder dagewesen und gesehen worden wäre. Und Johnny ist nach Plymouth gefahren, um Hetty zu treffen, und Saul hat sie entdeckt ... und sie beide umgebracht! Ja, er wußte, daß es in dem Bergwerk kein Zinn gibt; warum sollte er sie nicht beide umgebracht haben und ihre Leichen hinabgeworfen haben?«

Ich starrte sie ungläubig an und dachte: Du lenkst das Leben so, wie du es willst. Das war ihr Glaubensbekenntnis. Ja, warum eigentlich nicht?

Sie schien kräftiger zu sein als seit langem. Sie schien

noch nicht bereit zum Sterben, solange sie mir noch helfen konnte.

Wie innig liebte ich sie! Wie fest konnte ich mich auf sie verlassen! Wenn ich bei ihr war, schien mir kein Ding unmöglich.

»Grandma«, sagte ich fest, »ich glaube nicht, daß Johnny Hetty umgebracht hat. Es war ein Unglücksfall.«

»Es war ein Unglücksfall«, stimmte sie beruhigend zu. Sie verstand. Der Vater meines Carlyons durfte kein Mörder sein. Er durfte auch nicht in einem solchen Verdacht stehen.

Es war wie in alten Zeiten. Wir fanden Kraft aneinander. Ich wußte, daß ich eines Tages frei sein würde, gleichzeitig wollten wir Carlyon vor dem Makel bewahren.

Wir warteten einen Monat. In dieser Zeit machte ich einen Ausflug nach St. Agnes. Ich wollte sehen, wie es Saul Cundy ging. Er war nicht da. Ich hörte, er sei seit einigen Tagen nicht zur Arbeit gekommen. Man nahm an, daß er mit seiner Familie das Land für immer verlassen hätte; denn sie waren buchstäblich verschwunden, und niemand wußte, wohin sie gegangen waren.

Wahrhaftig, das war ein Sieg! Ich fuhr heim und berichtete es Grandma.

»Nun warte nicht länger«, sagte sie. »Du bist nicht fürs Warten geschaffen. Ich habe nicht viel Zeit, und bevor ich gehe, möchte ich erleben, daß du verheiratet bist.«

Ich hatte mich in meinem Schlafzimmer eingeschlossen. Den ganzen Vormittag über waren die Sachverständigen an der Arbeit gewesen. Man hatte mir gesagt, daß erst alles abgesichert werden müsse, bevor man hinabsteigen könne. Eine Grube, die so lange stillgelegen

hätte, könnte gewisse Gefahren bergen: Wassereinbrü-
che, Erdstürze und andere Unfälle. Festzustellen, ob
eine Grube rentabel wäre, würde zunächst einmal eine
Menge Geld kosten.

Kim kam zu Pferd herüber ins Dower-House. Ich war
froh, daß Mellyora mit Carlyon ausgegangen war.
Daisy meldete ihn an, und ich antwortete, ich käme
gleich. Ich betrachtete mich im Spiegel. Ich war eine
junge Frau, man konnte sogar sagen: in voller Blüte. Ich
war schön in meinem lavendelfarbenen Morgenrock mit
den Spitzen am Hals und Ärmeln und mit den seidenen
Schleifen. Grandma hatte recht: die Liebe umkleidet
eine Frau mit einem Schimmer. Mein Haar hatte mehr
Glanz. Ich trug es hoch aufgekämmt. Das Feuer in
meinen Augen ließ sie größer erscheinen. Ich gefiel mir
selbst, als ich herunterging, um Kim zu begrüßen. Und
ich wußte, daß sich vielleicht gerade an diesem Tag
zeigen würde, ob ich frei war.

Als ich die Tür des Wohnzimmers öffnete, sah ich ihn
breitbeinig, die Hände in den Taschen, am Kamin
stehen. Es lag ein zärtliches Lächeln auf seinen Lippen,
und ich war sicher, daß es mir galt.

Er kam auf mich zu und nahm meine beiden Hände in
die seinen, seine Augen lächelten leicht belustigt.

»Kerensa!« Er sprach sogar meinen Namen aus, als ob
ihn das heiter stimmte.

»Gut, daß du da bist.«

Er legte den Kopf ein wenig auf die Seite und lächelte.

»Du bist ja so vergnügt?«

»Ja, höchst vergnügt.«

»Ich freue mich, daß ich dich so froh machen kann.«
Er lachte und zog mich zum Fenster.

»Was für ein Lärm ist das heute auf der Wiese!«

»Ja. Endlich sind sie an der Arbeit.«

»Und das Ergebnis bedeutet viel für dich, Kerensa?«

Ich errötete; in diesem Augenblick hatte ich Angst, daß er den wahren Grund kenne. Während seiner Abwesenheit schienen Kims Augen durchdringender geworden zu sein; sie hatten einen Ausdruck von Hellsichtigkeit, der mich anzog, aber auch ein wenig beunruhigte.

»Es ist sehr wichtig, daß wir das Bergwerk wieder in Betrieb setzen können.«

Ich ließ Daisy Wein und Biskuite bringen, die wir auf Abbas stets für Gäste bereitgehalten hatten – ein Brauch von vielen anderen, die ich ins Dower-House übernommen hatte.

Wir saßen an einem kleinen Tisch und nippten an dem Wein. Er blickte sich im Zimmer um und sagte: »Es ist hier viel gemütlicher als damals, während ich hier wohnte. Es ist ein seltsames Gefühl, Kerensa, in ein Haus zurückzukommen, das einst das eigene Heim war, und nun ist's eines anderen Heim. Da sind andere Möbel, andere Gesichter, ist eine andere Atmosphäre...«

»Ich habe dich immer beneidet, weil du im Dower-House lebtest.«

»Ich weiß. Ich hab' es dir angesehen. Du hattest das ausdrucksvollste Gesicht von der Welt, Kerensa. Du konntest nie deine Gefühle verbergen.«

»Wie beunruhigend! Ich hoffe, daß das jetzt nicht mehr der Fall ist.«

»Welch ein Spott! Welch ein Stolz! Noch nie hab' ich jemanden erlebt, so spöttisch und so stolz.«

»Ich war ein böses Kind.«

»Arme Kerensa!« Er lachte. »Ich sehe dich noch in der eingestürzten Mauer stehen. Die siebente Jungfrau. Entsinnst du dich, wie beeindruckt wir damals von der Sage waren?«

»Ja, deshalb wollt' ich mir den Platz doch unbedingt ansehen.«

Ich sah alle klar vor mir: mich selbst, Mellyora, Justin, Johnny und Kim.

»Wir haben dich schrecklich geneckt, fürchte ich, dich richtig zornig gemacht. Ich sehe dich noch, wie du dich umdrehtest und uns die Zunge herausstrecktest. Ich hab's nie vergessen.«

»Ich wollte, du könntest dich an etwas Angenehmeres erinnern!«

»Da war Miss Carlyon auf dem Ball. Wunderschön in rotem Samt. Und dann jene Nacht im Wald... du siehst, Kerensa, ich erinnere mich an so vieles aus der Vergangenheit. Du und Mellyora auf dem Ball! Mellyora hatte dich ohne Wissen der Gastgeberin mitgebracht! Das machte für mich den Ball erst schön. Sonst hatte ich so etwas immer schrecklich langweilig gefunden. Aber jener Ball... den habe ich nie vergessen. Noch oft habe ich darüber gelacht, wie Mellyora dir die Einladung verschaffte...«

»Wir waren immer wie Schwestern.«

»Darüber bin ich froh.« Er blickte in sein Glas, und ich dachte: Wenn ich nur wüßte, ob ich frei bin. Wenn er weiß, daß ich frei bin, wird er mir sagen, daß er mich liebt.

Er wollte von der Vergangenheit sprechen. Er ließ mich von dem Tag erzählen, als ich mich auf dem Trelinketer Markt hatte verdingen wollen und wie Mellyora gekommen und mich bei sich angestellt hatte. Und ich erzählte ihm auch, wie traurig Reverend Charles Martin gestorben war und wie wir entdecken mußten, daß wir bettelarm waren.

»Mellyora und ich, wir konnten uns nicht trennen, und so wurde ich Dienstmädchen bei der Lady und Mellyora ihr Aschenbrödel.«

»Arme Mellyora!«

»Das Leben war schwer für uns beide.«

»Aber du hast es immer verstanden, für dich selber zu sorgen.«

Wir lachten beide.

Dann mußte er erzählen. Er sprach von dem einsamen Leben im Dower-House. Er hatte seinen Vater geliebt, der aber fast immer auf See war, so daß er der Sorge der Dienerschaft überlassen war.

»Ich hatte nie das Gefühl, ein richtiges Zuhause zu haben, Kerensa.«

»Und du hast dich danach gesehnt?«

»Ich kannte es nicht, aber ich sehnte mich doch danach. Wer tut das nicht? Die Dienstboten waren gut zu mir, aber das war nicht dasselbe. Sehr oft war ich auf Abbas, es zog mich geradezu magisch an. Ich weiß, was du für Abbas empfandest; denn eigentlich empfand ich genauso. Es hat etwas Besonderes an sich. Vielleicht sind es die Sagen, die sich um solche Häuser weben und unsere Neugier erregen. Ich träumte immer davon, daß ich viel Geld verdienen wollte, wenn ich groß wäre, und dann wollte ich in einem solchen Haus wie Abbas wohnen. Es war nicht einmal so sehr das Haus, das ich besitzen wollte, als vielmehr alles, was damit zusammenhing. Ich sehnte mich danach, ein Glied einer großen Familie zu sein. Siehst du, ich bin ein einsamer Mann, Kerensa. Ich bin stets einsam gewesen, und mein Traum war es, eine große Familie zu besitzen ... die sich nach allen Seiten ausbreiten würde.«

»Du meinst, du möchtest heiraten, Kinder haben und ein großer alter Mann werden ... mit Enkeln und Urenkeln, die immer um dich wären?«

Ich lächelte. War das nicht auch mein Traum? Sah ich mich nicht selbst als die große alte Lady auf Abbas? Nun stellte ich mir uns beide zusammen vor, Kim und mich, wenn wir alt wären. Abgeklärt und glücklich würden wir unseren Enkeln beim Spiel zuschauen.

Dann würde ich nicht in die Zukunft, sondern zurückblicken... auf ein Leben, das mir alles geschenkt hatte, was ich von ihm verlangte.

»Das ist kein schlechter Ehrgeiz«, sagte er fast einfältig. Dann berichtete er, wie einsam es auf der Farm gewesen wäre, und welches Heimweh er gehabt habe. »Und daheim, Kerensa, war all dies hier... Abbas... die Menschen, die ich gekannt hatte.«

Wie gut ich ihn verstand, war nicht sein Traum auch mein Traum! Unser Gespräch stockte. Mellyora und Carlyon kamen zurück. Carlyon lachte und jauchzte mit ihr, als sie über den Rasen aufs Haus zukamen.

Wir gingen beide zum Fenster. Ich sah das Lächeln auf Kims Lippen und glaubte, er beneide mich um meinen Sohn.

An jenem Tage kam Kim noch einmal ins Dower-House. Ich sah ihn kommen und sah auch seine bestürzte Miene. Ich erwartete ihn schon in der Halle.

»Kerensa!« Er schritt auf mich zu, nahm meine Hände und blickte mir lange ins Gesicht.

»Ja, Kim?«

»Ich bringe schlimme Nachricht. Komm mit ins Wohnzimmer und setz dich.«

»Sag's schnell, Kim. Ich kann's ertragen.«

»Wo ist Mellyora?«

»Das ist Nebensache. Nun red schon.«

»Kerensa...« Er legte den Arm um mich, und ich lehnte mich an ihn, spielte die schwache Frau. Nur allzugern lehnte ich mich an ihn; seine Sorge um mich tat mir unendlich wohl.

»Kim, laß mich nicht in Ungewißheit. Es handelt sich um die Grube, nicht wahr?«

Er schüttelte den Kopf.

»Kerensa, du wirst entsetzt sein.«

»Ich muß es wissen, Kim. Siehst du denn nicht...« Er

hielt meine Hände ganz fest. »Sie haben in der Grube etwas gefunden. Sie fanden...«

Ich hob meine Augen zu den seinen und suchte darin den Ausdruck des Sieges hinter dem der Besorgnis. Aber ich konnte nur seine Sorge um mich in ihnen entdecken.

»Es ist Johnny«, fuhr er fort. »Sie haben Johnny gefunden.«

Ich schlug die Augen nieder. Ich stieß einen leisen Schrei aus. Er führte mich zu einem Sofa und stützte mich. Ich lehnte mich an ihn. Am liebsten hätte ich einen Triumphschrei ausgestoßen: Ich bin frei!

Noch nie hatte es in St. Larnston solch eine Aufregung gegeben. Die Leichen von Johnny und Hetty Pengaster waren in dem Schacht gefunden worden. Man entsann sich, daß erst jüngst darüber gemunkelt worden war, Hetty Pengaster sei in Plymouth und sogar noch näher bei St. Larnston gesehen worden. Die Leute wußten noch, daß Johnny einst in sie verliebt gewesen und daß er oft nach Plymouth gefahren sei. Hetty hatte St. Larnston plötzlich verlassen, als er mich heiratete. Was war also natürlicher, als daß Johnny sie in Plymouth untergebracht hatte, um sie aus dem Weg zu räumen, als er mich heiratete?

Es schien alles so einfach zu sein. Saul Cundy war mißtrauisch geworden, hatte sich auf die Lauer gelegt, hatte Johnny und Hetty beieinander gesehen und sich gerächt. Saul war immer für Gerechtigkeit gewesen, und jetzt hatte er das bewiesen, indem er das Gesetz in die eigene Hand nahm. Da er wußte, daß die Grube kein Zinn mehr enthielt – er selber hatte sich ja davon überzeugt –, hatte er es für das sicherste gehalten, die Leichen seiner Opfer dort hinabzustürzen.

Hettys Leiche war nur noch durch ein Medaillon zu

identifizieren, das sie getragen hatte und das die Pengasters als ein Geschenk von Saul an sie wiedererkannten.
Johnnys Leichnam war besser erhalten, was eine Zeitlang Verwirrung stiftete. Doch bald erklärte man es sich
so, daß Johnnys Körper im Fallen wohl etwas Erde ins
Rutschen gebracht hätte, die ihn am Grund des Schachtes bedeckte, wodurch die Leiche teilweise von der Luft
abgeschlossen wurde.

Die Nachforschungen gingen weiter. Die Polizei wollte
Saul Cundy vernehmen und fuhr nach St. Agnes, um ihn
dort zu suchen. Aber als man ihn dort nicht finden
konnte, weil er anscheinend das Land mit unbekanntem
Ziel verlassen hatte, verstärkte das den Verdacht, und
die Geschichte, die die Dorfleute zusammengeflickt
hatten, wurde als wahr anerkannt. Es war eine bange
Zeit, als man nach Saul suchte. Aber auch sie verstrich,
und es wurde immer sicherer, daß er nie mehr gefunden
würde. Niemand würde jemals die Wahrheit erfahren.
Selbst Grandma und ich wußten nicht genau, ob Johnny
Hetty umgebracht hatte. Daß Saul Johnny umgebracht
hatte, davon allerdings waren wir überzeugt. Er hatte
Hettys Leiche entdeckt und war geflüchtet; beides wies
darauf hin. Aber das Geheimnis war gesichert. Niemand konnte meinen Carlyon den Sohn eines Mörders
nennen.

Es fand sich nicht genug Zinn in der Grube, um die
Arbeit im Bergwerk rentabel zu machen; aber die
Grube hatte mir geschenkt, was ich wünschte. Sie hatte
bewiesen, daß ich Witwe und frei war, den Mann zu
heiraten, den ich liebte.

An dem Tag, an dem Grandma diese Nachricht vernahm, schien sie plötzlich schwächer zu werden. Es
war, als hätte sie ihr Werk getan, wäre nun bereit, in
Frieden zu scheiden. Eine furchtbare Schwermut über-

kam mich; denn all meine Freude und mein Glück dünkten mir nicht vollständig zu sein, wenn ich sie verlöre.

Die letzten Tage blieb ich bei ihr. Essie hieß mich herzlich willkommen, und auch Joe war froh, mich da zu haben. Carlyon war bei ihm, und da ich den Jungen nicht im Krankenzimmer haben wollte, verbrachte er die ganze Zeit mit Joe.

Und dann kam der letzte Nachmittag in Grandmas Leben. Ich saß an ihrem Bett, und die Tränen liefen mir über die Wangen, mir, die ich mich nicht erinnern konnte, je geweint zu haben, außer vor Wut.

»Sei doch nicht traurig, mein Herzenskind«, sagte sie. »Trauere nicht um mich, wenn ich tot bin. Dann wäre es mir lieber, du vergäßest mich ganz, als daß die Erinnerung an mich dich traurig stimmte.«

»O Grandma«, weinte ich, »wie könnte ich dich je vergessen?«

»Dann denke an die glücklichen Zeiten, mein Kind.«

»Glückliche Zeiten! Was für glückliche Zeiten kann es für mich geben, wenn du nicht mehr da bist?«

»Du bist noch zu jung, um dein Leben mit dem einer alten Frau zu verketten. Ich habe meine Zeit gehabt, und du wirst die deine haben. Glück und Freude stehen dir bevor, Kerensa. Sie gehören dir. Nimm sie. Du hast deine Lektion gehabt, Mädchen. Lerne sie gut.«

»Grandma«, sagte ich, »verlaß mich nicht! Wie kann ich ohne dich sein?«

»Kann meine Kerensa so sprechen? Meine Kerensa, die gegen eine Welt kämpfen wollte?«

»Mit dir, Grandma! Nicht allein! Wir waren immer beisammen – wie kannst du mich jetzt verlassen?«

»Hör zu, Liebes. Du brauchst mich nicht mehr. Du liebst einen Mann, und so soll es sein. Es gibt eine Zeit, da die Vögel das Nest verlassen. Sie fliegen allein. Du hast starke Flügel, Kerensa. Ich brauche keine Angst um dich zu haben. Du bist hoch geflogen, aber du wirst noch höher fliegen. Du wirst nun tun, was gut und richtig ist. Dein ganzes Leben liegt vor dir. Rege dich nicht auf, mein Liebling. Ich bin froh, daß ich gehe. Ich werde bei meinem Pedro sein. Heißt es nicht, daß wir nach dem Tode weiterleben. Ich habe nicht immer daran geglaubt, aber jetzt will ich daran glauben – und wie die meisten glaube ich, was ich ersehne. Nun weine nicht, mein Liebling. Ich muß gehen, und du mußt bleiben; aber ich verlasse dich im Glück. Du bist frei, meine Liebe. Da ist der Mann deines Herzens, der auf dich wartet... Es ist gleichgültig, wo ihr seid, wenn ihr nur beisammen seid. Gräme dich nicht um die alte Grandma Bee, da du den Mann hast, den du liebst.«

»Grandma, ich möchte, daß du lebst und bei uns bist. Ich möchte, daß du unsere Kinder siehst. Ich darf dich nicht verlieren; denn etwas sagt mir, es wird ohne dich nie mehr so sein wie früher.«

»Ach, es gab eine Zeit, da warst du stolz und glücklich. Das war, als du gerade Mrs. St. Larnston geworden warst. Ich glaube nicht, daß du jemals irgendeinen anderen Gedanken zu fassen vermochtest als den, eine Lady zu spielen. Nun, mein Liebling, jetzt wird es wieder genauso sein. Nur geht es diesmal nicht um ein Haus und darum, die feine Dame zu spielen, sondern es geht um die Liebes deines Mannes – und es gibt kein Glück auf der Welt, das damit zu vergleichen wäre. Ach, mein Liebes, es bleibt uns nur noch wenig Zeit, um uns zu sagen, was gesagt werden muß. Binde mein Haar auf, Kerensa!«

»Es wird dich stören.«

»Nein, binde es auf, sag' ich. Ich möchte es um meine Schultern fühlen.«

Ich gehorchte.

»Es ist immer noch schwarz. Obgleich ich in der letzten

Zeit zu müde war, es zu pflegen. Deines muß auch so bleiben, Kerensa. Du mußt schön bleiben, denn er liebt dich zum Teil deswegen. Mein Häuschen ist noch genauso, wie ich es verließ, nicht wahr?«

»Ja, Grandma«, antwortete ich wahrheitsgemäß. Als sie zu Essie und Joe zog, war sie sehr darauf bedacht gewesen, ihr Häuschen zu behalten. Anfangs war sie noch oft hingegangen und hatte dort aus den Kräutern ihre Tees gebraut. Später hatte sie Essie hingeschickt, um zu holen, was sie brauchte, und manchmal hatte sie mich darum gebeten.

Ich war nie gern zu dem Häuschen gegangen. Ich hatte die Erinnerungen an die alten Zeiten gehaßt; denn mein vielleicht größter Wunsch war zu vergessen, daß ich jemals in so ärmlichen Verhältnissen gelebt hatte. Ich hatte mir eingeredet, das sei notwendig, wenn ich die Rolle der Grande Dame mit Erfolg spielen wollte.

»Dann lauf hin, Kerensa. Im Eckschrank findest du meinen Kamm und meine Mantille. Beides gehört dir. Dort findest du auch das Rezept, das dein Haar allezeit schwarz und glänzend erhält. Mit den richtigen Kräutern ist es leicht zuzubereiten. Sieh, Liebling, ich habe nicht ein graues Haar, so alt, wie ich bin! Versprichst du mir, daß du hingehst, Kerensa?«

»Ich verspreche es!«

»Und noch etwas mußt du mir versprechen, mein liebes Kind: daß du nicht um mich trauerst. Denk an das, was ich dir gesagt habe. Es kommt eine Zeit, da die Blätter an den Bäumen welken, und ich bin ein Blatt, das abfallen muß.«

Ich vergrub mein Gesicht in ihrem Kissen und begann zu schluchzen. Sie strich mir über das Haar, und wie ein Kind flehte ich sie an, mich zu trösten.

Aber der Tod war schon im Zimmer, und er war gekommen, um Grandma Bee zu holen; es war keine

Kraft mehr in ihr, keine Kraft, um den Tod aufzuhalten. Sie starb in jener Nacht. Und als ich am nächsten Morgen zu ihr kam, lag sie ganz friedlich da; ihr Gesicht hatte sich verjüngt, ihr Haar war sauber geflochten; sie sah aus wie eine Frau, die bereit ist, in Frieden zu scheiden, weil ihr Werk getan ist.

Es war Kim, der mich im Verein mit Carlyon und Mellyora nach Grandma Bees Tod tröstete. Sie alle taten ihr Bestes, um mich aus meiner Trübsal zu reißen, und tatsächlich fand ich Trost, denn in diesen Tagen wurde mir zur Gewißheit, daß Kim mich liebte, und ich sagte mir, daß er nur wartete, bis ich mich von den Schrecken über die Auffindung von Johnnys Leiche und Grandmas Tod erholt hätte.

Wie oft fand ich ihn und Mellyora zusammensitzen und über mich reden und beratschlagen, wie sie mich zerstreuen und ablenken könnten. So wurden wir häufig auf Abbas bewirtet, Kim war oft Gast im Dower-House. Es verging kein Tag, an dem wir uns nicht trafen.

Carlyon tat ebenfalls, was in seinen Kräften stand. Er war immer lieb gewesen; aber in jenen Tagen war er mein ständiger Begleiter. Zwischen diesen dreien fühlte ich mich von Liebe umgeben.

Mit den üblichen Südweststürmen hatte der Herbst eingesetzt. Schnell waren die Bäume ihrer Blätter beraubt. Nur die steifen Tannen, die schwankten und sich im Winde bogen, leuchteten so grün wie immer. Die Hecken waren mit Spinnweben behangen, und auf den feinen Fäden glitzerten die Tautropfen, als wären sie aus Kristall.

Der Wind legte sich, und der Nebel trieb von der Küste landeinwärts. Er hing in dichten Schwaden über dem Land an jenem Nachmittag, als ich zu Grandmas Häuschen ging.

Ich hatte ihr versprochen, dahin zu gehen und nach dem Rezept zu suchen. Sie war so besorgt gewesen, daß ich es bekäme. Ich wollte es mit der Mantilla und dem Kamm an mich nehmen und alles zur Erinnerung an sie aufbewahren. Joe hatte gesagt, wir sollten die Kate nicht unbenutzt stehen lassen. Wir sollten sie in Ordnung bringen und vermieten. Warum nicht? dachte ich. Es war hübsch, ein kleines Eigentum zu besitzen, obwohl es nicht groß war, und die Kate, die in einer Nacht durch Großvater Bee erbaut worden war, war meinem Herzen teuer.

Die Kate lag abseits vom Dorf in einem kleinen Tannendickicht. Jetzt war ich darüber froh.

Ich nahm mich zusammen. Ich hatte das Häuschen seit Grandmas Tod nicht mehr betreten und wußte, daß mir schmerzliche Eindrücke bevorstanden.

Ich mußte versuchen, mich an ihre Worte zu erinnern. Ich mußte versuchen, das zu tun, was sie wünschte. Das bedeutete, das Vergangene zu vergessen, nicht zu grübeln, sondern glücklich und weise zu leben, wie sie es von mir verlangt hatte.

Vielleicht lag es an der nachmittäglichen Stille, vielleicht an meiner Aufgabe; aber mich beschlich ein unbehagliches Gefühl, das seltsame Empfinden, daß ich nicht allein sei, daß irgendwo, nicht weit von mir, mich jemand beobachtete ... der schlimme Absichten hätte. Vielleicht hörte ich ein Geräusch in der Stille des Nachmittags, vielleicht war ich zu sehr in meine Gedanken vertieft, um es als einen Schritt zu erkennen; trotzdem hatte ich das unangenehme Gefühl, daß man mir folgte, mein Herz begann schneller zu klopfen.

»Ist da jemand?« rief ich.

Ich lauschte. Vollkommene Stille um mich her.

Ich lachte mich aus. Ich zwang mich, wenn sich auch etwas in mir sträubte, weiterzugehen. Ich hatte Angst, nicht vor etwas Schlimmen, sondern vor meinen eigenen Erinnerungen. Ich eilte weiter zu der Kate und ging hinein. Wegen des plötzlichen Schreckens in dem Dickicht schob ich den schweren Riegel vor. Ich lehnte mich an die Tür und sah mich um. Ich blickte auf die vertrauten Wände, auf den Talfat, auf dem ich so manche Nacht verbracht hatte. Als welch glücklicher Ort war er mir in den ersten Tagen in dem Häuschen erschienen, als ich Joe hierhergebracht hatte, damit er bei Grandma eine Zuflucht fände. Die Tränen machten mich blind. Ich hätte nicht so bald kommen dürfen.

Ich wollte versuchen, vernünftig zu sein. Immer war ich unduldsam gegen Gefühle gewesen, und nun weinte ich. War das das Mädchen, das sich seinen Weg von der Kate zum Herrschaftshaus erkämpft hatte? War das das Mädchen, das Mellyora den Mann, den sie liebte, verweigert hatte?

Aber du heulst nicht wegen der anderen, sagte ich mir. Du weinst um deinetwillen.

Ich ging in das Vorratshaus und fand das Rezept, wie Grandma gesagt hatte. Die Decke war feucht. Wenn die Kate bewohnt werden sollte, mußte das Dach repariert werden. Und schon überlegte ich, ob ich es nicht zu einem netten kleinen Haus ausbauen sollte.

Plötzlich stand ich ganz still, irgend jemand drückte die Türklinke nieder ... ganz verstohlen.

Wenn man viele Jahre in einem Haus gelebt hat, kennt man all seine Geräusche: das unverwechselbare Knarren des Talfats, das lockere Dielenbrett, den besonderen Klang der Türklinke, das Quietschen der Tür.

Wenn jemand draußen war, warum klopfte er ... oder sie ... nicht an? Warum versuchte man, die Tür heimlich zu öffnen?

Ich verließ die Vorratskammer, ging in den Wohnraum, lief rasch zur Tür und wartete dort, daß sich die Klinke bewegte. Nichts geschah. Dann plötzlich wurde das Fenster einen Augenblick verdunkelt. Ich, die ich die Kate so gut kannte, wußte sofort, daß jemand dort stand und hereinblickte.

Ich rührte mich nicht. Aber mir zitterten die Knie, und der kalte Schweiß brach mir aus.

Warum lief ich nicht zum Fenster, um nachzuschauen, wer hereinsah? Warum rief ich nicht laut wie vorhin in dem Dickicht: Wer ist da?

Ich hätte es nicht sagen können. Ich konnte mich nur gegen die Tür lehnen.

Plötzlich war es hell im Zimmer, und ich wußte, daß die Person, die zum Fenster hereingesehen hatte, nicht mehr da war.

Ich hatte große Angst und wußte doch nicht weshalb; denn von Natur aus war ich nicht ängstlich. Es kam mir vor, als hätte ich zehn Minuten so dagestanden, ohne eine Bewegung zu wagen; aber es konnte nicht länger als zwei Minuten gedauert haben. Ich umklammerte das Rezept, den Kamm und die Mantille, als ob sie Talismane wären, die mich vor Schlimmeren bewahren könnten.

»Grandma«, flüsterte ich, »steh mir bei, Grandma!«

Es war, als wäre ihr Geist noch in der Kate, als ermahnte sie mich, mich zusammenzureißen, mein altes, tapferes Ich zu sein.

Wer konnte mir hierher gefolgt sein? fragte ich mich. Wer konnte mir Leid zufügen wollen?

Mellyora? Weil ich ihr Leben zerstört hatte? Als ob Mellyora jemals einem Menschen ein Leid zufügen könnte!

Johnny? Weil er mich geheiratet hatte, obwohl er es nicht hätte zu tun brauchen? Hetty? Weil er mich geheiratet hatte, als es so wichtig war, daß er sie heiratete?

Ich hatte Angst vor Geistern!

Das war unsinnig. Ich öffnete die Tür der Kate und trat hinaus. Niemand war zu sehen.

Ich rief: »Ist da jemand? Will einer etwas von mir?«

Keine Antwort. Hastig verschloß ich die Tür und rannte durch das Dickicht zur Straße.

Ich fühlte mich erst sicher, als ich das Dower-House sehen konnte, und als ich über den Rasen ging, sah ich ein Feuer im Wohnzimmer; Kim war da.

Mellyora und Carlyon waren bei ihm. Sie plauderten lebhaft miteinander.

Ich klopfte ans Fenster, und sie blickten zu mir her – augenscheinlich vergnügt.

Als ich am Kamin bei ihnen saß, redete ich mir ein, ich hätte die alberne Geschichte in der Kate nur geträumt.

Die Wochen gingen dahin. Für mich war es eine Zeit des Wartens, und manchmal glaubte ich, Kim empfände das gleiche. Oft glaubte ich, jetzt, jetzt wolle er zu mir sprechen. Carlyon war sein Freund geworden, obwohl keiner Joe in Carlyons Liebe und Hochachtung verdrängen konnte. Aber Carlyon durfte sich frei in den Ställen auf Abbas bewegen, und für ihn war es, als ob er dort noch wohnte. So wollte es Kim haben, und diese Haltung stimmte mich froh; denn sie schien seine Absichten anzudeuten. Haggety war in seine alte Stellung zurückgekehrt, und Mrs. Salt und ihre Tochter folgten ihm. Schließlich schien es, als ob wir nur aus Bequemlichkeit in das Dower-House gezogen wären und als ob Abbas unser Heim wäre wie eh und je.

Wir waren wie eine gemütliche Familie – Kim und ich, Carlyon und Mellyora. Und ich war ihr Mittelpunkt, um den sich alles drehte.

Eines Morgens brachte mir Haggety einen Brief von Kim. Während ich ihn las, blieb er wartend stehen, denn er sollte, wie er sagte, gleich die Antwort mitbringen.

»Meine liebe Kerensa«, las ich, »ich habe Dir etwas zu sagen, was ich eigentlich schon lange vorhatte, aber ich dachte, daß Du unter den jetzigen Umständen noch nicht in der Lage seist, eine Entscheidung zu treffen. Wenn es noch zu früh ist, mußt Du mir verzeihen, und wir wollen es für eine Zeit vergessen. Wo können wir am besten miteinander sprechen? Hier auf Abbas? Oder soll ich lieber ins Dower-House kommen? Würde es dir um drei Uhr heut' nachmittag passen? Herzlichst, Kim.«

Ich frohlockte. Jetzt! Jetzt ist der Augenblick gekommen, der wichtigste Augenblick meines ganzen Lebens. Und natürlich sollte es auf Abbas sein. Abbas war mein Schicksal.

Haggety stand neben mir, während ich schrieb.

»Lieber Kim,

vielen Dank für Deinen Brief. Ich bin begierig zu hören, was Du mir zu sagen hast, und will gern heute nachmittag um drei Uhr nach Abbas kommen. Kerensa.«

Als Haggety den Brief an sich nahm, überlegte ich mir, ob er, Mrs. Rolt und die Salts wohl über mich und Kim redeten, miteinander lachten und sich erzählten, daß es auf Abbas bald eine neue Herrin geben würde – die alte Herrin.

Ich ging in mein Zimmer und betrachtete mich im Spiegel. Ich sah nicht aus wie eine Frau, die erst vor kurzem gehört hatte, daß ihr Mann ermordet worden sei. Meine Augen leuchteten, eine zarte Röte lag auf meinen Wangen – das kam selten bei mir vor, aber es stand mir gut, denn es paßte zu dem Glanz in meinen Augen. Es war noch nicht einmal elf Uhr. Bald würden Mellyora und Carlyon von ihrem Spaziergang zurückkommen. Sie durften nicht merken, wie erregt ich war; ich würde mich also beim Lunch in acht nehmen müssen.

Ich zerbrach mir den Kopf, was ich anziehen sollte. Welch ein Jammer, daß ich in Trauer war. Und das Trauerjahr würde ich auch einhalten müssen. Seit wann zählte es eigentlich, seit Johnnys Tod oder seit man die Leiche entdeckt hatte? Ach was, sollten die Leute reden: für mich galt das Trauerjahr seit der Nacht, in der Johnny verschwunden war.

Welche eine heitere Witwe würde ich sein! Aber ich mußte mein Glück weiterhin verbergen, wie ich es schon so lange mit Erfolg getan hatte. Niemand ahnte, wie froh ich gewesen war, als sie Johnnys Leiche gefunden hatten. Eine Spur Weiß auf meinem schwarzen Kleid? Wie wäre es mit lilafarbener Seide? Das war Halbtrauer, und wenn ich das Kleid mit einem schwarzen Mantel verdeckte und meine schwarze Kappe mit dem langen Witwenschleier aufsetzte, konnte ich Mantel und Kappe abnehmen, während ich den Tee trank – denn sicherlich würde ich Tee trinken.

Ich entschied mich für Lila. Niemand würde es sehen. Ich würde quer über die Wiesen vom Dower-House nach Abbas gehen, vorbei an den Jungfrauen und dem alten Bergwerk. Nun, da sich herausgestellt hatte, daß die Grube erschöpft war, würden wir die Mine ganz zuschütten lassen, beschloß ich. Sie würde sonst für unsere Kinder gefährlich sein.

Beim Lunch fanden mich Mellyora und Carlyon verändert.

»So gut hast du noch nie ausgesehen«, sagte Mellyora.

»Du siehst aus, als hättest du etwas bekommen, was du dir schon lange gewünscht hast«, fügte Carlyon hinzu.

»Hast du etwas bekommen, Mama?«

»Ich habe heute morgen nichts geschenkt bekommen, wenn du das meinst.«

»Ich dachte, du hättest etwas bekommen«, beharrte er. »Und ich wollte gern wissen, was.«

»Du findest dich damit ab«, fügte Mellyora hinzu. »Du gibst dich mit den Tatsachen zufrieden.«

»Mit welchen Tatsachen?« fragte Carlyon.

»Das heißt soviel wie, sie findet Gefallen an den Dingen, wie sie nun einmal sind.«

Wenn ich wiederkomme, werden sie es erfahren, dachte ich. Gleich nach dem Lunch zog ich das lilafarbene Seidenkleid an und kämmte mein Haar sehr sorgfältig, den spanischen Kamm steckte ich hinein. Er machte mich größer und gab mir ein königliches Aussehen – eine würdige Schloßherrin auf Abbas. Ja, er sollte stolz auf mich sein. Wegen des Kammes konnte ich die Kappe nicht aufsetzen. So zog ich den Mantel an, der mein Kleid hinreichend bedeckte, und war fertig. Es war noch zu früh. Ich mußte warten. Also setzte ich mich ans Fenster und blickte hinaus, wo man gerade den Turm auf Abbas durch die Bäume sehen konnte, und ich spürte es mit jeder Faser, daß ich dort lieber sein wollte als an jedem anderen Ort der Welt, dort, mit Kim und der Zukunft.

Grandma hatte recht: ich hatte meine Lektion gelernt. Zu lieben ist der wahre Sinn des Daseins. Und ich liebte – dieses Mal nicht ein Haus, sondern einen Mann. Wenn Kim gesagt hätte, er möchte um den ganzen Erdball wandern; wenn er gesagt hätte, er wolle mit mir nach Australien zurückkehren – ich hätte es bereitwillig getan. Ich würde wohl mein Leben lang Heimweh nach Abbas haben, aber ich würde nicht ohne meine Familie dorthin zurückkehren wollen.

Aber daran brauchte ich nicht zu denken. Das Leben schenkte mir das vollkommene Glück mit Kim und Abbas. Endlich konnte ich mich auf den Weg machen. Es war ein milder Herbst, und die Sonne ließ die gefiederten Zweige der Tannen glänzen. Die Liebe schärft die Sinne, jeden einzelnen. Nie schien die Erde solchen Reichtum geboten zu haben – den üppigen Duft von Tannen, Gras und feuchter Erde; die Wärme der Sonne, die mich liebkoste, ebenso die linde südwestliche Brise, die exotische Düfte von jenseits des Meeres mitzubringen schien.

Ich wollte nicht zu früh kommen; deshalb blieb ich auf der Wiese in dem Kreis der Steine stehen, die in meinem Leben zu einem Symbol geworden waren. Auch sie hatten das Leben geliebt, aber sie waren die törichten Jungfrauen gewesen. Sie glichen Schmetterlingen, die zur Sonne erwacht waren; gar zu toll hatten sie in ihren Strahlen getanzt, waren dahingesunken und gestorben. Sie waren in Steine verwandelt worden. Arme, traurige Geschöpfe. Aber es war immer nur die fehlende, die siebente Jungfrau, die stets den ersten Platz in meinen Gedanken eingenommen hatte, wann ich an diesem Ort weilte.

Dann dachte ich an mich selbst, wie ich an der Mauer gestanden hatte und wie wir alle uns dort versammelt hatten. Es war wie der Beginn eines Dramas... alle Hauptdarsteller hatten sich eingefunden. Für einige Schauspieler war es zur Tragödie geworden, anderen später zum Glück ausgeschlagen. Der arme Johnny hatte einen gewaltsamen Tod gefunden; Justin hatte beschlossen, sich abzusondern; Mellyora war vom Schicksal bestraft worden, weil sie nicht stark genug gewesen war, für das Ziel ihrer Wünsche zu kämpfen, und Kerensa und Kim würden die Geschichte zu einem glücklichen Abschluß führen.

Dann betete ich, meine Ehe möge fruchtbar werden. Ich hatte meinen geliebten Sohn und wollte noch mehr Kinder haben – von Kim und mir. Carlyon würde Titel und Abbas erben. Er war ein St. Larnston, und Abbas war das Eigentum der St. Larnstons gewesen, solange man denken konnte. Aber ich würde prächtige Zukunftspläne schmieden für die Söhne und Töchter, die Kim und ich haben würden.

Ich ging über den Rasen nach Abbas.

Ich stand an dem großen Portal und läutete. Haggety erschien.

»Guten Tag, Madam. Mr. Kimber erwartet Sie in der Bibliothek.«

Kim kam auf mich zu, ich spürte seine Erregung. Er nahm mir den Mantel ab und zeigte keine Überraschung darüber, daß ich die Trauerkleidung abgelegt hatte. Er blickte mir ins Gesicht und nicht auf mein Kleid.

»Wollen wir uns zuerst unterhalten und später den Tee nehmen?« fragte er. »Es wird mancherlei zu besprechen sein.«

»Ja, Kim«, antwortete ich eifrig, »laß uns jetzt reden.«

Er schob seinen Arm unter meinen und führte mich zum Fenster. Da standen wir nebeneinander und schauten über den Rasen. Ich konnte den Kreis der Steine in der Wiese sehen und dachte, dies sei der ideale Platz für einen Heiratsantrag.

»Ich habe viel darüber nachgedacht, Kerensa«, begann er, »und wenn ich zu früh nach deinem Schicksalsschlag spreche, mußt du mir verzeihen.«

»Bitte, Kim«, sagte ich ernst, »ich bin bereit zu hören, was du mir zu sagen hast.«

Er zögerte noch immer, dann begann er: »Seit meiner Kindheit ist mir dieser Ort vertraut. Justin war mein bester Freund, und ich glaube, die Familie hatte Mitleid mit mir einsamen Jungen. Gern machte ich mit Justins Vater einen Rundgang über das Gut. Er sagte oft, er wünschte, seine eigenen Söhne hätten mein Interesse an dem Besitz.«

Ich nickte. Weder Justin noch Johnny hatten Abbas die Pflege angedeihen lassen, die es brauchte. Justin würde sich nie zurückgezogen haben, wenn er das Gut wirklich geliebt hätte. Was Johnny anbetraf, so bedeutete Abbas für ihn nur eine Geldquelle für seine Spielleidenschaft.

»Wie oft habe ich mir gewünscht, daß es mir gehöre. Ich erzähle dir das alles, damit du erkennst, daß ich sehr gut über den Zustand Bescheid weiß, in den Abbas gekommen ist. Ein großes Gut wie dieses verfällt sehr schnell, wenn ihm die rechte Hand fehlt. Es braucht Kapital und harte Arbeit... ich könnte ihm geben, was ihm fehlt. Ich besitze das Kapital, aber vor allem – ich liebe Abbas. Verstehst du mich, Kerensa?«

»Vollkommen. Abbas braucht einen Mann... einen starken Mann... der es versteht und es liebt und der bereit ist, ihm seine Zeit zu widmen.«

»Ich bin der Mann. Ich kann Abbas retten. Mancherlei müßte geschehen, sonst gerät es in Verfall. Weißt du, daß die Mauern Pflege brauchen, daß ein Flügel von der Trockenfäule befallen ist, daß das Fachwerk an vielen Stellen ausgebessert werden muß? Kerensa, ich möchte Abbas kaufen. Ich weiß, das ist eine Angelegenheit für die Rechtsanwälte. Ich weiß noch nicht genau, was Justin dazu meint. Aber ich wollte zuerst mit dir sprechen, um zu erfahren, wie du darüber denkst, weil ich weiß, daß du das Haus liebst. Ich weiß, du wärst sehr traurig, wenn du sähest, daß es in Verfall gerät. Ich möchte deine Zustimmung haben zur Aufnahme von Unterhandlungen. Was meinst du, Kerensa?«

Was ich meinte! Ich war gekommen, um einen Heiratsantrag entgegenzunehmen, und wurde einem geschäftlichen Vorschlag gegenübergestellt.

Ich blickte ihm ins Gesicht. Er war erhitzt, und seine Augen blickten ins Weite, als gewahrte er weder den Raum noch mich, als sähe er in die Zukunft.

Ich sagte langsam: »Ich dachte, das Gut würde eines Tages Carlyon gehören. Er würde den Titel erben, wenn Justin nicht heiraten und einen Sohn bekommen würde – und das ist wohl kaum noch zu erwarten. Dein Vorschlag kommt ein wenig unerwartet...«

Er nahm meine Hand, und mein Herz tat einen hoffnungsvollen Sprung. Er sagte: »Ich bin ein taktloser Narr, Kerensa. Ich hätte die Sache anders vorbringen sollen, nicht so damit herausplatzen. In meinem Kopf wälze ich die verschiedensten Pläne. Es ist unmöglich, dir jetzt alles zu erklären...«

Das war genug. Ich glaubte, ihn zu verstehen. Das war nur der Anfang seines Planes. Er wollte Abbas kaufen und mich dann bitten, die Herrin zu werden.

»Ich bin jetzt ein wenig langsam von Begriff, Kim«, sagte ich. »Ich habe Grandma so sehr geliebt, und ohne sie...«

»Meine liebste Kerensa! Du sollst dich nie mehr verloren und einsam fühlen. Du weißt, ich bin da, um für dich zu sorgen... ich... Mellyora... Carlyon.«

Ich wendete mich ihm zu und legte meine Hand auf seinen Arm. Er nahm sie und küßte sie schnell. Das genügte mir. Ich war immer ungeduldig gewesen. Ich wollte alles erfüllt sehen, sobald ich mir darüber klar war, wie sehr ich es mir wünschte.

Natürlich war es zu früh, um mir einen Antrag zu machen. Das war es, was Kim mir zu verstehen gab. Zuerst wollte er Abbas kaufen, dann wollte er es in Ordnung bringen, und wenn er ihm die alte Würde wiedergegeben hatte, würde er mich bitten, darin Herrin zu sein. Ich sagte freundlich: »Kim, ich weiß, daß du recht hast. Abbas braucht dich. Bitte, verfolge deine Pläne weiter. Ich bin überzeugt, es ist das Beste, was Abbas geschehen kann... und uns allen.«

Er war begeistert. Für einen herrlichen Augenblick dachte ich, er wollte mich umarmen. Aber er unterließ es und rief glücklich: »Wollen wir den Tee bringen lassen?«

»Ja.« Ich läutete, und er stand neben mir und lächelte. Mrs. Rolt kam. »Bitte, den Tee, Mrs. Rolt«, sagte er, »für Mrs. St. Larnston und mich.«

Und als er gebracht wurde, war es, als wäre ich heimgekehrt. Ich saß an dem runden Tisch und goß den Tee aus der silbernen Teekanne, wie ich es mir vorgestellt hatte. Der einzige Unterschied war, daß ich nicht verlobt war. Aber ich war überzeugt, daß das nur aufgeschoben sei, daß er seine Absicht klar zum Ausdruck gebracht hätte, und alles, was ich zu tun hätte, wäre, Geduld zu haben, bis meine Träume Wahrheit würden.

Kim betrieb den Kauf von Abbas und des St. Larnstonschen Gutes. Es waren verwickelte Unterhandlungen; aber während wir auf den Abschluß warteten, ließ er schon eine Reihe Reparaturen ausführen.

Er unterließ es nie, mich dabei um Rat zu fragen, und das bedeutete, daß wir uns häufig sahen. Anschließend trafen wir uns mit Mellyora und Carlyon auf Abbas – gewöhnlich zum Tee –, oder er kam mit ins Dower-House. Das waren fröhliche Tage; jeder einzelne kürzte die Wartezeit ab.

Abbas war voll von Arbeitern. Eines Tages, als Kim mich herumführte, um mir zu zeigen, wie es vorwärtsging, entdeckte ich Reuben Pengaster unter ihnen.

Ich hatte Mitleid mit Reuben und allen Pengasters. Es mußte ein Schlag für sie gewesen sein, als Hettys Leiche gefunden wurde. Doll hatte Daisy erzählt, Farmer Pengaster hätte sich drei Tage und drei Nächte in seine Schlafkammer eingeschlossen, ohne ein Wort zu sprechen. Ich wußte, daß Reuben seine Schwester innig geliebt hatte; aber als ich ihn in Abbas bei der Arbeit sah, sah er glücklicher aus als seit langem.

Er war beim Hobeln, und sein Unterkiefer zitterte, als freute er sich über einen geheimen Spaß.

»Wie geht's denn vorwärts, Reuben?« fragte Kim.

»Ganz gut, Sir, glaub' ich.«

Seine Augen schweiften zu mir, und sein Lächeln wurde fast strahlend.

»Guten Tag, Reuben«, sagte ich.

»Guten Tag auch, Madam.«

Kim erklärte, was hier geschah, und wir gingen weiter. Dann fiel mir ein, daß ich an Grandmas Häuschen gern einige Renovierungen vornehmen lassen wollte, und sagte es Kim.

»Bitte doch Reuben, einmal hinzugehen und dir einen Voranschlag zu machen. Er wird es gern tun.«

Ich ging zurück zu Reuben.

»Ich hätte gern einige Reparaturen an Grandmas Häuschen vorgenommen, Reuben«, sagte ich.

»O ja.« Er hobelte weiter; aber ich konnte sehen, daß er sich freute.

»Könntest du mal kommen und es dir ansehen?«

»O ja«, sagte er.

»Ich denke daran, einen kleinen Anbau zu machen und die Kate zu einem richtigen kleinen Haus auszubauen. Meinst du, das wäre möglich?«

»Ich meine schon. Ich müßte es mir einmal genauer ansehen.«

»Gut, willst du mal kommen?«

Er hielt mit der Arbeit inne und kratzte sich am Kopf.

»Wann wäre es Ihnen recht, Madam? Wenn ich hier morgen mit der Arbeit fertig bin?«

»Das wäre ausgezeichnet.«

»Also gut, ungefähr um sechs Uhr.«

»Da wird es schon dunkel. Du solltest es bei Tageslicht sehen.«

Er kratzte sich wieder am Kopf. »Nun ja, ich könnte wohl schon um fünf Uhr dort sein. Da hätten wir noch eine Stunde lang Tageslicht, ja?«

»Also gut, Reuben. Morgen um fünf Uhr... an der Kate.«

»Ganz recht, Madam.«

Er machte sich wieder an die Arbeit; sein Unterkiefer zitterte in geheimer Fröhlichkeit.

Das bewies, daß er nicht vergrämt war, und ich war froh. Reuben war ein einfacher Mensch, und Hetty war schon so lange fort; wahrscheinlich hatte er bereits vergessen, wie sie aussah.

Ich kehrte zu Kim zurück.

»Nun?« fragte er, »hast du dich mit ihm verabredet?«

»Ja, er schien darüber erfreut zu sein.«

»Reuben ist am glücklichsten, wenn er arbeitet.«

Kim sah auf die Uhr. »Wir wollen in die Bibliothek gehen. Mellyora und Carlyon müssen auch gleich kommen.«

Während ich auf dem Weg zu der Kate war, dachte ich daran, wie ich das letzte Mal hier war, und ich fühlte, wie die Unruhe wieder in mir aufstieg.

Als ich das Dickicht betrat, blickte ich mich immer wieder um, weil ich mir einbildete, verfolgt zu werden. Ich war pünktlich. Ich würde genau um fünf Uhr dort sein. Ich hoffte, auch Reuben würde zur Zeit kommen. Wenn er da war, würden sich meine Angstvorstellungen zerstreuen.

Nie zuvor hatte ich die einsame Lage unserer Kate bedauert, sondern sie als angenehm empfunden. Aber als Grandma noch lebte, war alles so sicher gewesen. Für einen Augenblick überwältigte mich die Trauer und die Erkenntnis, daß die Welt für mich nie wieder die alte sein würde, seit Grandma sie verlassen hatte.

Die Kate schien verändert. Einst war sie Zuflucht und Heimat gewesen. Jetzt waren es nur noch vier steinerne Wände, abseits vom Dorf, ein Ort, wo sich die Türklinke in beunruhigender Weise bewegte, wo ein Schatten am Fenster erscheinen konnte.

Ich kam zur Tür, schloß auf und trat ein; ängstlich sah ich mich um. Die Kate war immer dunkel gewesen, weil die Fenster so klein waren. Ich wünschte, ich hätte lieber einen hellen Vormittag abgewartet, um Reuben hierherzubitten. Immerhin, ich würde ihm zeigen können, was ich gemacht haben wollte, und das war alles, was nötig war. Hastig schaute ich mich um und sah auch in der Vorratskammer nach, ob sich dort jemand versteckt hätte. Ich lachte über mich selbst, aber dennoch verschloß ich die Tür.

Ich untersuchte die Decke im Vorratshaus. Sie mußte ausgebessert werden. Wenn ich mehrere Räume anbauen würde, während vielleicht das große Zimmer mit seinem Talfat unverändert bliebe, so könnte das sehr reizvoll werden. Mein Herz klopfte in wildem Schrekken. Es war das gleiche wie damals. Jemand bewegte die Türklinke. Ich rannte zur Tür, und als ich mich dagegenlehnte, erschien wieder der Schatten am Fenster.

Ich starrte hin. Dann begann ich zu lachen. »Reuben«, rief ich, »du bist es. Einen Augenblick, ich laß dich herein.« Ich lachte erleichtert, als er in die Kate trat – der gute, wohlbekannte Reuben, kein düsterer Fremdling.

»Nun«, sagte ich lebhaft, »es ist nicht die beste Tageszeit für unser Geschäft.«

»Oh, die Tageszeit ist gut genug, Madam.«

»Nun, vielleicht für unseren Zweck. Du wirst noch einmal an einem Vormittag herkommen müssen. Du siehst, es sind viele Reparaturen nötig... aber ich denke ans Anbauen. Wir wollen einen Plan machen. Nur eines möchte ich unbedingt... dieser Raum muß genauso bleiben, wie er ist. Immer wollte ich ihn so erhalten wie er ist... mit dem alten Talfat an der Wand. Verstehst du, Reuben?«

Er sah mich nur an, während ich redete; aber er sagte: »Oh, ich sehe schon, Madam.«

»Wir wollen aufstocken und anbauen. Ich sehe nicht ein, weshalb wir hier nicht ein nettes Haus haben sollten. Das bedeutet, daß wir einige Bäume fällen müssen. Das ist schade, aber wir brauchen den Platz.«

»O ja, Madam«, sagte er. Er rührte sich nicht, sondern blickte mich nur immer an.

»Gut«, fuhr ich fort. »Wollen wir es uns einmal ansehen, solange wir noch Tageslicht haben? Ich fürchte, es ist nicht mehr viel übrig.«

»Für unsere Hetty gibt es gar keines mehr«, sagte er.

Ich wandte mich um und sah ihn scharf an. Sein Gesicht war faltig, und er sah aus, als ob er dem Weinen nahe sei.

»Es ist schon lange her, seit sie das Tageslicht gesehen hat«, fuhr er fort.

»Es tut mir leid«, sagte ich freundlich. »Es war schrecklich. Ich kann dir nicht sagen, wie leid es mir tut.«

»Ich will Ihnen jetzt erzählen, wie leid es mir tut, Madam.«

»Wir müssen das Licht noch ausnutzen. Es wird bald dunkel sein.«

»Ja«, sagte er, »bald wird es für Sie so dunkel sein wie für unsere Hetty.«

Etwas in seiner Stimme, in seiner Art, wie er mich immer weiter anstarrte, begann mich zu beunruhigen. Es fiel mir ein, daß Reuben nicht ganz normal war. Ich erinnerte mich an den Tag, als ich ihn in der Pengasterschen Küche sah, wie er einen Blick mit Hetty tauschte, nachdem er eine Katze umgebracht hatte. Ich mußte auch daran denken, daß die Kate so einsam lag und niemand wußte, daß ich hier war. Und ich erinnerte mich an damals, als ich allein und voller Angst in dieser Kate gewesen war, und überlegte, ob es wohl Reuben gewesen war, der mir damals hierher gefolgt war.

»Und jetzt das Dach«, sagte ich lebhaft. »Was denkst du von dem Dach?«

Eine Sekunde blickte er auf. »Ich meine, an dem Dach müßte was gemacht werden.«

»Schau her, Reuben«, sagte ich. »Es war ein Fehler, zu dieser Tageszeit hierherzukommen. Nicht einmal ein klarer Tag hätte uns da genützt. Ich will dir den Schlüssel zu der Hütte geben. Ich möchte, daß du an einem Vormittag herkommst und alles gründlich untersuchst. Wenn du das getan hast, kannst du mir berichten, und ich werde entscheiden, was wir tun können. Ist es recht so?«

Er nickte.

»Ich fürchte, es ist zu dunkel, um jetzt irgend etwas zu unternehmen. Es gab nie viel Licht hier, auch nicht an den sonnigsten Tagen. Aber am Vormittag wird es am besten sein.«

»O nein«, sagten Reuben. »Jetzt ist's am besten. Die Stunde hat geschlagen. Jetzt ist die Zeit gekommen.«

Ich versuchte, es zu überhören, und machte einen Schritt zur Tür hin. »Nun, Reuben?« murmelte ich.

Aber er kam mir zuvor und verstellte mir den Weg.

»Ich möchte Ihnen was erzählen«, begann er.

»Ja, Reuben?«

»Ich möchte Ihnen was von unserer Hetty erzählen.«

»Ein andermal, Reuben.«

Plötzlich wurden seine Augen böse. »Jetzt«, sagte er.

»Was denn?«

»Sie ist kalt und tot, unsere Hetty.« Sein Gesicht spiegelte seine Erregung wider. »Sie war hübsch . . . wie ein kleiner Vogel, unsere Hetty. Es war nicht recht. Er hätte sie heiraten müssen, und Sie haben es erreicht, daß er Sie heiratete statt Hetty. Ihm kann ich's nicht mehr heimzahlen, das hat Saul besorgt.«

»Das ist nun vorbei, Reuben«, flüsterte ich besänftigend

und versuchte, an ihm vorbeizukommen, aber er hielt mich fest.

»Ich seh's noch, wie die Mauer einstürzte. Ja, ich hab' sie gesehen. Eine Minute war sie da... und in der nächsten nicht mehr. Sie erinnerte mich an jemanden.«

»Vielleicht hast du in Wirklichkeit gar nichts gesehen, Reuben«, sagte ich, froh, daß er nicht mehr von Hetty sprach, sondern von der siebenten Jungfrau.

»Für eine Minute war sie da«, murmelte er, »und in der nächsten war sie verschwunden. Wenn ich nicht die Steine beiseite geräumt hätte, wäre sie noch dort, bis auf den heutigen Tag. Eingemauert war sie dort, alles wegen ihrer schrecklichen Sünde. Sie lag dort mit einem Mann, und sie hatte die heiligen Gelübde getan! Und sie wäre noch dort... aber ich!«

»Es war nicht deine Schuld, Reuben. Und sie war tot.«

»Alles durch mich«, sagte er. »und sie sah aus wie...«

»Wie wer?« fragte ich zaghaft.

Seine irren Augen starrten mich an. »Wie du.«

»Nein, Reuben, das bildest du dir ein.«

Er schüttelte den Kopf. »Sie hat gesündigt«, sagte er.

»Und du hast gesündigt. Unsere Hetty hat gesündigt. Sie hat bezahlt... aber du nicht.«

»Du mußt dich nicht quälen, Reuben«, erklärte ich mit Nachdruck und versuchte, meine Stimme ruhig klingen zu lassen. »Du mußt versuchen, all das zu vergessen. Es ist vorbei. Und jetzt muß ich gehen.«

»Nein«, erwiderte er, »es ist noch nicht vorbei. Es wird einmal vorbei sein... aber noch nicht jetzt.«

»Ach, quäl dich doch nicht länger, Reuben!«

»Ich quäle mich auch nicht«, antwortete er, »bald ist alles erledigt.«

»Dann ist ja alles in Ordnung. Und jetzt gute Nacht. Du kannst den Schlüssel behalten. Er liegt dort auf dem Tisch.«

Ich versuchte zu lächeln, ich nahm alle Kraft zusammen. Ich mußte an ihm vorbeikommen, ich mußte rennen. Ich wollte zu Kim gehen und ihm erzählen, daß geschehen sei, was wir für Reuben immer gefürchtet hatten. Die Tragödie, daß seine Schwester verschwunden war, und die Entdeckung ihrer Leiche hatten seinen armen Geist nun vollends verwirrt.

»Ich will den Schlüssel nehmen«, sagte er, und als er zum Tisch hinblickte, machte ich einen Schritt zur Tür. Aber er war neben mir, und als ich seine Finger an meinem Arm fühlte, spürte ich sofort seine unbändige Kraft.

»Du gehst nicht!« befahl er.

»Ich muß, Reuben. Sie werden schon auf mich warten... mich...«

»Andere warten«, sagte er, »andere warten auf dich.«

»Wer?«

»Sie«, sagte er. »Hetty und sie... die in der Mauer.«

»Reuben, du weißt nicht, was du redest.«

»Ich weiß genau, was ich zu tun habe. Ich habe es ihnen versprochen.«

»Wem? Wann?«

»Ich habe gesagt: Hetty, quäl dich nicht, mein Kleines. Du hast falsch gehandelt. Er hätte dich heiraten sollen, statt dich zu ermorden; aber da war noch sie, weißt du... sie kam aus der Mauer heraus und wollte dir ein Leid antun, und ich war derjenige, der sie herausließ. Sie ist böse... sie gehört wieder in die Mauer. Quäl dich nicht. Du wirst zu deinem Frieden kommen.«

»Reuben, ich gehe jetzt...«

Er schüttelte den Kopf. »Du gehst dorthin, wohin du gehörst. Ich bring' dich hin.«

»Wo ist das?«

Er näherte sein Gesicht dem meinen und begann zu lachen – jenes gräßliche Lachen, das mich für den Rest meines Lebens verfolgen sollte. »Du weißt, Kerensa, wohin du gehörst.«

»Reuben«, sagte ich, »du bist mir schon früher einmal hierher zur Kate gefolgt.«

»Ja«, sagte er. »Du hattest dich eingeschlossen. Aber damals wäre es nicht geschehen. Ich war nicht bereit. Ich mußte bereit sein. Jetzt bin ich es...«

»Bereit wozu?«

Wieder füllte sein Lachen die Kate.

»Reuben, laß mich gehen«, flehte ich.

»Ich werde dich gehen lassen, meine kleine Lady. Ich werde dich dorthin gehen lassen, wohin du gehörst. Dein Platz ist nicht hier... in dieser Kate. Er ist nicht auf dieser Erde. Ich werde dich dorthin bringen, wo du warst, als ich dich störte.«

»Reuben, hör zu, bitte! Du hast dich getäuscht. Du hast niemanden in der Mauer gesehen. Du hast dir das nur eingebildet wegen der Sagen... Und wenn du sie gesehen hast, hatte sie nichts mit uns zu tun.«

»Ich ließ dich heraus«, sagte er. »Es war gräßlich, was ich getan habe. Schau, was du unserer Hetty angetan hast.«

»Ich habe ihr nichts getan. Was immer auch geschehen ist, sie selber hat es sich zuzuschreiben.«

»Sie war wie ein kleiner Vogel... eine kleine, gurrende Taube.«

»Hör zu, Reuben...«

»Die Zeit zum Zuhören ist vorüber. Ich habe schon dein kleines Nest, das dich erwartet. Dort wirst du ruhen, so behaglich wie bis zu dem Tag, an dem ich dich störte. Und dann kannst du nie mehr jemandem schaden... und ich kann Hetty erzählen, was ich getan habe.«

»Hetty ist tot. Du kannst ihr nichts mehr erzählen.«

Sein Gesicht verzog sich plötzlich. »Unsere Hetty ist tot«, murmelte er. »Unser kleiner, gurrender Vogel ist tot. Und er ist tot. Dafür hat Saul gesorgt. Saul sagte immer, es gibt ein Gesetz für sie und eines für solche wie wir... und er war einer, der dafür sorgte, daß es eine Gerechtigkeit gab. Nun, ich will auch so einer sein. Es geschieht für dich, Hetty. Du mußt dich nicht mehr aufregen. Sie geht dahin zurück, wohin sie gehört.«

Als er mich losließ, wollte ich zur Tür; aber es gab kein Entrinnen. Ich hörte sein Lachen, sah seine Hände, seine starken, geschickten Hände, spürte sie um meinen Hals... sie preßten das Leben aus mir heraus.

Die kalte Nachtluft erweckte mich wieder zum Dasein. Ich fühlte mich krank und elend, und mein Hals schmerzte. Meine Glieder waren verkrampft, und ich rang nach Luft.

Obwohl mich Dunkel umgab, spürte ich doch ein unangenehmes Rütteln; ich wollte schreien, aber kein Laut kam aus meiner Kehle. Ich wollte die Arme bewegen, aber es ging nicht, und plötzlich begriff ich, daß sie auf den Rücken gebunden waren.

Die Erinnerung kehrte mir zurück. Der Klang von Reubens Lachen, der Anblick seines halb wahnsinnigen Gesichts dicht vor meinem, die dunkle Kate, die mir so lange Heim und Zuflucht gewesen war, das Entsetzen, das sie in einen düsteren Ort verwandelt hatte.

Ich wurde irgendwohin gebracht, und Reuben brachte mich dorthin. Ich war gebunden und hilflos wie ein Tier, das zum Schlachthaus gebracht wird.

Wohin komme ich? fragte ich mich.

Aber ich wußte es.

Ich mußte um Hilfe schreien. Ich mußte Kim wissen lassen, daß ich in den Händen eines Wahnsinnigen war, eines Wahnsinnigen, der mich für die siebente Jungfrau hielt. Ich wollte nach Kim rufen, aber ich brachte nur einen unterdrückten Laut zustande, und mir wurde klar, daß mein Körper von einem Stück rauhen Stoff bedeckt war, vermutlich einem Sack.

Wir hielten. Die Decke wurde fortgezogen, und ich blickte hinauf zu den Sternen. Es war also Nacht, und ich sah den ummauerten Garten, die Mauer ... wie sie an jenem Tag gewesen war, als wir dort alle beisammen gewesen waren: Mellyora, Johnny, Justin, Kim und ich. Und nun war ich allein hier ... allein mit einem Wahnsinnigen.

Ich hörte sein leises Lachen, jenes entsetzliche Lachen, das mich nie mehr verlassen würde.

Er hatte mich dicht an die Mauer geschoben. Was war mit ihr geschehen? Da war das Loch, wie es damals gewesen war; da war die Höhle.

Er hatte mich aus dem Schubkarren gezogen, in dem er mich von der Kate hergebracht hatte. Ich konnte seinen schweren Atem hören, als er mich in die Höhlung zwängte.

»Reuben ...!« hauchte ich. »Nicht ... um Gottes Willen, Reuben ...«

»Ich hatte Angst, du wärest tot«, sagte er. »Das wäre nicht richtig gewesen. Ich bin mächtig froh, daß du noch am Leben bist.«

Ich versuchte zu sprechen, mit ihm zu reden. Ich versuchte zu rufen. Aber meine zerquetschte Kehle war wie zugeschnürt, und obwohl ich meinen ganzen Willen zusammennahm, konnte ich keinen Ton hervorbringen. Ich war dort ... ich stand dort wie an jenem Tag. Er war nur ein dunkler Schatten, und von ferne hörte ich ihn lachen. Ich sah den Ziegelstein in seiner Hand und wußte, was er tun würde.

Als meine Sinne schwanden, dachte ich plötzlich: Alles, was ich getan habe, hat mich hierher gebracht, gerade wie all ihre Taten sie zu dieser Stelle brachten. Wir waren einen ähnlichen Weg gegangen, aber ich habe es nicht gewußt. Ich hatte gedacht, ich könnte das Leben nach meinen Wünschen lenken... aber vielleicht hatte sie dasselbe gedacht.

Durch einen Nebel von Schmerz und Ungewißheit hörte ich eine Stimme, eine heißgeliebte Stimme.

»Lieber Gott!« sagte sie. Und dann: »Kerensa! Kerensa!«

Zwei Arme hoben mich hoch, zärtlich, mitleidig.

»Meine arme, arme Kerensa...«

Kim war zu mir gekommen. Kim hatte mich gerettet, Kim trug mich in seinen Armen aus der Dunkelheit des Todes nach Abbas.

Ich war mehrere Wochen krank.

Sie behielten mich auf Abbas, und Mellyora war da, um mich zu pflegen.

Es war eine schreckliche Prüfung gewesen, weit schlimmer, als ich zuerst gedacht hatte. Jede Nacht erwachte ich, in Schweiß gebadet; ich träumte, ich stünde in der Mauerhöhlung, und Teufel seien fieberhaft dabei, mich einzumauern.

Eines Nachts lag ich wach und schluchzte in Mellyoras Armen.

»Mellyora«, sagte ich, »ich verdiente den Tod, denn ich habe gesündigt.«

»Pst«, sagte sie besänftigend, »so etwas mußt du nicht denken.«

»Aber ich habe gesündigt... genauso schwer wie sie. Und noch mehr. Sie brach ihre Gelübde. Ich brach die meinen. Ich brach die Gelübde der Freundschaft, Mellyora.«

»Du hast schlimme Träume gehabt.«

»Schlimme Träume von einem schlimmen Leben.«

»Du hattest ein schreckliches Erlebnis. Du brauchst dich nicht zu fürchten.«

»Manchmal denke ich, Reuben sei im Zimmer, und ich schreie laut, und niemand hört mich.«

»Sie haben ihn nach Bodmin gebracht. Er ist schon seit langem krank gewesen. Es ist allmählich immer schlimmer geworden...«

»Seit Hetty verschwand?«

»Ja.«

»Wie kam es, daß Kim da war und mich rettete?«

»Er hatte gesehen, daß jemand sich an der Mauer zu schaffen machte. Er sprach mit Reuben darüber, und Reuben behauptete, sie sei wieder eingestürzt. Er sagte, er würde es am nächsten Tag in Ordnung bringen. Aber Kim konnte nicht verstehen, wieso sie wieder einstürzen konnte, da sie erst vor kurzem wieder aufgebaut worden war. Und dann, als du nicht nach Hause kamst, ging ich zu Kim... natürlich.«

»Ja«, sagte ich sanft, »natürlich gingst du zu Kim.«

»Ich wußte, daß du zu der Kate gegangen warst, also gingen wir zuerst dorthin. Sie war nicht verschlossen, und die Tür stand weit offen. Da erschrak Kim. Er lief fort... denn Reuben hatte etwas Merkwürdiges zu ihm gesagt über Hetty... und da muß ihm der Gedanke gekommen sein...«

»Er erriet, was Reuben tun wollte?«

»Er erriet, daß etwas Seltsames im Gange war und daß wir es vielleicht an der Mauer herausfinden könnten. Gott sei Dank, Kerensa.«

»Und Kim?« murmelte ich.

Ich begann, darüber nachzudenken, was ich alles Kim verdankte: das Leben von Joe wahrscheinlich und Joes jetziges Glück, mein Leben, mein zukünftiges Glück.

Kim, dachte ich, bald werden wir beisammen sein, und alles, was vergangen ist, wird vergessen sein. Es wird nur noch die Zukunft für uns geben – für mich und für dich, mein Kim.

In der Nacht wachte ich schluchzend auf. Ich hatte einen bösen Traum gehabt. Ich stand mit Mellyora auf der Treppe, und sie streckte mir den Spielzeugelefanten entgegen.

Ich sagte: »Der hat sie getötet. Du bist jetzt frei, Mellyora... frei.«

Mellyora stand neben mir. Ihr schönes Haar war in zwei Zöpfe geflochten; dicht und glänzend sahen sie aus wie goldene Seile.

»Mellyora«, sagte ich.

»Es ist schon gut. Es war nur ein böser Traum.«

»Diese Träume... gibt es denn kein Entrinnen?«

»Sie werden aufhören, wenn du dir klar wirst, daß es nur Träume sind.«

»Aber sie sind ein Teil der Vergangenheit, Mellyora. Ach, du weißt nichts. Ich fürchte, ich bin böse gewesen.«

»Nun, nun, Kerensa, sag doch nicht so etwas.«

»Man sagt, beichten tue der Seele gut. Mellyora, ich will beichten.«

»Mir?«

»Dir hab' ich Unrecht getan.«

»Ich werde dir ein Beruhigungsmittel geben, und dann mußt du versuchen zu schlafen.«

»Ich werde besser schlafen mit einem erleichterten Gewissen. Ich muß es dir sagen, Mellyora. Ich muß dir sagen, wie Judith starb.«

»Du hast schlecht geträumt, Kerensa.«

»Ja, und deshalb muß ich es dir erzählen. Du wirst mir nicht verzeihen... nicht in deinem innersten Herzen, obwohl du es sagen wirst. Ich schwieg, als ich hätte reden sollen. Ich habe dein Leben zerstört, Mellyora.«

»Was sagst du? Du mußt dich nicht aufregen. Komm, nimm es hier und versuche zu schlafen.«

»Hör mir zu. Judith trat fehl. Erinnerst du dich an

Nelly ... den Elefanten, Carlyons Spielzeugelefanten?«

Sie sah beunruhigt aus. Es war klar, sie dachte, ich phantasiere.

»Erinnerst du dich?« beharrte ich.

»Aber natürlich. Er liegt noch irgendwo.«

»Judith stolperte über ihn.«

Sie runzelte die Brauen.

»Der Riß«, fuhr ich fort, »du hast ihn ausgebessert. Judiths Absatz hat ihn verursacht. Er lag auf der Treppe, und sie fiel über ihn. Zuerst versteckte ich den Elefanten, weil ich nicht wollte, daß Carlyon getadelt würde, und dann ... später dachte ich, wenn sich herausstellte, daß es ein Unfall gewesen war, würde Justin niemals fortgegangen sein; er hätte dich geheiratet; du hättest einen Sohn bekommen, der alles bekommen hätte – alles, was ich für Carlyon haben wollte.«

Es war still im Zimmer. Nur das Ticken der Uhr auf dem Kaminsims war zu hören. Die Totenstille auf Abbas bei Nacht. Irgendwo in diesem Haus schlief Kim. Und auch Carlyon.

»Hast du mich gehört, Mellyora?« fragte ich.

»Ja«, sagte sie ruhig.

»Und haßt du mich jetzt?«

Sie schwieg eine Weile, und ich dachte: ich habe sie verloren. Ich habe Mellyora verloren. Zuerst Grandma, nun Mellyora. Aber was frage ich danach? Ich habe Carlyon. Ich habe Kim.

»Es ist alles schon so lange her«, antwortete Mellyora schließlich.

»Aber du hättest Justin heiraten können. Du hättest die Herrin auf Abbas sein können. Du hättest Kinder haben können. O Mellyora, wie sehr mußt du mich hassen!«

»Ich könnte dich niemals hassen, Kerensa, außerdem ...«

»Wenn du dich an all das erinnerst... wenn es dir wieder klar vor Augen steht... wenn du an all das denkst, was du verloren hast, wirst du mich hassen.«

»Nein, Kerensa.«

»Oh, du bist so gut... zu gut... Manchmal hasse ich deine Güte, Mellyora. Sie macht dich so schwach. Ich würde dich mehr bewundern, wenn du vor Zorn über mich auflodern würdest.«

»Aber jetzt könnte ich das gar nicht. Es war böse von dir. Es war schlimm von dir. Aber es ist vorbei. Und jetzt will ich dir danken, Kerensa; denn ich bin froh, daß du das getan hast.«

»Froh... froh, daß du den Mann verloren hast, den du liebtest? Froh über ein Leben in Einsamkeit?«

»Vielleicht habe ich Justin nie geliebt, Kerensa. Oh, ich bin nicht so sanftmütig, wie du glaubst. Wenn ich ihn geliebt hätte, hätte ich ihn niemals gehen lassen. Wenn er mich geliebt hätte, wäre er niemals fortgegangen. Justin liebte das Leben in der Einsamkeit. Er ist jetzt so glücklich wie nie zuvor. Und ich auch. Es wäre ein Verhängnis gewesen, wenn wir geheiratet hätten. Du hast uns davor bewahrt, Kerensa. Aus falschen Motiven heraus, ja... aber du hast uns gerettet. Und darüber bin ich froh. Ich bin jetzt so glücklich. Ohne dich hätte ich das Glück nie kennengelernt. Daran mußt du dich erinnern.«

»Du willst mich nur trösten, Mellyora. Du willst das immer. Aber ich bin kein Baby mehr.«

»Eigentlich wollte ich es dir jetzt noch nicht erzählen. Ich wollte warten, bis es dir wieder besserginge. Dann wollten wir feiern. Wir sind alle furchtbar aufgeregt. Carlyon hält es für eine Riesenüberraschung, und es wird ein großes Fest werden. Wir warten nur noch, bis es dir wieder gutgeht.«

»Feiern... was?«

»Ich will es dir erzählen ... damit du beruhigt bist. Die anderen wollten nicht, daß ich es dir sage ... sie wollten eine Überraschung daraus machen.«

»Ich verstehe nichts.«

»Im selben Augenblick, als er zurückkam, wußte ich es. Und er auch. Er wußte, daß es der Hauptgrund gewesen war, daß er wieder heimkam.«

»Wer?«

»Kim natürlich. Er hat mich gebeten, ihn zu heiraten. O Kerensa, das Leben ist herrlich! Und du hast es für mich erhalten. Siehst du nun ein, daß ich dir nur dankbar sein kann? Wir werden bald heiraten.«

»Du ... und Kim ... o nein! *Du* und Kim!?«

Sie lachte. »Die ganze Zeit hast du dich gegrämt und an Justin gedacht. Aber die Vergangenheit ist erledigt, Kerensa. Was vergangen ist, ist nicht mehr wichtig. Das, was vor uns liegt, zählt. Verstehst du das?«

Ich legte mich zurück und schloß die Augen.

Ja, ich verstand. Meine Träume waren alle zerronnen. Ich erkannte, daß ich nichts aus der Vergangenheit gelernt hatte.

Ich sah der Zukunft entgegen, die so düster war wie das Loch zwischen den Mauern. Ich war in meinem Kummer eingemauert.

8. Kapitel

Auf Abbas gibt es jetzt Kinder – Mellyoras und Kims Kinder. Der älteste, Dick, nach seinem Vater so genannt, ist zehn Jahre alt und sieht Kim so ähnlich, daß, wenn ich sie beieinander sehe, meine Bitterkeit fast unerträglich wird.

Ich wohne im Dower-House, und fast jeden Tag gehe ich über die Wiesen an dem Kreis der Steine vorüber zu dem Haus. Mellyora ist eine wunderbare Schloßherrin. Nie habe ich jemanden gekannt, der so zum Glück geschaffen ist wie sie. Sie ist fähig, alles Leid, das sie unter der alten Lady St. Larnston erdulden mußte, und all den Kummer, den sie durch Justin erlitt, zu vergessen; einmal erzählte sie mir, daß sie die Vergangenheit als Trittleiter zur Zukunft betrachte.

Ich wünschte, ich könnte es auch.

Wenn nur Grandma bei mir wäre! Wenn ich nur mit ihr sprechen könnte! Wenn ich nur von ihrer Weisheit zehren könnte!

Carlyon wächst heran. Er ist groß und sieht Johnny kaum ähnlich; dennoch ist er trotz allem ein St. Larnston. Er ist jetzt sechzehn und verbringt mehr Zeit bei Joe als bei mir. Er ist Joe ähnlich, besitzt die gleiche Liebenswürdigkeit und die gleiche Zuneigung zu Tieren. Manchmal meine ich, er wünschte, Joe wäre sein Vater, und da Joe keinen eigenen Sohn hat, ist er sehr froh über ihre Freundschaft.

Einmal sprach ich mit Carlyon über seine Zukunft, und mit strahlenden Augen sagte er: »Ich will mit Onkel Joe zusammenarbeiten.«

Ich war empört und erinnerte ihn daran, daß er eines Tages Sir Carlyon sein würde, und versuchte, ihm die Zukunft so hinzustellen, wie ich sie für ihn erträumte.

St. Larnston konnte ihm nun nicht mehr gehören, natürlich, aber ich wollte, daß er Verwalter auf einem großen Gut würde, so wie es seine Vorfahren seit Generationen gewesen waren.

Er war betrübt, er wollte mich nicht kränken und glaubte, ich wäre von ihm enttäuscht. Denn so nett er ist, hat er doch seinen eigenen Kopf. Wie konnte ich es auch anders erwarten von meinem Sohn?

Das hatte zwischen uns eine Kluft aufgetan, die mit jedem Tag größer wurde. Joe wußte davon und meinte, der Junge solle selbst wählen. Joe hat mich gern, obgleich ich manchmal glaube, er hat Angst vor mir. Nur ein- oder zweimal hat er die Nacht erwähnt, in der Kim und ich ihn aus den Wäldern holten, aber er wird sie nicht vergessen. Es bewegt ihn sehr, was er Kim und mir verdankt, und daß er dennoch anderer Lebensauffassung ist als ich, aber mich trotzdem versteht. Er weiß von meinen Plänen mit Carlyon. Schließlich war ich auch einmal für Joe ehrgeizig.

Er unterhält sich mit dem Jungen; er hat versucht, ihm klarzumachen, daß das Leben eines Landtierarztes für einen ungebildeten Menschen wie ihn ausreichend genug sei, aber nicht für einen Sir Carlyon.

Aber Carlyon bleibt fest und ich auch. Ich merke, daß er es vermeidet, allein mit mir zu sein. Darum zu wissen und gleichzeitig die Familie auf Abbas sehen zu müssen, läßt bei mir die Frage aufkommen: Was haben mir all meine Pläne für Glück gebracht?

Häufig schreibt mir David Killigrew. Er ist immer noch Pfarramtskandidat, und seine Mutter lebt auch noch. Eigentlich sollte ich David schreiben, daß ich nie wieder heiraten wolle. Aber ich unterlasse es. Es macht mir Spaß, David hoffen und warten zu lassen. Es gibt mir das Gefühl, wenigstens für einen Menschen wichtig zu sein.

Kim und Mellyora behaupten zwar, daß ich auch ihnen wichtig sei. Mellyora nennt mich ihre Schwester – Kim mich Schwägerin. Kim, nach dem mein Herz und mein Körper ruft! Wir waren füreinander bestimmt. Manchmal bin ich kurz davor, es ihm zu sagen; aber er merkt es nicht. Er erzählte mir einmal, daß er Mellyora begonnen habe zu lieben, als er erfuhr, daß sie mich vom Trelinketer Markt mitgenommen hatte. »Sie war so sanft«, sagte er, »und dennoch war sie zu einer solchen Handlung fähig. Sanftmut und Stärke, Kerensa. Eine wunderbare Zusammenstellung, und die Stärke war immer für jemanden anders bestimmt! So ist meine Mellyora! Und dann, als sie dich mit auf den Ball nahm! Ich wurde nie von der Sanftmut Mellyoras getäuscht; es war die Sanftmut der Stärke.«

Ich muß sie zusammen sehen und muß heucheln. Ich war bei der Geburt der Kinder zugegen. Zwei Buben und zwei Mädchen. Und es werden noch mehr werden. Der Älteste wird Abbas erben. Er wird dazu erzogen, es zu lieben und dafür zu arbeiten.

Warum mußte das alles mit mir geschehen, die ich geplant und gearbeitet habe ... und nun war alles so weit weg?

Aber noch habe ich Carlyon, und ständig erinnere ich mich daran, daß er eines Tages Sir Carlyon werden wird; denn Justin kann nicht mehr lange leben. Er ist ein kranker Mann. Sir Carlyon. Er soll eine ihm gemäße Zukunft haben. Für Carlyon muß ich arbeiten. Niemals werde ich meine Zustimmung geben, daß er ein Dorftierarzt wird.

Manchmal gehe ich hin und stelle mich in den Kreis der Steine, und mir kommt es so vor, als wäre mein Schicksal noch elender als das ihre. Sie wurden in Stein verwandelt, weil sie im Trotz tanzten. Ich wünschte, ich wäre auch von Stein.

9. Kapitel

Mellyora und Kim kamen an diesem Abend von Abbas herüber.

Sie waren voller Sorge.

»Du sollst zu uns kommen, Kerensa, bis sie ihn finden.«

Ich blieb kühl. Ich hatte es weit gebracht in der Kunst, meine Gefühle zu verbergen. In der Tat war die Art, wie ich sie glauben ließ, wir wären gute Freunde, einer der wenigen Trümpfe, die mir geblieben waren.

»Wen finden?«

»Reuben Pengaster. Er ist ausgebrochen. Sie glauben, er würde hierher zurücklaufen.«

Reuben Pengaster! Jahre waren vergangen, seit er versucht hatte, mich einzumauern. Es gab Zeiten, da ich mir sagte, er hätte es tun sollen. Dann wäre ich gestorben in dem Glauben, daß Kim mich so liebte wie ich ihn; und es schien mir die größte Tragödie meines Lebens, daß ich etwas anderes hatte erfahren müssen.

Ich lachte. »Ich habe keine Angst.«

»Hör zu, Kerensa.« Jetzt sprach Kim, mit strenger Stimme und die Augen umschattet von Sorgen um mich. »Ich habe es von Bodmin gehört. Sie sind in großer Sorge. In den letzten Tagen hat er sich eigenartig benommen. Er sagte, er hätte noch etwas zu erledigen. Es sei etwas, das er eigentlich schon früher hätte machen sollen, ehe sie ihn ergriffen hätten, meinte er. Sie sind sicher, daß er hierherkommt.«

»Dann sollen sie doch Wächter schicken, die nach ihm suchen.«

»Solche Leute sind schlau. Denke nur daran zurück, was er schon einmal beinahe getan hat.«

»Und was hast du getan, Kim«, erinnerte ich ihn freundlich.

Kim zuckte ungeduldig mit den Schultern. »Komm mit nach Abbas. Dann sind wir alle ruhig.«

Ich dachte: Weshalb sollt ihr ruhig sein? Ich war wegen euch all die Jahre voller Unruhe.

Also sagte ich: »Du übertreibst. Laßt mich nur hier. Mir geschieht schon nichts.«

»Das ist verrückt«, ereiferte sich Kim, und Mellyora fing fast an zu weinen.

»Dann kommen wir eben herüber«, fuhr Kim fort.

Ich war ganz glücklich, ihn so besorgt zu sehen; doch wollte ich, daß er sich die ganze Nacht um mich sorgte.

»Ich will euch nicht hier haben und bleibe da«, erklärte ich abschließend. »Das ist alles Übertreibung. Reuben Pengaster hat mich schon längst vergessen.«

Ich schickte sie fort und wartete.

Es wurde Nacht im Dower-House. Carlyon war auf der Schule. Daisy war noch bei mir. Ich hatte ihr aber nichts gesagt, weil ich sie nicht ängstigen wollte. Sie schlief.

Ich saß an meinem Fenster. Es war eine mondlose, kalte Nacht, und die Sterne leuchteten.

Ich konnte gerade noch den Kreis der Steine erkennen. War da nicht ein Schatten? Hatte ich nichts gehört? War nicht ein Fenster heruntergelassen worden? Eine Türklinke gedrückt?

Weshalb war ich nur so stolz gewesen? Abgesehen davon, daß ich wie gewöhnlich zugesperrt hatte, hatte ich keine besonderen Vorsichtsmaßnahmen getroffen. Wußte er, wo er mich finden konnte? Als er abgeholt wurde, lebte ich schon im Dower-House. Und ich wohnte noch da.

Würde er einen Weg finden, um in das Haus zu kommen? Würde ich seinen verstohlenen Schritt vor der Tür hören, jenes jähe Auflachen? Es klang mir noch in den Ohren. Ich hörte es in meinen Träumen. Dann sah ich wieder die dicken, starken Hände, wie sie sich um meine Kehle schlossen.

Nachts schrie ich manchmal auf: »Weshalb ist Kim bloß gekommen und hat mich gerettet? Hätte er mich nur sterben lassen!«

Und deshalb saß ich hier – von Angst erfüllt und zugleich voll Hoffnung. Ich wollte mir endlich über mich selbst klarwerden. Ich wollte endlich wissen, ob ich nun eigentlich froh oder traurig darüber war, daß ich noch lebte.

Ich sah ihn vor mir, das Glitzern in seinen Augen; ich hörte sein irres Gelächter.

Ich wußte, er war ausgebrochen, um nach mir zu suchen. Er war krank – gefährlich krank: geistesgestört. Kim hatte recht, wenn er meinte, solche Menschen seien besonders verschlagen.

Er würde mich töten; vielleicht würde er mich irgendwo verstecken, bis er mich in eine Mauer einmauern konnte. Das war es, was er glaubte, noch tun zu müssen. Eingemauert als siebente Jungfrau! Seit Jahren war ich eingemauert, abgeschlossen von allem, was das Leben schön machte. Kein Sonnenstrahl wärmte mich, mein Leben war tot.

Waren da nicht Schritte? Ich ging zum Fenster und sah eine dunkle Gestalt im Schatten der Gartenhecke. Meine Kehle war wie zugeschnürt, und als ich schreien wollte, brachte ich keinen Ton heraus.

Reuben war dort unten.

Wie ich so am Fenster stand, für Sekunden unfähig, mich zu rühren oder zu überlegen, was ich jetzt tun sollte, trat plötzlich alles wieder vor mich, so deutlich, als erlebte ich es zum zweitenmal: das Entsetzen, als ich mit Reuben allein in der Kate war, und später dann die eisige Angst, als ich in der kalten Nachtluft wieder zur Besinnung kam, den Tod in der Mauer vorAugen.

Da wurde mir klar, daß ich nicht sterben wollte. Ich wollte leben.

Und Reuben war dort unten und lauerte darauf, mich umzubringen.

Die Schattengestalt war hinter der Hecke verschwunden, und ich wußte, sie hatte sich zum Haus hin bewegt. Ich zog meinen Schlafrock enger um mich. Was sollte ich bloß tun! Meine Zähne klapperten. Nur ein Gedanke beherrschte mich: O Gott, laß mich leben! Ich will nicht sterben!

Wie lange würde es noch dauern, bis er einen Weg ins Haus fand! Alle Türen waren zugesperrt, doch Menschen wie Reuben, die von einem einzigen Gedanken besessen sind, gelingt es meistens, einen Ausweg aufzuspüren.

Warum war ich nicht mit nach Abbas gegangen? Sie wollten mich da haben, Kim und Mellyora. Sie liebten mich, wenn auch auf ihre eigene Weise, und wenn sie einander auch mehr liebten als mich. Aber warum mußte ich stets die Erste sein? Warum konnte ich mich nicht mit dem zufriedengeben, was mir angeboten wurde, und dankbar dafür sein? Warum mußte ich immer das Beste für mich haben?

Ich verließ das Schlafzimmer und ging durch das stille Haus, die Treppe hinunter zur Hintertür. Da war eine Glasfüllung in der Tür, und mein Herz tat vor Entsetzen einen Sprung, durch das Glas konnte ich die Umrisse eines Mannes erkennen.

Reuben stand also auf der anderen Seite der Tür! Wenn er keinen anderen Weg findet, stößt er das Glas ein. Ich konnte mir vorstellen, wie seine Hand durch das Loch kam und den Riegel zurückschob. Dann war ich ihm auf Gnade und Ungnade ausgeliefert.

Ich wollte das Haus verlassen. Ich begann durch die Halle zur Vordertür zu laufen, als ich mich an Daisy erinnerte. Ich lief also zu ihrem Zimmer und weckte sie auf. Sie war schon immer ein bißchen dumm gewesen, und ich vergeudete keine Zeit mit Erklärungen.

»Zieh schnell etwas an«, befahl ich. »Wir müssen nach Abbas... sofort.«

Während sie ihre Sachen zusammensuchte, dachte ich nur: Ich will nicht sterben. Ich will leben... aber anders.

Noch nie war mir klargeworden, wie wertvoll mir mein Leben war. Und meine eigenen Gedanken schienen sich über mich lustig zu machen: Dein Leben ist dir wertvoll... wenn du es so lebst, wie du es dir vorstellst. Und was ist mit den anderen? Empfinden sie das gleiche?

Ich griff nach Daisys Hand und rannte mit ihr die Treppen hinab. Ich riß den Riegel an der Vordertür zurück.

Als wir aus dem Haus traten, wurde ich mit festem Griff am Arm gepackt, und in diesem Bruchteil einer Sekunde wußte ich, daß ich mit aller Kraft um mein Leben kämpfen würde.

»Kerensa!«

Nein, nicht Reuben war es. Kim! Ängstlich und mit strengem Gesicht.

»Ach so... du bist es.«

»Mein Gott«, sagte er kurz, »glaubst du denn, wir ließen dich allein?«

Wir? Mellyora auch? Immer Mellyora und Kim.

»Also seid ihr hier ums Haus geschlichen! Ihr habt mich erschreckt. Ich sah euch vom Schlafzimmer aus. Ich dachte, es sei Reuben.«

»Das ist nur gut«, erwiderte er. »Vielleicht bist du jetzt bereit und kommst mit uns nach Abbas.«

Also gingen wir. Ich schlief die ganze Nacht nicht. Ich saß am Fenster in dem Haus, das eine so große Rolle in meinem Leben gespielt hatte. Ich sah die Sonne in dem scharlachroten Himmel aufgehen, und die Steine wurden für einen Augenblick in rosa Glut getaucht.

Am Morgen hörten wir dann, daß sie Reuben gefangen hatten.

»Gott sei Dank!« sagte Kim. Und auch ich dankte Gott. Denn in dieser Nacht war mir etwas klargeworden, so klar, als wäre ein Lichtstrahl durch das Dunkel gebrochen, das mich umgab. Das war nicht das Ende meines Lebens. Ich war jung, ich war schön. Und auch Kim und Mellyora hatten Grund, Gott zu danken, daß ich noch lebte.

Ein Jahr nach jener Nacht hörten wir vom Tode Reubens.

Mellyora brachte mir die Nachricht. Sie sagte nichts, doch ich wußte, wie sie sich um mich geängstigt hatte. Sie strahlte an jenem Tag, und ich liebte sie. Meine überquellende Liebe wärmte mich wie die Sonne.

Kim kam zu uns.

»Nun kann ich wieder ruhig schlafen«, sagte er. »Ich will dir nur sagen, daß ich die ganze Zeit in Angst schwebte, er würde wieder ausbrechen und dich holen.« Ich lächelte ihn an. Es lag kaum noch Bitterkeit darin. Er war Mellyoras Mann, und seit jener Nacht der Offenbarung hatte ich eingesehen, wie richtig das war. Ich hatte ihn wegen seiner Stärke und Güte und wegen seiner Männlichkeit geliebt; ich hatte ihn in meine Träume mit eingebaut, bis ich selbst glaubte, daß er zu meinem Glück gehören müsse wie Abbas. Aber Träume können nie die Wirklichkeit ersetzen, und seit jener Nacht des Schreckens, in der ich meinte, zum zweitenmal in meinem Leben dem Tode gegenüberzustehen, hatte ich aufgehört zu träumen.

Kim war nicht für mich bestimmt. Ich bewunderte ihn, noch immer liebte ich ihn; aber meine Liebe war anders geworden. Meine Gefühle zu ihm hatten sich allmählich gewandelt. Ich hatte sogar eingesehen, daß unsere Ehe, hätten wir geheiratet, nicht das geworden wäre, was sie mit Mellyora wurde. Sie waren füreinander geschaffen; Kim und ich dagegen nicht.

Grandma wollte, daß ich heiratete; sie wollte mich so glücklich wissen, wie sie mit Pedro gewesen war. Vielleicht gab es jemanden auf der Welt, der mich lieben könnte und den ich wiederlieben könnte und mit dem zusammen ich Großmutters Worte beweisen könnte, daß das Glück gleichermaßen Gast in einer armseligen Kate wie in einem großen Herrschaftshaus zu sein vermag. Vielleicht war er stark, kühn und abenteuerlustig. Vielleicht kühner und abenteuerlustiger noch als Kim, der solchen Frieden und so viel Glück in seinem ruhigen Landleben findet.

Und Carlyon? Auch unser Verhältnis hat sich geändert. Ich liebe ihn genauso innig wie früher, doch weiß ich jetzt, wie wertvoll mir mein Leben ist und wie kostbar ihm das seine. Wir haben zusammen über die Zukunft gesprochen, und Joe war dabei. Carlyon wird zur Universität gehen, und wenn er alt genug ist, um zu entscheiden, welchen Beruf er ergreifen möchte, soll er seiner inneren Stimme folgen.

»Du mußt wählen, Carlyon«, erklärte ich ihm, und als er mich daraufhin anlächelte, wußte ich, daß zwischen uns wieder jenes Vertrauen und jene Zuneigung eingekehrt war, die sich jede Mutter von ihrem geliebten Kind wünscht.

Wir sind oft zusammen, und ich habe große Freude an meinem Sohn.

So bin ich nun aus meiner Dunkelheit herausgekommen. Nicht länger mehr bin ich von den Steinen umschlossen, die ich mit eigener Hand um mich aufgestellt hatte.

Manchmal freilich kommen trübe Tage, aber sie gehen vorüber, und das Leben wird wieder schön. Bisweilen bilde ich mir ein, Grandma wäre mir ganz nahe, beobachtete mich und lächelte mir zu. Ich erinnere mich gut an die Weisheiten, die sie mich lehrte, und oft sage ich mir wieder vor, was sie einst zu mir gesagt, und ich höre sie mit neuem Verständnis. Vielleicht lerne ich jetzt zu leben, wie sie es für mich gewünscht hatte. Ich habe meine Lektion begriffen. Ich habe meinen Sohn wiedergewonnen. Kim ist mein Freund und Mellyora meine Schwester.

Vielleicht kommt auch für mich der Tag, wo mein Leben so ausgefüllt sein wird wie das von Grandma mit Pedro – ein gutes Leben; ein Leben, wie es ungebeten zu Mellyora kam und mir bisher versagt blieb: ein Leben voll Liebe. Denn Liebe heißt geben; geben, ohne zu fordern. Ein Leben, das sich in Hingabe verströmt.

Das ist es, was ich langsam begreife. Und wenn ich meine Lektionen gemeistert habe, wer weiß, vielleicht kommt dann das gute Leben auch noch zu mir.